# 览史家族

熊章喜◎著

中国文史出版社

图书在版编目（CIP）数据

觉夫家族 / 熊章喜 著. -- 北京 ： 中国文史出版社，
2018.9

ISBN 978-7-5205-0803-2

Ⅰ．①觉… Ⅱ．①熊… Ⅲ．①长篇小说－中国－当代
Ⅳ．①I247.5

中国版本图书馆 CIP 数据核字(2018)第 261816 号

责任编辑：全秋生
封面设计：徐　晴

出版发行：中国文史出版社
地　　址：北京市海淀区西八里庄路 69 号　　邮编：100142
电　　话：010－81136602　81136603　81136606 （发行部）
传　　真：010－81136655
印　　装：三河市华东印刷有限公司
经　　销：全国新华书店
开　　本：787×1092　　1/16
印　　张：15.25　字数：200 千字
版　　次：2019 年 4 月北京第 1 版
印　　次：2019 年 4 月第 1 次印刷
定　　价：49.80 元

# 上 部

这话虽然戳到了婆婆的痛处，但她也觉得发凤说的是实话，其实她平时也是这样想的。不过有一点她是很佩服发凤的，有什么说什么，而且敢作敢为。停了一下她又找到了一个理由说："再则，如果他想你的话，为什么他回来几天就不进来一次呢？为什么把货一卖完就去相亲呢？你又何必自作多情呢？"

# 一

　　乡村里，如果一个人死了，一般来说头两年是经常有人议论的，到了后三年议论的次数就逐渐减少了，再往后随着岁月的推移，人们的议论也就会自然而然地消失了。而觉夫却不同，人已经死了八十多年，村里人对他的议论，一代连着一代一直没有停歇过。到底要延续到何年呢？成了村里人的一个不解之谜。

　　有人说只要他的后代发展平衡了，议论也就会自然停息了；有人这话不完全正确，关键是他情人那头的后人不再迷信去祭奠他了，议论也就会自然停息的。

　　村里大多数人认为觉夫的后人发展不平衡，与觉夫是没有任何关系的。关键是觉夫情人的后人太过于争强好胜了，他们总认为觉夫在阴间会保佑自家人丁兴旺、家运祥和；希望自己的家庭在村子里能长期受到尊重，使其他的人可望而不可即；尤其是他们看到觉夫本家后代的衰败景象，感到非常欣慰。他们那么迷信地祭奠觉夫，认为觉夫老头子生是保自家的人，死后是保自家的神。

　　当双方的后人延续到第三代上，觉夫本家的后代渐渐地趋于上升的势头，觉夫情人的后人渐显衰落的败象，他们觉得自己的家庭在村里人心目中的地位渐渐降低了，于是更加频繁地拜祭觉夫老头子。这就使得村里人像看戏似的热闹起来，有议论，有评价，有预测，有判断，众说纷纭，莫衷一是。

# 二

觉夫是他的字号，本名叫熊先经。这个名字是他祖父给他取的，村里人从他一生的经历来看，觉得这名字取得恰如其分。

觉夫祖父济琛是个文人，熊氏家谱上是这样记载的：他虽然屡试未中，但到清同治三年（1864）中了举。也许是命薄的原因吧，勤奋读了几十年书，为了出人头地，家里不惜代价倾其所有，借了几代人勤奋耕作也无法偿还的债务，本指望他有出头之日后再来偿还，万万想不到刚刚出了两年的头，他就得急病去世了。

觉夫的父亲劳碌奔波、积劳成疾，在觉夫十三岁的时候，就丢下妻子和五个儿女西归了。仅仅读了两年书的觉夫，投奔到做屠夫的舅舅家里去了。虽然说是糊口，毕竟舅舅还是念兄妹之情，很关照他这个外甥。除了供给他的吃穿，还适当给他一定的报酬，以接济他家的生活。家里除了母亲还有四个弟弟妹妹，他的那点报酬，在家里也是杯水车薪的事了。

为了报答舅舅的恩典，为了讨得舅母的欢喜和信任，他吃苦耐劳，每日清早从家里赶到舅舅家，身上的衣服常常湿透了。因为道路狭窄，两旁的柴草稠密，雨天不用说了，连晴天的早晨也是一样，柴草上的露水全黏在他的衣服上，冻得经常打摆子，患上了疟疾。

舅舅再不好叫他下乡了，只能让他在家里看看店铺。由于跟着舅舅十来年了，积累了掂量猪的经验。碰到有卖毛猪的东家，经他估量的每次都要多赚五六十元。舅舅见他眼力准，尽管他得了疟疾，还是想他再次上路。他自己待在家里也觉得尴尬，只好随舅舅一同上路。舅舅对他也确实是真诚的，每次把多赚的钱都存起来，拿给他娶了老婆。

觉夫大概是身体衰弱的原因，生了两个男孩不仅体力弱，智力也相当差。虽然弟弟妹妹长大了，两个妹妹都可以出嫁了，但弟弟还没有成家，自己有了老婆孩子，上头还有个老母亲，总赖在舅舅家里也不是一件好事，自己应该回家和两个弟弟共同努力，利用自己在舅舅家里积累的宝贵经验，发展一下自己的家庭。于是，觉夫离开舅舅准备回家创业了。

# 三

　　毕竟家里人口过多，家庭底子太薄了，觉夫回家十来年了，仅仅是给两个弟弟成了家，两个妹妹也都在他的操办下嫁出去了。想不到在他四十五岁那年，妻子、母亲相继去世。这下可糟了，体弱多病的觉夫还要带着两个体弱又智障的孩子，日子是过得贫穷又凄苦，生活上只能靠着两个弟弟下乡收猪、收肉，分点份子钱糊口。晴天的日子，觉夫卖完肉后，就抱着膝盖在门口的旗鼓石上坐着晒太阳。他自己都记不清楚了，这么多年看了多少个郎中，吃了几箩筐药，端阳节过了这么久，穿着夹衣还这么怕冷。他常常暗暗自问：难道你还要冷到死吗？

　　觉夫每日都是这样，晒了一阵子太阳，总要到自己的卧房里算账，做好未来两天的安排。从账簿上看得出，每日的收入都有增长，也可以看得出两个弟弟的经营能力都在增强，尤其是二弟的悟性更快，表示想去开个店铺。二弟这话说了很多次，觉夫没有答应怕亏本。可能是弟媳不愿意合伙了，说大哥占了自己的便宜。大弟虽然没有什么新打算，留着合伙也是一件尴尬的事。

　　好在最近这段时间，有几位很远的货郎来到觉夫家，日间出去卖货，夜里就在他家住下。这些货郎都是走江湖的人，能识好歹，觉得觉夫是一个大器晚成的人物。他们都敬重他、信任他、亲近他，给他提供了很多生意信息。有位湖南货郎说最近湖南浏阳发瘟疫，大猪、小猪和母猪都死光了，肉价暴涨五倍还买不到。建议他去做这笔买卖，并表示愿为他垫付这笔资金，还愿意在家乡帮着做推销。

　　觉夫觉得这确实是个好商机，但这又是一件相当难做的事。从家乡到浏阳有四百多里，其中从家乡到长河县就有上百里路靠步行的，如果全靠肩挑，一日走八十里，五日才能走到；如果是夏天肉早就臭了，即使是冬天肉也变颜色了，这个办法是不可取的。假如那里的猪死光了，那就不是一个短时期没有肉吃的事了，做肉生意就不如做猪崽的生意了，那里的人是很想买到猪崽的。但是另一个问题也很难解决，小猪怎能空五日不吃食物呢？他想了很久很久，想到了一个好办法：先派人沿途采购粮食，计划好定点住宿和休息的地方；找到有大路的地方租好车马；再从地方上请专做伙夫的人，带上锅罐，遇路搭灶。然后把这些方案告诉了浏阳的朋友，朋友认为这个办法更好，就把随身所带的资金全给了觉夫，自己急匆匆地回家做接应准备了。

觉夫把这一切安排之后，来到了父母先前的卧房里。这间房自母亲去世后摆设依然如旧。父母和祖父母的遗像放在堂屋里的神龛上，他每日去敬三餐茶饭的，还经常到这房里坐坐，到这床上躺躺的。他想父母会经常来这里看看的，或许在他睡着的时候，父亲或者是母亲会给他托托梦。这么多年来只做过一次梦，母亲说他将来会有贵人相助的，也会有翻身之日的，耐心等着就是，还叫他好好关心两个弟弟和两个儿子，要把香火传下去，家门振兴总会有那么一天的。

其他梦就没有做过，父亲好像早走远了，一个梦也没有给他托过。他感到很悲伤，连在梦中跟父亲说说话的机会也没有了。其实这间房最早还是祖父祖母的卧室，在这里他能看到墙壁上祖父的字迹，想到祖父一生的拼搏，心里就无比羞愧：曾祖父下那么大的决心培养后代，我连个家都搞不好，枉在人世间走了一转，我也要像祖辈那样发愤图强，振兴家门。于是他顾不得身上发冷和疲劳，又捧起四书，或五经，或贤文读上一篇或背诵一篇，再将祖父生前用过的文房四宝操练一场，直至筋疲力尽才倒在床上呼呼大睡。

每次醒来都一样，觉夫最先考虑的还是眼下应该做什么，以前每次只是考虑最近两日的事情，没有必要去考虑更长远的事情，因为他没有那么多资金，想也是空想的。现在不同了，他有了这笔资金，可以干一番大事了，有生以来第一次有了这么多资金，第一次干这么大的事，他也感到非常害怕。如果这次失败了，那这一辈子再也爬不起来了，往后的日子将会比今日更惨。因为这钱是借来的，切不可掉以轻心，他要预算好一只小猪除开本钱和路上的开支能赚多少，收多少猪才有赚头；他必须多找几个贴心的人。除了自己的两个弟弟和两个妹夫，还有已故妻子的弟弟，连同自己是六个人了。加上对门的熊先恭，两家对门，相距只有七八尺远，真是每天开门就见的亲邻居，父子二人都是憨厚老实人。

尤其是先恭矮墩墩的样子，走起路来一对胳膊像划船的样子，一个又大又憨的脑袋随着一摇一摆的步子，像是一个没有放好的西瓜一样一摇一晃的；一张宽宽的脸上长着一对细小的眼睛，一个又扁又平的鼻子，鼻子尖上有一个花生米大的红肉坨。可是先恭偏偏有艳福，本来他这个样子老婆都难娶到，更谈不上娶好老婆，可是他就有这个好命，娶到了方圆十几里最漂亮的女子。因为先恭母亲生了两个女儿都如花似玉的，他的外公给父母出了一个好主意，如果是有向他们求亲的，先看人家有没有与自己女儿相当的好姑娘，如果人家愿意交换就嫁。恰巧先恭姐姐要嫁的那家也有个如花似玉的女儿，由于对方求婚心切，也就不顾女儿一生婚姻美不美满了，就这样把一个人见心动的窈窕淑女叶发凤送给了先恭。

村子里很多成年男子都觉得叶家是瞎了眼，葬送了一个好女儿；很多青年男子看到先恭娶到那样的好老婆，觉得自惭形秽；很多女人看到自己老公比先恭不知强到哪里去了，就有了一种骄傲和自豪的资本。

觉夫母亲去世的那几个日夜，村子里的人都来帮忙和陪着守孝，先恭和叶发凤是坐得最久的一对夫妻。别人坐到半夜的时候就回家了，他们却坚持坐到天亮后才回去。当大伙儿都在场的时候，发凤和丈夫只是坐在角落里，间或出来给大家送送茶水；当大伙儿都回去灵堂空荡荡的时候，她就向丈夫示意坐到觉夫身边，什么话也不说，只是默默地坐着。先恭几次叫妻子去睡，说他自己会坚持的。其实他也想回去的，只听见妻子轻轻地说："要睡，你去睡吧！"每次都一样，弄得先恭一动也不敢动了。

没过三个月，觉夫的妻子也去世了，觉夫更加痛心，每次哭发凤也跟着流泪。下半夜当先恭打瞌睡的时候，她会将自己的手绢拿出来帮觉夫擦泪水。弄得觉夫感动莫名。天啦！一个比自己小二十四岁的少妇，竟如此真诚地对待自己。从此，觉夫认为有发凤在暗中指挥，先恭应该算是个信得过的人了。这次共有五十人上路，加上先恭就有七个贴心人了。

# 四

也许是药物起了作用，也许是这段时间跋山涉水体力上得到了锻炼。觉夫这段时间无须穿夹衣了，脸色由原来的苍白转为微红色，因而人也显得英姿勃勃。

起程的那天，觉夫当然是按风水先生选的好日子，但在时辰上却没有采纳风水先生的建议，自己定了个时刻，一支五十人的队伍早已在西岸石头铺成的街上等待着。小猪发出的嘈杂叫声，此起彼伏。觉夫骑着一匹租来的棕色马，排在队伍的前头，活像一位带兵的将领，显得格外英俊威武。

觉夫因为病了多年，担心长途跋涉自己身体支持不住，也怕这支队伍在路上会有什么意外发生。他没有鸣锣响鼓，也不放鞭炮，担心此事一旦不成功传出去反遭人耻笑。但他万万没有想到，当太阳刚刚从东山升起的那一刻。叶发凤提着一串长长的鞭炮放起来了。她的胆子好大呢，居然提着正在燃放的鞭炮快步跑着，一直跑到觉夫的马前边来了。当鞭炮响完，她大声喊着："夫哥，祝你们一路顺风，赚个黄金万两啊！"

在妻子去世后这么长的日子里，虽然有两个弟媳关照，但日子还是过得清冷凄凉的。想不到这个年龄小自己二十四岁的堂弟媳妇，平时隔三岔五送火笼送热茶，今天居然胆敢像爱妻一样给自己送行，顿时备受感动。只是觉得"夫哥"这个称呼胆太大了，村子里的人只有比自己年龄小的男人才叫"夫哥"，而女人都是称"觉夫哥"的。如果省略了一个"觉"字，就成了丈夫的简称了，再加上一个"哥"字，那亲切的程度就非同一般了。而且从发凤今天的语音来听，更像是无比恩爱的夫妻了，真是大胆到了极点。

觉夫抹着眼泪，喉头哽咽地说："谢谢弟嫂的祝赞，借你金言，祝你家来日也赚个黄金万两。"

叶发凤嘿嘿地笑了两声，然后双臂一张开，像要拥抱的样子，接着又突然改为双手抱拳，作了一揖，说："那还得傍夫哥的福啊！"

一支五十人的队伍，在一条狭窄的小街道里却显得很长。队伍走出街口后看不见了，叶发凤还愣愣地站在那里一动不动。几个曾经打过她歪主意的男人，像苍蝇一样围了上来，脸上色眯眯地笑着说："发凤啊，你刚才叫觉夫哥叫什么呀？"

发凤用右手的小指甲拢了一下垂在眉上随风飘忽的头发，眨了几下会说话的眼睛，炯炯的目光带着几分鄙视，脸上显出严肃的神态，说："不是和大家一样按辈分按年纪叫的吗？有什么稀奇古怪的。"

"不是，不是。"一个男的摇晃着脑袋说，"根本就不是啰！"

另一个男的歪着头，用手指着她说："那你就再叫一遍给大家听听啰！"

"他人都走了，还叫他做什么呢？"叶发凤双手一摊。

"叫给我们听听嘛!"第三个接上来又说。

"叫给你们听有什么用呢?我说你们真是无聊又无耻!"叶发凤一脸不高兴的样子。说完就大步地往回走了。

弄得大伙儿自讨没趣了,因为他们对她都没有死心,不好再缠着为难她了。其中一个男的笑着说:"看谁有这个本事采到这朵绝美的花啊!"

另一个男摇着头说:"看来只有觉夫才能采得到,今天是很明显的了。"

旁边那个男人也摇着头,无可奈何地说:"我们真是不行啰!她宁愿把这蔸嫩草送给觉夫这头老牛吃呢!"

这些话其实叶发凤都听到了,因为她走得并不远,何况他们又是大声说的。

发凤走进房里随手就把门掩上了,一屁股就坐在椅子上,一手端起桌子上半碗茶一口气喝光了,将碗往桌中间一顿,自言自语地说:"古话说偷人偷好汉,捉到也好看。哼!这个村子里虽然有这么多后生家,可有哪个是好汉?依我看这个村子啊,上到快要进棺材的,下到手里抱的,就觉夫是条汉子。就怕他这头老牛不吃我这蔸嫩草,要是他愿吃,我心甘情愿地给他吃啰!"

自从觉夫妻子去世后,这么长时间从没发现他跟女人勾勾搭搭过。不像有的男人老婆死了没几天就忍不住了,而且厚颜无耻的。像他那样破落的家庭,自己又有病还能撑持下去,并且能无私地去帮助两个弟弟成家。弟妇又那么自私,经常挑拨丈夫拆伙,他居然丝毫不计较,多么宽广的胸怀啊!外面的商客来了,都找到觉夫家去住,从不收人家的钱,所以人家就那么作兴他。周围几里内哪个男人能比得上他,发凤越想越觉得觉夫太可爱了。

发凤起身走到梳妆台前,呆呆地看着镜子里面的自己,联想到自己的悲催命运:结婚两年后生了一个男孩,现在五岁了,长个矮墩墩的样子,走起路来一对胳膊像划船的样子,一个又大又憨的脑袋随着一摇一摆的步子,像是一个没有放好的西瓜一样一摇一晃的;一张宽宽的脸上长着一对细小的眼睛,还长着一个又扁又平的鼻子,而且鼻子尖上有一个花生米大的红肉坨。叶发凤看看儿子又看看丈夫,仿佛是一个砖窑里烧出来的砖样难看,闭着眼睛就想哭,总觉得在人们面前抬不起头,沉默寡言的。想到当初娘家蛮横无理的逼迫,一种委屈的痛苦心情,使她情不自禁地抱着镜子痛哭起来。

许久之后,发凤想起觉夫临行时坐在马上那英俊威武的样子,她攥紧拳头闭上眼睛，像是对神发誓一样狠狠地说："夫哥！我必须拿出勇气去缠住你。"她突然睁开眼睛，看到镜子里的自己依然像鲜花一样美，感到非常欣慰，因为她觉得自己完全有资本占有觉夫。她想：行动要快啊，不然的话，自己跟先恭又怀上了，那就完了。再则，觉夫也有可能再娶老婆的，如果他再娶到像前妻那样聪明伶俐而又美貌的女人时，那一切都将晚了。想到这里，看着镜子里的自己，甜甜蜜蜜暗笑的样子，真是好看极了！

# 五

也许是觉夫安排周密的原因，也许是他否极泰来时来运转的缘故，也许是在他出行时叶发凤的那挂鞭炮放得好。这次觉夫真的出师大利，一路上不晴不雨，凉凉爽爽的。两百头小猪行程四百多里，仅仅死了两头。到了浏阳那位朋友的家里，小猪全部被抢购一空，价钱是家乡的五倍还要多一点。

在浏阳的几天，觉夫得到了朋友的热情款待。在宴席上又交到了一些朋友，宴席一席接一席，朋友一批加一批，使同行的几十个人大开眼界，明白了很多深刻的道理，个个对觉夫佩服得五体投地，都想来巴结他。同行的伙伴中有一个叫张才权的，他有个妹妹叫张秀娥，丧夫且身边无儿无女，虽然年纪比觉夫大三岁，但生得端庄、俊秀、贤惠，而且又是一个很能干的女子。前些年觉夫下乡看猪时见过，因为自己家里两个儿子那么差劲，没人帮着扶持，怎么能让他们成家立业呢？况且这样的女子会真心顾家的，当即就应允了。张才权也因父母去世了，长兄当父，也就完全可以做主了，况且觉夫比那个死去的妹夫各方面都强多了。他觉得这次出行为妹妹做了件天大的好事，也为自己做了一件大好事，攀上了一位很有能力的人做妹夫，真是满心高兴。

回来时，由于浏阳各方面的朋友大力帮忙，觉夫以最优惠的价格进了一大批浏阳特产，如夏布、鞭炮和烟花，回到家里就在自己的店铺里卖，只用了五日时间就销售得干干净净，并无一点损耗，卖出的价钱比别人店铺要低得多，而与进价相比又高出了四倍，他一下子成了暴富户。觉夫付给脚夫的工资比原来定好的又高出了一倍，私下里给张才权和熊先恭的工资，又比别人高出许多，弄得这两个人感激涕零。

货卖完后，觉夫马不停蹄地到张秀娥家相亲去了，一时间，村里人对觉夫家的变化议论纷纷，对觉夫的为人和能力给予了高度的评价。

当觉夫去虹桥张家相亲的那天，发凤躲在房里整日呜呜地痛哭不止，脸上时而乌黑色，时而非常苍白，吃饭无味，浑身无力的。开始公公婆婆和丈夫感到惊诧不已，后来经过分析，觉得很不对味了，悟出了其中的原委，不过他们觉得发凤只是一个人的单相思了。一家人对觉夫充满了敬佩和感激之情，对发凤却产生了憎恨和嫌恶，都不理睬她。当发凤到了第三日还是不吃一点东西时，全家人就感到非常恐慌，商量要立即去请郎中。这时发凤竟大胆地说了这么一句话："不须叫什么郎中了，什么良医妙药也治不了我的心病。你们真想救我的话，就把觉夫叫过来见我一面。你们也得答应我，不要管我和他的事，我不用吃什么药就会好的，我也不会出这扇门，永远是你们家的人；如果你们不允许，就让我这样死去吧！"

发凤的婆婆气得嘴唇咬出了血，抹着嘴唇上的血迹痛心地说："家里没有谁慢待过你，没有谁要你做过负重的事，连孩子都没有要你带过，没有谁限制过你吃的、穿的和用的，我们还对不起你吗？"

发凤眼睛一闭，泪水立刻从双眼皮里涌了出来，说："你们也太自私了，当然也不能完全怪你们，我的父母也是相当自私的，比你们还要自私得多，而且非常霸道，为了要到你家的一个女子，就要我来做牺牲品。我承认你家的女儿是很不错的，但你女儿是亲口答应嫁给我哥的，你们记得我答应过谁了吗？几年来我暗中流了多少眼泪，你们也看过不少吧。你们理解过我的心情吗？安慰过我一次吗？人家说命比黄连苦，我的命是比蛇胆还要苦。我恨透了父母，人家有什么苦可以回娘家诉说，我是连娘家都无处可诉，我活着有什么意思啊？"

发凤那声泪俱下的话，让婆婆也产生了共鸣，她也是因父母欠了丈夫家的债无法还清了，只好将她嫁过来了，几十年来她的苦楚和儿媳是一样的。但是想到这样将会影响自己儿子的婚姻，影响到自己的家庭，她又想不通了。虽然婆婆内心是理解发凤的，但为了自己的儿子，只好用别的方法和道理来说服了："退一步说，就算我理解你，觉得我儿子配不上你，你想再找一个人，也应该找一个年轻的人。你想想他多大年纪了，他已经是四十多岁的人了，比你大二十四岁，可以做你的父亲啦，天哪！说出去都要把人笑死了。"

发凤咬着牙，两眼冒出仇恨的目光，说："这用不着你来嘲笑了，我即使找个能做爷爷的人，也比你的儿子强。你看到村子里有哪个男人比觉夫强的。"

这话虽然戳到了婆婆的痛处，但她也觉得发凤说的是实话，其实她平时也是这样想的。不过有一点她是很佩服发凤的，有什么说什么，而且敢作敢为。停了一下婆婆又找到了一个理由说："如果他想你的话，为什么他回来几天就不进来一次呢？为什么把货一卖完就去相亲呢？你又何必自作多情呢？"

发凤有气无力地说："我能不能得到他是我的事，我丝毫不会怪你，我得不到他，我只好认命；如果你能容忍，我就能活下去。"

婆婆上气不接下气地说："人家有了老婆有了家，你何必拆散人家的夫妻呢？张秀娥能容忍你这样做吗？你就死了这条心吧！"

发凤从床上爬了几次，都没能爬起来。先恭以为她要大小便了，连忙将马桶提了进来，又将她扶了起来，转身赶快出去了。发凤起来后低声叫了一句："公公啊！我不是要大小便，你就进来吧。"

发凤说完就跪下去了，哭着说："对不起啊！公公啊！婆婆啊！先恭啊！我希望你们再找一个好的媳妇吧！"

全家人都傻了眼，看来她爱觉夫已经是深入骨髓了。想到她生了一个这么难看的傻瓜儿子，看来是自家的人有问题，如果发凤真的有个三长两短的话，又到哪里去娶这样好的媳妇呢？婆婆想得更深了一点，自己的人本来只有这样，联想到自己一生的婚姻不幸，产生了同感，也失声痛哭着说："叫你句乖呀！你跪在地上打个赌，真的不出这扇门吗？如果是真的话……"

发凤听了连忙叫丈夫松手，竟在地上分别给他们三个人磕一个头，然后说："我生是你家的人，死是你家的鬼，放心了吗？"

# 六

觉夫快要举行婚礼的消息，在这个五十多户人家的小村子里像炸弹爆炸一样传开了，一时成了西岸村子里的热门话题。这个村子里是清一色的熊子熊孙，但辈分很杂，有西公、帛公、坤公、子公四个分支。几百年来混得最好的是西公这一支，而西公这一支混得最好的还是觉夫这个家庭。不过最近一二十年来，觉夫家族因祖父读书借债过多，加上祖父和父亲去世得过早，家道败落下去了。

在这一段时间里，仅次于觉夫这个家庭的熊先翔，字凤梧，他家虽然没有多大的发展，但保持了平稳的势头，因而就居列全村之首了。此人是个狂妄之徒，无论谁家办什么喜事，在商议事情的时候都得恭请他来做主的。而他却总是拖拖拉拉的，当大家以为他不会来要做决断的时候，他却腆着大南瓜样的肚子慢腾腾地来了。他不管大家的决定是否正确合理，都得一概推翻重新再议。其目的就是要做村子里的霸头，什么事情都由他一个人说了算数。村里人虽然心里不服，但又斗不过他，只好让着他。

觉夫这次议事，将各公头的长辈都请来了。凤梧毫不例外迟迟而来，不过这次他没有直接切入话题，因为他知道觉夫是有能耐的人，加之看到觉夫去浏阳一趟发了大财，以后的发展究竟会怎样他估摸不准了。尽管如此，他觉得觉夫的实力不能和自己相比，况且一二十年来他已经是码头老大，一下子降下去有失体面。于是以开玩笑的形式做个试探，一屁股仰着坐在椅子上，一只胳膊搁在桌子上，手掌托着下巴，一只脚搭在另一条凳子上，歪着头笑着说："觉夫贤弟不错啊！最近发了大财，接着又要娶妻重建家庭；我觉得最不错的是这个名字取得真好，叫觉夫。但我不解的是既然叫了觉夫，为什么觉悟得这样迟呢？这个名字是谁给你取的？是不是你早先在睡觉呢？睡了这么几十年。"

觉夫觉得凤梧是要借开玩笑闹事了，他心里非常冷静，因为凤梧肚子里的墨水有多少，他心里清楚得很；况且自己也不求他什么，再加上村里人也不恭维凤梧的。觉夫彬彬有礼站起来作了个揖，说："大哥何必取笑小弟呢？我这个名字是我爷爷给取的，是希望我做个有觉悟的人。可惜我辜负了爷爷的厚望，实在是惭愧得很哪。不过我觉得爷爷给我取这个名字，还是有先见之明的，学名熊先经，字号觉夫。像我这样愚钝的人，不经过长时间的苦难折磨，哪能得到觉醒呢？"

在场的人听了，对觉夫回答得这么巧妙，产生了深深的敬佩之情。尤其是先恭的母亲觉得发凤很有眼力，脸上露出了轻微的笑容。

凤梧连连摇了摇扇子，哈哈大笑了起来，说："你爷爷老人家确实有先见之明，不过你睡的时间也太长了点吧！"

大伙儿没有笑，房里只有凤梧一个人狂妄的笑声。

觉夫很有礼貌地再次起来作揖打拱，问道："不知大哥的名字是谁给你取的，能给小弟启启蒙吗？"

大伙儿都笑起来了，最先发笑的是先恭母亲叶征桂，因为她猜到了觉夫后发制人的一招来了，对觉夫要打击凤梧的气焰感到快慰起来。

"我原来的名字是我爸给我取的，学名叫熊先强，字名叫超常。"凤梧懒洋洋地从椅子上爬起来，慢腾腾地摇着头说："我觉得不好，先强显得太露骨了。如果强不起来，岂不遭人耻笑了。修谱时我就改了一下，我现在的名字是因我做梦得到的启发，我梦见一只凤凰站在一棵梧桐树上。我就先把字名改为凤梧，再按字名取学名为先翔了，你说好不好？"

觉夫听了傻愣愣地站了一大阵子，然后大梦方醒的样子摸着头说："嗬！原来是这样啊！"

凤梧先把搭在凳头上的脚放下地，急得站了起来，用扇子晃了晃然后指着觉夫说："怎么样？说呀！"

觉夫显出难为情的样子，尴尬地笑着说："老兄啊！不好恭维哟，更不好贸然评议老兄哪！"

"说呀，只管直说，不会生你的气的。"凤梧又一屁股坐下去了，摇着扇子补充了一句："我还没小气到那种地步呢！"

觉夫和颜悦色地说："想不到大哥真是大人大量的，有大哥给我壮胆，那我就谈谈我的浅见吧。我认为伯公老人家给你取的名字既文雅，又有远见。先强的意思是望你比任何人都强，而且要先强起来，必然在智慧和各方面的能力都超过常人，所以字名就叫超常了。事实也是这样，在我们先字辈的人当中，你不是真的先强起来吗？你说你学名叫先翔，与我们姓的这个'熊'字就搭不上边了，违背了事物的客观规律。熊又没有翅膀，哪能飞得起来呢？再则，你是梦见凤凰站在梧桐树上，就将字名改为凤梧的，假如你梦见一只鸡飞到芭蕉树上去了，那你还会把名字改为鸡巴吗？"

满房里的人都大笑起来，笑得前俯后仰的，有的笑得捂着肚子叫痛，有的连眼泪都流出来了，还是笑个不停。先恭的母亲笑得一直在拍掌，把凤梧弄得脸红一阵、白一阵的，相当难为情。

"不笑了，不笑了。让我来把刚才大家议的内容说给大哥听听，让大哥给我做主吧，毕竟大哥是见过世面的人。"觉夫见好就收，忙打圆场，给凤梧一个很好的台阶下。

凤梧对觉夫介绍大家如何安排婚姻议程的事一句也没有听进去，不过觉夫适时给了他一个莫大的面子，心里还是蛮舒服的，就说："今天的事议得好呢！相当恰当。这大概是小弟出的主意多些吧？"

大家都点头称是。

"是嘛！"凤梧大指头一翘，说："我猜就是这样啰！有小弟做主，那还有什么话可说的呢？谁能比过小弟呢？你们议好就是啦，到时我过来喝酒就是。今天我还真有点事呢，那我就先走了啊！"

说完，凤梧就起身摇着扇子走了。

# 七

先恭的母亲到觉夫家里商议迎亲的喜事去了，家里本来还有四个人，却冷寂得很。这边，发凤躺在床上跟死人一样一言不发，先恭也没有什么好说的，只好时而走走，时而坐坐；那边，先恭的父亲带着孙子，也就是先恭和发凤生的儿子睡着了。这孩子好像跟发凤没有感情似的，母亲几天不起床不吃不喝的，他也不到这房里来打个转身，好像不是她生的一样。

儿子从两岁起就跟公公婆婆一起睡了，这当然是公公婆婆疼爱长孙的原因。开始发凤有点不舍得，还偷着把孩子抱过来一起睡。后来发现儿子不仅长相丑陋，大脑也很愚笨，那种疼爱之情渐渐淡薄了，也就不去跟公公婆婆争了。她知道什么藤上结什么瓜，什么种子开什么花结什么果的道理。她真怕再生个这样的孩子，因而对丈夫不仅冷淡了许多，还不让丈夫去碰自己，尤其是每次月经过后的头十天里，她根本不让丈夫黏自己一下。她与丈夫房事的时候，每当自己即将兴奋的时候，立即将丈夫推开，说很不舒服。弄得丈夫很不痛快地把精液射到床上，想发作可又不敢发作，这几年来都是这样。

尽管如此，先恭还是很爱这个老婆的，他知道她是用姐姐换来的。如果没有这个姐姐，不但娶不到这样好的老婆，能不能找到老婆都很难说。因为很多人都这样跟自己说过，发凤这朵鲜花插在狗粪堆上，不值啊不值。他问过父母，是不是自己老婆被别人缠上了。母亲说："她的眼界高呢，谁也黏不到她，这是你的命好，真是贤妻孝子要命登。"母亲说的是以前的老皇历，现在母亲已经察觉到了儿媳的不祥之兆。其实她的心情与儿媳的心情是一样的，以自己的痛苦去理解儿媳的痛苦，况且儿媳又是她娘家的侄女。如果不是怕这个家庭的破裂，她还真想和这个儿媳加侄女抱到一起，去哭着诉说内心多年来的痛苦呢！

先恭由于有母亲的教训，自然对妻子解除了疑虑，可是这次妻子道破了自己爱觉夫的天机。他对妻子感到可怕可恨但又好可爱，他没有什么好办法对付妻子，要是有好办法，那也得靠母亲说出来，可是做娘的到现在还没有说出一句话来。他知道问父亲是没有什么用的，父亲是只会说大话却做不出大事来的人。

这是夏天的夜里，发凤躺在床上两眼直盯着帐顶发呆。先恭不知道她在想些什么，只好用蒲扇来给她扇扇风。先恭的父亲绍杨也经常过来看看儿媳，他看出儿媳的脸色虽然很苍白，但不像昨天那样乌黑色了，自己那颗悬着的心也就放下来了。发凤在公公、婆婆和丈夫有所默认放松的情况下，心情是好了些。但是当听到婆婆是去觉夫那边商量办婚事的消息后，心里又焦虑起来了。她想觉夫哥有了老婆后，还会不会理睬自己呢？他老婆一旦看出什么名堂来了，又会怎样对待自己呢？

一家人自征桂走了多久，就沉闷了多久。这时听到开门和关门的吱扭声，随即便听到征桂一步步走进来的脚步声，绍杨和先恭看到征桂难得一见的笑容。

"妈"，先恭忍不住问母亲，"你笑什么呀？"

"扑哧。"征桂连鼻涕都笑出来了，后来干脆哈哈大笑起来。

发凤看婆婆笑成那个样子，也侧过脸来露出了微微的笑容。这笑容是昨天婆婆对自己理解的回应，她也知道自己说出来的话不仅伤害了婆婆的自尊心，也对她的家庭带来了负面影响。而婆婆表现出来的不仅仅是维护儿子和自己的切身利益，也有对儿媳的深刻理解。发凤觉得婆婆是个可亲可信赖的人，于是轻轻地问："妈，什么事让您这样开心呢？"

婆婆把觉夫巧治凤梧的过程绘声绘色地讲出来，惹得一家人大笑起来。发凤忍不住笑出声来了，而且笑得比谁都开心。

婆婆看到儿媳笑得那么开心，自己也很开心，刚才她猜想到儿媳听到觉夫的事会开心，如今自己的预测果然见效，况且想到觉夫要娶老婆了，对自己的家庭不会带来危害，儿媳即使将来跟觉夫发生了什么也无大碍。婆婆索性对儿媳的心情暗示表示理解，一边笑一边走到儿媳的床边，将儿媳扶了起来。

发凤顺从地被她扶了起来，婆婆把一只手搭在发凤的手背上，轻轻地拍了几下，说："我觉得觉夫也确实是个人才，可能他翻身的时候到了。这种人跟姜子牙一样，倒起霉来连卖面粉都被马绊倒了箩，还被风刮光了；走起红运来，还可帮周文王打天下了。"发凤听了甜蜜蜜地笑着。

"你饿了吧！"婆婆亲切地对发凤说，"我去给你弄点粥来喝。饿死了什么也想不到，活着总有点希望，听话啊，凤儿！我既是你婆婆，又是你的姑姑呢！"

婆婆然后又对儿子说："去觉夫哥那里借点钱来，买点东西给你老婆补补身子，看人都瘦成这样了。"

发凤点头笑了。

# 八

凤梧回到家里，一屁股坐在椅子上，一声不吭地铁青着脸。

这是家里晚饭过后的时候，老婆朱怡兰觉得他很反常，往常去人家议事回来，总要借着酒兴大吹大擂的。今天回得这么早，好像并没有吃饭还憋着一肚子火的样子。

"吃饭吗？跟谁生气了？"老婆轻声地问。

凤梧用拳头在桌上使劲一捶说："他翅毛没长几片，居然敢笑我是鸡巴。"

"那是怎么回事？"他老婆惊奇地问。

凤梧把觉夫嘲笑自己的过程说了一遍之后说，"我非要借他这场婚事把他搞臭不可。"

朱怡兰抿着嘴，笑着把觉夫去湖南时发凤送他既放鞭炮又叫夫哥的事说了一遍。

"有了，有了"，凤梧大手一挥说，"我就用这件事把他搞得臭气熏天，一败涂地。"

"不行啰！"这时儿子梦虎在门边听了，微微地摇了摇头说："对付人要记得那么一句古话：'可打落水狗，莫挨腾空马。'还得要等待时机啊！"

凤梧又将拳头往桌上一捶，说："你小子书没读两句，还教训起爷老子来了。叫我今天忍了，今后日子怎么过啊！"

"听我跟你说呀！"梦虎走进门来，一双手正在胸前比画着。

"死开。"凤梧又在桌子上一捶，"再放屁，我就打烂你的臭嘴巴。"

凤梧的老婆连忙将儿子拖开，一边往另一间房里走去一边说："别理他，你还不知道你爷老子是副贱骨头，你越好心好意对他，他就越神气的。你若不去理他，他反而会对你越好的。"

# 九

觉夫把客人送走后，洗过澡已经很晚了。他非常兴奋，想到来日秀娥进了门，家也就像个家了，自己在外面秀娥在家里料理，用不着自己人在外面心却在家里；再则，人在家里不仅有个温暖，有个什么疑难的事也有个商量。想起以前妻子在世的时候，家里虽然贫困，日子过得多么温馨！想不到自己家境逐渐好转了，妻子却离自己而去，一辈子只有受罪的命，却没有享福的份，眼泪不禁潸然而下。

想到两个儿子更是伤心不安，他们都有十多岁了，还是那么没开蒙的样子。在私塾里的十几个孩子当中，就他们兄弟俩记性差，糊涂到了连书都管不住。是妻子差吗？不是。人家都说妻子和征桂是难分上下的，在村子里是数一数二的聪明女子。可是她们两个人的命运都差不多，征桂生了先恭那么个憨巴头；自己老婆生了两个懵懂犊，能怪女人差吗？不能，绝对不能。先恭的模样像他父亲，自己的两个儿子模样也像自己，可是志气和智力就那么差。这是什么原因呢？是不是生他们之前因自己长年患病有关呢？想了一阵，觉得可能就是这种原因吧。唉！自己身体好了，老婆却不在了；虽然又找到一个老婆了，可是她比自己还要大两岁，靠近五十的人了，还能生吗？

不能就这样认命，等把秀娥娶进来后，还得请个私塾先生来专门教两个儿子，让他们尽量多识几个字，多开点窍。不然的话就更糟糕了，自己还要开店铺的，他们将来怎能接这个担子呢？不行，我得抓紧呢！

"咚、咚、咚"，随着铺门的声响，便听到先恭的说话声："夫哥，夫哥，是我呀！我是先恭。"

"来了，来了。"觉夫连忙出来开门，"什么事呀？这么晚了，恭弟。"

先恭那个又大又憨好像本来没插稳的头，此时摇得好像要脱落似的说，"吓死人啦！夫哥哎！我老婆这几天差点死掉了。我妈叫我过来向你借点钱买点东西补补身子。"

"什么病呀？这样吓人。"觉夫吃惊地问。

"没什么病。"先恭的脸突地红了，不过还没有他鼻子上那块肉坨红。

"是你们吵架了吗？"觉夫紧接着问。

"我哪敢跟她吵架呢？"先恭低着头，脸更红了。

"是什么事呀？总是这么红着脸的。"觉夫问得更急了，眼睛盯得更紧了。

"她想你！"先恭被逼急了，就直说了，"她见你又要娶老婆了。"

"什么？你发傻呢！"觉夫吃惊地说，"傻到我头上来了。"

"是真的。"先恭赌咒发誓地说，"如果我乱说了，你打我的嘴巴。"

觉夫这下可真的呆住了，愣愣地盯着先恭。先恭从来就是一个九寸就不会说成一尺的人；再想到自己母亲和妻子去世时，发凤连续坐着陪几个通宵；想起妻子去世后发凤真诚地关心照顾自己；想起去湖南时发凤胆大地放鞭炮和那样称呼他；再想到自己从湖南回来后一直没有见到发凤。现在居然发生了这样的事情，他除了心惊肉跳外，也无比激动。于是迫不及待地问："现在她情况怎样了？"

先恭带着哭腔说："幸好我妈劝她，到今夜听我妈说了你整凤梧的事后她才笑了；五天了，到今夜才喝了点粥啊！"

"快！"觉夫迫不及待地拉着先恭的手说，"快让我跟你去看看。"

当觉夫和先恭走进房里的时候，征桂正坐在儿媳的床边，一只手搭在发凤的手上。发凤背靠床头板上，虽然没听到她们说些什么，但看得出婆媳之间的感情是融洽相通的。绍杨坐在床对面的椅子上，一言不发地听着婆媳之间的谈话。

"妈！夫哥来了。"先恭走上前开口就说。

"杨叔，杨婶，你们还没睡啊？"觉夫向绍杨夫妇问候了一声。

绍杨夫妇连忙站了起来，征桂说："觉夫这么晚了，要你过来了。"发凤的头歪到床里边去了，但很快又转过来了，一言不发。

觉夫站在床前轻声地说："发凤，什么病呀？一下子这么厉害了！"

发凤并没有回答，像是气喘得很急的样子，然后呜呜地哭了起来。征桂见此情景，只好起身一手拖着儿子，一手拉着丈夫往外走了。发凤见房里只剩下他们两个人了，呜呜的哭声转为剧烈的抽噎声。

"什么事使你这样伤心呢？"觉夫再向床前走近了一步说。

发凤将枕巾盖住了脸，一边嘤嘤地哭一边轻轻地说："没什么啊！只是我的命苦，人也贱啰！"

觉夫没听懂这话的意思，又走到床沿俯下身子，将枕巾拉开贴近细听起来。

发凤突地张开双臂，将觉夫的脖子抱得紧紧的，许久也不放松，然后说："你听听我心窝里在跟你说什么吧！"

觉夫装着很听话的样子，将耳朵贴近发凤的乳沟，一动不动地像是在认真细听的样子。

觉夫的上身俯在床上，头搁在发凤胸前，耳朵贴在她的乳沟里，听到她心窝里怦怦的响声。觉夫静静地甜甜地贴着，他知道发凤的真诚、她丈夫和公婆的无奈。发凤也静静地躺着，幸福地流着泪水。

许久之后，觉夫觉得撑在踏凳上的双腿发麻了，撑起身子看着满脸笑容的发凤，轻轻地用手去抹她脸上的泪水。

发凤轻柔地说："听清楚了吗？"

"听清楚了。"觉夫闭上眼睛，流着泪水说，"但我还是要娶老婆的。"

发凤双手捧着他的脸，也抹着他的眼泪说："只要你心中有我，答应给我生个孩子，你可以娶你的老婆。"

觉夫贴近她的耳朵说："只要你能做到今后不闹事，我答应了你。"

发凤抱着觉夫的头，用嘴对着觉夫的嘴使劲地亲着，觉夫也同样发狂地吻着。

# 十

当他们狂吻了一阵之后，马上意识到了此时所处的地方和时间。觉夫很不好意思，如何面对绍杨夫妇和先恭弟弟呢？他看着窗外和被关着的房门，虽然没有看到什么，也没有听到什么，心窝里总是怦怦地跳。发凤一下子开心起来，好像这几天没有发生过什么一样，心里舒服多了。她立即从床上爬起来，跶上鞋子打开房门一看，整个屋里黑漆漆静悄悄地。她正想张口叫的时候，被觉夫捂住了嘴巴。觉夫走到堂屋里叫了起来："杨叔，杨婶，叫先恭去我那里拿点钱买东西啊！"

"好的，"征桂很随和地应答着，"那就明天去拿吧！"

觉夫觉得他们并不会出来，就只好由发凤送到大门边。觉夫还想说句什么的，却被发凤双手抱住了脖子，跳上来又亲了一口。

发凤回到了房里，依然静静地躺在床上，静观家里人的动向。

其实，刚才征桂把丈夫和儿子拉出房门后，就进了自己的房里，心里想哭但没有哭出来，显得很冷静很正常的样子，坐到床上去了。

先恭看着母亲，见母亲没有什么表示，又低下头来用拳头捶着那颗大脑袋。征桂见儿子一副无奈的样子，只好用手把他招了过来，说："他们今夜是不会做什么的，你到窗子边听听他们说些什么。"

当觉夫走后，先恭回到房里，把在窗外听到的如实地告诉了母亲。

征桂冷静想了一阵之后，说："他们要做野夫妻是肯定的，你也管不住的，越管越坏事。只要觉夫还娶老婆，你老婆也只是要跟他生个孩子，她是永远也不会出这扇门的。只要你不去管她，她也会对你好的，你往后挣的钱可能会轻快些，还会多些的。"

先恭听了呆呆地站了许久，无奈地点了点头。

# 十一

觉夫回到自己的房里，心里还是怦怦地跳着，想不到发凤这样爱自己，而且看得出是死心塌地的爱，这是他做梦也没想到的事。

他知道发凤不是贪自己的钱，如果说她是为了贪钱，过去自己就是一个穷光蛋，根本不值得她爱，再说方圆几十里的地方，曾有街上的富人来勾引过她，她丝毫也不动情。觉夫走村串户几十年，见过那么多年轻貌美的女子，想不到发凤居然会暗恋自己，想到这种从未有过的幸福，他好像跌到蜜罐里去了，整个人从外到内甜透了。

他心里兴奋了一阵之后，就想到了今后如何面对发凤的丈夫和公公婆婆的事。他想只要自己把秀娥娶进来了，两头都不吵不闹地和睦相处，她的丈夫和公公婆婆也就会睁一只眼闭一只眼的。要想他们长久地对自己这样好，这不仅是要付出钱财，更主要的是要付出真诚，这是应该的，也值得的。

当想到自己又可以生儿子了，觉夫兴奋起来了：他想自己与秀娥生孩子的可能性十分渺茫，自己两个孩子那么差劲；他想到自己现在身体这么健壮，发凤又那么年轻，与发凤很可能会生个聪明的好孩子。他要使别人看看，究竟是自己的种子不好，还是因当时的身体不好。他多么希望自己有个好孩子，他巴不得这个时刻早一点到来。

但是当想到与发凤有了孩子之后的利弊，他既兴奋又悲伤。兴奋的是跟发凤的关系不仅能够长久，而且能够牢固；悲伤的是发凤的孩子虽然是自己的种脉，但还是名不正言不顺的。他永远不会认自己为父亲的，而先恭却是名正言顺的父亲，这不是跟人家赶老鸦进布袋吗？这不是冷落自己的后人，使自己的后人逐渐走向衰败吗？

不行。他想以后必须尽快做三件事：第一是尽快把秀娥娶进来，让她安心地帮着振兴这个家庭；第二是再到湖南做一笔生意，把资本搞大一点。他要到大街上办店铺，还要买田地，给孩子们赚更多的钱，为子孙后代造福，毕竟两个儿子结婚的年龄也快到了，他要娶好女子进来做儿媳，帮着儿子振兴这个家庭；第三件是尽快请私塾先生进来教两个孩子，学一点算一点，比不学总是要好一点，这毕竟是自己正宗的后代呢！

# 十二

第二天上午，几个衙役跟着骑高头大马的县长同学来到了觉夫家里。这位县长是觉夫前妻舅舅家的表哥，小时候同觉夫一起读过书，两个人志趣相投，同盖一床铺盖。那时候他夜里总是遗尿在床上的，别人嫌他，觉夫不嫌，当时两个人读书成绩也不分上下。后来觉夫因爷爷去世，家里贫困辍学，一直没有见过面了。

想不到昔年同学会有这么大的发迹，还这么念旧情。两个人一见如故，十分投机。当县长同学得知觉夫只剩下八天办婚事，当即表示迎亲那天，他要亲自来参加宴席。

县长大人要来参加婚礼的消息像长了翅膀一样，传遍了整个村子。村邻们对觉夫充满敬佩之情。凤梧原本煽动一些准备闹事的人，纷纷去凤梧家找借口婉辞，有的还跑到觉夫那里告密去了。弄得凤梧大动肝火，破口大骂："都是一些见风使舵、趋炎附势的狗东西！好！等着吧，总有一天要好好教训你们的。"

征桂看到这种情形，心里想：这正合了那句"人要行时了，门板都挡不住。"的古话，又看到儿媳坐在堂屋靠内看得到外面的地方，虽然是侧着身子坐的，但是她的头却总是侧着看外面。儿媳心里想的是什么，征桂不用问，心里比什么都清楚。她觉得再阻拦是不可能的事了，不如早点闭上一只眼睛。

她不好跟儿子和丈夫说明她想到的事情，只好说她姨妈快六十岁了，要送一只鸡和一些布料去意思一下。她还对绍杨说："自己一双小脚，带一个小孩走二十多里路，恐怕吃不消，你跟我同去一下吧。"

说实话，她这样做内心是极为矛盾也极为痛苦的，她和丈夫带着孙子这么一走，发凤会做些什么呢？这是明摆着的事。儿子是对付不了他媳妇的。可以这么说，这些年来，发凤如果不是看不上村子里的年轻人，早就被别的男人弄到手了。她这个做婆婆的帮管也是管不住的，况且发凤是个烈性子的精明人，你能拿她怎么样？管多了，自己到老来日子就难过了，古话说"儿好不如媳好"。但是放任不管任其发展，后果也是不敢想象的事情。就算发凤说出的话算数，不出这扇门，但是她和觉夫一旦缠上了，对先恭的感情肯定会冷淡的。自己这样做对得起儿子吗？况且儿子又是个老实的可怜人，于心何忍啊！想到这里，征桂闭上眼睛，泪水自然而然地流个不断。

但是征桂转而一想，如果一味蛮管下去，要是发凤一不做二不休，干脆明着来跟了觉夫，你又能怎么办呢？至于前段时间发凤没有和觉夫发生关系，那是觉夫还没有摸透发凤的心，现在双方都明了，两家又住得这么近，发生那事是必然的了。本来自己还想让觉夫老婆来帮管的，可是听说张秀娥是个没儿没女的妇人，她还得傍着丈夫和丈夫的儿子过日子，自己都是泥菩萨过江自身难保的人，管紧了如果觉夫一脚踢她出门，那日子就更难过了。征桂想到这里，自己不如闭上一只眼睛算了，那样的话，发凤对老公和公公婆婆也不会硬下那颗心的，况且她在这里也生下一个儿子；觉夫也硬不下这颗心撕下这个面子的。这样两家的关系至少是完整无缺而且可以长久相处的。

于是征桂夫妇带着孙子，拿着雨伞，提着棕叶做的鸡笼万般无奈地走了。

# 十三

发凤夫妇站在门口目送着公公、婆婆和儿子向街口走去，直到他们拐弯看不见了还呆呆地站着。他们这么一走至少要三天才能回来，距觉夫迎亲的日子只剩下五天了，这两天觉夫家还是清净的，过两天他家就热闹起来了。婆婆为什么选这个时候走呢？莫非是？"发凤想了一阵之后，她懂得了婆婆的用意，心里对婆婆无比感激，眼泪就刷刷地流了出来，暗暗地赌咒："婆婆啊，凭您这样理解我，我发誓永远也不会出这扇门的！"

发凤看一眼觉夫家里，只见他两个儿子正在打扫房间，摆放东西，就是没看到觉夫。她跟先恭说："我们进去看看，看觉夫哥要我们做些什么吧。"

当他们走到堂屋后面的房子里，看到觉夫三兄弟正在商量着今夜要去五里外的地方买两头活猪回来，准备再请两个人抬猪的事，这是准备办婚宴用的。发凤就说："我们这么近，还到别处去请人吗？先恭可以去一个。"

"对呀！"先恭没理解发凤的意思，说，"我去一个。"

觉夫抬头看着他们俩，先恭一副很认真的样子；发凤呢，趁觉夫的两个弟弟低头点烟的机会，眨了两下会说话的眼睛，说："我妈和我爸临走的时候都说了，叫你们有什么事就叫我们过来帮的。"

"他们去哪啦？"觉夫听懂了发凤心里的话，顿时一惊。

"去她姨妈家了。"发凤指着先恭好像要先恭做证似的，说："要过三天才回来的，不过他们会早点回来帮你们的。"

"啊！"觉夫心里全明白了，买猪是今夜去的，要到明天才能回来，那他和发凤的事就在今夜了。他闭上眼睛好像在想什么似的，然后问："恭弟，你真的愿帮我吃这个苦吗？"

"怎么不愿呢？"发凤又抢着说，"对门对户的。"

先恭连连点头，说："愿意，你头回那么大方帮了我们的忙。"

夜深了，觉夫在房子里一会儿坐着，一会儿在床上躺着，一会儿又下到地上来回地走着，不知如何是好。外面除了街中间石桥下的流水声，什么也听不到。发凤的家里安静得很，漆黑漆黑的，不知是睡着了还是没有。在娶亲之前的几天里就做这种事，今后会怎么样呢？对得起秀娥吗？对得起先恭和他父母吗？觉夫有点为难了。不过夜这么深了，发凤也没有过来暗示什么的，也许是自己想多了吧。人家年轻到了可做自己女儿，也太没道德了，他打算上床睡觉了。

随即听到对门的门"吱"的一声响，一下子便听到窗子外面发凤轻轻的叫声："夫哥，还不过来呀？"

觉夫控制不住自己了，对着窗外轻声地说："好！就过来。"

发凤在门边听到街面上轻轻的脚步声，等觉夫一进门就关上了门，一下子用双手吊在觉夫的脖子上吻个不停，然后挽着觉夫的手臂向卧房走去。原来这房里是点着灯的，到了房里她又把门关上。发凤利索地把衣裤全脱光了，露出了丰润饱满的身体，多美啊！觉夫的头脑有点发晕了，下面那东西像棍子一样翘起来了，而且像要发裂似的难受。可是想到将来的种种可能性，又呆呆地站着不动。发凤把铺垫臀部的东西都放好了，并且上床试了一下该放的位置，见觉夫还是呆着不动，又爬起来脱觉夫的衣裤。边脱边说："你呀，还呆呆地站着干什么？你是太监吗？"

觉夫的衣服全被发凤脱光了，觉夫下体又长又粗又硬，像根钢棍一样直向前挺着。发凤握了握摸了摸说："嫂子死了这么久，今夜够你解渴的，来吧！"

随着发凤躺下和双腿的张开，觉夫忍不住爬了上去，也许是觉夫几年来没挨过女人，最近身体强壮了，再则被发凤这么年轻美貌的女人激起无比强烈的性趣，于是觉夫一步到位，毫无保留地进去了。觉夫觉得那里面的湿润松弛柔软和那种难以言状的痒，使他突地发起猛攻；发凤双手时而紧抱着觉夫的肩膀一个劲地狂吻，时而又将双手抱着觉夫的臀部，一双腿翘起来让觉夫尽量进入她最深的空间里去。

发凤双手紧紧地抱着觉夫的臀部，越箍越紧了，喘着粗气说："你歇下吧，然后你可以慢点，行吗？"

觉夫俯着身子任她怎么去摸。他也在她脸上轻轻吻着，又到她的胸部吻个不停。动作很慢，只听见下部像是在水里行走的声音一样，那么动听悦耳。

觉夫说："这声音多好听啊！这是我们共同快乐的声音，你觉得呢？"

发凤说："这是人世间最好听的声音！"

他们就那么时断时续地一个高潮接一个高潮地痛快。直把那爱液洇湿了垫在臀下的垫巾。两个人倒在床上酣然入睡了。

直到觉夫尿胀醒了，小便之后帮着发凤穿好衣服，轻轻地吻着她，并在她的身上轻轻地抚摸着。然后说："今夜你可能怀孕了。"

发凤在觉夫的脸上亲了一下，双手将他的脸捧着，深情地看着，甜蜜地笑着说："肯定是。"

觉夫看着发凤花朵一样美丽的脸，看着看着，发现发凤的脸慢慢地转换成一副哭相，泪水无声地淌流着，而且越哭越伤心了。觉夫大吃一惊，心想：她是不是看到自己年纪大了，感到不值而后悔了呢？于是他露出羞愧的神情，急切地问："你是不是看到我年纪大了，后悔了呢？"

发凤嘤嘤地哭个没完没了似的。

"如果你后悔了！"觉夫跪在床上发誓："我往后再也不来了，好吗？"

发凤的两只拳头在觉夫的胸前不停地捶着，说："我就是觉得你来迟了，我就是要你常常来呀！冤鬼耶！"

这下发凤才说出了她内心的痛苦话。她和先恭在一起从来就没有这样痛快过，他每次要的时候像恶狼一样，猛干一阵子就睡着了，根本就没有疼爱过她。自己好像就是他泄欲的工具，根本没有什么共同语言，粗粗鲁鲁的，也从来没有过一句文雅的话。发凤觉得那不是跟人在一起，而是跟畜生在一起，今夜她才做了一次真正的女人，可惜来得这么迟，而今后又如何能和先恭在一起呢？她越哭越伤心了，弄得觉夫和她同时痛哭起来。

她停住了哭声，然后一字一顿地说："如果你愿来，就是我的幸福。从这次起我会直到跟你怀上孩子才让他黏边的。不过，我会对得起我婆婆的。如果不是她松了这句口，我可能早死了。是她救了我的命，我忘不了她的恩情。今夜的机会也是她给我的，可能她是怕你老婆娶进来后就不想我了，就提前走了。让你心里永远有我，我婆婆太好了，比我娘还要疼爱我些，我、我、我，我忘不了她的恩典！呜呜呜……"

发凤说完又哭了一大阵。觉夫抹着发凤的泪水说："是啊！人活良心树活根，你应该这样去想，这样去做；我也会疼爱秀娥的，我不能把她当成一个保姆一样看待。她靠了我，就应该让她靠得稳靠得实在靠得舒心；再则，我也要靠她来帮我管好这个家的。以后秀娥在家的时候，我不会来的，免得她伤心你也丢脸。你要是太想了就另想其他办法吧，行吗？"

发凤的双手握着拳头在觉夫的胸前轻轻地捶着，说："你这样对待秀娥的话，我就更放心了。我觉得你是世上最有良心有道义的男子汉，佩服你。尽管你年纪老了，我发凤永远是你的人。当你病重了，我会公开我们的关系，全身心地去抚你过老的。你死后，只要我还能动一下，我会去你坟头点灯、扫墓，直到死了为止。"

觉夫和发凤甜甜蜜蜜聊到鸡鸣三遍了，才悄悄起身离开了发凤的房间。

# 十四

觉夫娶亲那天的风光气派，在村子里是史无前例的。县长未到之前先派一名县役前来报信，说巳时就会到的。县长这样做，一是彰显自己的威风；二是给觉夫造造声势，让乡村里的人们格外看重觉夫。一时间，县长来参加婚礼成了乡村一条爆炸性的新闻，许多与觉夫素无往来的乡绅富豪，都纷纷赶在辰时前来贺喜。其目的就是为了巴结县太爷，好在县长到来时随行迎接，礼房里理事的人员成倍增加。

为了给县长的面子，很多人提议要把婚礼搞隆重些，临时决定要把锣鼓队、狮灯、龙灯、戏班的人马都请来。最先要到场的当然就是锣鼓队，其实目的就是要用锣鼓去接县太爷。巳时头县长真的按时赶到了，几套锣鼓一前一后敲打着，真的是锣鼓喧天，鞭炮轰鸣。县长还是骑着那匹白色的高头大马，穿着时兴的军官服装，英俊潇洒，令人敬畏，好不风光啊！他的后面排着长长的队伍，犹如皇帝下江南巡视一样。

湖南浏阳二十几个朋友也在巳时尾赶到了，他们本来只是带些银洋来送礼的，到了街上听到县长都来了，临时在街上买毛毯做软匾。消息传到礼房里，锣鼓队又得出发了；后来连觉夫舅舅家里来的亲戚，前妻家的亲戚也不直接进觉夫的家了，坐在街上等待着享受着这种脸面的风光；自然张秀娥是今天这场戏的主角，她的到来更是要大锣大鼓地迎接了。

凤梧这次在明处并没做什么怪，因为他知道礼房增加的这些人，从能力、地位、财富和名声来看个个都在他之上，他只有献殷勤的分了。何况他往日那些忠实信徒一个个背叛了他，有的走了，有的虽然没有走，也已经倒向觉夫这边来了。不过他还是想耍点阴谋的，那得要见机行事见缝插针，比如临时决定请龙灯、狮灯、船灯和戏班，本来是来不及了，况且这样花费就大了许多，觉夫从内心来说是不情愿的。凤梧看到觉夫面露勉强之色，就说："戏班上的开支就归我负责了，放心吧。我们毕竟兄弟一场，老弟，你还会再娶老婆吗？"

他还向那些已经倒向觉夫这边的人发号施令："你们还不跟我快些！还挨到何时？"弄得那些人只好拼命地做事。

礼房里子公那头的人是征桂在那里坐，她只是派发果品一类的事。发凤派上端茶送水的事儿，平时端茶一般是两个最年轻漂亮的女人。今天人多了，临时又到外村请了两个女人帮忙。发凤没有像其他三个那样穿上艳丽的服装，也没有涂胭脂水粉、画眉毛、抹口红，只是穿着很得体很朴素的套装，梳着齐肩的短发。由于发凤个头偏高、身材苗条、皮肤白皙、瓜子型的脸蛋、明亮而又像会说话的眼睛、宽宽的下巴、薄薄的嘴唇，再加上本身平时见人一副亲切的样子。这模样是她仿效舅舅家那在外面大学读书的表姐那副打扮，加之前几天夜里得到了那份满足的爱，心情痛快，溢于言表。发凤在前来送礼的所有年轻女人中鹤立鸡群，弄得所有宾客的眼睛都在她身上打转转，有的盯得发了呆。觉夫懂得发凤的心意，她是要显出自己的高雅，让自己的心永远锁定在她的手里。觉夫虽然和她有过一夜的痛快，但是还没发现发凤竟然这样美丽动人，他时不时用眼睛偷偷地瞟她一眼。每逢至此，发凤总是抿着嘴用眼睛眨巴一下，微微地发出内心欢悦的笑容。

开席时，县长的眼睛盯着发凤直打转。旁边的人看出了县长的心意，就有人殷勤地提议："我看选两个端茶的人过来给您陪陪酒，可以吗？"

县长欣喜地说："合适吗？其实也不需要两个，一个就够了。"

凤梧站在边上听到了，心想：原来县长也是好色之徒。有了，机会到了。连忙走上前来殷勤地说："怎么不合适呢？不就是陪着喝喝酒嘛！您觉得哪个合适，我去把她叫过来就是了。"

县长朝发凤一指，问："她是哪家名门的淑女呀？"

"哪是名门呢？"凤梧笑着摇头说，"说淑女那倒是，她算得上方圆十几里的美人哪。她就是觉夫对门的，很近很近。我去把她老公一齐叫来，让您看看。"

"好的。"县长微笑着点了一下头。

凤梧在发凤夫妇面前并没有说县长要她陪酒，只是说县长有事要问问他们，也就一同跟着过来了。县长将先恭一看，还真的吐了一下舌头，连忙说："你好有福气啊！娶这样美的妻子。"

凤梧忙问："美不美呀？这就是他的妻子。"

县长深有感触地说："真的是贤妻孝子要命登啊！好好，你们就坐这儿吧。"

先恭不知所措真的上位了，发凤连忙将先恭拉下来说："不，不。我要给客人送茶的。"

"客人都上席了，该来的都来了，还有什么客呢？"

发凤严肃地对凤梧说："总还有些后到的客人嘛！"

凤梧看发凤眼里对他射出鄙视的目光顿时软了，但还是狡辩了一句："即使还有后来的客人，那里不是还有三个人吗？你不要狗肉不上秤呢！"

发凤怒目圆睁，说："好！我是狗肉。你去把你儿媳那块天鹅肉送来吧。"发凤转过来向县令作揖打拱："县长，对不起，失陪了。"说完，发凤向凤梧白了一眼，接着将凤梧拖到门外县长看不到的地方，松开手愤然地往凤梧脸上吐了一口痰，然后往端茶的地方走去，一副令人不可侵犯的样子。

凤梧忙用衣袖擦着贴在眼眶上的痰，觉得受到了奇耻大辱，欲进不能，欲出无脸，呆呆地站在门边。一会儿后，他两眼阴光一闪，又满脸笑容地走到县长跟前，说："不好意思，真的不好意思，想不到她这样不识抬举。"

县长大手一挥说："没关系，没关系。这真是一个贞节的好女子啊！"

"屁！"凤梧用双手拢着在县长的耳边轻轻地说，"听说跟觉夫有一腿的。"

"啊！"县长如梦方醒的样子。

"要不"，凤梧收回双手退了两步说，"今天是觉夫办喜事，这女子肯定是驳不了东家的面子，要不就叫觉夫去请，可能会来的。"

县长两眼一亮，微笑着点点头。大家都说这是个好主意。

凤梧把觉夫从大门外请到县长席边来了，把刚才的情况说了一遍。然后说："老弟，县长百忙之中又从百里之外赶来，这是给了你莫大的面子。我想你也会给县长一个面子吧，今天是你办喜事，你去请她肯定会来的。"

觉夫从凤梧的脸上看出了他的阴谋，默然一笑，说："她毕竟不是我共房同公的人，今天来了只不过是看在对门对户的邻舍关系，况且她的脾气又犟，估计是请不来的，要不你跟我同去看看吧。"

由于凤梧起哄，大家就跟着附和，觉夫只好顺着凤梧画的圈子钻，他走到发凤跟前说："县长是我的老同学，你就给我一点面子吧。你不喝酒，只要你陪他坐坐，必要时给他倒倒酒，可以吗？"

这下引来很多人看热闹了，发凤坐在茶桶边的椅子上正襟危坐，再没有了上午对他微笑的样子了。那双会说话的眼睛射出冷峻的目光，面对觉夫好像是一个陌生的人一样审视着，语言再也没有了柔和甜美，换成了凌厉的声音，说："我是你什么人？我不跟你亲，仅是邻居。我今天来了，就是给了你莫大的面子。我丈夫都不叫我去，你却来叫我去。你把我当成什么人？你有什么资格叫我去啊？你要拍县太爷的马屁，你可以把新娘子派去陪县太爷嘛！如果你认为我今天在这里端茶不合适的话，我可以马上回家了。"

发凤说完，大手一甩，愤然地回家了。这下弄得大家十分尴尬，只好去找征桂劝她回来，不要她去陪谁喝酒了。

征桂看到此情此景，想不到儿媳这么正派，觉得儿媳给了自己莫大的面子，维护了家人的尊严，心里对儿媳产生了由衷的敬佩之情。她看得出五天前的夜里，发凤和觉夫是做了那种事的。看来她这样做也是做给觉夫看的，表明她对觉夫的爱是忠贞不移的。不过征桂今天很高兴，脸上露着自豪的笑容说："不用叫了。她就是这种脾气，她要做的事谁也挡不住；她不愿做的事，把刀架到她颈上，她动都不动一下的。"

# 十五

发凤的举动令人大感意外，没给县长和觉夫一点面子，当然对凤梧和那些心怀歹意的人却是一记响亮的耳光，使这些人很不好意思了。幸好大家都觉得不好意思了，也就不觉得怎么样，对觉夫也就没有什么影响了。

席间，互相敬酒非常热烈，酒后露真情，酒后献真诚。在酒席上，很多人先敬县长的酒，然后来敬觉夫夫妇的酒，每来一个都向觉夫表示要尽力帮忙。浏阳的朋友说，岭南的花生是天下最美味的花生，生姜又脆又辣又甜没有一个地方可比的，要觉夫大量收购。他们愿帮着推销，也希望觉夫把那边的烟花、鞭炮、夏布贩过来帮卖，他们可以用最低的价格帮收。说来说去就提到岭南的道路太窄、太陡、太难运货物，要是把路修宽点修平点，就可用独轮车推多一些。修哪条路好呢？大家闲聊着，认为修长河县通到东湾的路最近，只有二十八里。那里有一条长河通往洪都的省道，在东湾设一个转运站，再到浙江请一些会推独轮车的人来运，那就快多了，运输量也就会大多了。可是这些钱从何来呢？大家没有办法议下去了。

开始县长只是听着，见大家对觉夫这么好，自己一点忙都帮不上，沉思许久之后，他觉得这也是为民办好事，于是说他可以从县里拨点钱下来，同时还可以跟长河的县长商量一下，让他们也帮筹一点，这是双方有利的事情。街上几个平时一般关系的朋友，在敬酒时也表示愿意租房给觉夫做铺面；塔下那个很有才气的先生也来敬酒拉关系，觉夫就想到了两个儿子读书的事，向他提出了要他来做私塾先生的请求，那先生就欣然地答应了；接着又有两个曾经跟觉夫有过来往的人，表示愿意将女儿许给觉夫的儿子；还有一些人叫他多买一些田地，把庄园搞大一点，变成在外有生意门路，在内有田地收租，两条腿走路稳打稳扎的。

觉夫觉得这些人都是平时请不来的高参，想到以后自己真的有可能"伸开巴掌千条路，路路都有贵人扶"。他好高兴，来者不误，有敬必喝，弄得秀娥在一边看着，既高兴又忧虑。秀娥觉得自己介于有福与无福之间，有福的是人到中年，还碰到了比前夫各方面都强的丈夫；忧虑的是自己无儿无女的，觉夫又不知道是否靠得住。她隔不了多久就到端茶的地方看看，她要看发凤是否还在那里，看了几次没人就没有再来看了。她在娘家就听到传闻说觉夫与发凤两个人有名堂，今日看到他们眉来眼去的，确信这些谣言不假。她怕觉夫醉倒，叫娘家的哥哥去找葛花来泡茶给觉夫解酒，有时还代觉夫喝了一些酒，还用湿毛巾给觉夫抹汗，按在胸前退热，让旁人看到他们好像老夫老妻那样恩爱而羡慕不已。

午宴结束后，狮灯、龙灯、船灯和茶戏依次上场，还闹了洞房直到次日的寅时才结束。觉夫酩酊大醉和衣上床就酣然入睡了，秀娥只是睡了一会儿就醒了，她在觉夫的脸上和胸前轻轻地吻着，眼泪自然而然地流了出来。

# 十六

当婚事的三朝日一过，觉夫和秀娥带着两个儿子去塔下请私塾先生了。这天的天气很热，本来是辰时的日头巳时的风，可是到了巳时还是没有一丝风。田里的禾苗和路边的草呵树呵，被太阳晒得无精打采的。觉夫和秀娥合一把伞并排走着，秀娥显得很有精神，而觉夫却和今天的草和树一样萎靡不振。

办私塾本来是他必办不可的事，可是到了这时却信心不足了。他觉得两个儿子又懒，脑子又不开窍，办私塾只能说是生意是这样做，豆腐是这样磨的，至于结果如何只有天知道。而秀娥的想法却不同，虽然她也知道两个孩子过于懒惰且又愚笨，但是有先生教总比没先生教强。她看到了觉夫以后的发展前途会更好，但毕竟是快五十的人了，前人强不如后人强。他夫妻俩不知谁先过世，如果觉夫先走路的话，那她就得靠他这两个儿子了。她在娘家没有读过书，目不识丁的，她也想学点东西的。

这些话是秀娥婚宴后的第一夜说出来的。当两个人过完夫妻生活后，秀娥就谈起办私塾的事，谈如何发展家庭的事业。觉夫能感觉到秀娥的真诚，而且很有志向和谋略，他深受感动，欣然答应。但是过后想到两个儿子，他像打足了气的皮球又漏了气似的。

秀娥侧过头来对觉夫说："你不要太灰心了，年纪大一点记性也要好些的。我都快五十的人了也愿意学，也是为了帮你和他们吧。我想那两个想把女儿许给我们儿子的事，不如答应了好，让她们也来受受教育，将来也可以配合丈夫做做事。这样又可以让她们管管各自的老公，给他们的肩上搁搁担子。其实我看到了你养的花，但总觉得没有山上的花好。这也许是你对它们照顾得太多了点吧，养人也是一样的，你说是吗？"

觉夫愣住了，眼睛直直地盯着秀娥，看来秀娥的头脑在前妻和发凤之上呢！我真有福气啊！于是欣然微笑着说："就怕把他们逼出病来。"

"不会的，"秀娥笑着说，"年纪轻轻的又没有什么病。"

"那……"觉夫欲言又止。

"那什么的"。秀娥拍拍觉夫的肩膀说："你说呀！"

觉夫不好意思地笑着说："你一进来就要做这么多事，实在是过意不去。"

秀娥看着觉夫笑着说："人活在世上只要能得到信任，累死了也值，就怕你不相信我啰？"

"我怎么不相信你呢？"觉夫像赌咒似的说："你头处又没儿没女的。"

秀娥的脸阴沉起来了，轻轻地叹了口气说："我头处是没有，年纪这么大了，到这里也照样没有啊！可是你……"

"可是我……"觉夫从秀娥的眼神和话音觉察出了什么似的，装着无事地问："我怎么了？"

秀娥低着头，声音也更低了些说："还可是什么啊，我觉得你将来在别处就会有的啊！"秀娥说完停住脚步闭上眼睛，眼泪涌了出来。

觉夫心里一惊，无话可说了。他就这种性格，当想隐瞒的事情被人家知道了，也就不想狡辩的，说改也是不可能的事，不如不说。

秀娥无力地睁开眼睛说："不过这两个儿子是你的亲儿子，即使再差。毕竟是你的血脉啊！你要对得起你儿子才好。"说完，秀娥往路边的石头上坐下去，眼泪更是汹涌地流了出来。

觉夫也只好捡块石头坐下。两个儿子又在前面，一个闭着眼睛背诵判断天气的顺口溜，一个捡块石头在地上写着字。

秀娥用手帕擦着眼泪，沙哑着声音说："我在没发嫁的头几天，就听到了你和发凤的事，本打算不来了，但既然和你结婚的日子都定了，客也请了，怎么好去辞复人家呢，当然这是小事，主要是我爱你，而且好爱你。哥和嫂叫我不要来了，来了会受怄气的。我想只要对你儿子好，他们两个总不会走到那边去吧。当然我也相信，你老婆去世几年，她老公又那个样子，你又那么出众，你们之间肯定有这回事了。但我仍然爱你，就算做你的佣人也甘心，所以就决定来了。事实上也是这样，那天上午那么多客人都把眼睛往发凤身上盯，那么多人主动与发凤说话拉话，她都不在乎。你一看她，她就跟你笑得那么甜，中午她不愿陪县太爷是做给我看的，说明她贞节，县太爷都不在乎，还会在乎你吗？当然也是做给你看的，我连县太爷都不理，对你忠吧。我当然理解发凤和那样的老公在一起怎么过得了，我也知道你是丢不了她的。"

觉夫被她说得抬不起头，心里暗暗想，由她说吧，看她到底是怎么想的？

"这样吧，"秀娥拍了觉夫的肩膀一下说："免得我和她相见难为情，你能让我和她隔远点，行吗？"觉夫感到一时难以开口。

"走吧。"秀娥若无其事地站了起来，挽起觉夫的手臂向前移动着步子。

# 十七

秀娥把坑口那间老祖堂租下来办私塾了，她连家也基本上搬过去了，这是利用夜工搬过去的，搬出的这头好像一点动静都没有。搬进的那头是放了鞭炮的，这是她请娘家的人帮搬的，到了半夜子时响鞭炮，大多数人还搞不清方向，辨得清方向的，以为是谁家生孩子了，来向祖宗报喜的。

早饭后行了拜师礼，汪老先生先从国语到算术，检查了两个弟子以前学了些什么，检查出来的结果是这样的，字是认识不少而且字也写得很漂亮，尤其是贤盛的字连汪老先生的字也比他好不了多少。这点使汪先生大吃一惊，可是查到记熟的课文，那就糟糕透顶了，《三字经》《幼学》《贤文》两个孩子一课也背不了。算术就更糟糕了，拿个算盘给他们连三十六下算都打不了，至于小归因、小归除、大归因、大归除就更不能动了；十六两的秤斤求两，两求斤就根本不能开口。经分析是读得太少，练得太少，理解能力就差了，这是过去的先生要求不严造成的。

觉夫很认真地说："汪先生，孩子调皮，你就严加管教，必要时可以揍他们，我给你写个字据可以吗？"汪先生觉得很为难地摇着头说："孩子都这么大了，打是不合适的啊！"觉夫转而对秀娥说："有你盯在这儿，看到了他们不听话的话，你就打。"秀娥也苦笑着说："我也不赞成用打的方法，这么大的孩子成天挨打是过意不去的，那我今后怎么和孩子建立感情呢？"

秀娥看着觉夫说："我选到这里来做学堂对了吧，如果西岸那么多人看到孩子这么顽固多丢脸啊！再则，那里也太不安静了，怎么读得进去呢？"

觉夫摸了摸下巴，苦笑着说："对，看你把学堂办到这里来，又能学到多少啊？"

秀娥说："总不至于在西岸经常当众出丑，叫孩子怎么抬头啊！"

"这样的孩子"，觉夫无奈地摇了摇手说："除非关到大山里，永不出门了，那还差不多，唉……"

汪先生叹了口气说："幸好你们夫妻俩都知道孩子的情况，不然的话将来还怪我不会教呢。"

秀娥说："不会怪你的，你能慢慢教我吗？让我有空来教他们。可惜我一个字也不认识。"

"这样正好。"汪先生捋了下胡子，说，"你学就容易啰。我今后就好得报酬了。"

觉夫笑着说："看来，这学堂是给你办的啰！"

秀娥笑着问："我是你家的人，我学会了又来教你的儿子，不值吗？"

觉夫捋了一下胡子连连点头笑着说："值，值。让他们学到胡须拖鸡屎。"

三个人一齐大笑了起来。秀娥甜甜地笑了一下，转而又似笑似哭的样子了。

觉夫也眼泪朦胧地伸出双手捧着秀娥的手说："你放心地做吧，我难得找到你这样贴心的人哪。"秀娥和觉夫在一起虽然只有几天工夫，但她觉得觉夫是个很有良心的人，是一个讲道义、重情感、值得托付终身的男人。

第二天上午家里还有很多客人，觉夫没有时间闲坐下来，自然是没有时间和发凤接触。秀娥呢有空就抽抽身，她要进一步观察发凤，当然是观察发凤的动态，从而探清她的心态。于是便时常到门口去坐坐，她判断发凤不可能这么快就发现出纰漏了，双方之间的心事也不容易暴露出来。其实觉夫昨天中午那么一搞，自己是警醒了，不像昨天上午那样易于显露了。而发凤却不然，虽然昨天中午回家后不见露面了，但第二天就经常出来，不是出来在渠道里洗菜，就是洗衣，洗猪草。还有抹擦锅、碗、盆、罐的。她心里想：

发凤哪有那么多东西可洗？

当然，发凤确实长得太好看了，不管穿什么样的衣服都那么得体，昨天是见客的衣服，穿着那么好看。今天是穿在家做事的衣服，本来是很随便朴素的，也那么好看，难怪连县长都喜欢她，叫觉夫又怎能不去爱她呢！发凤以为秀娥还不知晓，亲切地与她攀谈起来，"嫂子今后我们有伴了，开门就在一起的。"

秀娥很想用话来顶她的，但觉得过早就这样刻薄，容易引起她的注意不好。不如深入套出她内心的真实意图来。于是也亲热地说："这真是好地方，水又这么方便。"

说着说着，发凤的眼睛往觉夫的屋里看去，根本就不看渠里的衣服，一个毛槌又被水冲着漂走了，跟刚才洗菜一样篮子都被水冲走了，弄得发凤连忙放下衣服去追毛槌。当毛槌追着捡起来了，没放好的衣服又被水冲走了。

"嘻嘻，"秀娥笑着说，"看你这是洗衣服吗？看人都把你看呆了。"

发凤似乎听出了秀娥的话外音，红着脸说："今日有人不就多看几眼，等客人都走了拿什么看。"

"走到哪去啊！"秀娥用手捂着嘴巴笑着说，"嘻嘻，够你看的啰！"

发凤心里一咯噔，脸上热了起来，只好装着追衣服去了。秀娥觉得发凤已经知觉了，心想：不要搞得发凤太难看了。转身就进家门了。

秀娥觉得发凤确实是个聪明伶俐可爱的女人，她这么美而又不风骚，嫁过来后除了与觉夫有那种事，也没听说有其他的问题。她连县长都不去搭理，至于与觉夫有这种事，也在情理之中，她丈夫那个样子，就是自己也难以和他相处下去。觉夫是个方圆十几里难寻的好男人，叫谁不想啊！觉夫呢也不是到处乱搞的人，看得出他们有这种事肯定是发凤追他，他要是不讲良心把发凤夺过来也是极为容易的事情，但他没有这样去做，相反还把自己娶进门。这说明觉夫是一个相当有理智、靠谱的男人。如果娶了自己就丢了她也不是一个有良心的男人了，对她那么绝情，对自己又能好到哪里去呢？看来不让他们好下去，是绝对不可能的事了，管多了反而对自己不利。他有女人，又有孩子，还有这么大的能力，我有什么呢？唉！干脆做个傻子算了，借着去坑口办私塾避开吧。

正当秀娥发呆的时候，大弟先纶的儿子贤义进来了，说："伯伯、伯母，我们也在搬家了。"

"搬到哪里去了？"觉夫吃惊地问，"怎么不跟我说一声呢？"

贤义吞吞吐吐地说："搬到东岸去，叔也跟我们一起去。看到你们搬家不告诉我们，我们也就赶快搬走。"

"我们是搬过来办学堂。"觉夫知道这是弟媳搞的鬼，痛惜地叹了一口气，说，"我们又不是搬家。"

秀娥突然感到后悔，羞愧地说："唉！这只能怪我。"

觉夫摇了一下头，大手一挥说："这是早就要出现的事了，只是因你没进门拖住了。好吧，我们去送一下吧！"

他们与汪先生打了一声招呼就走了。

他们还在回家的半路上，岭南保的保长来找觉夫了。说是叫他到乡里见乡长，县里和长河县商量修路的事已经定下来了，叫他去接受任务。觉夫觉得这个事情太重大了，在半路上跟侄子说了几句歉意的话，就跟保长一起走了。秀娥只好跟着侄子往家里走去。

发凤夫妇和那个帮抬猪的从娘家回来，看到贤纶、贤义从家里搬东西出来，很是蹊跷。走到觉夫家里一看，连觉夫房里的东西也少了许多，一问才知觉夫差不多把家具搬走了一半到坑口去了。她感到非常疑惑，心想：难道秀娥要拆开自己和觉夫的关系，手脚做得这样快。但是发现另一间房里的床铺桌凳还是照常未动，这就使她感到更蹊跷了。

秀娥回来后，看到发凤站在觉夫平日住的房门口发呆，特别是看到家里成了这个样子，心里只有伤感。但又不好说什么，家本来是要分的，这么点房子三家人住在一起，也确实是太紧了点，可是大家都这么一走，房子突然变得冷寂寂的了。想到自己没来之前，三兄弟住在一起，老二和老三他们的老婆相处得那么好，现在他们还是那么好，而自己呢孤孤单单的，成了什么样的人了呢？顿时两眼昏花，扶着门框跌坐在门槛上不动了。发凤连声大叫着先恭，将秀娥背到自己的房里去了。

觉夫来到乡里，张乡长待他如同至交好友，热情地对他说："你跟县长提出的建议，确实是好。家乡几千年来的货物，全靠肩挑手提的，老百姓为了买到货物，一年差不多有一个季度在路上肩挑背磨。如果能改成车马运行不仅快些，而且运输量也大多了，节约了很多劳力，可以做更多的事情。县长对你不仅给予高度的评价，也给予充分信任，任命你为修路总指挥。"

张乡长还介绍了一些具体情况。这条路全长二十八里，受益的大多是唐定的百姓。长河县只愿意负责从东湾到长岭坳那一段，刚好是全程的一半，而唐定县却要修到长岭坳的山界上。至于两县修路所占用的土地，由两县的地方政府与群众交涉；修路的劳力是每个成年劳力献工一个月。当然有钱的可以出钱免工，百分之六十的经费是由地方出。

觉夫回到坑口后，得知秀娥病了，连午饭都是发凤送来的。走到家里一看，整个屋里空空如也，一片狼藉。发凤站在门口说："嫂子发烧了，整日迷迷糊糊的，刚叫郎中看了，说是神经受了刺激，现在先恭捡药去了。"

觉夫听了顿时一惊，非常感动。看到堂屋里没有人，使劲将发凤亲了一下，弄得发凤眼泪滴滴答答地直流。

走进发凤的房里，只见秀娥还是糊糊涂涂地躺在床上发着高烧，征桂在一旁陪着。当觉夫叫醒秀娥后，秀娥流着眼泪说："觉夫，对不起。我是个祸殃，把你家搞成个这样子了。"

觉夫替秀娥抹着眼泪说："怎能怪你呢？这是我不好。如果你迟来了半个月，他们也走了。其实这给你添了伤心事，我心里觉得对不住你，也是难过的。"

觉夫把在乡里听到的向秀娥说了一遍，也算是说给发凤他们听。大家都很激动，想不到觉夫年将半百了，还得到了政府的重用。秀娥坐起来依偎在觉夫的怀里感到无比幸福。发凤不自觉地把手搭在觉夫的肩上，突然又像触了电似的赶快收了回来，连忙跑到外面哭去了。

# 十八

修路的指挥部扎在长河的墩丘，指挥部虽然有五个人，一个乡干部和三个抽调来的保长，分别放在四个路段上管理施工。身体弱的和年纪大点的修比较平坦的路，重新改道主要在长岭坳和过县坳上，这些都是年轻力壮的人。长岭坳那段路有十里的长坡，那里放的劳力最多。还有一队是桥梁队，那里绝大部分放的是石匠和砖匠。

觉夫自上工地后就没回过家，他觉得自己是县长钦点的，这不仅说明了县长对自己的信任，也是县长对自己的关心。为了工程的质量好进度快，尽量多节约点钱，自己必须坚守工地。秀娥刚嫁过来不久，而且生了病，家里的事务全搁在她一个人身上，真的是过意不去；发凤与自己痛快了一夜之后，是否怀孕了呢？也是他牵肠挂肚的事。

发凤自从觉夫走后，只有赶快把猪杀了，一卖不仅没有赚到钱，反而亏了二十多块，做完这宗赔本生意后，先恭也尾随觉夫做民工去了。她心里的想法很古怪，觉夫这么一走，像是把她的魂也带走了。先恭的走她是希望的，免得他在家不让他碰心里过意不去；也免得公婆看着她有话想说而又不好说，尤其是一日三餐饭几个人坐在一起，大家都有怨恨的心情。每餐饭除了孩子说话和因孩子引起的话题外什么话也没有，借着跟孩子说话传递自己的意思。

现在有五十多天了，月经也没有了。发凤去请郎中看了，说是她怀孕了。她惊喜得几个夜晚睡不着。婆婆开头是不冷不热的，后来不知怎么想的又好多了。不管他们对自己怎么样，发凤的心情好多了，她觉得自己有希望了，究竟有什么希望呢？她也说不清楚。

秀娥白天做做家务事，也到教室里认认字、写写字、读读书的。白天每餐饭最少也有四个人，不觉得什么的。到了晚上就大不一样了，寂寞得很。她觉得这豆腐生意是没有做头，两个儿子照样没有转变，书读不进去，更谈不上背诵；算盘照样打不了，有些口诀背是背了，在拨子的时候却用不上了，脑子就是不开窍。

秀娥不开口，汪先生也不敢打。两个儿子反过来讥讽汪先生。老大看着外面下大雨，雨点落在屋后的小塘里，溅起一个个钉的样子，就说："汪先生，你看那雨一个个像钉样钉下来，看来明天又是大雨。大家都说一点雨是个钉，落到明日也不晴。"第二天果然又下同样的大雨，不过这次溅起的是泡泡。老大又叫："汪先生，你看啦，又是下同样的雨。这次溅起的是泡泡，俗话说：一点雨是个泡，落到明日没得了。明天晴了。汪先生，我问你，为什么像个钉样就不晴，雨像个泡样就晴了？"

汪先生被他的问话给哽住了，老半天面带黑色，鞭子往桌上一拍，像猪婆一样嗥叫起来："你正事不干，野事打乱蹿。叫你读书学打算盘你就不学，你将来也好跟你爸一样做生意。你钻牛角尖有什么用，人家知道这些东西能赚到钱吗？"

老二说："先生，别动不动就发火啦！你读了那么多书有什么用？还不是到我家来赚我爸牙齿缝里的这点钱，我爸读两年书赚的钱吓死你了。其实你也没有什么理解能力，我哥问你的话你都答不出来，那说明书上的话你理解得也不一定对，你的字也比我好不了多少，照这样下去，我再学个半年吧也能教书了。先生，如果你听说哪里有人要请先生，你就留个心啰，叫我去吧。"

汪先生被呛得脸上红一阵白一阵的，几次向秀娥提出回家的要求。秀娥也觉得汪先生太为难了，儿子不愿学留着也没有什么作用，反而花了钱。只好把这种情况和自己的想法叫后去的民工带信给觉夫，觉夫也就叫生病的民工带信回来，是办是停叫秀娥看着办，弄得秀娥也拿不定主意了。这两个多月她跟着学了不少东西，《三字经》里的字认识了许多，还能背诵很多了，三十六下算盘也打得了，这么一停多可惜啊！可是汪先生没劲了，天天叫着要走，留着也是白花钱，还是让他走吧。

那两个提出愿将女儿许给觉夫儿子的人，在工地上又向觉夫说起这件事。觉夫认为秀娥以前说的话有道理，特别是秀娥一个人在家，什么事都得靠她一个人做，家里添两个女人就有伴了，让婆媳之间早点建立感情，于是痛快地答应了。带信来叫秀娥带两个儿子分别去看看，一个是她娘家远房弟弟的女儿，身材好、相貌好，人也活泼，就是太轻浮了点。老大看不中，说她身上有股狐臭味冲得人作呕。秀娥想别姓的女孩子将来不一定会和自己合得来，而娘家的女儿不仅容易跟自己建立感情，就连儿媳娘家的关系也会搞得好一些，于是就说："傻瓜呀，那是容易处理的事啰，狐臭就是腋下有根汗腺，只要勤洗澡多注意卫生就行啦。"

老大就开玩笑说："那就叫她先洗掉再来说吧。"

说好了老大的，秀娥满心高兴。接着又带老二去坳上看那个名叫叶彩秀的姑娘，这姑娘身材和长相都很好，而且沉稳得很，就是不太喜欢说话。她父母问她同意悉哩么，她十问九不应，只是红着脸微微笑；父母把她拖到偏处去问，也是十问九不应，只是点了下头。老二说："你不答应，我就走了。我爸要给我娶一百个老婆也不难。"

彩秀虽然对老二的话很感冒，但是看到老二长相这么好，又是大门大户人家的儿子，只好硬着头皮说："点头不是一样的吗？

# 十九

由于两个儿子确实不想读书，汪先生也没兴趣教下去了，秀娥再怎么不舍得也只好让汪先生回家了。觉夫在外面修路，秀娥觉得他也没有和发凤发生关系的机会了，觉夫的两个弟弟也搬走了，家里空荡荡的，也不好在坑口待下去了，只好回家去了。

由于两个儿子和两个姑娘家里都中意了，张家和叶家的父亲都在工地上，觉夫和他们见面的机会多，也经常在一起商量儿女们的婚事了，他们决定在秋收放假的日子里订婚。修路的事已经差不多了。长岭坳那段十里的长坡要增加到十二里，工程进度还差得远，必须在庄稼收割后接着再修。

回家后觉夫虽然没有种田，他的事比种田的人还忙。第一件是要把两个儿子的婚事订好，还要到外地收花生，他要尽快跑一趟湖南，回来后再到街上租几个店面开铺。接下来要请知心的人帮打理店铺，最后还要到长河的东湾落实转运站的地方，房子在修路期间经人介绍初步说好了。

觉夫回到家里已是晚上了，秀娥喜气洋洋地在厨房里忙着，最近她心情很高兴，两个儿子的婚事，她打头炮做好了奠基。两个儿子对她也比以前好多了，亲亲热热地上一句妈下也一句妈的，她心里也甜蜜蜜地像个亲娘的样子。她把觉夫两个弟弟的家人都叫来，同时也把发凤的家人都叫来了，发凤和婆婆也都过来帮忙。

觉夫发现发凤长胖了许多，比以前更加丰润饱满了。觉夫知道秀娥在厨房里，要撇过几道门才能看见，就大胆地说："发凤，想不到过了两三个月就长胖了这么多。这段时间吃了些什么呀？"发凤见了觉夫，脸上露出甜蜜而又害羞的样子。她往厨房里一望，先眨了两下眼睛，又抿了抿嘴，说："唔，是长胖了。不就是吃了你那东西，还要吃好长时间的吗？"

"那你就不想再吃了吗？"觉夫惊喜地问。

"我想，你又敢吗？"发凤努了觉夫一下嘴巴走了。

觉夫心里非常高兴，心想这才是最大的喜事呢。他怕被人察觉，坐在桌边用手掌托着下巴，好像在深思什么似的，心里想：往后的心要往那边多想些，那里有我的亲骨脉呢。"

晚饭时，觉夫带着感激的心情看了征桂好几眼，然后说："杨婶，你们想开肉铺吗，情况还好吧？"

征桂"扑哧"一笑，把亏本贴钱的事说了一遍，然后说："我们这是在做梦啊，你就别取笑我们了。"

发凤笑得更厉害了。想不到秀娥发话了："这个梦想做就做下去吧。我们给你五十块银洋。要不是觉夫去浏阳收花生，家里又要订两个婚的话，还可以多给点。"

"嫂子！"发凤突地站了起来，走到秀娥身边，抱着秀娥的肩膀亲热地说："你可是我家的财神菩萨呢！"

"做这点事也叫财神菩萨呀？"秀娥停了一下又说，"反正我家不开肉铺了，你开吧，那些家伙你都拿过去用吧。"觉夫拿着筷子的手愣了一下，先是为秀娥的爽快而惊喜，转而一想不对，她是怕我暗中给发凤，不如她来做人情。也是告诉发凤今后不要太丢她的面子了。心想：要是早娶了这个女人这个家早就发了，不过他心里也告诫自己不可乱来啊。

席间还商量了第二天中午要请各公头的长老吃饭，商量两次订婚的事，还说了大亲家要老大到他的舅舅家学郎中的事，认为老大学这门艺，也可以开药铺。老大本来不情愿，听说是丈母娘家要他这么做的，也就答应了；老二跟着父亲学开铺，要么跟着母亲做管家，反正买田地请长工的事也快要办了。

觉夫叫两个弟弟也到街上开店铺，老二答应了，老三说他要去养鸭。由你去做什么，秀娥表示各借一百块银洋。大家都满心高兴，对秀娥都心怀感激了。大家一致认为两次订婚饭一次搞，既节约了经费开支，又节约了时间，第二天就搞贤旺的拜师饭。

# 二十

觉夫把儿子订婚的事委托给妻子和两个弟弟去做，自己到外地收花生去了。觉夫因为这次修路做了总指挥，他来买花生不仅是上屋请下屋争着低价卖给他，还无偿地帮他送到家里，这可不知节约了多少钱多少工夫，使他能腾出时间去落实铺面。自己一个，大弟一个，前妻的哥哥一个，大亲家的药铺也开起来了，秀娥的哥哥就在虹桥家里开，二亲家也可在坳上的家门口开，自家的肉铺转给了发凤，只要觉夫往浏阳走一趟货也就来了。这些都是亲戚，货物是包发给他们的，觉夫除开自己的工资和货物的运输费、损耗费还是有赚头的。而亲戚们比去别的地方进货要便宜很多，明摆着是互利共赢的，非亲非故的还沾不到边，谁不想干。

觉夫给两个儿子订婚，没操心就办得顺顺利利。两个儿子的订婚饭做一餐办了，绝大多数人认为他很高明，两家亲戚一点意见也没有，还认为一碗水摆平了，没分高低厚薄。这样的结果让凤梧觉得不舒服，他认为觉夫命太好，如果这样下去那还得了，要想他家乱起来，只有让觉夫再娶一个厉害的女人做小老婆，既可以离间妻子秀娥，又可以隔离情人发凤。他派了几个人去试探都被觉夫拒绝了，反而加深了秀娥和发凤对觉夫的敬佩之情。

办完儿子的订婚宴后，离修路还有七天时间。觉夫把收集的花生一统计，有三千多斤，以每人挑八十斤计算，请了四十二个人上路，虽然到长河县城后一直都是大路，但他还是不放心，特地请了个有武功的熊未汉去当保镖，万一遇到了强盗和土匪也好有个帮手。

幸好做了准备，到了马坳山峡里，果然来了三十多个土匪把路拦住了，扬言不留下货物一个人也不留。熊未汉赶着马车走在最前面，他装作跪在地上求情，暗地里在掏针，求了很久土匪丝毫不见心软，就突地站起来把针射了出去，把几个土匪头子的眼睛扎了，痛得睁不开了眼睛。熊未汉拔起树边一棵松树横扫而去，吓得土匪们纷纷逃跑了。觉夫吓得更苦，心想：如果这伙人有一个损失了，回家就不好交代了，回来时一定要朋友们在这个事上帮个忙。

一到浏阳，那里的人特别喜欢这种花生，三千多斤花生每个店只分到二三百斤。进货时，觉夫把在路上遇到土匪的事说了，那边的朋友也请了几个武师护送到了长河。觉夫回到家后，几家亲戚就把货给分光了，这次请的人少，赚的钱反而多了，觉夫真的发了大财。

这次去浏阳，觉夫没有让先恭去，理由是发凤怀孕要在家里照顾，又可以帮父母把肉铺开起来。可发凤觉得丈夫真是个废物，在家开肉铺也只能做个挑夫。看猪是婆婆去的，杀猪要另请一个屠夫，心里暗自拿觉夫一比较，两个男人差得太多了。卖肉时，先恭父子二人轮着掌刀，没眼力一刀剁不开，有时还把肉剁得稀烂，弄得发凤就怨："拿头死猪给你都切不开，有甚用。"公公也是这个样子，她就不好说什么了，只好直摇头。这回是轮到婆婆骂丈夫了，买肉的人就笑："大有用呢，都娶好老婆呢！"褒中带贬，弄得婆媳俩哭笑不得。

觉夫在街上开铺之后，秀娥要守店铺，觉夫有机会去看发凤了。那天傍晚，征桂带着丈夫和儿子去买猪了，征桂知道觉夫和儿媳想得太久了，不让开发凤对丈夫会更加怨恨，觉夫也不会再给他们帮什么忙了。晚上发凤弄了点酒喝，让儿子醉着睡了，她想让觉夫借酒助力，更有激情。

觉夫不像上次那样有顾虑了，进房后发凤一丝不挂，挺着大肚子仰着躺在床上。觉夫自己脱光衣服后，抱着发凤亲了一阵，然后在发凤的肚子上轻轻地摸着，说："这回该满足了你的愿望吧！"

发凤捏着觉夫的耳朵说："你不一样吗？"

"一样。"觉夫笑着说，"是，是一样啊！"

这回可能是酒的刺激性太大了吧，觉夫上去后撑着双手，生怕压坏了发凤的肚子，那东西又和前次那样一步到位。觉夫觉得发凤那里更松更湿了。这回是轮到觉夫"哎哟，哎哟"地叫了起来。发凤不像前回那样嗥叫了，只是牙齿缝里响起"嗦嗦"的吸气声，脸上红得发出亮光似的。

两个人欢乐完了之后，觉夫从袋子里掏出一百块大洋递给发凤，说："给你，希望你把生意做大些。"

发凤却固执地推过来，说："现在我们有头绪了，只不过是要我婆婆辛苦点下乡了，这是个没办法改变的事。"

"傻瓜，"觉夫亲了发凤一下，看着她说，"那这回就给你婆婆吧，就说是我给她的，并代表我谢谢她啊！"

发凤愣了一下，点着头笑了一下，说："唔！高明。"

觉夫回家洗了个澡后下到铺里去了。秀娥笑着说："累了吧？你去睡吧！"秀娥的话中之意，觉夫听明白了也不争辩，也无须争辩，就自己去睡了。

秀娥心里虽然不舒服，但是她想到觉夫比前夫更信任自己，什么事由自己办了算数，买田地的钱也交给自己去办，心里觉得有主人的资格了也就舒坦了些。再说她也不想觉夫娶小老婆，如果娶了小妾，还要糟糕些。自己何必这样认真，反正守得了他的身，守不住他的心，他要想办法还没有吗？

# 二十一

觉夫又去外面修路了，临走时反复叮嘱秀娥："现在社会变了，外面兴起了自由恋爱，乡下还是老一套。不把媳妇接进门是不能在一起居住的。我们呢，只要女方父母不管就睁一只眼，闭一只眼。但就是不能怀孕，他们都那么糊糊涂涂的，等他们身体强壮了，头脑精明了就让他们怀孕。发现谁怀了孕就叫她吃中药打掉它，千万要记住啊！我跟两个亲家都说好了的。"

秀娥点点头，心想：不知外面结了婚的是不是也可以自由恋爱？觉夫不就是这样做的吗？

觉夫走后，家里只剩下三个人了，也就是她和二儿子贤盛小两口在一起。秀娥抽不开身，成日坐在铺里。叶彩秀是个规矩又勤快的好姑娘，她听婆婆转告了公公叮嘱的话后，很少和丈夫在一起，晚上还跟婆婆一起睡。贤盛见媳妇不愿和他那个，夜里就一个人在家里睡，白天也不太上街，成天在家里写写字、吹吹笛的，好像养着一个少爷似的。

贤旺在胡医师那里玩得很开心，因为有张理英陪着。不过理英想到将来可以做老板娘，也经常催老公背背汤头、脉诀的。只是贤旺读没读几句，又和理英嘻嘻哈哈、打打闹闹的。胡医师对这两个年轻人很看不惯，觉得贤旺与他父亲相比是天壤之别，真是一代虎猫，一代老鼠的。这样的徒弟能带好吗？时间带长了若是学不到什么，岂不是遭人耻笑？又怎么向觉夫交代呢？但是不教还不行，他还得靠觉夫帮忙扩大门面呢！他也认为自己的外甥女更不是一个东西，也只能对得上这样的崽俚。他不好向外甥郎发脾气，就只好对外甥女发气："你要来玩就自在点玩，不要妨碍他读书。要不，你就回去学习做鞋。"

理英有点怕舅舅了，回去时还拖着贤旺回去。还说："他怕我们在这里吃多了，走吧。"

贤旺也就跟着走了，气得胡医师拍着大腿直叫苦，回到岳母家一玩又是十多天。岳母看女儿太不像话了，就要女儿洗衣、打草、做鞋啊。理英见娘家事头太多了，就催老公带着自己跑到秀娥这里来了，照样什么事也不做，成天嘻嘻哈哈的。秀娥看着彩秀那么认真做事，就冲着理英吆喝："拿她来比，看你像个什么东西。"理英冲着秀娥说："你把外人供到神台上，把自己的侄女踩到粪坑里，好啊，我们就走哇。"理英又把贤旺拖着往胡医师家里跑。贤旺也就跟着她跑，就这样，三个地点轮流地转。

秀娥觉得自己画虎不成反类狗头，十分痛心，想不到彩秀这么可爱，而老二贤盛却太不中用了。心想：搞不好彩秀将来会变成发凤的，贤盛极有可能成为先恭的样子。尽管如此，她内心里还是打算让彩秀做自己的接班人。秀娥把她当亲生女儿看，有空就教她认字、读书和打算盘。彩秀也知道老公和自己的哥哥一样不是成器的东西，心里也很担忧。可是看到婆婆这样疼爱自己，也就很感动了，也很想争气撑起这扇大门的。她觉得这扇门很大，就要跟婆婆好好学。就跟婆婆说："妈，依我看，我还是跟他一起去睡吧。看能把他扳过来不，我是愿打胎的。"

秀娥抱着彩秀的头流着泪，说出了当时想让大儿子娶理英的想法："彩秀，对不起你，我错了。我是个没儿没女的人，往后得靠你啊！可以，你去跟他一起睡吧。日间带他做做事，多学点东西啊。家里还要买田地的，往后你肩上的担子确实好重呢！"

"妈"，彩秀抬头望着流泪的婆婆哽咽着说，"我不能过早生伢崽的啊，你要跟我把握住啊！"

一大早征桂拄着棍子，跟着担肉的丈夫和儿子回来了，一进房就把包交给了发凤。发凤见婆婆的鞋袜全湿了，忙从房里拿出一双鞋袜给婆婆换上。

发凤一边给婆婆换鞋袜，一边说："妈，苦了你啊，女人当男人用，如果这个家没有你还能活下去吗？"

征桂的头无力地靠在椅背上说："以后宁愿讨饭，也要放伢崽读书啊！"说完征桂又坐直着身子问："觉夫昨晚过来没有，秀娥发觉了吗？"

发凤摇了摇头，从腋下衣袋里取出一百块银洋给婆婆说："夫哥叫我给你，叫你大胆地把生意做大。"

征桂拎着钱袋子，流着眼泪说："这就是赚钱不累，累不赚钱。他给你多少呢？"

发凤摇了摇头说："他说要先给你，还说要感谢你，永远忘不了你啊！"征桂听了，又摸着发凤的肚子说："好好看起这孩子，比过继的总强多了，他又不好认的。不过也要对得起人家啊！他内心是苦的，两个那样的儿子。秀娥更苦，将来会靠墙墙倒、靠壁壁歪的，不过他们还会红好久的，就是

晚年难过 。"

发凤激动得连连点头。

# 二十二

到了腊月中旬，路修好了，集资来的经费多了一千三百七十五块银洋，几个副手要求平均分了。觉夫觉得不妥，想到县长这样热心地帮助自己，信任自己，自己却拿百姓的血汗钱纳为己有，丧失了天地良心。他说服大家，虽然他们不情愿也无可奈何上交给乡里。觉夫个人掏腰包，拿出一千块大洋给县长送了礼。

第二年的正月下旬，觉夫先后给两个儿子办了婚事。办老二贤盛的婚事秀娥很乐意，办老大贤旺的婚事秀娥阻了几次，说是让她考虑一下，看想个什么办法退掉理英。

觉夫严肃地说："这是你娘家的闺女，跟你儿子睡了这么长的时间，你就是退得了，也要给自己留条后路啊！你一个没儿没女的人，将来假如我先死了，老大再也选不到他如意的女人，他恨你，你日子怎么过啊！靠娘家帮忙，娘家又恨你，会把你逼得上天无路、入地无门的。我也知道她是个败家的人，往后呀，你得好好对待彩秀，把她当亲生女一样看。"

秀娥感动得倒在觉夫的怀里痛哭起来，觉得觉夫是天底下最好的男人，她断断续续地说："难怪发凤那么爱你，但愿她肚子里是你的儿子而不是女儿。"

觉夫看到秀娥这样理解自己，眼泪滴滴答答地落在秀娥的脸上，说："即使你愿意，我觉得我去一次就在你伤口上撒一次盐一样，于心不忍啊！没办法，我在你面前做不起人啊。"

秀娥擦着觉夫的泪水说："这是你以前做的事，丢得了的吗？你还愿娶我，你太看得我起了。"

秀娥这句话触到了觉夫羞愧的痛处，他又说不出来了，眼泪似线一样流着。

"不要难过啦！"秀娥在觉夫的脸上亲了一下说："总比你娶了小老婆强，她不至于敢跟我吵，敢夺我的权吧。"觉夫说不出话来了，抱着秀娥总是流泪。

转眼就到二月里，觉夫正准备去人家送礼，那天乡里送来一张调令，要调觉夫到碧水任乡长，觉夫既激动又焦急地对秀娥说："我得马上去县里交回调令，我不能去做乡长，做官不贪捞不到钱，贪了倒台得快。何况我两个这样的儿子，我在世能照顾他们一天算一天，再说我现在有了赚钱的路子。"秀娥觉得觉夫想得长远，连连点头。

觉夫去县里把自己的想法全说了，县长感慨地点点头说："难得的人才啊，人生各有志，不可强为。"

觉夫从县里回来，立即到东湾把转运站办起来了。家里由秀娥一个人撑着，买田地的事暂时搁在一边，让彩秀练一段时间再看，老大夫妇和老二就算家里养了三只废物，叫秀娥把握，近两年内千万不能让他们生孩子。

# 二十三

到了七月，发凤的肚子越来越大了，不再去帮着坐铺收钱算账了，她要忙着给孩子做衣服了。按算到月底孩子该生了，忙了二十多日，肚子里的孩子就是不出来。

发凤暗自吓了一跳，难道那次和觉夫没怀上，过了两个多月才让先恭死鬼挨下边就怀上了。这么一想，气得她茶不思饭不想的，她要快点把它弄出来，好让自己再跟觉夫怀，于是打算用拳头捶死它。刚捶两下，婆婆连忙跑过来拉住她的手说："既然你确定两个月没来月经了，那肯定就怀上了。有的孩子是要怀十二个月的，不过但愿是个男孩，十二个月的女孩没卖处，十二个月的男孩没买处。男孩鼓，女孩扁。看你肚子鼓鼓的，大概是个男孩。"

发凤听了连忙用手去摸，高兴得又吃起饭来了。

老大贤旺的媳妇最近呕呕吐吐的，秀娥私下里跟胡医师说了，说是让她吃些消食安胃的药给打掉了。还好，彩秀这段时间还没反应，有空跟着婆婆认识了不少字，三十六下算盘也打得去了。觉夫每次一回来，秀娥就要觉夫教她一些归因、归除，知识总比彩秀多一些，她像自己卖货一样，从觉夫那里进来，又卖给了彩秀。

这段时间觉夫还到浙江打了个转身，不仅贩到了盐，还从浙江那边招来了十几个推独轮车的人，运货的速度加快了许多。不过秀娥比以前忙多了，每日早晚两餐要给车夫们弄饭菜的，幸好彩秀勤快麻利应付得过来，却又把彩秀忙得没时间学习了，秀娥于心不忍，打算请个煮饭的人。觉夫说："不如把理英叫来煮饭。"秀娥知道理英太轻浮了，离开大儿子会出事的，但觉得她离开了老大，老大还能安心学医。秀娥觉得是个道理，就把理英叫下来了。

九月二十五日辰时，发凤把小孩生下来了，本来她累得一点力都没有了，想看看孩子像不像觉夫，又挣扎着坐起来，当稳婆把孩子洗完第一个澡后。就接到手上看了看全身，又把大儿子叫来对着看，模样一点也不像大儿子，高兴得抱起儿子使劲地吻。秀娥也跑上来接过一看，觉得跟觉夫像是一个砖窑里烧出来的砖，然后也亲个不停，流着眼泪似笑似哭的说："小嫂子，恭喜你了。"

说完，秀娥转身就回家抱着被服哭了起来。一边哭，一边骂前夫："死鬼，你要死就该早点死啊，为什么要牵连我啊！"

过了几天，觉夫知道了跑回来，将孩子接到手里走到镜子前看看镜子里的自己，又将孩子反反复复地看，然后欢喜地将孩子亲个不停。

觉夫回家后对秀娥说："彩秀那么乖，就让她生个吧。"

秀娥问："你是得了儿子又想孙子吧。"

"不是，我是想你开心，让彩秀稳稳心。再不让她生孩子，我们这样的儿子，你稳得住她吗？"

秀娥叹了一口气，点点头。

# 二十四

三年之内，理英不知是吃多了打胎的药，还是其他什么原因，没有怀过孕。原认为彩秀也会怀孕的，也怕彩秀不成熟，秀娥一个人忙不过来，两个儿子又不中用，买田地的事只好搁在一边。现在觉得彩秀长进快，还能做主处理家务了，又见她还不怀孕，买田地的事又做起来了。

远的地方不便管理没有买，只是买了近处的六十亩。请了八个长工，忙时再请几个短工帮。彩秀管理长工安排农事一时没有经验，就把彩秀放在铺里。秀娥回来了，原来是两个人弄饭菜的现在另请了两个煮饭的，让理英也空出来了。理英早就抱怨，说她不是来做儿媳的而是来打长工的，这是背后发的牢骚，但她很怕觉夫这个公公，也就不敢当面说。后来不知怎的又不说什么抱怨的话了，而且很乐意起得早睡得晚。

秀娥在彩秀面前问了几次这是什么原因，彩秀说她没有看出什么。现在叫理英也去铺里跟彩秀学认字、打算盘，理英却不愿意去，她要留在厨房里，反而不要婆婆进厨房了。秀娥更感到奇怪了，就叫她去舅舅家陪老公一段时间。理英又不愿去，这就使秀娥起了疑心，她知道理英本身就是离不开男人的骚货，莫非跟哪个车子客（指车夫）有名堂了。

秀娥就到车子客房里去看，发现有个姓姜的中年人说是有病躺在床上，又发现理英经常站在吊楼上看得发呆，有时又向车子客的住房里比画着什么，再往下面看那个车子客，也在那里跑进跑出的。秀娥赶快带信给贤旺，叫他赶快把理英接走，理英不但不走反而不太理睬贤旺了。秀娥着急了，告诉了理英的父母。理英的父母赶紧来把理英强行架着走了。

没过几日，理英突然出现在秀娥面前，手里拿着用南瓜叶包的东西，说是从娘家带来的油米果给她吃。当走到秀娥的侧边，趁秀娥看账簿的时候，理英突然解开往秀娥的脸上撒去。原来是一包石灰，秀娥顿时什么也看不见了，连忙用手去擦，结果越擦越看不见了，又疼痛又酸涩起来，后来疼得倒在地上打起滚来。

理英不但不害怕，反而哈哈哈大笑地说："你的眼睛总毒的，回来没几天，不是不要我煮饭，就是叫贤旺来把我拉开，又是叫我爷娘把我拖回家，你不把我害死是不放手的，现在你还看得到吗？我是从你家出走的，我爷娘还会来找你要人的，看你还能毒吗？"

秀娥在地上一个劲地拜，一边叫喊着："快来人啦，理英跟车子客走了。"

等发凤和周围的人跑来一看，秀娥额上不仅栽起了个大包，还流着鲜血，披头散发像个鬼王一样可怕。发凤和征桂帮她洗了个头，用湿毛巾将眼睛轻轻地擦了好几遍，秀娥还是什么也看不到，到处乱摸，边摸边说："理英跟那个姓姜的车子客走了，帮我看看姓姜的还在房里吗，肯定就是跟他跑了。你们想办法帮我去追呀。"

发凤赶快跑到车子客房里一看，不见有人；朝平时放车的地方一看，也不见有人，车子也不见了。大家料知理英也跟着跑了，叫谁去追呢？家里只剩下贤盛，况且他现在也呆了似的，只好叫贤盛差长工们去追。但是长工们都到田里耘禾去了，唯一的办法，叫贤盛去把哥哥叫来，再让贤旺赶快告诉丈母娘，让他们也来帮着寻人，再叫先恭去告诉觉夫的两个弟弟。

彩秀听说后，立即叫郎中来一看，郎中出来了说："完了，我没办法，瞎了。"

彩秀抱着婆婆大哭，在场的人无不跟着流泪，发凤想到自己和觉夫第二夜在一起是秀娥成全的，觉得这位嫂子确实太好了，想不到竟然遭到这样的劫难，心里又可怜又伤感，情不自禁地哭了起来，弄得旁边流泪的人也失声地哭了起来。一时间，这房屋好像要被哭声给震倒似的。

觉夫听到信后赶回来，用马车将秀娥送到东湾再转车送到南昌医院去抢救，结果说来迟了，石灰里的硫酸毁坏了瞳仁的视膜。觉夫哭得死去活来，觉得秀娥是自己害成这个样子，如果不是自己把车子客弄到家里来，如果又不再买田地，秀娥也不会失去双眼的，想不到秀娥忠心耿耿得到的是如此下场。觉夫突然觉得胸前好热好闷，大口大口的鲜血呕了出来，当下也住进了医院。

贤旺听弟弟说了，还大骂父母没良心把他的老婆当长工，激起了丈母娘家的愤怒，每日带人来大吵大闹的，说生要见人，死要见尸的。那些日子里，觉夫家里的长工们一个接一个走了，车夫们也一个个地溜走了，只剩下那个带队的没走。一个极其旺盛的家庭，一下子就显出了落花流水的败状。幸好那个车夫头子对觉夫很忠心的，觉夫还在南昌医院，他为了觉夫家少受点灾难，带着理英家里的人去浙江宁波找到了理英。也许是贤旺跟着去坏了，理英与父亲和家门里的人见了一面，说永不回来了，此后就再也不见面了，这倒消减了亲家那头的火气。可贤旺在回家的半路上说是要去大便一下，就再也找不到人了，这下张家就变得更加理亏，从此不敢天天来大吵大闹了。

彩秀只好把货转到了娘家，把铺门关了，回到家里等待着公公婆婆回来。彩秀回家后见贤盛要么蹲着，要么坐着跟木头一样不说一句话。在房里常陪彩秀坐着的只有发凤，她也整日泪流满面。征桂送来的饭菜，你不吃我也不吃的。要么你哭着劝我吃，我哭着劝你吃。征桂见彩秀经常呕吐，知道她已经怀孕了，每日用猪肝、猪肚炖着喂她吃。

一个多月后，觉夫夫妇从南昌回来，夫妻俩分别从轿子上被人扶着下来。进门时秀娥打了个趔趄，觉夫就连忙去扶秀娥。秀娥也连忙伸出手去摸觉夫，口里叫着："觉夫啊，你慢点啊！"

其实秀娥一点都看不见了，她害怕觉夫体质差了走不稳，弄得众人看了直流泪。发凤见了连忙走上前去扶秀娥，哭着喊："嫂子你莫动，我来扶你啊！"

发凤把秀娥扶到觉夫面前，觉夫忙将秀娥扶着缓缓地走进房里。觉夫瘦了许多，去时穿在身上刚好合适的衣裤，现在大了许多，穿在身上空荡荡的，脸也变得狭小拉长，苍白苍白的，说话的中气也不足，发凤看着觉夫什么也不说，就知道流泪。两天后，前来看望觉夫的人逐渐增多了，那些开店铺的人都提着很多东西，久久不肯离去。这些老板自觉夫的转运站关门后，货物也就少了许多，路上又恢复昔日肩挑手提的老样子。他们多么希望觉夫早日安康，把转运站的门重新打开。

彩秀给公公、婆婆送来茶水，叫了声爸和妈。秀娥用手乱摸，觉夫连忙把给秀娥的茶碗接住端着。彩秀一把抱住婆婆哭了起来。秀娥紧紧地抱着彩秀，流着眼泪说："彩秀啊，苦了你呵！"

觉夫也把手搭在彩秀的肩上说："家里多亏有了你啊！不然的话，这门是关了的。今后这门靠你撑，彩秀啊！"

彩秀虽然满脸是泪水，却是笑着点点头。

# 二十五

到了农历五月，是江南暴雨倾盆的时候了。秀娥的哥哥张才权想到妹妹专心为觉夫家的发展，也为了自己娘家得到更多的好处，却落得个这样的下场，常常用手托着额头发呆，他的眼泪就像雨一样无声地淌流着。他好想妹妹回家散散心，叙叙情，宽慰宽慰她一下。派了几次轿子来接都没有接成，来接的时候天气本来好好的，可当要动身的时候大雨就像用盆倒一样倾泻下来。秀娥睁开那对白里带黄的眼睛，带着哭腔说："哥，我虽然不能看到家里的样子了，但我还是想去摸一摸的。"

才权自己哭着，还抱着秀娥劝说："妹呀，你莫哭啊。哥会来接你去摸个够的啊！"

才权接了五次没接成，就望第六次。谁知不停歇的暴雨把虎啸河的桥连板带桩全都拔起冲走了。这是一座有十二个桥桩十三板的长桥，要想全部修完不知要到何年何月何日了。

五月下旬的一天早上，觉夫为了满足秀娥的愿望，租了一匹白马，把秀娥扶上马背，自己在前面牵着马，往坑内这条小路向虹桥方向慢慢走去。

彩秀和发凤在街口里一直站着，直到望不见了彩秀才眼泪汪汪地说："我不仅羡慕我公公有能力有本事，更羡慕他重感情。要是我跟我婆婆一样瞎了眼，如果娘家不能来接我的话，我一辈子也别想回娘家啰！"

彩秀说到这里，像是累得好苦一样，不停地喘着粗气。发凤理解彩秀的心情，觉得彩秀的话是实实在在的，可又有什么办法呢？自己如果不是暗中遇到了觉夫，何尝不是一样呢？

她站在彩秀旁边流着泪，用衣袖帮彩秀抹着泪水劝慰说："彩秀啊，你莫伤心啰。你生了儿子，只要后人强就比什么都好！耐着心等吧，你会有希望的那么一天！"

彩秀愣愣地看着发凤，轻轻地说："姊，我真的有那么一天吗？"

发凤露出满脸自信的神态，说："有的，一定会有的。"

过了一会儿，当彩秀挪动脚步往回走的时候，还是摇了摇头说："姊哎，不会的啊，我是清楚不过了的，我是驼子打井，越挖越深啊！"

当觉夫他们走了四里多的时候，遇到了一段长坡，觉夫有点上气不接下气了，步子也就慢起来了，马蹄的"嗒嗒"声也显得轻缓起来。

秀娥坐在马背上，眼珠子睁得大大的。她听到了山沟里泉水飞泻的响声。马在陡坡上行走，像要直立起来一样，秀娥连忙抓住套在马脖子上的带子，对觉夫说："觉夫啊，这好像是到了铁门槛吧，我听到了那山沟里的水声了呢。"

觉夫喘着气说："是、是，是啊！不远了，你抓住啊！"

秀娥流着眼泪高兴地说："觉夫啊，我是有命又没有命的，说我没有命又有命。嫁给一个大好人，本来是过好命的，却又瞎了眼；瞎了眼本来是受欺侮的，你却比我没瞎眼之前还看得起。你累了，我就下来歇歇吧。"

"不歇了，我想还是先到大亲家家里，毕竟他在你娘家的下面。先到他家说明我们心里有他们，如果回来时再去他家，那情意就不一样了，你说呢？"

觉夫说完站着不动了，马也垂着头甩着尾巴，像是在思考这个问题似的。秀娥愣了一会儿说："有道理，人就是这样，只能让人家欠我们的，我们绝不能去欠人家的。先到他家的话那就快到了。"

当他们走过一片树林，接着走过一座小拱桥，就来到了一片开阔的田塅里，听到前面有耘禾打鼓和唱歌的声音。在他们的前面有个年轻妇女走着，便听到打鼓的人用缓慢节奏一边敲打着鼓点，一边调皮地唱着：

> 远看娇姐胖乎乎啊，胯里夹个扁香炉啰。
>
> 千根万根插不满啰，一根粗香插满炉嗬。

随即便有二十多人跟着重复地唱了一遍，然后是连续重复几句"嗨啰嗬啰嗨啰嗬"。嘹亮的歌声和鼓声在山谷里回荡着，这分明是因前面那个女的引得众人唱起荤歌来了。

秀娥被这情景感染了，她猜想耘禾的人并没有看到自己，因为他们还在一个很高的田坎下面走着。一般来说如果被戏弄的女人反应快的话，就会随机应对几句的，可是不见前面的人有一点声音，可见前面那个女人要么是反应缓慢，要么是不会唱歌。秀娥在前夫家时虽然贫困，但也是喜欢唱山歌的，而且歌声相当好听，在山村里是有名的歌手。这时她情不自禁地唱了起来：

> 耘禾汉子拄根棍啰，耘起禾来没几丛嗬。
>
> 生成一副骚牯相啊，看到女人丢了魂啰。

秀娥的嗓子不仅相当嘹亮而且相当甜美圆润，惹得耘禾的人跟着重复地唱了起来，接着是一片喝彩声。当大家看清了是秀娥回来了，都一下子围拢过来，一个个亲亲热热地欢叫起来："是秀娥姑回来了！"

"秀娥姑的歌真好听！"当大家围到面前看到秀娥睁着一对白里带黄的眼珠时，那种欢乐的劲头一下子消失了。理英的父亲和哥哥、弟弟夹在里面却默不作声。觉夫就亲亲热热地说："亲家啊！我们去你家里玩呢！"

大亲家张才发看到秀娥的眼睛成了这个样子，想到是理英弄瞎的，又想到自己曾经三番五次去觉夫家里闹事，站在这么多的人堆里，他怕大家说他没良心道德，头也不敢抬起来。他本以为觉夫会把自己当作冤家对头看的，万万没想到他还这样亲亲热热地叫自己，还说这是去自己家里玩，感动得连忙丢下耘禾棍，回头将两个儿子吆喝起来："还不赶快跪着叫姑姑。"说完他就带头跪在地上，连声叫姐姐、姐夫，又叫亲家、亲母。觉夫连忙将秀娥从马上扶了下来，才发连忙将秀娥搂着，十分痛心地哭着说："姐啊，老弟不是人啊，对不起啰！"

秀娥一双手从才发的头上摸到脸上，说："别这样说呀，老弟，又不是你教理英这样做的，怎能怪你呢？"

这时耘禾的人群中立即有人摇头叹息说："这个姑姑真是个没什么话可说的好姑啊！本来嫁出去的女有什么事还得靠娘家的。而她呢，一个好好的人却被娘家的人害得这样苦，还说不怪娘家，难道还能怪她自己吗？"

大伙儿都跟着哄了起来："是啊，真是难得的哦！"

觉夫一边将才发扶了起来，一边说："亲家、亲家，快起来啊！亲家就如同亲兄弟，你嫁个女儿到我家里，这本身就是想女儿在我家开花发族延子发孙的，你是一片好心啦！哪能怪你呢？赶快起来吧。我们兄弟之间有什么话还是回到屋里去说吧，在这外面说多不好意思啊！"

大家见觉夫夫妻俩都这么说，也就不好再指责才发什么了。只是说："难得啊，真是大人大量啊！"

觉夫说："亲家，你去耘你的禾，我们还是先到你家里去。"

才发说："我也回去，这工以后再来还。"

觉夫又将秀娥扶上马背，牵着马在前面走着。才发跟耘禾的东家打过招呼后，又到对面山垅里的田塍上拿鞋子和斗笠去了。

当觉夫夫妻俩走了一小段路的时候，才发也到了对面的山垅里。这时背后又响起鼓点来了，秀娥说："觉夫啊，慢点吧，我还想听一首歌呢。"

觉夫笑着说："好吧，你还真是个歌迷呢！以后在家里多唱些歌给我听啰。"

后面打鼓的人抑扬顿挫地唱着：

　　小人办事看眼前啦，前头就是大深渊咧。

　　幸得宰相胸怀宽哦，栽下悬崖有谁怜啰。

　　嗨啰嗬啰嗨啰嗬……

这随口编唱的山歌分明是责骂才发的，才发像木桩一样站着不动了。觉夫说："走吧，等下才发看到我们在看他出洋相，又不好意思下来了。"

觉夫他们俩又慢慢地向前走了。

# 二十六

觉夫和秀娥走了一阵子，回过头来再看对面的山垅里，才发不见了。再往后去看，也不见他的影子，他能走到哪里去呢？觉夫肯定才发不会再去耘禾的，毕竟他自己说了要回家的，再说刚才打鼓的人还用山歌暗暗地骂他，他还好意思去吗？既不是去耘禾，又不见回家去，人又不见了，真怪啊！

觉夫夫妇径直往才发家里走去，当他们走到才发屋对面的路上，便听到才发大声喊话的声音。

"杏花，杏花，姐回来了！"

只听见杏花好像是在房里回答的声音："哪个姐啊？"

"就是秀娥姐，"才发激动地说，"就是亲家母啊！"

"屁母。"杏花在房里高声回答着，"那我们赶快走吧，等我把门锁好啊！"

"你这只猪婆！"才发气愤地叫起来了，"客人来了，你还锁门走，你还是人吗？"

"你自己一只瘟猪样。"杏花也喊叫起来了，"人家是黄鼠狼给鸡拜年没安好心，凭你这个样子对付得了他们吗？"

才发像申冤似的说："人家是一点都不怪我们呢！连我向他们下跪都赶快把我扶起来，还说兄弟之间的事让外人看到了多不像话啊！很顾我们的面子呢，快到门口来接啊！"

"真的有这么好吗？"

才发赌咒似的说："我骗你是条狗，你拉屎我保证吃了，总可以了吧？"

"哎呀呀，那还真是想不到啊！"杏花笑嘻嘻地走出来了，"那我们就先把那只最肥壮的竹叶鸡割了吧！今天我把豆子浸了明天一早就可以打豆腐，你去街上剁点新鲜肉来，是吧。"

这些话让越走越近的觉夫夫妻两个听得清清楚楚。秀娥坐在马上想用眼神跟觉夫交流，可是现在没有办法了。只好轻轻地问了一句："听到了吗？"她用手指着才发的屋笑着说。

觉夫轻轻地说："听到了啊！你有什么想法呢？"

秀娥无奈地笑着说："只要你没有什么想法，我能有什么想法呢！只怪我娘家是这样的人，只怪我自己只有这样的命。我还得感谢你呢，要是我嫁给别的丈夫，那我娘家就倒霉啦！还会去看望他们吗？"

"吁——"觉夫轻轻地把马吆喝着停了下来，也轻轻地说，"我想理英这样害你，估计是她本人的心有这么毒，亲家亲母不可能知道她会这么做的。因为他们还配合过我们把女儿拉回了家呢！就即使他们同意女儿跟车子客走，绝不会教女儿做这种损坏名誉的事。当女儿回家冤言屈语把我们说得那么坏，做父母的来我们家做客不可能了解得那么清楚，当然是听女儿的。尤其是看到女儿又这样不辞而别，他们认为女儿是跟父母说不清了才这么做的，当然伤心啰，将心比心我们也会生气。应该说亲家亲母还是善良、通情达理的。

只是在分析问题上头脑还是太简单，态度太粗暴了。"

秀娥微微地点头，口里什么也不说。心里想：觉夫不仅是一个很有头脑的人，看什么就能把事情的根底看得清清楚楚，而且心胸广阔、道德高尚，这样的人无论是谁碰上了，都愿意为他卖命的。想着想着，一个人竟然笑着流起泪来了。

当觉夫他们俩来到了才发的庭前，才发和杏花叫了一声"亲家亲母"后就跪了下去，杏花想到秀娥眼睛看不到就重重地跪了下去，只听见地上发出"砰"的一声响。秀娥想到刚才在路上才发下跪的情况，连忙用手到处去乱摸，口里说："是谁呀？天啦！快起来啊！"

杏花激动地说："亲家、亲母啊！应该是我们去看望你们的，今日你们反倒来我家了，真不好意思啊！"

觉夫连忙将秀娥乱摸的手端到杏花的身上，让秀娥去牵杏花；自己去牵才发，口里连忙说："亲家啊！你们这是做什么呢，又这样了。"

杏花被秀娥牵起后，盯着秀娥的眼睛愣愣地看了一会儿，心里打了一个寒战，眼泪就涌了出来，哭着说："姐啊，真对不起啊！理英这个雷劈的东西。"

杏花把秀娥牵进房里，护着秀娥坐到椅子上后，就去给秀娥端来了一碗凉茶，弓着腰一只手去提起秀娥的手接碗："姐，喝茶啊！这是凉茶，放心吧。"

秀娥懂了，这次真的会得到热情接待了。当地有这么一种风俗习惯，当新的客人来时，第一碗茶是凉的话，那第二碗茶肯定是热的了，这种逐渐升温的方式，是表示从内心对客人真诚而又热情欢迎的心情。如果第一碗是热茶的话，那意味着是出于表面的热情，客人没有必要久留了。

真的是这样，过了一会儿，杏花又给他们各端来了一碗鸡蛋炖糖的热茶来了。碗里有一只调羹，杏花怕秀娥看不见，端来了一只杌子放在秀娥的面前，口里说："姐，热的啊，我等下来喂你啊！"

觉夫说："不用啦，我会来招呼她的，你去忙吧！"

午饭时，杏花给觉夫和秀娥端来了一碗鸡汤。当地有这么一种风俗习惯，即使吃饭时桌上摆了很多菜，但还是要用大碗给客人送一碗汤。汤是有好几种的，也就分出了几个档次，最低的是粉皮煮蛋，稍微上一个档次的是，鸡蛋和一点肉煮着的，再上一个档次的是用大块的肉另加两个鸡蛋，最高档次的是鸡了。客人呢也要知趣的，不能人家碗里装了多少就吃多少的，只能吃一两块喝几口汤就放下的。秀娥也毫不例外，因为眼睛看不见了，用筷子在碗里戳了几下，打算夹起一块吃点的。一块被夹起的鸡腿又掉到碗里去了，把碗里的鸡汤溅到桌子上去了，居然还流到秀娥的裤子上去了，秀娥连忙放下筷子用手去拂掉滴落在腿上的汤。杏花连忙去取出毛巾帮秀娥擦掉，然后捏着鸡腿用筷子把鸡肉夹下来，由于鸡肉炖得好烂，骨头就很容易取出来了。杏花心痛地说："人没有了眼睛不仅自己不方便了，给家里人也带来很多麻烦。这么长的时间，不知给亲家添多大的麻烦呢！"

秀娥就说："亲家大多数时间在外面，为难的多是彩秀啊！家里那么多事务全靠她来料理，还要照顾我呢，真亏了她啊。说我命苦吧，一个没儿没女的人，却碰到了这么个好媳妇。"

秀娥是触景生情发出的感叹，而杏花却记起了理英曾经对她说过秀娥是最看重彩秀的。她觉得点破这件事的时机到了，说："彩秀也是个记情的好姑娘，你把她当亲生女看待，到了这时候她应该把你当亲娘看了。"

觉夫立即纠正说："亲母你弄错了，听我说句实话吧。我们在为儿子选媳妇时，我是打算不选理英的。可是秀娥却一口咬定就要选理英，其目的一是想老亲加新亲，亲上加亲；二是想照顾娘家；三是为了给自己寻找贴心人，因为她怕别姓的女孩子靠不住，将来对自己不孝，有个娘家的侄女做儿媳放心些。但万万没想到好泥没搭成好灶，好心没得到好报。你失去了一个女儿，我失去了一个儿子。"

秀娥听出了杏花话里的意思，也听出了觉夫为她辩护的话意，干脆来个套出杏花的心，说："可惜啊！如果我不这样做，理英也不会走那么远，弄得她一个女人没能像模像样地嫁出去，弄得你们生个女儿等于白生了，看都看不到了。"

杏花刚才听觉夫一说，心里就一惊，觉得这位亲母加姐姐对娘家太好了。加之又听秀娥说的不是为自己担忧，反过来还为理英同情和担忧。

"唉！"觉夫看着杏花愣愣的样子，停下筷子长长地叹了一口气，说："其实啊！理英也是误会我们的心意，不过我也有一定的责任，我没有把我心里想到的难处清楚明白地告诉她。我把理英放到厨房里煮饭，是我当时不得已而为之的主意。实际上我是想两个儿子都开店做老板的，两个儿媳都是做老板娘的。

贤旺把医师学出来了，不可能总是跟着师傅在一起的，肯定是要开一个药铺。贤旺做医师，理英在铺子里捡捡药收收钱是完全可以做的，放着好命不活跟一个推车的人跑，哪有好命过啊！这些推车的人都是我请来的，哪个我不清楚啊！"

经觉夫和秀娥这么一点醒，才发夫妇更是后悔不及了。杏花瘪着嘴说："理英这蠢货真是人牵不走，鬼牵着叮咚地跑。我们的眼睛也是拿盐擦瞎了，枉把好人当仇人看了，真是对不起啦。"

才发傻愣愣盯着杏花一动不动的。杏花就说："你总拿眼睛盯着我做甚呢，有什么话你就说呀，你又不是不认识我，一个呆子样。"

"我是这样想的"，才发摇了一下头，又把头低了下去，说："理英出走有没有好命活，那是她自作自受；即使再苦还是有饭吃，有衣穿，有房子住。最使我们痛心的是贤旺这么长的时间没回来，真不知他是怎么过的啊！"

"是啊"，杏花也愣愣地看着才发说："我们借着去寻理英，看能找到什么线索把贤旺找回来啵。"

"依我看。"才发说："不是看能不能找回来的事，而是一定要把他找回来，我们才对得起人家。我已经下了决心，哪怕是卖房子也要把贤旺找回来。"

觉夫听到这里感动得眼泪就涌了出来，而且滴落到鸡汤里去了。

杏花就对才发说："你劝亲家吃啊！我已经把亲母碗里的骨头都抽掉了，让他们都吃完啊！还留着做什么？"

觉夫见杏花是真情，就痛快地吃了起来，还对秀娥说："既然亲家、亲母这么真诚，你就吃完吧！"

才发夫妇看了，心里感到非常痛快。


# 二十七


觉夫扶着秀娥告别了大亲家后，来到了秀娥的娘家。才权的全家大小围着她亲亲热热地叫着、抱着、摸着，不过当看到秀娥的眼睛成了这个样子都哭个不停，深叹秀娥的命运真是多难多灾，同时又为秀娥找到觉夫这样体贴的丈夫而感到欣慰。

秀娥回到家里像回到了天堂一样，兴奋得不得了，人家围着她哭她却满脸荡漾着笑容。她先来到自己曾住过的、现在侄子和侄媳住的房里，虽然过去了好些年，她感到特别亲切。她首先要摸的是床，从这头摸到那头，然后在床上坐坐，接着又摸到椅子上坐坐，坐一下子之后又去摸桌子，挨着桌沿缓缓地移动，生怕自己撞倒了桌上的东西。当她摸到一面镜子时，她脸上显出一惊的样子，于是久久地端着不动了，眼泪就那么涌了出来，深长地叹了一口气。说："哥、嫂，以前我总是坐在这桌子前用镜子梳头的，自眼睛瞎了之后我一直没有用过镜子了。这么长时间我的头大多是彩秀给我梳的，觉夫在家时是他给我梳的，发凤也给我梳过好几次，我就没有摸过镜子了。今天我突然摸到镜子就感到特别伤心！我眼睛瞎了路又这么难走，看来今后回娘家就只有这么一次了啊！"

秀娥自己没有哭，只是说了几句这么叹气的话，却把全家人说得呜呜地哭了起来。觉夫哽咽着说："秀娥，放心吧，只要我在世每年我都会送你来的，何况我也是要来的呢。"

才权说："就即使妹夫有紧要的事不能陪你来，我们也会去接你来的，你就放心吧！"

"哥，嫂，我明天就要回去呢！"秀娥摸着回到椅子上坐着，脸上露出欢喜的笑容说，"本来我是打算住一段时间回去的，但我一摸到镜子就想起了彩秀，我觉得彩秀太亲也太可爱的了，我离不开彩秀了，我估计彩秀也很想我呢！"

第二天一早，觉夫和秀娥还没有起床，就听到前面地坪里响起了斧头剁木头的声音，随即便听到有人轻轻地哼着歌谣：

虎啸河水浪涛高，每年总要冲掉桥。

田塅五村多遭难，年年丧命两三条。

觉夫起来一看，有几个木匠在地坪里做桥板，觉夫就想起他们来的时候是弯路而来的。本来他们是要从西岸街南端那条路上来半里，再经过虎啸河桥的，这座有十三板的长桥经常被洪水冲毁，桥西头的第二板桥下有一个大深潭，洪水来时在那里打着湍急的漩涡，发出老虎般的呼啸声，因而人们称它为虎啸河桥。

人在桥上过时便觉得是在漩涡里打转一样可怕，路过的人到了那个位置上，有的是蹲着行走，有的干脆从在桥上爬着过去。这里年年有两三个容易发晕的人掉到桥下被洪水冲走。这座桥是岭南通向田塅片的交通要道，在这里建桥至少也有了两三千年的历史，负责修补这座桥是田塅五个村轮着转的。洪灾轻的年份，只需修补一两个桥桩架和三四板桥；洪灾大的年头那就得重新修复，修补的钱是由村民捐款而筹集的。今年的洪灾很大，把所有的桥桩、桥板全冲走了。

觉夫打算到地坪里去看看的，可是秀娥起床了，只好又去扶秀娥到厨房洗脸。在洗脸的时候觉夫还是想着刚才木匠唱的那首歌，心里就感到沉甸甸的。

早饭的时候，桌上的菜也非常丰盛，肉居然分成几样呢，有粉肉、红烧肉、精肉、猪肝肚片汤；蛋有蒸蛋、煎蛋；还有鱼呀、泥鳅的；豆腐又分白豆腐和油豆腐。酒又有米酒和烧酒。几个木匠一到桌边就又拍掌又搓手的，那个又高又瘦的木匠，看上去年近五旬，可能技术上算他过硬一点派头也算他大一点，就往首席走去，一边拍正在倒酒的才权，一边笑着说："权兄，到你家里来做事，餐餐跟过年一样，我是不要工钱都高兴啰！"

另一个秃头的木匠说："才权兄素来是大方的人，宁可苦自己奉客总大方的，何况这些年来发了财，那就更大方了。"

那个又黑又胖的木匠很自觉地坐在下座，一坐下就将一杯酒倒进了口里，眨着眼咂着舌慢条斯理地笑着说："哎呀呀，又甜又香又煞的，真有劲啊！权兄啊，自从你妹嫁给觉夫后，你家的生活就像东边的太阳慢慢升高了呢！"

"是啊！多亏我妹夫助了我一把。"才权又到他面前来倒酒了，叹了一口气说，"如果不是才发一家蠢猪那么一搞，他家也会一样好的，我妹夫也就更好了。现在弄得我妹妹眼睛瞎了，我妹夫也大病了一场，我妹夫还带着我妹妹去才发家看望了呢！你们说我妹夫的肚量大不大呀？"

高个子木匠摇着头说："这真是宰相一样大的肚量啊！他来你家吗？"

"来啦！"才权手往屋后一指，"他在后面等我妹梳头呢，马上就会过来的。"

"嗬！"高个子木匠连忙站了起来，说："我真是不知道掂量一下自己到底有半斤八两的，坐到这里来了。"

这时觉夫护着秀娥过来了，几个木匠连忙站了起来迎接，高个子木匠走过来牵着觉夫的手说："今天能和觉夫大贤人同坐一桌，真是三生有幸啊！请上坐。"

"不。"觉夫连忙作揖打躬，然后站在左侧端起酒杯说，"你们是修虎啸桥的大师傅，是为千万人做好事的大功臣，应该上坐。我就坐在这里，来我先敬大家一杯啊！"

大家见觉夫已经在左侧坐好了，也就只好按刚才自己选好的位置坐下了。几个木匠一齐看着秀娥的眼睛正想说点什么的，觉夫笑着说："师傅的歌唱得不仅好听而且相当动情呢！弄得我一个早晨都在想着这首歌呢！我还想再听一次，希望师傅再亮亮歌喉吧。"

　　"唉，好听就谈不上啰。"高个子木匠叹了口气说，"虎啸河这座桥也真够使我们田埂片的人寒足了心的，我们花了工出了钱，任你修得再认真再扎实，它每年还是要被洪水冲掉，还要冲掉几个人的。就不说冲掉人单说冲掉桥吧，修一次桥也不容易啊！既要献工又要献料还要献钱，工啊料啊钱啊都备好了，又还有一个难事，到河边去做桥，这么远又没有个弄饭的地方，在家里做好了桥板，这么重又难抬啦！就即使在家里做也都没有个愿弄饭的人家，在虹桥村幸好有个才权兄大方好客，在别的村那就不是这个样子啊。"

　　秀娥感叹了："其实我家也是因晚公两夫妻被洪水冲走了，他的四个儿女让我爷爷来抚养大，一家一十二个人吃饭，可怜我爷爷一辈子半夜叫天光地磨到死。临死的时候留言说："如果轮到虹桥修桥了，只要工啊、料啊、木工的钱凑好了，吃饭的事就我们包了，不要拖时间了。从此只要是轮到虹桥修桥的，伙食我家就全包了的。"

　　"包了是吃了眼前亏，但是积了阴德。"胖木匠感叹地说，"你家不是发了吗？你爷爷叫儿子和侄子都要做到的，可是他们都做不到就你们一家做到了，结果发也发在你一家啦！"

　　秀娥和胖木匠的话使觉夫心里一惊，为才权的良心道德深感佩服。同时想到这五个村的人修补桥还真不容易，相隔这么远来去也不方便，而自己家靠得那么近，却没有为这座桥做过什么功德。想到自家的后代那个样子，觉得积些阴德也是有好处的，同时也可以给秀娥一个面子。于是他端起酒杯站了起来，竖起大拇指对才权说："舅子，我跟秀娥结婚这么久了，还没听她说起过这件事呢！你真是值得众人钦敬啦，值得我学习啊！来，我们先喝下这杯酒再说吧。"

　　才权把酒喝下去了，但不知觉夫要说些什么，就愣愣地看着觉夫。觉夫把嘴一抹，双手抱拳向才权打了一个躬说："舅子啊，你的大德值得我学习啊，今天我就当着几位木匠师傅的面表个态，往后这座桥只要我在世一日，修补的事就由我全包了，不要田埂片人出一分钱了，请你们向田埂五个村的人转达我这句话啊！"

弄得几位木匠立即站起来，一手端着酒杯一手竖起大拇指。高个子木匠激动地说："我们今日真碰到了大贤大德又大量的人啦，我们四个木匠代表田塅五个村的人向您表示敬意，我们一定要把您的大贤大德传遍每家每户。"

秀娥听了睁开一对白眼球，满脸露出兴奋的光彩。才权也兴奋得感叹起来："我妹妹跟觉夫结婚不仅仅是我才权一家得福了，连整个田塅片的人都得福了。"

觉夫当年就付出了这次修桥的费用，并在桥头立了一个五尺多高的如来佛石雕，保佑过桥人的平安。也许是人们的心理作用，过桥人认为有佛像保佑，就放心大胆多了，此后几十年真的没有人掉下桥了。后来人们把虎啸河大桥的名字改为觉夫桥，也有称为秀娥桥的。直到一九七九年用钢筋水泥修了大拱桥后，才改回原名。

# 二十八

直到彩秀把孩子生下来，觉夫和秀娥才高兴起来。秀娥见觉夫的身体恢复原状了，又催觉夫去东湾了。觉夫觉得很为难，大儿子至今还是杳无音信，二儿子还是那个老样子，二儿媳刚生下孩子，秀娥眼睛瞎了无人照顾，不忍心离开，但见家庭收入大大减少了，只好请个保姆照顾彩秀，要带着秀娥一路去。秀娥坚执不依，流着眼泪说："我虽然与你相依为命，但我与彩秀更是相依为命了。我能看到家门的再兴是我最大的快乐。"

彩秀深受感动地对觉夫说："这个婆婆，就是我的亲妈。她走了，我的魂也会被她牵走的，给我留下吧，爸。"

觉夫搂搂妻子，又从彩秀手里接过孙子，看着幼小的孙子亲了又亲，然后看着彩秀笑着说："多亏你啊，彩秀。给我生了孙子，使我的心病也好了许多。趁我在世你就给我多生几个啊，熊家就靠在你身上啦！"

彩秀含着眼泪，激动地点头。

发凤带着儿子超群站在门口，轻声地说："夫哥啊，莫偏心啰！还有他呢。"

觉夫转过身来，看着站在发凤跟前的超群，一股爱怜之心油然而起，深情地用手去抚摸着他的头。五岁的超群就显得英俊活泼，可是他用手将觉夫的手用力拖了下来，还打了他一下，退到后面去了，弄得几个人看了只是笑。

觉夫走后的五个月里，彩秀见发凤肉铺里的生意好起来了，买肉的人多了许多，原来对门每日只能卖一头猪的肉，现在每日能卖到三头猪的肉了。由于买肉的人多了，有很多人也到她的堂屋里来坐。彩秀心里想：西岸这条小街也是通往田塅的必经之路，我的堂屋不也可以做铺面吗？何况公公又在东湾开批发部，专给人家做进货的生意，虽然在街上开铺照顾不了家里，在家里兼带开个铺，不是也可以赚一些钱吗？她把这一想法跟婆婆说了。秀娥迟疑了一下，说："就怕你忙不过来，贤盛又不能帮你什么的。"

彩秀叹着气："你就叫他拿拿货，你心里帮着算算钱啰。太麻烦了的事就叫我来，免得他成日玩得无聊。"

秀娥答应了。

# 二十九

没过多久，张才发家门口的旗鼓石上坐着一个蓬头垢面衣衫褴褛的人，驼着背手里还拄着一根拐棍，歪着头向着堂屋里张望。可能是想看屋里的人会不会来理睬他，屋里的人看不到他的脸面，因为长头发垂下来把脸都遮住了，大家以为这是一个讨饭的人。但也觉得奇怪，怎么连碗都没有一只呢？贤旺的丈母娘送来一碗饭，问道："装饭的碗呢？"

贤旺把头一摇，又用手指将头发一刮，挂在两边的耳朵上，低沉着声音回答说："是我呀，妈。"

杏花看了一眼，吓了一跳，连忙倒退了两步说："是贤旺吗？你怎么变成这个样子了，这么长时间你去哪啦？"

"妈，我现在是无家可归了。"贤旺跪在地上，哀哀地痛哭着。

原来他当初跟着去寻找理英的时候，是满怀希望能把理英接回来的。当大家看清没有希望败兴而归时，他却很固执，坚持要留下劝理英回家。大家怕他出事，硬把他拖回来，他仍不死心。在大家往回走的时候，他装着要拉屎，趁着大家不注意从厕所后面的山沟里溜走了。

当他来到理英那男人的住所等着，既看不到理英，也看不到那个姓姜的，弄得他日间到街上讨饭，晚上住在空牛栏里。后来看到理英和男的回来了，他忙着跑上前去叫她，谁知她不但不应他一声，连看也不看他一眼。他以为理英怕男的在身边只好那么做，就躲在远远的树丛里等，等了一天多发现理英去厕所里，就跑了过去，谁知理英高声大叫起来了。贤旺被那男的用木扁担在头上一顿乱打，昏倒在地上，再用扁担在胸前一顿乱戳，又翻转过来用脚一顿乱踩。后来姓姜的以为他死了，把他拖到山沟里，不知过了多长时间，他醒过来了，再也不敢去见理英了。由于头晕胸痛背痛的，每日爬到有人的地方讨饭吃，拖着病体，一直朝着回家的方向一走一拐回来了。

现在他才知道再这么懒惰是没有希望了，想回家好好和弟弟一起把铺开好。但一想到理英用石灰撒母亲的眼睛，是因为自己给理英讲过一个用石灰害人的故事，因此不敢回家了。他还是想跟理英的舅舅学医，所以就走到这里来了。

杏花见贤旺简直成了个废人，但觉得他的大脑却比过去好多了。想到自家的女儿给觉夫家带来这么深的灾难，而且还来登门安慰，于是就把他留下来了，叫舅子经常来给他治伤。

彩秀还是把铺开起来了，她里里外外地忙多了。婆婆只能摸着给她带带孩子，现在孩子会爬着走了，她生怕孩子爬到渠道里被水冲走，只好在孩子的腰上系着一条带子，像放牛样牵着带子不松手。贤盛还是个老样子，在铺里坐着不安心，经常不见人影了。彩秀有时因屋里的事忙不过来，索性把铺门关了。贤盛人很懒，播种的事却很勤快，四个年头彩秀又快生第三胎了。前头两个都是男的，但第三个还在肚里，不知是男是女。

发凤的孩子贤赢，字名叫超群，已经八岁了。街上办了个私塾，他每天上午由发凤送去，下午由婆婆接回来。婆婆见这孩子很聪明，比自己的亲孙子不知强到哪里去了。亲孙子读了三年还不如这个只读一年的认字多，连名字都写不好。她心里常骂："傻瓜代代傻，烂泥扶不上壁。"因而对超群也特别喜欢，晚上也想带他睡，可是超群就是不依，只好看着自己的亲孙子直叹气。

# 三十

贤旺回来后，张才发一时不好把贤旺的情况告诉觉夫家里，让胡医师经过一段时间的治疗，身体慢慢地恢复了。这时他很想告诉觉夫家里，贤旺却跪在胡医师和丈人面前，既谢恩又恳求让他继续学医。胡医师想起觉夫曾经真心帮助过自己，在修路时掏钱给自己交了捐款费和一个月的劳役费，也就将他收下了。不过贤旺也确实改了，勤快多了，愿主动找事做了，也经常在房里背汤头歌诀和脉诀了。

秀娥的哥哥把贤旺的情况对妹妹说了。秀娥虽然觉得贤旺无情无义，但想到他毕竟是觉夫的儿子，几次带信叫他回来，他不愿回来；又派人告诉觉夫的弟弟将他接回来，他也不愿回来；于是又带信给觉夫，叫他将儿子接回来；觉夫带信回来说，就让他待一段时间吧，不要管他。

没过多时，贤旺又出事了。有一个姓邹的人得了类风湿关节炎，在胡医师那里治了一段时间本来慢慢见好了，突然有一天吃了一剂中药后，就全身冒汗口吐白沫脸色转乌，接着全身痉挛就死了。后来发现药单上用了川乌和草乌，本来这两种药是最有效的药，不过在煎药时要先将川乌和草乌分开煎，然后再将这一大包药倒下去再煎的。可是在抓药时没有分开打包，煎药时一齐倒下了药罐，变成了中毒而死。这是郎中的责任，邹家人先把死者抬到胡医师家里，由胡医师安葬。大吵大闹了几日之后，又向胡医师索赔，弄得胡医师倾家荡产，卖了房屋还是拿不出那么多钱，胡医师最后还遭了一顿毒打。后来邹家人从药单背面看到了几句话：先将川乌和草乌做一个小包，煎药时先将小包煎一阵子，然后将大包里倒在一起再煎方能服用，邹家人觉得自己理亏了。去捡药的人回忆说，当时胡医师开完单后，又有人来请他出诊，徒弟不在身边，就在药单背面写了一行字，自己拿在手里等贤旺来了就交给贤旺。贤旺接过后没看到背面上的字，就那么包到一起了。邹家人就是那么毒，又跑去将贤旺毒打一顿。贤旺是侧着倒下的，不知怎么的倒下后动都不动一下，任其毒打，人像死了一样，但鼻子里还是有气的。

也就是那天，村子里有个叫茶树窝的屋子里办喜事，全村的人几乎都到那边去了。有个过路的人进来把这个消息告诉了秀娥。秀娥感觉大难再次临头了，几个跟跄摸到门口大叫起来："彩秀、彩秀，不好了！快派人去把你爸叫回来，快派人去把你哥接回来，把胡医师一家人都接下来。天啦！我们家造了什么孽呀！"

说完，秀娥就一双手在胸前捶着，被门槛一绊栽倒在门口的石板桥上。只见她的头歪了歪，一双手在石桥上抓了两下就不动了。那个传信的人连忙上前抱了抱，一点也挪不动，觉得惹事了没命地跑了。等彩秀从远处听到声音赶来，秀娥只有出气，没有进气。

# 三十一

觉夫听到信赶了回来，一面安排秀娥的丧事，一面派人去接贤旺和胡医师一家人下来。胡医师得知觉夫家因他的事遭了祸，看到觉夫自己在灾难中还派人来接他们深受感动，他并没有让来人把贤旺和家人接走，自己拖着病体跟着下来了。

觉夫要用最隆重的仪式安葬秀娥，因而把做道场的日子安排了七天。当地的习俗是人死之后，拿把躺椅放在堂屋的上方，让死者躺着坐在椅子上，身上盖着后人送的寿被，双脚踏在空脸盆架着的火钳上，脸上用毛巾或火纸盖着，以免前来吊唁的客人看了害怕。秀娥的眼睛没有合上，鼓着一对白眼球，使人看了十分害怕。这是彩秀没有经验，本来在尸体没有僵硬的时候，就应该用手掌从额上往下一抹，眼皮就会垂下来合拢的。彩秀吓慌了只知道哭，等人家告诉她时已经晚了，尸体僵硬了。彩秀抹了多次还是那么鼓鼓地睁着。觉夫紧紧地坐在秀娥的身边七天七夜，白天觉夫怕客人看了害怕，是用毛巾盖着的；到了夜晚他就把那毛巾揭开，他就是要看秀娥那张不闭眼的脸。他觉得秀娥一生的命运真苦，尤其是晚年还要苦。为了他这个烂家庭操尽了心血，总希望有个好盼头的，结果什么盼头也没有，还因自己的儿子过了几年不见天光的日子，又因自己的儿子死得这么惨，还眼睁睁地看着。还有什么盼头呢？觉夫越想越伤心，眼泪止不住往下流。堂屋里其他人看了，远远地躲开背着身子坐着，只有觉夫久久地将手搭在秀娥的手上坐着，他也不开声哭，只知道流泪。发凤到了夜晚就紧紧地坐在觉夫身边，开始她看秀娥的脸也很怕，只要一看到就打寒战，把头顶在觉夫的背上。后来不知怎么的，一点也不怕了，和觉夫一样只顾流泪。

想到自己和觉夫几次一起欢度，都是秀娥有意指使的。站在秀娥的角度去想，发凤泪水如泉一样涌了出来。她想：秀娥真是个有道德有度量的女人啊！这么多年来只是嫁进觉夫家门第二天上午在渠边讥讽了自己几句，往后连脸红的事都没有发生过一次，心里对她由衷地产生了深深的敬意，时不时在秀娥的额上用嘴亲一下，弄得看到的人都觉得觉夫的命真好。彩秀也坐在婆婆的右边，想着婆婆待自己如同亲生女儿一样，想到婆婆和自己一样为了这个家，绞尽了脑汁落个这样的下场。真不知来日自己的下场又是如何呢？

肯定不如婆婆。公公有这么大的本领，又有发凤精心照顾他。自己呢，丈夫是这个样子，如果来日公公一死，自己什么也没有了。

在办丧事的几日里，村里人对觉夫家议论纷纷，这真是一代猫一代鼠的，不是看在觉夫的面上，做什么都没劲头，这样的后代还能帮别人吗？凤梧更是捣鬼，到处说些冷言冷语的话，说觉夫在暗中做了恶事，这就是报应。但是田塅片五个村的人们都来吊唁，说觉夫是个好人，说苍天无眼单害好人；全乡各村在修路期间得过觉夫关照的人都赶来了，湖南的人来得比上次还多些；那些平时到觉夫批发部进货的生意人，几乎都来了，弄得人们对凤梧的话不理睬了，做事的劲头又来了。

那天的祭奠会上，烧客香的人延续了个小半天，送葬的人将近上千，声势浩大得很。

谁知没过三日，征桂也像赶伴似的，摔倒在河里的一块石头上，脑浆迸裂，没抬到家就死在路上。现在轮到发凤再度悲哀了，她想到婆婆昔日对自己的恩典，眼泪就涌了出来。自己到熊家这么多年来的历史，一下子都清清楚楚地浮现在眼前。记得她嫁来的那天，人在轿子里，连自己是怎么进门的都搞不清楚了。她从早晨起一直到夜里都没有吃过一口饭，拜完堂后就进房里睡着了，也不知自己后来是怎样被先恭弄了一顿就成了夫妻。在往后的日子里，婆婆不仅没有叫她做过一次事，她要是不愿去吃饭时连饭也送到面前来，连自己的衣服都帮洗了，衣服干了婆婆帮着送了进来。尤其是在她怀孕到她生孩子的那一年多里，她觉得婆婆已经成了媳妇，自己却成婆婆了。她好像不是来做先恭老婆的，而是来做婆婆的婆婆，被婆婆感动了而去跟先恭睡觉的。

婆婆对自己的理解、关心、体贴，是随着岁月而加深的。因为她给了婆婆那本来就娶不到老婆的儿子解决了后顾之忧，又给她家生下了后代，尤其是后来好多男人有事没事地找上门来寻她聊天，被她一个个拒绝之后，婆婆对她就更加尊重和理解了。虽然她爱上觉夫后婆婆对自己有一段时间的冷落，但后来还是理解和暗中支持了，也从来没有发生一次面红口角的事情。她觉得这个婆婆不是婆婆，而是比亲娘还要亲的人。在婆婆坐堂的几日里，她也像觉夫陪秀娥一样，除了吃点饭和大小便，她从未离开过婆婆一步。有时她好像有流不完的泪水，有时又好像她的泪水已经流干了，由于几个昼夜的折磨，人也有点恍恍惚惚了。

先恭几次来扶她，她不耐烦地撒开他，让人家觉得她还是有精神的样子；当觉夫来扶着她时，她就让人家觉得她一点精神也没有了。觉夫也感到很伤心：他觉得征桂也是自己的知音啊，如果没有征桂的理解和帮助，他和发凤是不可能发生这种事的，更谈不上和发凤有这样深厚的感情。征桂的安葬场面虽然没有秀娥那么风光，但一切开支都是由觉夫全部承担，同秀娥一样做了七日道场。

觉夫把这两场丧事办完后，立即到胡医师住的地方去看。原来他房子卖了之后租在人家破屋里住着，日子过得很凄惨。房间里只有几张借来的床；几块木板下面分别在两头放几块砖头搁着就是凳子；一个四只木脚的水缸盖，就当成吃饭的桌子；一口没有耳把的罗锅搁在一只破灶上，度过了这么多天。还让他的儿子躺在竹床上，连吃饭都要人喂，拉屎拉尿要人擦屁股。觉夫看了心窝里发痛，深受感动。他把所有积蓄全给了胡医师。他的资本就只剩下了东湾仓库里那批还没有发出去的货了，当然还有六十亩田地。

村子里的人都说杀猪的生意是干不得的，猪也是一条生命，它活得好好的，你就把它杀了，杀多了恶事也就积多了。俗话说恶有恶报，善有善报。日子没到，日子一到，善恶全报。无论男女都一样的，征桂一个女的如果不做杀猪生意，哪会死得这样惨。这话大家都认为有道理，传来传去传到发凤的耳朵里，她不仅认为有道理，而且感到非常害怕。原来她也打算踏着婆婆的脚印走的，现在她坚决打消了这个念头。到底去做什么好呢？她也没有主意了，跟彩秀一样开南杂货铺吗？她觉得彩秀都会开不下去了，觉夫去了东湾，家里就她一个人开得了吗？还要管那么多长工，她老公又不能帮她什么的。觉夫在家不走了，又有谁会帮她进货呢？她开不了，我不也是照样开不了。

# 三十二

时间已经接近冬季，觉夫觉得不去东湾不行了，拿什么去收生姜呢？家里因秀娥和征桂一死的开支，又因补偿胡医师受的损失，经济紧张得很呢！每日的伙食水平下降了不少。自己人是自愿的，长工们就不乐意了，冷言冷语不断。觉夫见形势不妙，还是决定去一趟东湾。

觉夫抱着孙子把彩秀叫到身边，用深切爱怜的语气说："彩秀，让你受苦了。如果你嫁到别处去了你就不会受这种苦的，现在我又要走了，往后就得靠你一个人撑这扇门了。"

觉夫在二孙子的脸上亲了一下，眼泪就出来了，而且滴在二孙子的脸上。

"爸"，彩秀觉得这个公公太重感情了，太可亲可敬的了，噙着眼泪说："爸，你去吧。有困难我就叫发凤婶过来帮忙。"

彩秀虽然是这么说了，觉夫仍然不放心，又将贤盛叫了过来先吆喝一阵，然后又和颜悦色地说了一阵子好话。贤盛在父亲吆喝他的时候，低着头呆呆地坐着，父亲跟他说好话的时候也是那个样子。觉夫叹了口气说："看来，我又是打了一阵子屁。"

觉夫请了两个脚夫，又叫了先恭父子一同去了东湾，各家挑了两担货，让发凤也把店铺开起来了。

过来半个月的样子，觉夫又有了点资金回家收生姜了。当然他收生姜只要把信放出去，就自然有人送货上门来的。先恭就却不同了，他没有那么大的面子，只有和父亲连同儿子一起去了，贤敬也有十七八岁了。

仲冬中旬的那个夜晚，月亮从窗子里透了进来，把桌上秀娥的瓷像照得那么清亮，这是觉夫在结婚后请画像人临摹画的。觉夫心里想：幸好画得早，不然的话等她死了再来画个鼓着白眼球的像那多难看啦。想到她死时鼓着白眼球的样子，眼泪就禁不住涌了出来。

这时发凤来到窗前叫着："夫哥，还是你过来我这边吧，怕孩子醒来了寻我。"

觉夫心头又涌起了一股暖流，抹着眼泪说："啊！"

觉夫来到了发凤的房里，只见两张床是合面而摆的。靠西边的是挂着苎布帐，到了冬天发凤还把帐门放下来了。觉夫拉开帐门一看超群已经睡熟了，均匀地打着鼾声。觉夫深情地看着和自己一个模样的超群，脸上露出欣慰的笑容，说："太像了，简直是我蜕了个壳。"

发凤把觉夫的手拉了过来，让帐门自然合拢。又将他拉到床沿上坐着轻声地说："但在性格上跟你有点不同，没有你那么心胸开阔，跟孩子们一起玩的时候总喜欢逞强，不希望别人比自己强，如果别人比他强了不打个赢，也要暗害人家一下的，这点真不好。"

"那就不是像蜕了一个壳一样了。"觉夫愣愣地看着帐门说，"既然你看出了这个苗头，也觉得不好，那你就得好好教育啊！人哪能样样比得过人家呢？如果有了这个缺点那是致命的呢，心里容不下人家，人家也就不喜欢他，将来就会孤孤单单的，不但得不到人家的帮助，反遭人家的怨恨呢！"

发凤说："如能公开地认你，又能直接接受你的教育那该多好啊！"

觉夫侧着身子对发凤凄然一笑，说："还能想得那么美，老天能给我安排成这样我就心满意足了。"

发凤趴在觉夫的肩上，一只手把觉夫的脸上扳了过来亲了一下，说："是的，老天能给安排到这种程度，我也心满意足了。现在我觉得你没有我，晚年是凄苦的，我没有你晚年也是可怜的。"

觉夫缓缓地点了点头。

发凤双手搂着觉夫的脖子问："你刚才又在想嫂子吧，我看见你流泪了呢。"

发凤往觉夫的嘴上亲了一下说："不是还有我吗？"

觉夫深深地叹了口气，也抱着发凤亲了一口说："我想的不是这方面的事情，她为我付出的太多了，她为我那个家做出的贡献，你无论如何也是代替不了她的；当然你为我个人无私地奉献，她也是代替不了你的。"

发凤把脸贴在觉夫的胸前，说："要是世上男人都跟你一样重情重义那该多好啊！不过我觉得嫂子还是幸福的，你能好好地送她走了，如果是她来送你的话，那她以后就更苦啰！看我公公又是怎样送我婆婆走的，如果不是你呀，那就更差了。不过比埋叫花子是要好些。"

觉夫在她的脸上也亲了一下，说："其实，你也是个记情的人，我付出了那么多钱，你又没有得到什么的，不都花光了吗？"

"花光了值"，发凤认真地说，"给了我的面子啊。"

"不说了"，发凤起来把灯一吹，随手将她的沙罗帐门放下来了，说："说久了，怕他醒来了要拉尿。"

灯一吹熄，窗外照进房间的月光，虽然是隔着一张白纸，此时此刻也还是显得分外明亮，帐里的他们彼此都能清晰地看清对方的脸面。觉夫趴上去了，用力往里面挺了进去，将阳物紧紧地顶在发凤的深处。两个人互相紧紧地拥抱着，狂热地亲吻了一阵子之后，觉夫的臀部开始了欢快的起伏与跳动，好大一阵之后，身下响起了叽里呱啦的声音。

这时超群被尿胀醒了，他迷迷糊糊地听到了一种奇怪的声音，又不知这声音从什么地方发出来的。后来他慢慢地醒了，定神一听，觉得就在对面的床上，他拉开帐门一看，只见对面床上的娘仰面躺着，她的身上压着一个人，那个人的脸也紧贴在娘的脸上。那个人压在娘的身上，不停地上下动着，随着他上下不停的动作，娘那里不断地发出古怪的声音。到了十一二岁的孩子，仿佛已经知道了他们是在做什么了。不过他又不知道男女之间那是真正欢乐痛快的时刻，他以为男人是痛快了，而女人却是痛苦的。处于半懂半懂的时期，他觉得那男人也太可恶了，怎么能把他娘搞得那样厉害呢？连嘴巴都压得叫不出声音来，娘怎么能吃得消呢？总是让他搞得叽哩呱啦地响，不行，我得去帮帮我的娘。

他悄悄地下了床，轻轻地挑起了布帘。这一看，不打紧，原来那个男的就是对门的那个觉夫。他好恨啊！他想：这老头子也太可恶了，怎能那样去折磨我娘呢？

说来凑巧，觉夫和发凤这时正处在狂欢的时刻，因而就没有注意到身边的事。突然，发凤在沉醉中睁开眼来一看，发现了站在床边的儿子，吓得一把将觉夫从身上推了下来。觉夫被推得大叫了一声"哎哟"后，就滚到床的里面去了。

"怎么啦？"发凤吃惊地叫起来，蓦地爬了起来。

超群上来了，他爬到床里面将觉夫的肩膀咬了一口。发凤一下将超群扳了过来，坐到觉夫的前面护着超群，大声吆喝着说："超群，你发疯了。"

"妈，你才发疯了。"超群将母亲紧紧抱住说，"你为什么给他搞。"弄得觉夫和发凤哭笑不得。超群恨恨地又要去打觉夫。发凤厉声喝道："超群，不要乱来，他是你亲爸。"

超群怒喝着问："那我那爸呢？"

发凤说："你原来叫的那个爸是你哥的爸，你哥跟你那个爸长相是一样的；你的长相跟这爸是一样的。"

发凤连忙从窗子上取下镜子给超群，说："你对着月光看，你像不像他？快叫爸才对。"

超群借着月光看了看镜子里的自己，又看了看觉夫，拿镜子的手软了一下，又突地举起镜子往地上一摔，只听见地下一声碎响。他跳下床来悻悻地说："不叫，不叫，就是不叫。"

超群爬到自己的床上呜呜地哭着说："他不是我爸，你还去帮她，呜呜呜……"

# 三十三

胡医师在觉夫的帮助下，很快就重建家园了。由于胡医师的医术不断地提高，很多外村和外乡的病人也赶了过来，有的给他送锦旗，有的给他送匾额，把堂屋里挂得琳琅满目的。这个时候贤旺的伤也好起来了，他觉得跟这位师傅大有奔头，劲头也来了。有很多病人他敢独自做主，胆子比师傅的还大呢！由于师徒的齐心协力，门庭也就兴旺起来了。

有一日，有一个妇女来到他家看病，胡医师将脉一摸，又将妇女的气色一看，说："恭喜你，你这不是病啊，而是有孕了！"

那妇女顿时眼泪就涌了出来，红着脸粗着脖子把头低下去顶着桌子哀哀地哭着说："胡医师，求求你帮我开几帖药把这个出丑的东西打掉吧！我活不下去了啊！胡医师。"

胡医师听了心里一惊，摇了摇头说："小嫂子，使不得，使不得啊！那要等你老公来了，都表示愿意了我才敢开啊！"

那女的无奈，只好说了实情。她是生了一个孩子的，老公被抓去当兵两年杳无音信，结果被一个六十多岁的男人缠上了，而且经常来往。这事已经被丈夫的两个弟弟知道了，经常骂她要将她赶出去，可惜一下子她找不到合适的男人，就只好厚着脸皮过日子。

胡医师听了心里暗喜，但是他忍住了。脸上好像吓出了鸡皮疙瘩似的说："尽管你说得这样清楚，你可知道我是泥鳅一吓，烂泥钻三尺的人！我要去趟厕所呢，让我想想啊！"

胡医师像脚下生了风似的跑到屋后晒药的地坪里找到了贤旺，这下他真的高兴得双手在大腿上拍了起来说："贤旺啊！这回真的恭喜你时来运转啰。"

弄得贤旺傻愣愣地问："师傅，是理英回来了吗？"

"哎呀呀！"胡医师闭着眼连连摇了摇头说，"你呀真是太憨了，一个那样的臭女子你还想她做甚。这来的一个女子比理英就强多了。"

胡医师一把将贤旺拖到身边，用手拢着嘴巴对着贤旺的耳朵轻轻地介绍了一下情况，然后说："这女的也三十出头了，人的长相也不错；你也快四十的人了，再娶黄花闺女已经过时了。再等的话恐怕连有生育能力的女人也找不到了，你千万要听我的话啊，就得了吧。"

贤旺是很听师傅的话，傻傻地看着胡医师连连点头，口里也连连"哦哦哦"的。

胡医师把贤旺带到女人的身边，对那女人说："你真的是那么回事吗？千万不能骗我害我啊！我是拿头回的事吓怕了的人。"

那女的连忙跪在地上："胡医师，你要不相信的话，我就给你打个赌吧。"

"使不得，使不得，我信，我信。"胡医师连忙牵起那个女的说："胎也不打，我保证你过更好的命。你真的想嫁人吗？你老公的兄弟真的会让你出门吗？"

女人连连点头说："就是我那个孩子放不下，他们要留下的。"

"哎呀，那就更好啰！"胡医师指着贤旺说："我这个徒弟你中意吗？他就是觉夫的儿子。"

女的惊喜得愣愣地将贤旺看着，看得贤旺极不好意思地低下了头，然后转过头来对胡医师连连点了点头，说："胡医师啊，你可知道我是一个苦命人呢，千万别拿我开玩笑啊！"

胡医师又将贤旺叫到里面的房里说："我看你的生育是有点问题，我外甥女跟你那么长时间，什么也没怀上；加上前回肾部伤得那么重，往后会不会有生育能力就很难说了。要不这样吧，她肚子里的就留下来吧。反正她又不好叫孩子认爷的，如果以后你有生育能力的话，再生一个也不多呀，这多稳当呢！"

贤旺又是连连点头。

消息传到觉夫的耳里，他满心高兴，要求将儿子接回来。贤旺见秀娥不在世了，也就高兴地回来了，接着又把老婆娶进了门。

绍杨自从没有了征桂，肉铺变成了南杂百货铺，也就只好和儿子一起种田地去了。一个夏天的中午，他在外面锄薯草，突然中暑肚子剧痛，回到家里经人一看，说是发了蛇鞭。推蛇鞭的人用手指在绍杨胸前左右去刮，只见两条蛇样的肉筋分别迅速往两边的肩上蹿，推蛇鞭的人叫先恭用两个大拇指头分别按住两条上蹿的蛇头，不让蛇头蹿过肩了，蹿过了肩的话就会死人的；他怕背上的蛇头也蹿过肩，就到背后去推了。正在这时，两只苍蝇爬到先恭的眼睛上盯着，他忍不住了就用手去赶蝇子，结果胸前的那条蛇就蹿上肩了，当即就死在凳子上。

推蛇鞭的人用这种方法，确实是治好过很多夏天患肚痛的人，从未失过手而且立竿见影。这回就变成了绍杨是死在笨儿子的手里，先恭的愚笨就更加出名了。

绍杨的丧事，觉夫照样还是全包了，但是少花了很多钱。超群知道爷爷、奶奶的安葬都是觉夫出的钱，觉得觉夫是个大恩人了。后来又听说觉夫曾经有那么多的经历，就更加佩服觉夫。在没有人在场的时候，就亲亲热热地叫爸的。

发凤见儿子那么乖，就更加喜欢超群了。她常常在儿子面前问他听到人家说觉夫什么事的，超群每说一点，她就根据他提供的素材重新虚构一些情节，夸得神乎其神的，儿子很相信。后来发展到了迷信觉夫的程度了，干脆叫母亲在另一间房里铺了一张床，然后只要觉夫从东湾回来，就叫先恭去这去那的，还告诉觉夫他那个爸走了。

觉夫自家屋里的后人是不行，生了三个孙子。大孙叫未阳，还算他好一点，大脑不能说笨的，读了两年书字也认识不少，一笔字也写得不错；但算术上不开窍，没有一点主见，人家说好他也说好，人家说不好他也说不好。不管做什么事没个打算安排的，盲目跟着乱做，事后还喜欢充师傅的样子。老二未月、老三未星就更糟糕了，跟贤盛一个模样。弄得彩秀常常暗自流泪。

超群见未阳三兄弟那个样子心里很高兴，经常拿剪刀去剪他们的头发，弄得他们的头发有一块没一块的。彩秀知道了很生气，告诉了发凤，发凤训儿子说："他们也和你一样是一根藤上的瓜。如果让爸知道了，他会不理你的了。"超群听到如果觉夫爸知道了不会再理自己，就不敢那样做了。

贤旺的老婆孩子生下来了，相貌根本不像自己，他很生气，整日闷闷不乐的。他原先打算回家办个药铺的，一边行医一边卖药的，可是没有几个人叫他看病的，只好吃父亲的干饭。

超群小学毕业了，本来应该去县里读中学的。发凤却说爸有一肚子的货跟着他去学，就能赚到钱的。超群对觉夫已经佩服得五体投地，也就高兴地接受了，就跟觉夫上上下下的，简直成了觉夫的贴身警卫了。

贤旺是个命苦的人，受过两场灾难后头脑清醒多了，医术也跟着师傅学了不少。只是没有单独出外行过医，回到家里也就没人相信他，自然就没人向他求医，觉得光吃觉夫的闲饭不好意思，免得让老婆看不起自己，就主动找事来做。

他见上街头有个男人肚子上生了个毒，痛的时候坐在床上拜天拜地的，化了脓之后痛又好些了，总是那样流脓，脓流完之后又肿，肿了之后又流脓，反反复复的谁也治不好。贤旺打算从他入手弄出个好名声来，他记得在师傅家也碰过几次这样的病人，师傅总叫他挖那种长藤的菀来，捣烂敷着都好了。他就向那个人说了自己的经历。那个人想到没人愿给自己治，也就破罐破摔的表示愿意给贤旺试试看。

贤旺挖了几服药果然见效了，不肿不痛了，只是腐烂的地方一时不见长肉。贤旺就到深山里去采药，想不到一条毒蛇在他的手上咬了一口，他把那条蛇打死了，自己死在回家的路上。没过多久他老婆又跟另一个车子客走了，留下一个吃奶的孩子在家里。觉夫虽然知道这孩子不是儿子的种，也只好请一个女人既带孩子又做家务，也算给贤旺留个点香火的人了。

经过这多次的灾难后，觉夫人一下子变得苍老多了。对超群就更加疼爱起来了，只要自己懂的知识全部教给了超群。还把他带到湖南和浙江与朋友相见。超群也一口一声地叫他爸爸的，弄得那些朋友把他当觉夫的儿子看待了，而且非常相信他。

# 三十四

先恭自父亲去世后，就整日跟着儿子在田地里起早摸黑的。贤敬三十多岁了，不仅没有女人愿嫁给他，连做媒的人都没有一个。人们根本不相信他是发凤的儿子，只知道超群才是发凤生的儿子。发凤很无奈，认为这儿子跟觉夫的那两个儿子差不多，好就好在勤快些，也只知道死做全听自己的摆布。

不久，先恭因儿子去砍柴天黑了还不回来，摸黑到山边去寻找的时候摔了一跤，不红不肿又不出血的，就是吃什么呕什么的。经医师说是摔翻了肚，只有吃老虎的肚汤才能治好。像这样一个贫穷的人家简直是比登天都还难，也就是挨到十多天后，就活活地饿死了。尽管先恭是这个样子，但人一走了，发凤心里还是隐隐作痛，呆呆地坐着流泪。

觉夫见先恭没有看到儿子娶媳妇，心里替他感到一种惋惜；想到自己和两个儿子过早娶老婆也是一种错误，而且是一种痛苦，真是左也难右也难。但想到超群是个成熟得早的孩子，自己肚子里的知识在实践中一点一点地教给了他，他都能接受，而且应用得相当灵活，有很多事情还能独当一面。但是超群也有让觉夫担忧的一面，那就是他的胸怀和气量。这跟发凤当年夜里说的是一样的，什么事他都要逞强，明处比人家不赢暗中也要弄人家一下，弄得人家睡着了都要睁着一只眼小心地提防他。

就这些事情，觉夫已经点破过超群好多次，超群虽然不明显地表现反抗，但总是低着头既认理也不辩驳。而从他下次的表现依然一样来看，可以判定超群的发展前途是受气度和眼界的限制了。就这点而言，觉夫预测超群的将来是远不如自己的，不仅对自己的后代没有什么帮助，弄不好反而会有什么不可预测的害处。想到这些他常常感到脊梁骨都有点发冷，他感到太可怕了。

当他想到自己家里的后代，无时无刻都在担忧，有时是连在睡梦中都常常被噩梦吓得上气不接下气的，有时通宵睡不着，坐在床上苦苦地等待天亮，这是多么痛苦的折磨啊！好在有发凤在身边，她是真心爱自己的人，忠心耿耿地爱着自己的一切；他还看准了发凤是有良心道德和胸怀气度的人，即使自己将来不行了，发凤绝对会真心帮助自己这边的后代，况且她比自己年轻二十多岁。如果有发凤真心帮助个一二十年，自己这边的后代有用的话也应该出头了，如果还是没用的话那也就是彻底地绝种了。不如现在好好地帮助发凤，让她将来更有条件地帮助自己的后代。但发凤是一个女人，自己挣不到钱又如何去帮助自己的后代呢？搞不好自己都是泥菩萨过江自身难保呢！他准备在暗中为发凤搞点积蓄，他还预测发凤将来为了帮助自己的后代，肯定是会受很多怄气的。

总之，觉夫每天在外面虽然和颜悦色、谈笑风生的，其实他的心窝里埋藏着一只喝不完的苦药罐，无论怎样他对谁也说不出口的。不过他觉得超群到了该娶老婆的时候了，他还是想看看超群生的儿子又是怎样的呢？于是把给超群娶老婆的想法跟发凤说了。发凤说超群有了十八岁是可以娶老婆的。发凤又把觉夫的想法说给超群听，超群听了很高兴，但是他说要选自己中意的姑娘。发凤说世间这么多女子，天知道哪个就会让你中意呢？超群说我就是想那个叫爸作姑公的莲子，她长得多美多活泼啊！我在学校里读了几年书，又跟爸走了这么宽的地方，还没见过这样美的女人呢！

发凤愣愣地一想，啊，原来就是秀娥哥哥的大孙女。天啦！觉夫爷崽怎么老跟她娘家这么扯不清哪？她记得秀娥在世的时候，那姑娘是经常来对门玩的，一玩就是好几天。每次来了，超群就用手招她过来，把家里好吃的东西偷着掏出来给她吃。有一次两个人都在渠边洗手，莲子给他洗手，他伸着手任她洗，两眼直直地盯着她笑得那么开心。发凤想，这还是秀娥在世的时候看到的，难道他们那么小就有那个意思了？秀娥死后这几年很少看到她来了，不知被人家说走没有，如果还没有的话肯定是拿得稳的。秀娥的舅子对觉夫素来是好的，但愿她不是秀娥堂弟女儿那样的货色。

发凤将儿子的想法告诉了觉夫，觉夫立刻来到舅子家里。舅子好显老，头发胡子全白了，最近常常生病，躺在床上的时间多。听说觉夫来了，连忙起床。后来听觉夫说超群想娶他的孙女，高兴得双手往大腿上一拍，说："老亲加新亲，亲上加亲多好啊！很多人都来提亲，她都不愿意躲着走了，今天看看如何。"

莲子的娘赶快去外面把莲子找了来，并说了这事，莲子半信半疑地问："是真的吗？你莫骗我啊！"

觉夫见了莲子，觉得她越长越漂亮了，就说："真是女大十八变啦！"

觉夫的舅子笑着对莲子说："你真命好！过去叫姑公，往后叫公公了。不过你们作兴跟老公一样叫爸的，你还升了一级，同意吗？向姑公表个态。"

莲子很亲热地走上前来，拉着觉夫的手问："姑公，你莫骗我啊，超群是真有那意思吗？"

后来，觉夫总是拉着发凤的手，指着看超群和莲子那亲密的样子笑着说："这真是月老早就给他们排定了，哪有这么好又这么容易办的事情啊！"

民国二十二年的正月，觉夫给超群的小两口风风光光地办了婚事，在拜堂的时候，觉夫走到茅厕里想去躲一阵子，超群夫妇和发凤到处去边找边喊的，觉夫就是不应。后来发凤想到可能是躲在茅厕里去了，走到那里打开门一看，觉夫连裤子都没脱蹲在坑上，发凤和超群就笑，弄得莲子在外面听了不知笑什么，却又不好意思进去。发凤母子把觉夫拖了出来，笑着说："看你就这样不怕臭躲到这里来，若是先恭还在的话，我还真不好叫你来呢，今天我们也可以傍着超群他们一起庆典嘛。"

当要进行"二拜高堂"的时候，发凤端端正正地坐着，发现超群和莲子站了那么久还不拜，一副为难的样子。侧转头一看觉夫却是像旁观者一样站得远远的，发凤连忙起身把他拖过来靠着自己坐着。觉夫坐下的时候偷偷地把凳子搬开了一点，超群和莲子还是不拜。发凤又侧过头一看，觉夫又搬开了，她又起身挽着觉夫的手拉过来坐下，弄得全场的人一阵阵哄堂大笑。

从此以后，弄得彩秀夫妇将发凤改口叫婆婆了，未阳三兄弟也改口叫奶奶了，双方的下辈人都按辈分改称呼了。

# 三十五

凤梧最近一段时间的心情既痛苦又开心，痛苦的是看到觉夫找到发凤这样既年轻又美丽的女子，羡慕得要死，痛苦得要死；开心的是他发现西岸除了发凤，还有一个女的就是彩秀。他见觉夫经常不在家，而贤盛又是那个样子，就想把彩秀搞到手。好几次彩秀说身上不好叫他改日来，凤悟觉得彩秀已经是拿稳了的。他得意地想：你觉夫能搞到比你小二十多岁的美人，我呢，还能搞到小我三十多岁的女人呢，而且还是你觉夫家的儿媳妇，看看谁的本事大！

彩秀觉得不想个办法治治这个老东西是不行了，经常到这里来来往往的，弄得人家还认为自己上了他的钩呢，多丑啊！我彩秀的命再怎么苦，但我的品质总不能这样差啊，我的身价总不能这样贱啦！我毕竟是大名鼎鼎的觉夫家里的儿媳啊！于是把自己的想法和如何治凤梧的办法跟发凤说了，发凤听了说这是个好办法。

于是，彩秀装作嗔怨的样子对凤梧说："哎哟，人家说凤梧是西岸的一位好老，我看并不见得是一位好老呢！依我看好老是算不上的，臊老那还是算得是一个的。"

"哎哟哟！"凤梧左手托着彩秀的手，右手在彩秀的手上轻轻地抚摸着说，"我的小美人，我凤梧臊是臊了点，但从来没听人家说过我不是一位好老呢！今天还是第一次听小美人这样说。没关系啊！我的小美人，你是如何见得的？"

彩秀往左扭着屁股歪着头，用指头戳着凤梧的鼻子说："是好老的话头脑哪有这样的呢，就这样明来明往的吗？你弄到我这样年轻的女人你是挣到了面子，你是把我放到门口街上当众搞，你就越有面子啰！那我日后怎么去见人呢，你是不是搞我一次就不来了呢？如果是的话那我就让你搞一次，那我明天就去死了算了。"

"嘿，嘿，嘿。"凤梧连声叫道，"我哪能是一次呢？我要跟你公公和发凤一样保持到死的啰！嘻嘻嘻，小美人和我想到一起去了，多好啊！"

彩秀虎着脸，装着很生气的样子，说："既然你想长久的那你就得顾顾我的脸面，就不能明来啊！明来我就不会理你的，好死不如懒活。我这么年少轻轻的，真的会想死啊！"

"对对，其实我也不想你死啊！"凤梧竖着耳朵听彩秀的妙计了，说："我当然听你的啰，你说怎么办就怎么办吧。"

彩秀神秘兮兮地指着屋后的那个地方，说："从楼下是不好进来的，楼下住了这么多人谁知道哪个没睡呢？一旦被他们发现了你走都没门呢。你还是明晚端个梯子从后面的阳台上上来，大家听不到一点响声，谁还会怀疑有人从屋后上到楼上来的。"

"对、对、对。"凤梧用手在彩秀的手背上轻轻地摸着，说："还是我的小美人有心计啊！"

凤梧以为彩秀真的答应了，第二天夜里真的端着梯子来了，把梯脚放在田塍上，然后往上爬。发凤和彩秀早就备好了一根叉火棍，用叉叉着梯最上面的一根杠子，当凤梧一级一级往上爬的时候，彩秀吓得心里咚咚直响，口里和鼻子里发出急促的呼吸声。幸好发凤很冷静，等凤梧快爬到梯顶的时候，她们同时握着叉火棍，用力将梯子往前一推，凤梧抱着梯子仰面朝天倒在刚栽禾的田里，滚得满身是泥。发凤和彩秀在楼上放声大笑："还是去搞你的儿媳妇吧，别人是不会听你的。"

由于梯子压在身上，又仰着倒在烂泥田里，凤梧爬了一阵子没能爬起来，凤梧一边吐着灌在口里的污泥水，一边含糊不清地骂着："你不仅是一个恶尿，而且是一个臭尿。"

"哈哈哈！"彩秀笑着说，"现在我的尿还不臭，你的嘴却臭了啊！不臭的话你还接连不断地吐什么呢！"

凤梧上了这个当后又羞又恨的，但又无法发作，痛苦了一些日子。后来他还真的打起儿媳的主意来了，有段时间他经常叫梦虎外出进货，梦虎见凤梧对儿媳格外殷勤很反常，又想起父亲在彩秀那里上当的事。于是他假装出外进货，傍晚时分溜进房里躲在楼上等着。当他们发出欢笑的时候，他悄悄地从梯上下来，将凤梧背上狠打了一顿之后对着老婆说："我走了啊，往后你就跟他过啊！"

梦虎临走时跟母亲说了句："我去外面当兵，混不好是不回来了。这老婆我是不会要了的，老猪有本事的话就一起养着。"

凤梧自知儿子说的是真话，也只好让儿媳回娘家去了。媳妇回娘家的那天，他哭得眼泪鼻涕和口水流了一面，弄得众人看了都发笑，但他也不好发作。

# 三十六

发凤在那边卖货，彩秀在这边卖货。卖的是同样的货，可是人家都说发凤的货精一点，彩秀的假一点。彩秀听到了，走到发凤铺里一看，墨鱼果然比自己铺里的大点，红红的又干燥，比自己那些湿湿的黑墨鱼好看多了。她感到很疑惑，他们两家的货都是从东湾用独轮车送来的，每次要不都是各一车，要不都两车。现在超群两夫妻去了，从车数上来看是一样的，可质量就大不一样了。彩秀起了疑心，莫非超群弄了鬼？于是等下次车子来时，就两边的都看，发现推向发凤那边的不仅质量好，而且数量也多一些。这次是两边各两车的，彩秀叫车夫各得一车好的一车差点的。车夫为难了，说是莲子指定了的不好改，彩秀全明白了。

彩秀就对发凤说了，发凤仔细一看，确实是这样，心里觉得过意不去，就将两车好的给了彩秀，并叫车夫不要对莲子说什么。觉夫回来后，彩秀将情况实说了，觉夫很生气，回去将仓库里的货一一盘点之后，又将进货单和付货单以及款额一对，大有出入。于是把账簿一收，说是要收赊货款，要往湖南打个转身，回到家里打算将账簿给发凤看一下的。莲子见觉夫和发凤看到她时说话总转换话题，很是奇怪，于是就守在觉夫面前，弄得觉夫有话说不成。

发凤见了很是亏心，吃午饭时就对莲子说："我们有话商量，商量好了会说给你们听的，用不着你成日守着。"

莲子说："你们商量的话，我就不能听吗？"

发凤说话带点气了，"你们商量事的时候，都能给我们听吗？"

莲子说话带着粗气了："真是好笑啊！鸡窝里的鸡走到鸭窝里去了。"

觉夫气得胸前一起一伏的，将筷子往桌上重重一放，对着莲子问："你说你是鸡窝，谁是鸭窝了？既然你分出鸡窝鸭窝的，那你不要往我这鸭窝里来了，我算是看清了你们！"

莲子也毫不退让地将筷子往桌上重重地一放，"啪"的一声响，说："你那窝里的鸭有哪只是有用的，都是能吃不能生蛋的，护着他们你值吗？"

超群一句话也不说，看着莲子这么厉害，两眼露出欣喜的目光。

觉夫一连起来了几次，又都身不由己地坐了下去，右手颤抖地指着莲子和超群，嘴唇只能颤动着，就是说不出话来。

发凤愤然地站了起来，一只手扶着觉夫，一只手在觉夫的胸前抚摸着，连连摇着头说："你们都是忘恩负义的人，尤其是超群这畜牲，你是亲眼看到爸给我们多少好处的，你跪着说说。"

超群自知情况严重了，连忙要跪下了。

莲子突然挽起超群的手臂，让他又坐到凳子上了。

"跪下。"发凤怒发冲冠了，"我只叫我儿子跪下，又没叫你跪下，你有什么资格阻拦？"莲子站了起来，大声地叫起来："他一句话都没说，错在哪里呀？你这不是分明削我的面子吗？就是不跪。"

但超群还是跪下了，不过一句话也没说。

发凤时而用指头敲着桌子,时而又指着超群数落着说："自从你生下来后，每年的生活费是爸给的，你每年读书的钱是爸付的，你奶奶过世用的钱是爸付的，我家开肉店是爸付的，我家开铺来的货也是爸出的，我们何时拿过一文钱去进过货？我们这几只鸡只能在地坪里找点虫子吃，大多是靠主人给的食物。他这只鸭可以到广阔的田里、河里、塘里，找的食物多多了。你好意思笑鸭子吗？"

莲子还是得理不饶人："他家不是一样吗？"

发凤又顶了一句说："那是他亲骨脉啊！你还不知道吗？"

莲子也顶了一句："那我们就不是他的亲骨脉啰，好，那我们就不叫他作爸了。"

莲子还指着觉夫说："那你往后不要进这扇门了。"

莲子的这几句话，又一次刺痛了觉夫的心，觉夫这回真的受不住了，全身颤抖起来。发凤抱不住了，觉夫一下子溜到桌底下去了，发凤连忙搬开凳子使劲地抱觉夫。这时只见觉夫脸色转乌，口吐白沫，任凭发凤呼天喊地，觉夫不应了也不动了。莲子趁发凤去抱觉夫的那一刻，赶快将觉夫装着账簿的袋子抽走了。超群没有发觉这点，他万万没想到觉夫没病没痛的，竟然就这样死去了，悲愤至极的他要去打莲子。但想到莲子快生孩子了，一时跪在觉夫面前哭，一时又跪在莲子面前怒吼着。莲子见弄成这样的结果，吓得不知会招来什么祸，也呆了。

这回轮到超群主办丧事，发凤哭得死去活来，在坐堂的几个昼夜里，发凤昏昏沉沉地坐不住，超群就用竹床搁在觉夫的遗体旁边让她躺着。归山那天，发凤也是躺在竹床上被抬到山上的。发凤要儿子在觉夫坟前打了一个棚，伴完了七七四十九天才回家。

彩秀自觉夫死后，自知大厦将倾。常常一个人痴痴呆呆地坐着，常常傻傻地发笑，还唱山歌的。她的嗓子好，唱起歌来好听，弄得从街上路过的人都驻足欣赏这美妙的歌声。

她时醒时懵的，清醒的时候能想到这铺是没法开了，她预知货源即将要断了。因为她知道超群和莲子是绝对不会再给她货了，往后的目标应该放到那六十亩田地上了，于是就把铺门关了。

发凤心疼地对彩秀说："继续开吧，我有一斤你就有八两。"

彩秀苦笑着摇了摇头说："我不能吃讨人嫌的饭，那跟讨饭差不多。不，还差多了，讨饭是到千家去的，人家打发一餐是不会说太多难听的话，而靠在一家就不一样了，将会使全家变成狗了。"

发凤听了，眼泪就滴答滴答地落，哽咽着说："我也不开了。"

彩秀辞掉了那个既当保姆又当伙夫的女人，自己下厨房去了。每日的伙食差多了，长工们怪话就多起来了，出工不出力的。彩秀叫贤盛一起去管长工了，长工们老捉弄他，叫他吹笛子，唱歌给他们听，而且一下都不能停，停了，长工们也就停下了，功效也比过去差多了。这话传到彩秀的耳朵里，她就傻了。傻了一阵子之后立即做出决断，把长工们辞退了。她叫长子未阳去卖田，卖一块就过一段时间。彩秀神智不太清楚了，成日坐在门口唱些乱七八糟的东西：

柑子皮，柿子皮，一皮隔一皮。

爷娘要崽长江水，崽要爷娘扁担长……

不管是歌不是歌，到了彩秀的口里就成了好听的歌，而且使人感到悲凉心痛的。发凤听了时而躲进房里流泪，时而又流着泪来劝彩秀。她觉得彩秀比秀娥聪明多了，比自己也聪明多了。可惜的是命运就比秀娥都差多了，泪就更流得多。彩秀这边在衰败，发凤在那边流泪。

# 三十七

民国二十七年的四月，莲子又生了个男孩叫未遥。超群和莲子将大女儿未芳的名字改为玉芳，大概是因为女儿资质太好了的原因吧。她不仅是外貌生得美，而且皮肤生得跟玉一样白，两岁多的时候就能背出二十来首古诗。叫未芳是不太恰当，叫玉芳似乎要好些。

超群不去东湾开批发部了，因为他听说日本人到处在烧杀抢掠，再则听说长河还有什么新四军，而且是专门把有钱人的财产分给穷苦的老百姓，那百姓也经常帮新四军的忙，好像富人一户也没有了。超群吓着就回来了，把觉夫积攒的钱都埋藏起来了，又一面去催收人家的欠款。在自家的门口开了个小店铺，装作很穷困的样子。

他怕有一天新四军打上门来，经常到觉夫的坟头去磕拜祭奠，连家里人患感冒也去磕拜。说来也怪，每磕拜一次，家里的病人不须医药也就自然好了，连自己的失眠病也同样好了。但是隔得一段时间不拜，家里就不那么顺利了，于是他就扶老携幼地经常去拜。弄得西岸村里的人总羡慕超群的命好，觉夫在世的时候全心全意地帮助他，死后也全心全意地在阴间保佑他。

彩秀清醒的时候和丈夫带着四个儿子，包括贤旺留下的那个未旭也经常去拜。觉夫坟前的那条羊肠小路都踩成了大路，觉夫的坟前整日香火不断，鞭炮常鸣。

还有一件奇怪的事。日本人派了四支部队分别从四个方向包抄过来，下了决心要找到躲进岭南的九江专员公署，还派了几架飞机在天上侦查了几天，部队已经到了距岭南只有五里路的湾溪。当时的岭南像原始森林，加上日本人黄昏才到湾溪，他们很快就迷失方向了，他们找到一个放牛的人带路，翻译在说地名的时候，错把"岭南"说成了"岭盘"，放牛的人就老老实实地将日本人带到沙港的岭盘去了，那里就遭殃了，岭南这里就得福了。

就在日本人到处寻找的时候，超群正带着全家人在觉夫坟头磕头，村子里也去了许多人都在磕头。磕完头后，道士就要打筶了，道士打筶之前是要跟觉夫确定信号的。道士说："我们以筶来定信号，日本人不会进来，你就连显三次信筶；如果会进来的话，你就连显三次保筶或仰筶啊！"何为信筶呢？就是两块南竹苑片，一块仰着一块卧着；两块都卧着的叫保筶；两块都向上的叫仰筶。道士说：不会进来吧。连丢三次都是信筶。于是大家放心了，过了一天之后，才知日本人是走错路不来了。

消息传去很远而且传得神乎其神，都说觉夫在阴间好灵啊！连赵专员也信了。过了一天，日本人又派了四架飞机来侦察，超群又带着很多人去磕头，不过这次没敢烧香烧纸放鞭炮，怕飞机上的人看到或听到。问会不会炸到人和房屋，不会的话就显信筶，以后再不来了也显信筶，结果都是信筶。果真日本人丢了四颗炸弹，两颗落在田里两颗落在山坳里，只是把一些破烂房子震倒了，以后日本人真的没来了。赵专员也带人去觉夫坟头祭奠了一番。觉夫这么灵，连这样大的官都相信他，敬仰他，叫谁还敢不相信他呢？

贤盛一家人也去磕头祭拜，道士定好的信号是：家还能兴就是信筶。结果连打三次没一次是信筶；道士就改口反问：家不能兴就是信筶。结果三次都是信筶。从这时起，彩秀就彻底疯了。

# 三十八

彩秀日夜不归了，到处乱跑乱跳的。连屋脊上也能跑，像个练了轻功的人一样，树上也能爬，在连片的树林里她像猴子一样从这棵树桠上爬到另一棵树上去。弄得贤盛整日跟着彩秀跑，到这时贤盛才醒悟了，但迟了。当彩秀在人家屋顶上跑的时候，他就在地上双手拍着大腿哭着哀求："彩秀啊，我保证不懒了，你下来吧！"当彩秀爬到另一棵树上去了，他就走到另一棵树下重复着那么两句话。

村子里的人看到彩秀变成这个样子，无不感到同情和惋惜。有的说："这真是红颜多薄命啊！"凤梧却说："这是个该死的人，早就该死的，何必磨得这样苦啊！"说完还居然落下泪来。

发凤看不下去了，看了就想哭，不看又不忍心。她想到这真是没法的事情，只有去求觉夫了。一个人带上供品来到觉夫的坟头插上香，摆上供品，跪在地上"砰砰砰"地磕了三个响头，呼喊着："夫哥啊，不是别人来了，是我来了，我是发凤呀。你在世时那么听我的，你现在虽然走了，不能和我在一起了，今天听我一次吧。你跟我回去一趟，我陪你亲自去看一下吧，我实在是看不下去了，活着比死了还难过，我又没有了钱。账簿都被他们管着，我不知他们有没有钱。有钱我拿不到啊，你拿几份心去照顾他们一下吧，求求你，求求你啊！"

"哪有你这样的娘。"莲子和丈夫带着几个儿女又来了，前面的话没听到，后面的几句话却是被他们听到了。于是对大家说："你奶奶真是吃曹家的饭，操刘家的心呵。"

发凤的儿孙们虽然认为莲子的话似乎有道理，但是想到发凤能与觉夫结下这么深厚的感情，也是个了不起的人。觉夫这么爱她，并不完全是她的年轻美丽，一定有她突出的优点。尤其是超群是这么想的，于是就跪到娘身边来了，说："妈，爸家里的事可能他是知道的。他在世时没能教育好他们，死后叫他怎么去帮啊？"

超群把手一招，说："你们给我跪过来听我说，爷爷一生是重视教育后代的，当他的儿子到了快结婚的年龄，还请个先生来专门教他们。可惜他们不听话、不争气，就成了那样的结果。你们看到了吗？你们得在爷爷面前表个态，给我好好读书行吗？"

"行。"大家齐声应答着，好像还很坚决果断的样子。

超群还说："不能光说一个行字，自己是怎么想的，对着爷爷表个态。"

大家乱七八糟地表了态。

超群扶起母亲说："妈，爸先前是十分疼爱彩秀的，彩秀也是个争气的人，现在看来是无救了。我表个态，若是彩秀死了，我们负责给她的埋葬费。我们也只能做到这一点了，他家的长柄伞我们也是撑不下去的，回去吧。"

超群的这番话表面上看很有道理，但内中是借着教育儿子为名，实际上是蔑视那边的后人无能，显示出了自己的能力和傲气。发凤怎会听不出来呢？听了也难过，哪有这样瞧不起人家还指桑骂槐的。心里就有气了，愤愤地骂道："神神神，神个屁。如果没有爸的辅助，你不跟村子里的人一样吗？没有人辅助是一样的，打起皮寒来是一样摆的啊！"

发凤的这话说到超群的痛处去了，跪在地上久久地愣着不动了。许久之后，超群带着哀求的口气说："娘，我表了这个态还不行吗？"

发凤觉得儿子表了这个态，心里也舒服了一点，也就让儿孙们牵着起来了。

贤旺看着彩秀站在一棵树杈上，松开双手在那里手舞足蹈地唱着。生怕她摔下来也爬了上去，爬到离彩秀只有几尺远的地方，右脚踏的那根枯枝桠突然"啪"的一声断了，贤旺摔了下来。只见他爬了几下没能起来，彩秀自己却没有事，照样唱着表演着。

直到黄昏有人送信给未阳，说贤盛的右腿全断了，回不来了。

没过五日，彩秀走到一个没人的树林里，可能是饿极了，在一棵树上睡着了，梦中手脚失控摔下来，就死在树下。入殓时发现她的肚皮几乎贴到背上去了。

超群不仅出了钱，还主持操办了彩秀的丧事。那天尽管彩秀的丈夫和后人那么差，人们觉得彩秀是个很有志气的人，要振兴家业就得向彩秀学习，有很多人赶来给她送葬。往后在好长好长一段时间里，人们摇着头叹息着她的命运，点着头竖着大拇指夸赞着她的志气和品质。

彩秀上山后的头七，发凤每日去坟前坐一会儿，发凤每次对着彩秀的坟墓说："彩秀，我好佩服你啊！如果你生前美德被你的后人传下去了，你家是有兴旺之日的，等着吧！"

# 三十九

觉夫的后代是衰了，而且是彻底地衰了。贤盛的右脚没接归原位，整日拄着双拐。三个儿子算未阳好一点，身材细小，头脑是比较灵活的，劳动也是勤快的。人们见他家成了这个样子，纷纷给他出主意，把这个家撑下去。但是他没有主意，这个说好他就这样做，那个说好他又那样做，结果什么也不能做下去；老二未月是一个烂脚棍，什么事也做不了；老三未星得了肺痨病，整日咳得眼泪、鼻涕连成一条线；堂弟未旭最小，还是一只糊涂虫。

家里没一寸土地了，全靠变卖家产过日子。发凤暗中给他们送一些的，田墈五个村的人从他的家门口路过时，看着不忍心了，想起觉夫生前修桥的情，下来岭南街上时，总要带一些蔬菜和一些破衣服给他们。由于家里没有女人料理，不仅很乱而且很脏，人们总是捂着鼻子进去，又吐着痰出来。未阳一家常常是饱一餐饿一餐的，与对门超群家相比东边是天堂，西边是地狱。

超群的儿子们在学校里读书，回来时看到西边那家成了这个样子，总是开心大笑的。发凤在身边的时候谁也不敢笑。随着他们慢慢地长大，听地方上的人说起觉夫，觉得觉夫是尊神，奶奶是神最爱的人，因而奶奶的身价也升高了。他们知道奶奶是最关心西边那家的，所以大家都不敢当着她的面笑了，连莲子都不敢像以前那样放肆了。不过心里还是很嫌弃那边的人，当发凤要送东西给那边的时候，总是把眼睛鼓得要滚出来似的。

这样的人家靠一个人去打长工是没用的，只能顾自身一人，家里还有四个怎么办？未阳的舅舅念觉夫在世时帮过自己家不少忙的情，就叫未阳专门去远处担货，他也从不沾外甥的便宜，未阳就将这点脚力钱给家里混日子过。好在未阳是个极忠厚的人，从不贪舅舅一点什么，取得了舅舅的信任和喜欢，就将自己带的童养媳刘菊花给了他做老婆。

菊花来了两年虽然没有多大的变化，但家里是整齐干净多了。莲子看着就不舒服了，就挑拨说："菊花，你也真是该死啊！你到他家来还拼死拼活地干，我告诉你呀没有好结果的呢，你不是不知道秀娥和彩秀的事，你想做第三个这样的女人吗？"加之猪栏、牛栏和柴房多年失修都倒掉了，连头猪都没关处，弄得菊花以后也就心灰意冷了。

那头猪成天关在灶角里，灶门口总有一股猪屎尿的臭气。由于猪食不足，猪养了半年多还是四五十斤的样子，未阳看着就发火。一次未阳在烧火，本来就是湿茅柴，他用吹火筒使劲吹也烧不着，一肚子的火不知往哪发。偏偏这头瘦骨嶙峋的猪却从柴角里钻了出来，路过灶门口时把未阳搁在灶里的吹火筒给拱高了，本来正要吹着了的火又被吹火筒灭了。未阳发火的对象就找到了，拿吹火筒打、拿火钳打、拿叉火棍都没打着猪，猪在厨房里到处乱跑，把个装柴炭的罈都撞着摔破了。未阳更加火起了，从房角里摸到一个木做的大擂捶，菊花看到了连忙用身子去护。未阳找个有空隙的地方去捶，他以为找到了打猪的位置一捶打了下去，正好捶在菊花的后脑上。

菊花当场倒在地上不动了，而且是一个多礼拜也不动了，但鼻子里还是有气的。舅舅的肝都气炸了，治又没有钱，活又活不了。只好抬回家里治了半年多，治好后又嫁到别处去了，只是嫁过去半年多就死了。未阳虽然逃脱了罪责又免了一口棺材，但谁也不敢再理睬他了，尤其是女人见了他就怕。

未阳这段时间真是被鬼牵了，居然还听人家唆使走上了赌场，开始是尝到了点甜头，赚了点小钱乐滋滋的。第五日就大输了，他不服气越输越赌，债务就越借越多了。发凤出面阻拦了几次才听，可是已经晚了，把屋都赌掉了还不够，还得给人家做一年长工。

天啦！发凤急得要闭气了，觉夫的那几个后代就靠你去养活，你却只顾自身一人了，那他们不是就死定了吗？再则觉夫的后代唯一有点希望的是你，你若不改怎能再找到女人成家呢！觉夫不是绝定了吗？虽然觉夫生前并没有叮嘱我什么，但我是觉夫的人啦，我不能眼睁睁地看着你们就这样败下去绝下去。不然的话我死后怎样去见觉夫呢？

发凤想到这里，竟然当众跪在未阳的面前，像死了人一样痛哭起来了："未阳，我叫你一句乖啊，你能听我的话吗？"

未阳既沮丧又激动地连忙跪在发凤的面前，说："妈啊！你说什么我都愿听，你赶快起来说吧，我保证听，也保证一定做到。"

发凤流着眼泪的脸上露出了笑容，但还是喘着气，说："你以后再也不赌了，行吗？"

"行，行，我一定做到。"未阳连连点着头说。

"行就好，行就好啊！"发凤一边摘下手镯和耳环一边说，"你把它交给他们把债还了，你赶快去租人家的田种啊！千万别懒啊！觉夫的后代就靠你啊！"

于是，未阳带着父亲和几个弟弟搬到东岸的堂弟那边去，租人家的田地种。

# 四十

发凤还没回到家的时候，家里高声大笑，像是迎来了一件特大喜庆的事一样。未遥在堂屋里手舞足蹈地说："这跟大河破了坝一样，水势汹涌沙石都不能留一点啊。"

未通读了点书，摇头晃脑文绉绉地说："何止是大河破坝的样子呢，有句成语说兵败如山倒，其实家一旦败起来也是一样啊，他家的气数已尽啦！气数已尽啦！哈哈哈……"随即一阵欢笑。

发凤进门的时候未通的话被她听到了，一进房就气汹汹地指着未通说："你说说你知道自己还有多少气数？如果不知道从人家的事上找借鉴，能认识自己吗？保证得了自己就永远气数不尽吗？"

超群看到母亲这样气愤又这样伤心，就问："妈，你又去帮他们了吗？"

发凤的大儿子贤敬从外面跑进来，说："人家说妈的手镯和耳环都给他还债了呢？你们说谁见过妈有这么大方过吗？"

大家一看发凤耳环没有了，贤敬捋起母亲的手一看，手镯真的没有了。一个个跌坐在椅子上、凳子上直叹气，超群拍着大腿伤心地说："你何须这样不顾自己舍命顾他们啊！有用吗？"

莲子冷冷地说："妈把那边当她的家了，将来给他们送东西的日子还在后头呢？"

发凤非常气愤地说："你不要这样血口喷人，我又没有要过你们赚的一文钱，这是觉夫在世时给我的，现在他家有难我就物还原主的后人了。如果让未阳去打长工抵债的话，那不眼见这四爷崽去讨饭吗？如果你们怕我偷东西给他们的话，那我也跟他们一起去，一次都不回来了，这你们就总放心了吧。"

发凤说完，起身去收东西打算走了，大家一齐阻拦发凤。大家知道发凤就是说得到做得到的人，一个个都跪下了。

发凤愤然起身，左手一把抓住超群胸前的衣服，右手在超群的脸上扇了几个耳光，说："觉夫家的后代败成那个样子，你知道他们是吃了谁的亏吗！你说说你有点良心吗？你的良心被狗吃掉了吗？他家败成那个样子，村子里的人并没有得到觉夫多大的好处，大家对他们都是同情叹息啊，反过来说，同情他们就是怨恨和鄙视我们呢，这个道理你们难道还不懂吗？你们得了他们那么多的好处，反过来还高兴得要死，你们还有点人的气味吗？儿子们这样傻是他们不知道这个内幕，你也不知道这个内幕吗？如果你有点良心就会觉得抬不起头，就不会让孩子们这样兴灾乐祸了。你可知道吗，我们的幸福是踩在他们痛苦之上的幸福呢！如果这点都想不到的话，我们的气数也快到眼前了。"

大家从来没见过发凤发火时打人，也没听过她说过这样使人心痛的话，而且句句是道理，弄得大家的头都抬不起来了。超群只好低着头哭着哀求："我们再也不去笑他们了，你就别走吧，你走了，我们就更抬不起头来了。"

发凤很累的样子，轻轻地而且又是冷冷地回答说："今夜我是不会走的，放心吧！"

发凤进房后晚饭也不吃了，总觉得心窝里发痛，如果觉夫家的后人住远了可以装个不知晓，现在看到这个样子，叫自己怎么过意得去呢？现在虽然走了看不到了，又不能及时照顾，这叫自己怎么放心得下呢？她睡不着也想不出什么好办法来，她向儿子和儿媳多次提出要看那个账簿。但是他们就是不肯拿出来，这说明他们心里有鬼，这怎么对得起觉夫啊。天啦！她哭起来了，哭着哭着直到天亮了，又迷迷糊糊地睡着了。

她见觉夫来了，身上系着杀猪的围巾，右手拿着一把雪亮的尖刀，左手一把将她像夹猪一样放在凳子上，口里骂着："恶屄婆，我在世时那样照顾你，我死了你就那么害我的家，今天我把你当猪杀了。"吓得她乱弹乱叫地醒了。

次日一早，发凤就来到觉夫的坟前哭拜一场，表示愿去他后人家里做牛做马。

# 四十一

未阳带着父亲和几个弟弟来到东岸堂弟未祥和未和的那边，但是并没有得到他们的欢迎。叔父贤仁和贤义都已去世了，两个堂弟的房子虽然不算好，但空房子还是有好几间，却把他们安置在下面靠田的茅棚里。他们不想看到这家人，好像这家人身上有瘟疫，生怕给他们传染了似的。

不过这个茅棚还是够宽敞的，有五间，原来是未和用来养鸭子的。他养了几千只鸭，靠养鸭也是赚了大钱的。可惜去年夏天一场瘟疫来了，这几千只鸭子在一个礼拜里全死光了，现在空着就暂让给他们。棚上盖的是禾秆，去年又加盖了一层，棚里不漏雨还是蛮干爽的。只是厨房要隔远点，打了个棚怕不慎被火烧着了，他们连吃饭的地方加起来也只占了三间。

这是个初夏的上午，小雨还是经常下的，发凤穿着在家平日做事的衣服，右手打着雨伞，左手夹着一个大麻布袋进来了。未阳的几个弟弟以为是给他们送吃的东西来了，连忙走上前去接着拍拍摸摸的。

发凤"扑哧"的笑了一声说："我又没有带吃的东西，都是些衣服啊！"

他们又以为是给他们送的衣服，又连忙去解开袋口。

发凤一把夺了过来，说："都是我穿的衣服，别给我搞脏了。"

这下可把他们搞蒙了，一个个愣愣地站着看她。

"租了几亩田地？"发凤看着未阳说。

未阳说："租了四亩多。"

"怎么租法的？"

未阳咧着嘴，苦笑着说："都是三七分成的。"

"不行。"发凤自己找了条凳子坐下，把袋子放在膝盖上拍着说，"这么多人吃饭，连我是六个人吃什么？种这点田大家又去玩啦？"

大家就都惊呆了，未阳奇怪地问："你也来了，他们不要你在家住了？"

"不是。"发凤将袋子一拍，"他们敢不要了我，是我自己要来的。我是来给你们做管家的，以后得听我的话啊！"

这回未阳听清楚了，想起发凤摘下耳环取下手镯交出去的情景，感动得连忙跪下，流着眼泪说："你跟我们过得了这样的日子吗？这是叫花子过的。"

"只要你们愿听我的话，就过得了。"

未阳把发凤带到第四间棚里，发凤把地扫了一下，说："去给我找几块板和砖头搁着做床，多搞点禾秆来垫着暖和些也软些，还给我找些破蓑衣来做盖被啊！"

未阳走到未和家里把情况说了，周围几家大屋里的人都感到吃惊，有的腾出了床，有的把桌椅板凳送来了，棚里一下子不仅人多起来了，东西也齐全了，像个家的样子了。

这时门口一下子围了很多人，而且一下子又都让开了路。超群带着全家人跪在地上哭求着："妈，你跟我们回去吧，我们再也不乱说话了。你做得对呀。"

莲子脱下一只鞋子跪着送给发凤，哭着哀求："妈，是我不对，你打我的嘴巴吧，我求求你回去吧。"

发凤冷冷地说："不是你说错了话的事，你把爸亲手写的账簿拿给我看一下吧。我的脾气大家是知道的，我既然来了是没有那么快回去的，起码要看到他们有点好转了，不要你们接，我也会回去的。"

莲子听到要账簿看也就不言语了，超群也觉得难以从命，只好起来往回走了。

下午，超群请了些人把床桌椅箱和一些吃的东西送来了，也不说什么话灰溜溜地走了。

发凤来了之后，整个东岸一百多户人家都先后来看望她。每日棚里门庭若市的，路上的人络绎不绝。

每次发凤总是对来人说："这个家搞成这个样子了，只能怪贤盛早年不争气，等他老婆疯了才醒悟迟了。其实他也是个聪明人，会写会唱会吹的，他爸呢就要他做生意的接班人，其实人各有志，如果让他学好自己喜欢的迟早是有条路的，觉夫到四十才成器。唉！"

发凤叹了口气喝了点茶，又说："这个家搞成这个样子，其实也不能完全怪未阳的。年纪轻轻的又没有经验，吃闲饭的人又这么多，就算他是条龙也是枉然。不过呢他做事也太可气了，不打那头猪也就不会打到老婆头上去的，至于赌博把屋都输光了也是可以理解的。他以前是不赌的，他是看到家里太穷了，穷疯了就想赚意外之财来挽救这个家。他喝酒不划量，一个嫩手跟一个老手怎能比得过呢？我看他呀还是蛮勤快的，又重感情，尊老爱幼的。自己每次挑货回来，总是把好吃的东西给他爸吃给他弟弟吃，自己站在边上直吞口水。我想啊，这是少年多磨难，将来一定是会好起来的。我就是看到他有这点发展前途才来帮他一点忙。如果真正是个没用的东西，我来做甚啊？你们就相信我一回吧，租点田给他种种，把租也减一点，行吗？"

大家见发凤这么说了，也就主动你给一点我给一点，分成也只要对半开，弄得前面租田给他的人，也把租降低到对半开了。

# 四十二

被日本人和新四军吓成缩头乌龟样的超群，最近两三年来一直过着装穷的日子。穿着跟普通种田人一样的土布衣服，只是在式样上跟种田人有所不同，既像个教书的穷先生，又像个做小本生意的人。

虽然到了秋天，天气还是很热的。担谷、挑货路过超群门口亭子里的人，总要放下担子在亭子里那条长凳子上坐一下。人们除了要歇息一下，还有一个意思是想听听乡里乡外的传闻，这里算得上是新闻发布的地方。谁在别处听到了新闻到这里来发布，谁想知道外面有什么新闻，也到这里来听听。超群本来是很傲的，看不惯流臭汗的人，但是为了自己的生意，他不得不降低身份来听听这些流臭汗的人从外面带来什么新的消息，他怎会甘心长久做这些小打小闹的生意呢？

超群看到一个矮墩墩、皮肤黑黝黝的人，左手握着一根扁担，低着头，眼睛总是盯着那两只麻布袋，右手用草帽当扇子在一摇一晃地扇风。超群就吆喝着那条狗"过瘟的，死开"！然后就问："看来你还很有本钱呢，挑的是墨鱼吧。"

"唔！是墨鱼。"挑夫憨厚地一笑说，"是借来的钱。"

超群左手叉着腰，右手伸出大拇指说："你还好大的胆，敢借钱贩贵重的货，不怕日本人抢了你的货啊？那是崽送了爷，不叫多谢的呢！"

"嗬！你真是洞中方七日，世上几千年了。"挑夫把草帽扇得更起劲了，"日本人投降了，新四军也早走了，眼下太平多了。"

另一个黑瘦高个子的挑夫说："其实恶的是日本人，新四军对老百姓是一点都不恶的，我亲眼看见过夜里如果老百姓不开门，新四军就住人家的屋檐下，我是没见过这样好的部队。"

矮个子挑夫说："听说新四军和江北的八路军是一样的，只整有田地的地主和富农，对做生意的人还是团结保护的。古话说得好，肥田不如瘦店。靠田地发财的人哪有做生意的钱多，这真是放弃大鱼不吃吃小鱼。"

超群听了这些传闻，心里踏实了，又开始放肆起来了。他决心大胆地去做生意了。他做生意不仅有资本有经验，也有了很多门路。这自然是跟着觉夫得来的，从内心来说他觉得觉夫的面子好大，无论走到哪里只要说出自己是觉夫的后人，人家不仅对他热情相待，而且往往主动提供方便。每当遇到这种情况，他总觉得与觉夫相比是自愧不如的，他也记得觉夫曾经对自己的教诲，自己就是做不到。觉夫敢大胆地把资金放出去，也能收得回来。自己放得出去就是收不回来。这样一想，他对觉夫不禁又增添了一分崇拜之情，对忠心耿耿为觉夫的母亲也有了几分理解之情。

他又请人增开了两个铺面，东湾的批发部虽然转让给了人家。现在又跟自己合伙了，各种渠道货源还更多些，因而财源也就更多了。

还有一点也是他佩服觉夫的地方，就是觉夫没有要他家买土地，要是买了田地就糟糕了。田地不比钱，钱可以埋藏起来，田地能藏到哪里去。他把自己的这些想法跟妻子莲子说了，莲子也认为觉夫确实是很聪明，简直是神啊，她也认为婆婆去东岸是对的，不然的话怕会有报应。不过账簿还是不能给发凤看，不然的话会说自己太没良心了，现在唯一的办法就是多送点东西过去，也让世人知道我们对妈是好的，对那边的人也是关心的。

# 四十三

发凤这段时间总觉得好笑，在家里生活条件那么好就是睡不着，闭一下眼就做噩梦，醒了之后一点精神也没有。自从来了东岸之后，睡得着了也不做噩梦，心情舒坦多了。她心里常骂，觉夫你这只冤鬼，把我害得好苦啊，我头世跟你有冤啰，弄得我过叫花子一样的生活。

尤其是这段时间以来的伙食，更是让她哭笑不得。超群送来的东西暂时不想拿出来，她想家里送来的东西能有多少呢？六个人一起吃又能吃多久呢？如果未阳家里来了客人又拿什么去招待呢？她不愿拿出来自然未阳父子们是不敢讨的；她也不想弄饭菜，因为她不知道他们有些什么东西可弄，也不知道他们是怎样弄的，她要看个好几天之后再来弄，反正他们弄出来了什么就吃什么。

到了弄饭菜的时候，未阳带着未旭不知到哪里去了。家里剩下拐脚的父亲、烂脚的弟弟和咳得眼泪鼻涕打泡的弟弟，在门口的几块石头上不言不语地坐着。等了许久之后先是看到未旭捧着一把毛竹笋来了，接着是未阳提着一只篮子来了。上面是一些老芥菜，下面一头放着一些葛渣，一头是捡来的田螺。未旭和烂脚棍在那里剥笋，未阳拿个炉罐把葛渣一煮，再放上一些干臭薯丝煮着当饭，接着又去把田螺的壳捣破丢掉，一洗就和那些切得粗粗的老芥菜往锅里一倒，和着炒了起来，不仅没有油连盐都只放一点点，再倒上一勺水煮着；笋子也是一样，放在砧板上用刀板一拍，在一寸多长的位置上切一下，照样不放一点油就倒下去了，也同样只放一点点盐，炒了一阵子像煮溯一样铲了起来。

吃饭时，未阳端上一碗葛渣薯渣饭，不好意思地送给发凤手里。发凤呆了一阵子就是不动筷子，心想：天啦！这是人过的日子吗？看到他们像饿狼一样吃得叽里呱啦响就直摇头，闻到自己碗里的臭薯渣气味，闻到菜碗里田螺的腥气就想呕。口里一股清水总涌个不完就下桌去了。烂脚棍碗里的吃完了炉罐里空了，就盯着发凤碗里的发呆。发凤说："你拿去吃吧，我不饿。"

烂脚棍嬉皮笑脸地端过去了就想全倒过来。

未阳大喝一声："留一点，等下妈饿了吃甚呀？"

烂脚棍只敢倒了一半，三两下就吃光了。

未阳以为发凤等下会吃儿子送来的东西，也就不那么担心了。

可是未阳猜错了，既然发凤下了这么大的决心，怎么又会偷着去吃东西呢？当饿到第二天早晨肚子里就叽里咕噜地叫，接着就有放不完的屁。她想：我什么都没吃呀哪有那么多屁放呢？不仅四肢无力还发起烧来了，躺着不能动了。未祥的老婆罗元秀以为发凤感冒了，用苏叶和生姜加上鸡蛋煮着送来了让她吃。发凤一点一点地吃，果然见效了，吃完就能坐起来了。

到了第二天的晚上，未阳又搞来了一些新鲜的冬豆子，这些东西虽然没有油，比昨天早晨吃的那些东西就好多了。发凤和他们一样大口地吃起来，好像还觉得少了一点。到了夜里又放起屁来，而且相当响，弄得她怕隔壁听到了不好意思，又想起了平时听过的顺口溜：

> 团豆子，瘪又瘪，
>
> 打个屁来做牛咩；
>
> 冬豆子，圆又圆，
>
> 打个屁来当过年。

一个人在房里暗笑，眼泪都流出来了。

这天夜里她想到了给她送苏叶汤的罗元秀，听说她的命也好苦，五岁多就到邹家做童养媳，自己还没成人老公就死了，被夫家卖给未祥做老婆，没想到孩子也只有两岁，这个老公又得了水肿病，人肿成了一个大冬瓜样。开了几年铺之后，就关门回家躺着等死了。哎，这不是一个帮未阳成家的好机会了吗？我明后天装着去看病，透透风看有没有希望。

第三天的上午，发凤提着儿子给她的鸡蛋、冰糖、荔枝来到未祥家里，跟未祥亲切友好交谈了一阵并安慰了一番。尽管发凤怎样安慰未祥还是伤心地哭着，元秀抱着孩子流着眼泪。发凤了解到这两年来他把钱都用光了，病还是一天天加重，他怕妻子改嫁后儿子跟人家改名换姓，那他家的香火就传不下去了。另外他还说了近两年的田地都是亲戚朋友帮着耕种的，人家帮了这么多也不好再叫人家帮了，眼看禾都栽不下去了。他越哭越厉害了，发凤也陪着流泪。临走时放下十块银洋叫他们去请人把禾栽下去。元秀接了千恩万谢的。

此后，元秀经常下来送点东西给发凤吃，发凤就叫未阳有空去帮堂弟做事，发凤和元秀在一起的时候总夸未阳这好那好的，她还说好人难中出，未阳有个出头日的，是个中用争气的人，不然的话，她不会来吃这种苦的。弄得元秀好相信，又很羡慕未阳有个这样好的人来真心帮助，内心里对未阳产生了爱慕之情。发凤见鱼儿要上钩了，就把自己的想法跟未阳说了，未阳听了乐得全身有使不完的劲，一下也不停了。发凤就说："家里弄饭菜的事我和你几个弟弟做，有空你就去那边做，只做不说啊！不然的话，他们会说你是有目的的啊！"

有一天元秀把孩子送给发凤带，她说："要去剁点柴回来，要是回来晚了，看未阳能不能去帮接一下？"

发凤心想生米快煮成饭了，叫未阳太阳快要落山时去接元秀。其实元秀早就把柴砍好了，故意在山上等着。也就是那次他们就已经做了那事。未祥见他俩那么好，又听发凤把未阳说得那么好，就叫元秀把发凤叫上去说说心里话。他说："听你说未阳那么好，我觉得也像，要是我死了你能帮我做点事么？"

"你说。"发凤很爽快的样子，把手搭在未祥的手上。

未祥很难为情地说，"元秀远嫁给别姓的人。孩子就保不住还会姓熊的了，嫁给本房头的兄弟，谁不知道他是我的儿子，你能帮我做好这件事吗？"

发凤迟疑了一阵之后说："就是他家的负担太重了，不知一时承担得了啵。"

未祥说："不就是眼前吃点苦，以后日子会慢慢好起来的。"

发凤说："只要你都这样说，那还有什么不可以的呢。"

# 四十四

凤梧自从被儿子捉奸打了一顿后，儿子出走了，儿媳又回娘家去了，沮丧了一段时间，好在儿媳还没有嫁人。这几年里，村子里虽然人家办喜事照样请他管事，但他的劲头再也没有以前那么大了。前几天有人从南昌回来给他妻子带来了一封信，说是梦虎在南昌当警察了，虽然儿子并没有写信给他，甚至在信中都没有问他一句，但他又神气起来了。

他听到发凤跑到东岸去助觉夫的后代，总觉得觉夫的命真是太好了，他和村子里的人一样议论着：觉夫头世拜得菩萨好。但想起觉夫娶秀娥时自己争着出了一场唱戏的钱，还遭发凤的羞辱总觉得不值。想报复发凤一下又难，发凤是个厉害的人，他不敢惹。况且她的儿子超群又那么有钱，方圆十里的地方没有谁可以相比的。

他想到了昨天听人家说的话：发凤去了东岸后，未祥的老婆经常去寻发凤一起玩，而且未阳一有空就去帮未祥做事。莫非发凤暗中在给他们做穿斗的事吗？这样一来他们一旦成了，发凤的心里就不会难过了。他又想起未祥的父亲贤义当年到街上租铺的时候，是他出面把舅子的铺租给了贤义。后来贤义死了，儿子未祥接着开了几年，病倒后就一直不能开了，又怕病好后租不到铺面，就让货橱货柜占了十九个月，月租是两块银圆的。后来未祥料知店铺确实开不下去了，就把东西搬出来了，但是那三十八块月租又交不出了。他舅子当时无可奈何地跟凤梧说过这件事，但并没有叫过他去讨钱的。现在好了，可以使一下连环计了。把发凤的大儿子带去看看未祥的老婆，然后又可以把钱逼回来，看你发凤猪八戒照镜子就里外不是人了。

这个家伙八十多岁还好健的，第二天上午提着鸡蛋和糖，装着路过超群的门口，把贤敬叫了出来说："贤敬啦，你也四十岁的人了，想老婆的啵？不过，话要跟你说清楚啊，不是大姑娘，是个很年轻的人，比你要小十多岁呢！就是要带个孩子来的，怕甚，你家就是带十个来也养得活，想的话跟我来，保准。"

"去哪呀？"贤敬喜出望外，脸上堆着一脸横肉直笑。

凤梧大手一挥说："相信我就跟我来，不相信的话就算了。"

贤敬的脸一笑就有蒲扇那么宽了，把那颗本来就摇晃的头摇得更厉害了。凤梧把贤敬带到未祥的家里，装着很关切的样子把鸡蛋和糖送上。未祥很感动，说了感谢的话，也说了些伤心的话。凤梧也说了些同情的话，然后提起未祥欠房租的事说："我看还是这样吧，你病得这样重，钱是一时还不起的，反正你老婆还是要嫁人的，不如嫁给贤敬，他还是个闺男呢，家里又那么好，虽然贤敬跟你是不可能相比的，但是他的家一百年不做事也吃用不完啊，你这点房租钱他是愿出的。如果你老婆嫁到别处去了，搞不好你儿子因你欠多了钱，还是会改名换姓呢，你说是吧？"

未祥觉得凤梧说得有道理，但元秀看到贤敬那个矮墩墩的身上长一个大西瓜样的脑袋，蒲扇样的脸上长着一个扁鼻子，而且还有一个大肉坨；眼睛小得像开了两条缝；一口抛出来的牙齿老不关风，一笑就跟着流痰，看着就想哭。但想到这是发凤的儿子，发凤一定会帮自己儿子的，想到这里元秀真的哭起来了。未祥想到答应了弟弟的事又变卦，真的为难起来了，好久好久不作声了。最后想出了一个踢皮球的办法，就叫贤敬去把发凤叫来做主。

贤敬走到发凤的跟前乐得双脚蹦跳起来，说："妈，凤梧给我找到老婆了，叫你去看，快！"

发凤惊喜地问："他是在哪里给你找的呢？"

贤敬拉着发凤的手，说："快呀，就在上屋呢！"

发凤疑惑地停住了脚步，又问，"上屋哪里来的客人？"

"快点嘛！"贤敬着急地说："就是上屋未祥的老婆，她老公欠了凤梧的铺租钱。"

"哦！"发凤甩开贤敬的手说："你这是被窝里捡到了一床絮，我还以为是他家来了个什么客人，她怎么会愿呢？你这是在做梦。"

"看样子愿了！"贤敬去拖发凤了："他们等着你去应句话。"

"这个老贼，心比蛇还毒。"发凤气极了，将儿子的手掰开往边甩，她想起以前觉夫接亲和打彩秀歪主意的两件事，就想到这分明是来挑拨自己的娘崽关系。自己怎么能去做这伤天害理的事，变成自己来东岸不是帮觉夫的儿子，而是来为儿子谋老婆，来做伤害觉夫子孙的事了，让自己永远也回不了家。想到这里她气极了，心里的火腾腾而起：好，我就去治治这个老贼。

　　发凤一进门，凤梧就笑盈盈地迎了出来，作揖打拱地说："老弟嫂子，恭喜你了，你儿子要转运了！"

　　发凤两眼射出鄙视的光芒，冷冷地问："他们都愿意了吗？"

　　凤梧嬉皮笑脸地说："你儿子是愿意了，你还看不出来？未祥夫妇是欠了钱没办法的事，元秀反正是要嫁人的，到你家不是从地狱里到天堂吗？哪有不愿意的事呢！"

　　发凤深情而又亲切地看着满脸惊恐、泪水横流的元秀，问："你真的是愿意吗？"

　　元秀摸不准发凤的心，看了看发凤的脸，又转过头来看贤敬的脸，双手蒙着自己的脸，"哇"的一声哭得更厉害了。

　　发凤一切都明了，温和地说："你是想到还不起钱，又觉得我们这样好说不出口了，是不是啊？"

　　元秀又是"哇"的一声，趴在地上连连磕头。

　　发凤说："不要哭，不要急，你去把你老公的弟弟和堂哥堂弟都找来，看看他们的意见如何啊！"

　　不一会儿，未祥的几个兄弟气愤愤地来了，把钱交给了凤梧，然后说："你真是个落井下石的老贼耶！"

　　发凤上前一手抓住凤梧的衣领，一手在凤梧的脸上使劲地打着，边打边说："我若不是看在你八十多岁了，非把你打个半死不可。"

　　贤敬跪在地上说："妈，他是为了帮我，你还打他做甚？"

　　发凤将凤梧推了一掌，凤梧打了几个跟跄。发凤回到凳子上坐下，抚摸着儿子只顾流泪。

　　元秀看出了发凤的心意，也跪着栽在发凤的怀里泣不成声了。发凤推开儿子抱着元秀，泪水像破了管子样直流。

# 四十五

　　中午贤敬回到家里，走到神龛前将觉夫的瓷像端下来，咳出一口痰吐到觉夫的脸上，然后将觉夫的瓷像举得高高的狠狠地摔在地上，"哗啦"一声响碎了，随即又去拿把刀来，将觉夫的牌位端了下来，一刀下去劈成两半。咒骂着："就是你觉夫这东西没有用，搞了我的娘，弄得我妈连亲生的崽都不要了，看你还能作什么怪。"

　　超群夫妇开头在房里睡午觉，梦中听到"哗啦"一声响。以为是谁不小心摔破了盘碗，也没太在意，接着又听到"哗啦"一声响，以为谁在劈柴。后来听到贤敬的骂声才跑出来一看，觉夫的遗像成了碎片，牌位被劈成了两块。看到贤敬还要将牌位再劈成碎片，超群一股怒火突地腾起，飞起一脚将贤敬踢个仰面朝天，接着跳上去坐在他的肚上，两只拳头像雨点一样在他的脸上乱捶，打得贤敬那大西瓜的脑袋像要脱蒂一样左右摇晃着，然后装着要掐死他的样子，双手按在脖子上说："你为什么要摔我爸的遗像，劈我爸的牌位，你老老实实地说清楚，要不我就掐死你！"

　　全家人听到堂屋的声音，看到这种场面。一致义愤填膺地喊："给我狠狠地打！"

　　贤敬吓蒙了，看到大家都这样恨他，哀求着说："别打了，别打了。我说，我说……"

　　贤敬哭着将上午的情况说了一遍。

　　大家听了惊呆了。莲子说："妈也真是的，好不容易有了这个机会，不顾崽还顾别人的，哪有这样做娘的，难怪他生气的。"

　　"你还说好！"超群怒吼起来："这怎么怪我爸呢？你把我娘赶走了。你还想她永远回不来。"

　　"你血口喷人！"莲子跳起来指着超群吼起来了，"是她要顾那边走的，怪我，你放屁！"

　　超群怒火冲天，蹿上去左手一把抓住莲子的头发拖了过来，右手就在她脸上乱扇起来。

　　莲子被吓坏了，披头散发地坐在地上哭。

　　莲子的大女儿玉芳说："妈，你说话也要有点良心，奶奶躲开你去过那种日子了，你也够狠的了，你还想她不回来了，你真可恶！我们都觉得奶奶的良心好。我们都好想她呢，就是因你她不能回来了。"大家都一齐这么说。

超群气愤地说："凤梧是个坏东西，他不是为了给哥找老婆，他是想挑拨我们和妈的关系，当然是恨他才打他的。如果凤梧是真心的话，妈有那么蠢吗？你把妈看成什么人了？其实妈是个相当不错的人，村子里的人都说她是个好人，从没听谁说过她坏的；村子里又有谁说过你一句好话的，你说呀。"

儿女们又一齐都说："奶奶是个好人，从没听谁说过奶奶是坏人。"

莲子觉得自己孤立了，从地上爬了起来蹿到房里，把门关了起来。

贤敬见势不妙，也爬了起来，蹿到房里也把门关了起来。

超群蹲在地上一边捡着碎片，一边伤心地痛哭起来。

儿女们一点一点地捡着碎片，还想拼凑起来。玉芳伤心哭着说："要是奶奶看到了，不知会哭成什么样啊！"

大家都说是，又一齐狠劲踢着贤敬的门。

# 四十六

未祥尽管有几个兄弟帮他撑了面子，尽管看出发凤是真心帮助他的，但是因凤梧来那么一招，心里越想越生气，觉得人活在世上太没意思了。明知自己快不行了还要来这么一招，生怕自己不死似的，这真是棺材上拍巴掌欺负死人啊。他恨自己没有一点力气反抗，否则至少可以把凤梧提来的鸡蛋一个个甩在他的脸上，让他像个花面怪似的也痛快些。到了太阳快落山的时候，未祥胸脯跳得更厉害了，不但说不出话来了，连气也出不来了。

这时他的几个兄弟和堂兄堂弟都在场，但是未阳还没有回来。发凤也在场，未祥嘟着喷痰的嘴巴眼睛看着元秀，微微地摇着头，好像要把谁赶快叫来似的，弄得元秀和几个兄弟猜了好久都没有猜对。发凤想：莫不是要未阳和元秀当着众人的面表个态，让众兄弟对未阳与元秀结婚来个认可。发凤就把未祥的心里话说出来了，未祥连连点头，两眼放射出亮光。发凤赶紧派人把未阳叫回来，并叮嘱他要说些什么。未阳就按照发凤交待的说：

"弟弟，你放心吧！我和元秀结婚后即使生了儿子，我也会把你的儿子摆在头位的。读书呀、结婚呀、分房子呀总让他走前。"未祥脸上微微笑着点了头。几个兄弟分别说了，只要未阳说了这话，我们会督促他这么做到，都是自家兄弟，我们完全同意未阳和元秀结婚的。未祥听了，微笑地闭上了眼睛。

未阳把未祥送上山后又背了些债务，未阳和元秀的婚事只是请了未阳叔伯兄弟、元秀娘家的人和周围的邻居，只有几桌人吃了一顿饭。不知是发凤暗中在儿子面前叮嘱了什么，还是超群自己要那么做的，他居然送了一百块银圆，加上兄弟们送的礼金不仅还清了债务，还节余了五十多块。

贤盛原以为几个儿子谁也别想成什么家，想不到未阳又成了家，高兴得见人就笑还大量喝酒，睡着后就没醒过来了。可怜入殓时还是未阳脱了条裤子给他穿上。贤盛归山后剩下的钱又光了，患痨病的小弟弟好像赶伴似的，一口痰没咳出来，两腿一伸也走了。这个简便比埋叫花子要好打发些，虽然又欠了一点点，但未阳肩上的负担是轻多了。

超群见未阳成家了，认为母亲愿回家了，就跟妻子商量接母亲回来的事。莲子见丈夫上回对自己那么凶，又见儿女们那么尊敬奶奶，她怕将来小辈讨厌自己，就欢喜地说："我早就选这个时候了，这回让我带头，谁也不要跟我争了啊！"

发凤见儿孙们这样真诚，见莲子也像是真心的，就高兴地答应了。莲子和发凤两个人一路上牵着手，比母女还亲的样子。

临行时，未阳夫妇和两个弟弟跪在门口磕头谢恩，未阳的堂兄弟们还放了鞭炮，周围附近的人都来相送。发凤想到为觉夫后人做了一件痛快的事，开心地笑着又流出了眼泪。

# 四十七

发凤今天好像功德圆满的样子，高高兴兴地回到了家里。家门口的凉亭里聚集了很多迎接她的人，人们夸赞她是一位大贤大德大智大勇的女中豪杰。大家听说超群一家人都去东岸接发凤，于是都想来看看。

有一位满头白发的长胡子老人说:"我活到八十五了,男女之间暗中来往的事多的是,有感情的也都是双方在世的时候,有些双方都在世,一方病了或者穷了,见了面就像个过路客一样,连招呼都不打一个,哪有像发凤这样男方死了这么久还这样痴情的,我不但是没见过,连听都没听到过。这才是真爱男人的女人啊,觉夫真是有命呢!"

上街有个叫桃花的俊俏女人,村子里跟她年龄上下的男人都黏过她,现在四十多岁了还一样风流,此时听到大家的议论,也情不自禁地发出感叹:"是啊!真亏了她,竟然跑到东岸去过了这么长的苦日子。"

"桃花,你做得到吗?"那个跟桃花有名堂的男人插嘴问。

桃花连连摇头说:"说实话,我是做不到。"

那个男的说:"你当然做不到,这个要做到,那个要做到,这么多你做得来吗?"

桃花毫不退让地说:"你知道吗?发凤偷的是什么人,她偷的是觉夫。村子里还有觉夫样的人吗?如果还有的话我一定做得到,给我说出来呀!"

"哈哈哈……"人们大笑起来了,弄得那个男的缄口无言了。

发凤越走越近,人们各自以自己的年龄和辈分呼叫着她。她并没有单独和谁说些什么,只是很高兴地一边作揖打躬,一边微笑着跟大家说:"好久没见大家了,我好想大家呢!都进来喝茶啊!"

发凤侧过头来问莲子:"家里有什么好吃的东西吗?"

莲子很大方地笑着回答:"有啊!花生、薯片、豆子、米泡、红枣,好像蜜枣都还有呢!"

"那大家都进来呵!"发凤口里这么说着,一进门就直奔神龛前,双手抱拳打算作揖打躬的,忽然间她呆住了,左看右看的,还走到神龛的侧边去看祖宗牌位的后面,然后她回过头来看她的儿孙们,脸上既严肃又伤心的神态。大家见她那个样子了,一个个吓得面如土色地低下了头。发凤见大家的神态不同了,就不往神龛上寻找什么的了,而是用疑惑的眼光看着大家。看得大家身上像被飕飕的凉风吹冷了,而且脚都打抖了。

最后发凤把目光集中到莲子身上去了。莲子吓得坏了,全身颤抖起来了。超群夫妇连忙带头跪在地上,摇着头眼睛不停地向儿女们暗示赶快给我跪下。玉芳抱着发凤的双腿跪在地上,除了贤敬站着不动,其余的都一齐跪下了。

发凤并没有问谁，而是对着神龛上的祖宗牌位问："各位太公太婆，请你们告诉我觉夫的遗像和牌位到底放到哪里去了，难道他就没有资格坐在这里吗？你们想想啊！你们世世代代哪个有他对家庭的贡献大呀，你们看面前的儿孙哪个不胜过你们啊！你们要凭良心啊！天啦！夫哥、夫哥，你到哪里去了啊？"

发凤的声音一声比一声长，一声比一声悲哀，弄得大伙儿一齐跟着哭了起来。然后发凤跪在地上哀号地拜着，呼喊着，全家人跟着悲号起来了。门口凉亭里或坐或站着的人听到房里的突然变化都拥了进来。莲子怕婆婆误认是自己搞掉了，就把还站在一旁的贤敬推了过来说："就是你，还不赶快向妈认罪。"

贤敬虽然被推过来了，既不认错也不安慰，只是悻悻地站着不动。发凤不哭不喊也不拜了，她傻愣愣地看着贤敬不言语。莲子赶快从房里端出一只盒子来，打开给发凤看。发凤一看，全是碎瓷片和破木板了，抱着盒子倒在地上昏迷过去了。

# 四十八

未阳和元秀结婚后，几兄弟都搬进了未祥先前住的房子里去了。按理来说未祥去世了，元秀未改嫁是可以妇承夫业的，况且元秀又给未祥生了个孩子，子承父业也是应该的。未阳和元秀结了婚，帮着未祥撑了门户也是完全有权住下来的。可是因未阳的弟弟未月太不争气了，未月一双烂脚从膝盖下一直烂到下面的髁骨上，冬天不觉得怎么样，到了夏秋那臭气比屎都还难闻，未月又很懒，洗都不洗一下，臭气就更浓了，路过他身边时就想呕。苍蝇又多，有时候一动，只见苍蝇飞舞不见人了，因而遭人讨厌。最头痛的是他经常偷东西吃，偷自己家里的倒还好些，还偷邻居的。弄得未阳一家人都跟着挨骂，日子十分难过，只好打算搬走。

可是未阳又没房子住，往哪里去呢？他只好去租坑口的老祖堂。那里的房子虽然破烂，随时都有倒的可能，但那里是空着的。要租房子是件相当容易的事，不过要经过凤梧同意。自从觉夫去世后，凤梧又是西岸的掌巴头了，因前回遭了发凤的打，未阳不好去找发凤帮忙了。

未阳一进凤梧的房，就往椅子上一坐。凤梧一把抓起未阳的右臂又用手往放鞋子的踏凳上一指，嘴巴里连连说着："去，去，去，去那边坐。"

自古以来，乡村里只要有床的地方，床面前就有一条凳子，长略短于床，宽度跟鞋子的长度差不多，踏板两三寸厚，凳脚五六寸高的样子，上床睡觉时就把鞋子脱下搁着那凳子上的，那凳子就叫踏凳。放鞋子的踏凳当然不能坐人。如果叫人去坐踏凳，那就是最肮脏最下贱的人了。凤梧今天这样做，分明抬高自己的身价，藐视和贬低未阳，想使人家未阳臣服于自己。

其实未阳今日并不脏，临出门时还选了套干净的衣服穿着。未阳明知这是嫌恶自己，但想到自己这样穷，与凤梧相比差距太大了；再则今日又有求于凤梧，往后回来了还得受人家管，也就只好认命坐下去。

未阳坐下后把情况和要求说了，本以为要恳求好久的，没想到凤梧爽快地答应了。其实是有两个原因的，凤梧如果不答应的话，不知发凤又会将他怎么样，发凤的麻辣味他是怕了，搞不好敬酒不喝喝罚酒的；再则坑口长期没人住，到处漏雨，阴冷潮湿的，平日里没人住进去阴森森的，未阳来租这房子，真是踏破鞋跟无处寻的事了。

未阳搬进坑口后，西岸上街头那个肚脐眼上生毒的人死了。那个人自贤旺死了后就再也没有人给他治病了，那个洞又越烂越大了，他死后妻子带着两个儿女改嫁了（家乡话叫下堂），那屋子要出卖。正是这时候，元秀的舅舅找了个小老婆，老屋给了前妻，自己经常来下边找房子，元秀就给他介绍买了。

前舅母也经常来元秀家哭哭啼啼的，说元秀的舅舅好恶，丢下她和一个儿子在家真苦。元秀想贤敬没找老婆，虽然舅母五十岁了又带一个儿子来，不如介绍给贤敬，免得贤敬那么恨自己的母亲，也解除一下发凤的心头病。于是就跟发凤说了。

这件事很快就办妥了，贤敬对元秀说："谢谢你！"贤敬对发凤不仅好多了，还经常跟母亲说："妈，我有了老婆，说有多好过就有多好过的。"弄得发凤又好笑又好气的。

# 下 部

　　我们家的兴起正是从觉夫家败的事上找到了借鉴。你们这些儿孙有很多是不听我的话了，我本来是可以跟玉芳走的，但我想到这个家的将来，我才不愿意跟玉芳走了，让她的老公做上门女婿。我怕你们忘记觉夫，我要求你们在我死后，将我葬在他旁边。还有觉夫那边的后代，我们要把他们当自己人一样来看待的。如果觉夫不把财富给了我们，他们不会败得那么快的，至少可以扛一二十年，这恩典不能忘啊！不然的话你们往后尽再大的力气去祭拜他，也会是白祭的。搞不好他们兴起来了，我们就没脸见人了。

# 四十九

一九四九年农历己丑岁的正月半，梦虎从南昌警察局回到家乡当起乡长来了。有人惊喜地问他："蒋老总退到江南来了，人们都说蒋家的天下快完了，你是见过大世面的人，竟敢来做这个乡长了，说明蒋家的天下还是坐得稳的啰。"

梦虎用手将胸脯一拍，说："在我的心里，完全相信蒋老总不但在江南这边坐得稳，他很快就会打到江北去的。毕竟他有美国这位大老板做后台，共产党那么穷，扛得了几下啊！这点你们还看不清楚吗？"

凤梧很有派头的样子，将袖子一卷，说："世上见风使舵的人就是多，听到几声炮响屎尿都吓出来了。叫他当个乡长就像叫他上杀场一样怕死了，到时候会后悔的。"

"去去去。"梦虎见了父亲就十分讨厌，用手掌向下作推送的样子掸了掸，说："跟着卵子打哼哄的，讨厌！"

凤梧是很老了，但还是耳聪目明的，自知在儿子的心里还是有个疙瘩，只好自讨没趣地边走边嘟囔着说："我就不跟你这个卵子打哼哄的了。"

梦虎的母亲看到儿子那么讨厌父亲，心里也非常痛快，叹了口气对梦虎说："你老婆自你走后不到半年就生下个儿子，长相跟你像是蜕了个壳。她说只要娘家不嫌弃她，就带你那个儿子过世算了的。看来那事也不能怪她，她还是蛮贞节的，要怪只能怪这只老畜生。你还是看孩子的面把她接回来吧，她也怪可怜的。"

梦虎用手肘在桌上托着低下的头，显得很为难的样子，摇着头想了许久许久，最后还是叹口气点了下头。

超群虽然听说共产党对做生意的人是团结扶持的，但他还是不放心。随着国民党的节节败退，他很多个夜晚睡不着了。几个铺面关也不是开也不是，关了怕共产党来说他不老实，将他斗得更厉害；开了又怕将来把他的货物全部充公了，那就太划不来了，而且日子也不那么好过了，真是左右为难。后来他见老婆又生了个孩子，就把老婆的铺面关了，让她边休息边观望，其他铺面不再那么勤快进货了，让它成为关不像关开不像开的样子；一面将金银财宝能埋藏的尽量埋藏起来。

虽然这么做了，超群还经常请道士到觉夫的坟头祭拜打笤的。他绝对不去信什么菩萨，也不去请人看相算命的，唯独相信觉夫。因为他每次去问结果都是应验的，比如前回去问第五胎是男是女，打笤说是男的，结果就真的生了男孩。他觉得觉夫就是自己家里的神，不过他问未阳家的情况，觉夫却缄口不言尽打仰笤。超群不知是觉夫判断不准，还是知道而不愿意说，弄得惴惴不安的，虽然自家是太平无事但他不希望未阳一家好起来的。

不过有一点被超群盼到了，未祥的儿子突然发起高烧来了。当时由于太晚天又太冷，郎中不愿出诊，第二天送进医院不到一个时辰就死了。未阳夫妻俩雪上加霜，这几天本来就是大悲大痛的，未和几个兄弟每日轮着来咒骂说："未阳，你是生成的绝种苑，前头你舅舅送个女的给你做老婆，你就不珍惜，一捶差点被你打死，其实也是被你打死的，年纪轻轻的早不死、迟不死的，嫁给你就死了，还能说不是你打死的吗？后头送个老婆带个孩子给你，你又把孩子带死了，看来你这个老婆也是靠不住的，你还是带着烂脚弟弟过光棍的日子好些。"

未阳被骂得不敢吭一声，真是苦不堪言。超群夫妇和几个儿子听了拍着手欢笑。超群笑着说："真痛快，像骂死猪一样，吭都不吭一声的。"

未遥说："未和他们说的也是实话啊，生成一副贱骨头改得了吗？就只有奶奶才吃了死老鼠，明知无益的事也去帮着吃苦的。"

未和几兄弟那样咒骂和侮辱未阳的话，元秀听到觉得他们说的是实话，超群他们说的话也传到元秀的耳朵里，好像证实了未和他们说的话，一段时间都心灰意冷的。幸好发凤经常过来看望和安慰，她说："你耳朵根莫那么软啰，未和他们是因为伤心才那么说的，这几年来我看不出未阳有什么不好的事，你说得出来吗？我是说不出来。这纯属天灾人祸，天灾人祸谁包得了啊！"

幸好发凤是元秀崇拜的人，发凤的话打消了元秀的忧虑，这个家在即将家败人亡的时刻又被发凤给挽救过来了。

# 五十

超群在觉夫坟头打筶问的三个问题有两个应验了。头一个问题是共产党来了后，说是完全没有问题的。一九五〇年，政府划阶级成分时是按地、富、反、坏、右、上中农、中农、下中农、贫农、雇农十个等级来划分的。前五个是受专政的对象。超群被列入工商业者，生意照样可以做下去，只不过他的资产属于公有制了，换来夫妻俩的正式工作。莲子觉得很不过瘾，嘟囔着说："这真是将钱买事做，那么多的货物换了个天天在柜台里走来走去的，从今往后是一点自由也没有了。"

超群肚子里好像憋了很足的气，如果一下子放出来要么是怕太响了，怕被人家听到了说他对共产党的仇恨太深，只好伸长着脖子从鼻子里偷偷地呼出去。然后说："共产党，共产党，就是要让未阳那样差的人都跟我们过一样的生活。你还得乖乖地听话，如果谁敢吭一声，还得挨斗呢。"

超群伸长脖子仰躺在椅子上，眼睛看着楼板无奈地说："只能用那句话来安慰自己吧，别人骑马我骑驴，仔细思来总不如。回头看见推车汉，比上不足，比下有余。"

"还有谁不如我们的啊！"莲子边说边用毛巾掸完了自己身上的灰尘，又去掸超群身上的灰尘。

超群头也不歪一下地看着楼板，说："不如我们的也就在我们眼前，你也看不到吗？凤梧的田地和那么多房屋全部共产了，已经被划成地主，换来的是挨批挨斗，这么老了生活还得靠双手去耕作，你说他算不算是推车汉呢？他儿子梦虎被划成反革命分子了，成了不识时务的笨人；拿他们来比你还觉得不舒服不痛快吗？"

莲子把掸完灰尘的毛巾盖到超群的脸上，嘻嘻哈哈地笑着说："你呀，总会拿人家的事来安慰自己。"

"唉！"超群还是一动不动地叹了一口气，说："也不全是这样啊！你看未阳因最贫困被划为雇农了，跟工人阶级是一个档次了，现在的工人阶级是最吃香的阶级呢！这是我们在爸坟头久久没有问到的结果。还有一件事使我感到极不痛快，那就是我们自己的娘和我们的女儿也持不同的看法啰。当然还有你去年生的那个孩子现在是还不懂事，一旦懂事了也不知是不是跟我们的观点一样啊！"

"哈哈！"莲子把盖在超群脸上的毛巾取了下来，说："你是想在西岸永远独霸一方，是吧？我跟你说，未阳的成分再怎么红也是个没名堂的人，他怎么能和你相比呢？"

超群笑着说："你这话说得倒也实在，其实你也不是一样想自己在西岸独自为尊吗？"

过了七八个月的时候，听说未阳的妻子怀孕了。超群对莲子说："哎，难道他真的时来运转了吗？"一旁的发凤接话说："也应该转点运就好啰，可怜啦，上两代人都苦了那么一辈子，他们也差不多苦了半世的。"

超群夫妇知道发凤的心意，也就不好争着说什么的了。

过了七月半，超群的长女玉芳在岭南师范毕业了，被调到长河县城中学教书去了。玉芳到如今已经长得跟她的名字一样美了，而且文文雅雅的。她在唐定县民情小学读书后，在唐定县初级中学又读了三年书，接着进唐定师范。这三所学校都办在岭南。原因是当年日本人将要打到九江的时候，九江的专员公署吓得把政府迁到岭南来，因而唐定县的各机关单位也跟着迁到这里来了。

当时长河有个叫袁声亮的年轻教师，在师范任教并任副校长，他看中了玉芳。后来他被调到长河县城任中学校长，因而玉芳师范一毕业就被他要到身边去了。这对超群四个不会读书的儿女来说，是一件大好事，全家人高兴得不得了。发凤表面上虽然高兴，但一个人坐着的时候，老是愁眉不展地暗暗叹气。

玉芳对奶奶特别尊敬，她见奶奶和大家在一起的时候，脸上的笑容总是有点勉强，而当她一个人坐着的时候，她就满面忧愁了。玉芳不仅感到奇怪，也感到忧虑起来：她知道奶奶是乡亲们所说的那种大贤大德的人，一生的命运充满了辛酸和苦涩。这个家全靠奶奶的艰辛忍耐才逐渐兴旺起来，过去有觉夫爷爷对她理解和支持，自爷爷去世后，开头有父亲理解和支持，后来母亲嫁进来，父亲听了母亲的挑拨，母子之间的隔膜逐渐加深了。玉芳站在自己的房里，从镜子里看到奶奶在梳头发，迟钝地捏着脱落在梳子上的白发发呆，一股辛酸的泪水就涌了出来。玉芳就悄悄地走过去接过梳子帮着梳。边梳边悄悄地流着泪，轻轻地问："奶奶，你觉得我是你的知心人吗？"

发凤抬头看了玉芳一眼，无力而又缓慢地点了点头。

"既然是的话"，玉芳将嘴贴到发凤的耳边轻声地问，"那你有什么为难的事，就不能跟我说吗？我就不能帮上你什么忙吗？"

发凤的眼眶湿了，点了点头，尔后又摇了摇头。

玉芳以为是自己走了，奶奶一个人感到孤独了，就问："奶奶，你往后跟我去行吗？我们天天在一起的，我一定会让你快乐的。"

"玉芳。"发凤伸出手来，拉着玉芳搁在自己肩上的双手，微微地摇了摇头说："我看到这个家已经有了点兴旺的势头，你看到了吗？这是你和声亮带来的啊。但光靠你们两个就能让这个家兴旺起来吗？我觉得不是那么一回事啊！我能离开这里一步吗？你说呢！"

这倒是事实。每年的寒暑假里，奶奶看到孙子们成日沉浸在骨牌里，就声色俱厉地说："你们将来是靠打牌谋生的吗？你们看过谁靠打牌日子过得好的呢？"孙子们气悻悻地放下了骨牌，一个个进房装着读书去了，其实没过多久，又一个个在睡懒觉了，父母成天待在铺里。莲子有时候回来了也视而不见，好像要和奶奶抢夺人心一样说："孩子也总要有点自由的。"往往因这些事，奶奶的孤独就越陷越深了。

玉芳感到很为难，就袁声亮这个人来说，是自己见到的男人中最满意的，多才多艺又有上进心；再则自己也想走上讲坛去施展自己的才华，哪能整日待在家里守着奶奶呢？但是想到奶奶的寿命看来是不长了，尤其是近几年来老得很快，苍白的头发逐渐增多，脸上的皱纹不但增多而且在加深，这哪像是个六十岁的人。如果自己嫁出去，那奶奶可能会走得更快，那将会是自己一生的痛悔。不行，我得想想办法啊！玉芳心里突然有了一个明确的主意，自己只能招赘在家里，反正声亮也有几个兄弟在家，况且他也是长期在外工作的。

玉芳俯下身子贴着发凤的耳朵说："奶奶，我离不开你，在家招婿行吗？"

发凤鼻子轻轻地哼了一下，摇了摇头说："你伢崽人尽说伢崽话的，这怎么可能呢？"玉芳带着哭腔说："奶奶，我说的是真心话，怎么不可能呢？"

发凤说："你是闺女就应该出嫁的，哪能赖在娘家的。再则你娘家又有几个兄弟，哪能把你当男丁看待呢？"

玉芳攥着拳头说："如果他家只有他一个儿子，我是可以不选他做丈夫的。我家兄弟多我可以不要娘家的财产，只要租一两间房，能和你在一起就可以了，也不行吗？"

发凤感动得紧紧抱着玉芳，泪流泉涌。

# 五十一

一九五一年农历四月二十四日寅时，也就是清晨吧，天空的东边布满了彩霞，远处山上布谷鸟此起彼伏地唱着歌儿。田里的农民正在吆喝着牛犁田、耙田，有的在做田塍，有的在拔秧苗，有的在栽禾，人欢牛叫的好一派紧张而又充满生机的景象。

就在这个时候，未阳和元秀的儿子在肚子里待不住了，活动了一两个小时之后，就"哇"的大喊一声出来了。这"哇"的一声好像不是哭，而是英雄骑着战马大喊一声，意思是"我来了"！任稳婆怎样在澡盆里把他翻过来顺过去地抹洗着，吭都不吭一声，连穿衣服时都任你包裹。

大家觉得这孩子真是好笑又可爱的，看他均匀的身材，就很有气质。他出世时稳婆和细姨娘都在场，包裹好了之后，她们轮流着抱他，都有一种舍不得放下的感觉。

未阳生了个男孩子的消息，像长了翅膀一样在村子里一下子传开了。这可是觉夫的直系后代，吃过早饭后，村子里的人都赶了来，你一下我一下都抢着抱来看，而且看得大家心里都有一惊的感觉。就有人说："看来觉夫是困醒了，又回来管自己的家了。古话说茅针出土便刺人，一看就跟平常的毛伢崽不一样了。"大家都这么议论着。

发凤还没有起床就听到了这个消息，脸也不洗就由玉芳牵着赶了来。这段时间她因风湿病发了，肿眼憨鼻的，一双腿肿得跟冬瓜一样，常常卧床不起。她把孩子要过来，将包裹得好好的孩子全部解开，前前后后上上下下，翻过来顺过去看了又看，然后用嘴从小孩的脸上、胸上、腹上、背上连小鸡鸡上也去亲了一遍。孩子还是不吭声，弄得她眼泪夺眶而出："觉夫真有希望了，觉夫真有希望了！我看过刚生出来的孩子若干个，从未看过这样好的孩子呢！叫什么名字？"

元秀满心喜悦地说："还没取，您给他取个吧！"

发凤看着玉芳喃喃自语："兔年四月二十四日，两个四。兔出突出，我觉得他确实是根很突出的苗子，叫什么为好呢？"

玉芳笑着说："看苗子肯定是根好苗子了，但不能叫兔出也不能叫突出的啰。四月是万物兴盛之期，他家败了一两代够苦的了，你也希望他家重新兴旺起来的。要么叫东山，学名叫章起，谐音为熊家将来一定会东山再起的。"

"好！这个名字好！"发凤高兴地说。大家也跟着这么说。

最近一段时间，发凤虽然常生病，但因玉芳对她的理解和孝顺，精神好多了。玉芳的丈夫愿意做上门女婿了，他已要求调到长河县碧溪中学做校长了，玉芳也调到沙港中心完小教书了。莲子虽然反对了多次，但小两口一致自愿也就没法阻拦了。

莲子反对是觉得声亮在县城还有更大的发展前途，其实内心是希望这个女婿上门的，因为她太喜欢这对小夫妻了。但是从另一个方面来说，她内心又很不舒服的，自己亲生的女儿对自己的感情却没有对奶奶那么好，而且不知好到哪里去了。她弄不清楚婆婆究竟什么地方这样得孙辈人喜欢，真想从婆婆那里学几招。发凤却没有跟儿媳比的想法，她只是想有这样一对夫妻帮着撑这扇门，肯定撑得要好些过久些，后面的几个孙儿孙女会跟着学得更好些，自然心情就好起来了。

发凤从衣袋里东摸西摸的，只摸到五块钱，拿在手里没办法了。玉芳也赶快去摸自己的衣袋，也只有十五块钱，凑在一起给孩子买点吃的东西和衣服。她知道未月总喜欢偷东西吃的，家里什么东西也藏不住。她怕孩子饿着就对未阳几兄弟说："这钱拿来买点粮食给元秀吃的，你们就当我什么也没有拿。听到吗？这是你家的命根子。"

未月虽然口头上说是、是、是，心里却高兴得不得了。心想：现在够我偷吃的了。

发凤认为未阳家的负担要想减轻，唯一的办法是让未旭过继给别人，反正也不是觉夫的亲骨脉。未阳心里虽然不情愿，但未旭想到眼前的日子太苦了，还不知要苦到何时，他却满口答应愿意去了。

# 五十二

一九五三年农历癸巳年六月，发凤的病情恶化了，全身肿成一个胖冬瓜。家人非常焦急，寻遍了方圆几十里的医师，吃的药可以用船装了，不但不见好转，反而恶化起来了。身上很多地方开始破皮流脓水了，腥臭腥臭的。家里人天天去觉夫的坟头磕拜，尤其是玉芳整日眼泪垂垂的，也许是走多了山路，竟然流产了。

发凤抱着玉芳大哭："是我造孽啊，把你害得这么苦啊！不要去求他了，我也好想他了，我想和他到一起去。我不想吃药了，反正是治不好的。我苦了一辈子，还让我到临终带着苦味走路，太不甘心了。让我多喝点水，冲淡点苦味再走路吧。"

她要儿孙们跪着听她把话说清楚，她娘家要她跟先恭结婚，目的是顾虑他们的儿子。他们太自私了，只要儿子有幸福就不管她有多痛苦，她恨透了娘家。不过她后来又太感谢娘家了，如果娘家不强迫她嫁到这里来，她就遇不到觉夫这样的好男人。她能暗中和觉夫结合是她人生中最大的幸福，让她做了一回真正的女人。她说自己的婆婆是个命苦的人，也是个知人寒冷苦甜的人，她最敬重的就是婆婆，比自己娘家不知好到哪里去了。如果没有婆婆的理解和帮助，她早就死了。

为人要向婆婆学习，不要做自私自利的人。她要儿孙们记住：这个家的兴旺发达全是觉夫给的，没有觉夫还不如一个平常的家庭。觉夫给我们的不仅仅是物质上的财富，更主要的是精神上的财富。觉夫自己的家败得那么惨，不是物质财富差了，而是他们没有继承他的精神财富。当精神财富失去了物质财富也就守不住了。

我们家的兴起正是从觉夫家败的事上找到了借鉴。你们这些儿孙有很多是不听我的话了，我本来是可以跟玉芳走的，但我想到这个家的将来，我才不愿意跟玉芳走了，让她的老公做上门女婿。我怕你们忘记觉夫，我要求你们在我死后，将我葬在他旁边。还有觉夫那边的后代，我们要把他们当自己人一样来看待的。如果觉夫不把财富给了我们，他们不会败得那么快的，至少可以扛一二十年，这恩典不能忘啊！不然的话你们往后尽再大的力气去祭拜他，也会是白祭的。搞不好他们兴起来了，我们就没脸见人了。

儿孙们跪在地上，对发凤的遗言都点头称是，但是莲子和几个儿子对与未阳那边要保持友好关系，相互之间交流了一下眼色，勉强地点了下头。

发凤还要求儿孙去叫元秀把儿子抱来见见面。元秀把东山送到发凤面前，她肿眼憨鼻的看不见了，只是问了几句话。

"东山，你姓甚呀？"

"姓熊。"东山爽快利索地回答了。

"几岁了？"

东山不知她看不见了，很快地用两个指头一伸。

元秀对儿子说："太婆看不见了，你说呀！"

东山又是伸出两个指头，一边用一只手指点着，一边用嘴算着："一、二，太婆，我二岁了！"

引得满房的人齐声大笑了起来。

"好孩子，好孩子，好孩子。"发凤两眼涌出了泪水，说"觉夫有望了，觉夫有望了……"

发凤反反复复地说着，说着，声音越来越少了，直至后来完全听不清楚了，人就那么走了。

# 五十三

发凤的丧事办得很奇怪，说冷落又热闹，冷落了活人热闹了死人。她死后也坐了几日堂，每日里有很多人来祭拜，但是就很少有人去牵孝眷起身。当地的习俗是这样的：当客人来了，门口就有人放短短的一串鞭炮，灵堂里吹唢呐的人立即奏起哀乐，在场的孝眷就在两旁跪着迎接。客人站在案前对着灵位或遗像作三个揖，接着跪下去拜三拜的，起来后又作三个揖，最后将陪着跪的孝眷牵起来，每牵一个就说一句祝语"老人家在阴间会庇佑你们长发无疆的"。离开灵堂时，东家如果事先没有打算请的客人，或不好相请赴宴的，必须立刻记起名字，赶快安排人上门去请。

然而今天却大反其常了，很多人作三个揖却不理睬孝眷，转身扬长而去。这意味着客人不是冲孝眷的面子来的，而是本着对死者的敬重前来祭拜。有了一个人带头，后面就有很多人仿效。弄得孝眷们几乎起不了身，因为这样的人确实太多了，孝眷们跪在地上羞愧难言，简直无地自容。玉芳和声亮还有些人去牵，尽管如此，他俩也羞得泪流满面。

在发凤坐堂的几个昼夜里，村子里的人们只要一有空就来陪着坐，也不理睬这些孝眷，只是跟玉芳夫妻蛮亲近的。他们好像是来陪发凤的或玉芳夫妇的，而不是来陪这些孝眷的。帮忙做事的人总是像来又不像来，不像来却又迟迟而来，早早而归。

人们私下里议论的话可多了，以往村里人有很困难的时候，谁也别想从超群家借一分钱，就连货也赊不到一次。平日里总瞧人家不起，谁家办喜事他家派出去的人，只能在礼房里做文雅的事。而且每次总希望人家多花几个钱，还总笑人家这也不像个名堂，那也不像个样子的。他们来是看在发凤平时对大家的感情，于是就这么不冷不热的。

由于很多人都这样，超群也不好叫礼房里的人去请这样的客。在办丧事的时候，帮忙的人拖拖拉拉，有时连人都找不到。超群只好到未阳面前说好话，叫他带个头。未阳想到发凤在世时那么关心自己，跳来跳去地忙碌着。超群见大家还是不动手，就拿未阳来出气，骂他是忘眼狗。惹怒了未阳，就有人怂恿未阳说："你才是一只忘眼狗，我爷爷那么一个大家产全给你独吞了，你才是世上最恶的人。"

超群听了，就要动手打未阳。众人都跑过来为未阳说话了："他是为你最卖命的人，你都还要打他，把我们都看得寒了心，那我们做又还有什么意思呢？反正你是有钱的，你就拿钱去请人家吧，我们就回家去啊！"大家一哄而散。真是出尽了洋相，弄得玉芳两夫妻唉声叹气却又无可奈何。

发凤归山的午宴只有二十五桌客人，和当年觉夫、秀娥办丧事的八十多桌是不可相提并论的。可是到了归山的那一刻却又有五六百人上路了，人们都说这是故意削他们的面子。大家都觉觉夫真了不起，一个人面子那么大，而超群一家八九个成年人加起来只当觉夫的三分之一。按本地的习惯，死者归山的那餐午宴快要结束的时候，全体孝眷都要跪在大门口，先听礼生读一篇辞酒祭。

祭文的内容是感谢亲戚朋友，死者生前得到了怎样的关心和帮助，死后乡亲们是怎样帮助治理丧事的，也写一些如何继承死者生前的美德。然后就跟着礼房里理事的人到各桌去敬酒，孝子孝女要跪在地上，等理事的人给每位客人倒上酒并且喝了，当倒上第二杯酒后，客人们会挑选一个很会说话的人代表大家说几句祝愿的话，然后牵起孝眷，方能再到下一桌敬酒去。

可是今天的情况就与往常不一样。凡是本村的人都不与外村的客人坐在一起，他们和种田的以及卖苦力的人坐到一起。当孝眷们跪在地上，满桌的人好像没看见似的，依然嘻嘻哈哈地说笑着，竟然没有一个人站起来，当然就不会选代表说祝愿的话，更没有人去牵孝眷起身。幸好超群的脑子灵活，当看到理事的人把酒倒好了，就连忙叫儿子们起来给大家敬酒，这样既避免了自己没人牵跪着让人发笑的尴尬场面，也表示了对村里人的尊敬。可以说他们心里说有多难过就有多难过，他们也知道事后村里人会如何嘲笑自己，远处的人又会怎样议论自己的为人。

儿孙们没按发凤生前的心愿把她与觉夫葬到一起，理由是那年不利南北只利东西，加上觉夫的坟地较远，八仙们不愿抬那么远，只好选在与觉夫的坟地隔条河的斜对面，让他们成了阴间隔条河的牛郎织女了。

的确是这么一个道理，办一场红白喜事的场面如何，是照见这家人近些年来为人处世的一面镜子。超群一家人这次肝都气炸了，超群对儿女们说："你们要给我好好读书，读出去了看他们还敢这样看待我们吗！"

袁声亮说："这不是会不会读书的事，关键是为人处世的事。即使几个舅子都中了状元，我们不改变对人的态度，人们还会是一样的。一个人没有好品质好志气，书读得再好也是一个孤独的人。"

玉芳痛心地说："奶奶在世时那么敬重觉夫爷爷是对的，奶奶有眼光看人。奶奶自己也是那么做的，我们大家都没有认识到。我想奶奶跟我们一同去长河，她赖在家里不走甘愿受气，正是看出了我们家的弊端。奶奶是一个没有读书的人，却有这么大的胸怀，真的了不起啊！人们宁愿看死人的面子，而不看我们这么多活人的面子，我们真是惭愧也！"

# 五十四

一九五五年农历四月里，元秀又生了一个女孩，家里更困难了。这里面有几个原因：主要是未阳没有打算，人又太忠厚老实，土改分房屋土地的时候，他本来可以得到几间好点的房子，他却得了坑口最破烂最危险的那两间祖堂，那是人家都不要的房子；土地呢他也要了最边远而且水路不好的田地。到底哪块田地该种什么，他不会因地制宜，哪个时候该种什么，他心里一点谱也没有，都是跟在人家屁股转。

同样一块田地，他花的工夫比人家多一两倍，而且总是比人家慢三拍，人家的庄稼苗几寸高了他才下种，收成总比人家少很多。元秀长年有病，不是这样就是那样的，许多人背地里说她得了懒病，田地里根本不去看一眼。未月那就更不用说了，纯粹是个只吃饭却做不了事的造粪机，家里年年少半年粮，家里有点好吃的就偷，他也就死在偷吃的事上。一天家里熬了点薯粉，切成一个个正方形的坨坨，炒了之后本来要放着凉一下的，他趁人不注意就偷着夹了一坨放进口里，太热了本应赶快吐出来的，他却把它吞下去了，热得他倒在地上乱滚一阵后就死了。

就在这个时候，东山得了麻疹病，吃什么泻什么，又发高烧，治了很久还是那个样子，整日迷迷糊糊地跟死人一样，瘦得只剩下几根骨架样。这下可把未阳夫妇吓慌了，只好去信迷信，请菩萨的人说是未阳夫妻八字硬了，守不住儿子的，说要想这个儿子活过来，除非按儿子的生庚去找一个合生庚的女人做干娘。全村人都找遍了，却偏偏是梦虎的老婆最合适。这又怎么合适呢，凤梧是地主成分，梦虎是反革命分子，都是被管制的对象，况且凤梧一家人是最瞧不起自己的。未阳为了救孩子只好冒着阶级不分挨批斗的风险，也甘于受屈辱地去做。梦虎这个时候成了众人不敢黏搭也不想黏搭的人，有这么一个好事巴不得就答应了，真是一个愿打一个愿挨，促成了这个干亲。

或许药物到这时起了作用，孩子的病果然好了。凤梧一家人成了未阳的大恩人了。凤梧已是九十岁的人了，挨了几年批斗还吹牛，说："不要把我看得太差劲了，我们的命还能救穷人的命呢！"

# 五十五

超群为了使家庭更加兴旺起来，经常去觉夫坟头祭拜，求他保佑儿女会读书有出头，一面又督促儿女勤奋读书。除了玉芳会读书也愿读书之外，其余四个孩子的成绩在班上只能站到中下游，读书的劲头也不高，都像只船一样撑一下动一下的。

幸好发凤和玉芳谋的这着棋走对了的，袁声亮是个有能耐的人，长河和唐定两个县都有他的贴心朋友，家里三个兄弟凭着他的关系都找到了工作，连玉芳的两个弟弟也分别给找了工作。未遥当教师去了，未通到县文化局的电影院去了，超群夫妇都是国营店里的售货员了，超群的腰杆子又硬起来了，一家人贵气得很呢！

超群又抑制不住内心的兴奋，只要看到门口亭子里的长凳子上有人坐，就想摆出一副既尊贵又高傲的样子给人家看看。超群最希望的是斜对面的那个绰号叫"鸦雀嘴"的人出来，他是一个见谁都能说出好话的人，让人家心里甜蜜蜜的。"鸦雀嘴"家里很穷，平时没有什么好吃的东西，可是凭着这张甜嘴巴，挣了人家很多好吃的东西。超群最喜欢吃米糖的，平时家里的米糖长年不断，这时他看到"鸦雀嘴"正提着一篮子刚洗完的辣椒跟人家聊天，就带了几块米糖出去，每人给了一块，多给了"鸦雀嘴"两块，说："你跟我一样喜欢吃米糖的，就多给你两块吧。"

"哎哟！""鸦雀嘴"故作惊喜的样子，说："超群老板总是这么大方的，这么贵的东西也给人家吃。我呀，总是对人家这么说的，我羡慕死了超群老板的命，方圆十里还有谁家比超群家富裕。尤其是近些年来不仅是富裕，而且贵气，生的儿女个个了不起，真是龙生龙子，虎生豹儿。但是有一点我总也搞不清楚，贤旺、贤盛几代人也是觉夫的后人，他们就那么差劲，没一个有用的。"

"嘿嘿。"超群将衣领捏了捏，又用手将衣服轻轻地拂了拂说："这个嘛我也是这么想的，就是想不清楚。后来有个道士在我爸坟头打筶问起了这么回事，筶是那么应的：说我是我爸正宗的种，所以我爸是甘心情愿地保佑我们的；还说我爸那边的后人可能是当年有人趁我爸下乡杀猪时播的种。"

"鸦雀嘴"一边咬着米糖一边听着，当超群把话一说完，连忙含糊不清地嘟嚷着说："难怪的，那边是走了种的后代，这边是正宗的后代，那结果当然是不一样的啰！"

"鸦雀嘴"把超群的话说给村里人听了，弄得人们背后说这是鬼话。觉夫这边也有两个儿子，不可能让人家次次都能钻到这个空子；这样一来把袁声亮的功劳全部抹杀了。袁声亮只是笑，他笑的意思有两层：一层是向村里人对他的认可表示谢意；另一层是表示对老丈人的蔑视。

这时玉芳生了个女孩，超群说过玉芳头胎如果生男孩必须姓熊，生女孩可以姓熊也可以姓袁。袁声亮给女孩取名为袁瑜，他的意思是在这个充满肮脏的家庭里，他的女儿是不能受到污染的美玉。

凤梧老脚也真的经挨，挨到一九五八年人民公社建立，那时全村人都在一个食堂里吃大锅饭。每日三餐都得按时去吃饭，他九十二岁了已经走不太动了，听到钟声一响年轻人就飞也似的跑去了，有几次他去迟了一步饭就吃光了，弄得他饿了几次。往后他总是提前一两个小时就去坐着等，结果有一次他忘记了早去，等到钟声一响才去找根拐棍，拄着想快点走，谁知后面的年轻人一下子像箭一样蹿到他前面去了，他吓得两腿发抖。心想：完了又要饿肚子了。拐棍拄出老远身子往前倾，脚还在后面没跟上，像只狗吃屎一样栽在地上不动了。人是没死，却得了个半身不遂，不能起床了。

未阳认凤梧是儿子的干爷爷，到了这个时候是要去看望一下的。自从儿子认凤梧的儿媳为干娘后，未阳没有去过凤梧家。原因有两点，未阳在土改时分房屋和田地时，他主动得了最破烂的房屋、最边远最瘦瘠的田地，公社和大队两级干部认为未阳思想好，大公无私。本来想让他当小队长的，可是见他办事没主见，队长没让他当只是培养他入了党，作为一个共产党员去跟阶级敌人拉关系，那是没有立场的事；再一点是他记得从东岸回来租房子时，凤梧让他坐床面前的踏凳，他觉得太没面子了。尽管凤梧最近几年成了管制的对象，但一想到凤梧以前的尊贵和威风，私下里去他家还是有点抬不起头的。

这次不同，凤梧到了这种地步，只好硬着头皮带儿子趁夜里去。东山已经是八岁的孩子了，却从不知晓干爸、干娘、干爷爷是住在什么地方的。未阳带着儿子提着一只母鸡从角门进，拐弯抹角地来到了凤梧的房里。既然进来看病人，总要在病人面前坐一会才好走的。未阳习惯地往踏凳上一坐，东山不知道其中的缘故，就往椅子上一爬坐上去了。未阳起身将儿子拉了下来，按着要跟自己同坐一条踏凳。东山感到莫名其妙，他问父亲："踏凳是放鞋子的，有灰尘有时还黏了鸡屎的，肮肮脏脏的能坐吗？"

未阳还要拖儿子。凤梧头脑是清楚的，只是下半身不能动了，到了这个时候还是死老虎不倒威，说了一句："未阳，孩子不懂事，算了吧。"东山气极了，指着凤梧说："你才不懂事呢，叫人家坐那么肮脏的踏凳，我就是不坐。"

东山一个人摸黑回家去了，把经过告诉了母亲并问这是什么原因。元秀详细给他解释了。东山更气了，又摸黑要去凤梧家里，未阳拖都没能拖住。他进去指着凤梧说："你这个老东西也太欺负人了，不得好死的，你死了我偏不来给你烧香了，鸡巴鸟样的东西。我将来不超过你，也是鸡巴鸟。"说完，东山从裤子里捏出鸡鸡来了，一边往外走一边对着自己的鸡鸡说："我要将来不超过凤梧这老东西，我就是你这个鸡巴鸟啊！"

凤梧一家人气得直拍桌子却又不敢打他，毕竟他们是挨斗挨怕了的人。凤梧没过多久死了。东山真的没有去，两家的关系断了好几年。

# 五十六

玉芳听到了这回事，似信似疑的，似信的是她奶奶临终前问东山的话，他回答得那么机灵可爱、干净利索的。那时他还只有两岁，现在快满八岁了。按照那样的发展速度也应该值得相信了；似疑的是按照他父母的素质不可能生出这样的孩子，再则他还没有进过学堂门呢！

玉芳把这话说给家里人听，弄得超群父子们连连摇头，尤其是未遥摇着头大声说："姐，就只有你才听那些鬼话，我是拿屁股都不想听，两只糊涂虫还能生出那样的孩子，真是神叨鬼说的。"

秋季快开学了，玉芳去了坑口看望东山，正好碰上未阳带东山去了田塅的细姨娘家借钱交书学费。玉芳就掏出钱给元秀并叮嘱说："往后再也不能耽误孩子读书的事了，这钱是给他读书用的，你们再苦也不能用这钱啊！"

东山上学了，到了八岁的年纪，脑子也开窍了，自然接受能力也很强，加上班主任黄玲媛老师特别喜欢他，见他办事坚决果断积极又很有责任心，从第二学期就当上了学习委员。黄老师是跟班上的，东山连续两年被评为三好学生。消息传到村子里又一阵子震动，有人说："发凤在临终前连续说觉夫有望了，说到最后没气才停止，看来发凤真有眼力。"超群却说："一个快死的人神智是不太清楚的，那个时候说的话是听不得的。再则五月也不是看禾天，别说早了。"

未阳夫妇也真没有好命，也许是东山的磨难多。元秀母女俩长期患病，女儿成天咳个不停，喉咙里整日发出拉锯的声音，真是活又不争气死又不断气。信迷信的人说是被死去的未月和未星缠住了，不躲得远远的是救不了这两个人的命。

未阳疑惑地说："那又为什么不来缠我和东山呢？"

信迷信的人说："连你都缠住了，那今后又还有谁去搞钱给他们呢？东山是火气刚强的人，它们是不敢近他身的。"

搞迷信的人横说横有理，竖说竖有理，哪能不信呢？没办法救人要紧，书可以不读了，人的命比书当然要贵重得多，只好远远地搬到笔峰半山腰里去住了，距老家五里多，离学校有七里路，是一个人烟稀少的地方。从笔峰到坑内有四里，荒无人烟，平常成年人在早晚都不敢走这条路的，一路上有许多野兽发出怪叫声，活像鬼叫似的，加上山沟里两边林木参天，雨雪天总是阴森恐怖，令人毛骨悚然。

东山停学了，整日从房里走到地坪里，想到从此见不到老师和同学们了，拿着读过的课本读一阵子，然后哭一阵子。弄得未阳夫妇跟着流起泪来，最后决定还是送孩子读书。每日早晨送东山到坑内，下午接到坑内，开始未阳还能做得到，后来觉得往返路程太长了，早晨站在最高的山头上看着东山一路从山沟里下，在山头叫着东山的名字给他壮胆，下午也是站在山头上叫喊，未阳又把不准学校放学的时间，老是迟迟地来到山头上叫喊。东山每次回家总是提心吊胆的，到家里就大哭一场。

更为糟糕的是，黄玲媛老师和一个新疆人结婚后去新疆了，后来的叶老师并不同情他。东山每日早晨即使去得早也是迟到，毕竟路太远了。叶老师每次总把他叫到办公室里罚站，一站就是一天。不但听不到课，有时连老师也忘记了办公室里还有个学生，自己却回家去了。东山明知是放学了，没有得到老师许可，便不敢出办公室的门，只好大声哭着，住校的老师赶紧叫他回家。

未阳以为东山躲学了，不去学校里寻，还一个原因是怕老师责骂自己，只好在街上到处去找。可怜东山摸着黑在山沟里哭着走，叶老师毫无同情之心，老用这种办法为难东山，想逼未阳一家人搬下来，受害的却只是东山一个人。东山在按时到校的日子里，总是进教室安心学习的，凡是迟到的日子就躲在教室外面的窗子边听课。有时被同学发现了告诉老师，老师又用同样的办法治他。加上成绩逐渐下降，同学们再也不像过去那样佩服他了。他没劲了，就真的躲起学来了。

未阳不想放他读书了，但东山又哭着要去的，去了碰到迟到了又是躲。他是想读书的，老是躲在岭南粮站的木仓库底下，拿着课本读呀算的。语文里有不认识的字，他就耐心地查一本没有目录的破字典，一页一页地翻。一查一读一写，考试还是跟得上去的；算术就不行了，他用棍子在地上成天演算，怎么也算不出来。毕竟没有听到课，古话说师不语隔千里，靠自己再怎么钻也悟不出一点道理来。

在躲学的日子里也是东山受罪的日子，中午没有地方蒸饭的，每逢饿得作呕的时候他只好躺在地上睡一会儿。未阳就想进去抓，但爬进不去，当时的粮仓是火砖整齐划一地砌了上千个墩，每个墩都只有一尺多高，上面架着木头和木板做成的仓库，小孩子是可以钻进去的，但成年人就无法进去。未阳就用长竹篙去戳，当竹篙从这个空里戳进去，东山却钻到另一个空里去了，弄得未阳伤心极了。东山躲学的名声就传得很远了，讨厌和嫌弃东山的人也越来越多了。

学校里的老师们就这事议论开了，绝大多数老师说东山是个爱学习的人，头脑也不错，又有上进心。很多学生都看到他在仓库底下，读书啊做算术啊，说起来真是使人心痛！从来没有听说过孩子躲起来自学的。要怪只能怪他的父母，不要老为难他一个小孩子，应该为他想想办法才对。唯一的办法就是让他到学校来寄宿，但又有两个难处：头一个是未阳拿不出被服，再一个是学校只收五六年级的学生住宿。东山还是三年级的学生，哪个班主任愿收不是他班里的学生呢？这事被玉芳知道了，她给了他一副铺盖，校长就强令五（1）班的老师收下了。东山读书的事才恢复了正常，但东山因数学成绩太差了，到读四年级时留了一级。

# 五十七

东山在留级的那一年里，受到的打击确实太多了。平日里人们对他的态度是冷漠的，有人公开叫他桐油罐。他心里像刀割一样难受，但强忍着，总想争口气给人家看看，但短时间内要想成绩好起来也是不可能的。但有两件事对他的刺激，成为他人生路上不断进取拼搏的强大动力。

那是农历十一月中旬的一天，西岸先忠家为儿子娶媳妇，请了未阳一家人吃饭。那天正是星期天，未阳带着儿子去送礼。未阳本意是让东山吃了午饭就去学校住宿的。冬天的日子短，稍微一拖，动身就晚了一步，当赶到先忠的家里，客人们都上席坐好了，不过还没有开席。未阳带着儿子边走边看，看见有一张桌子只坐着六个人，于是就带着儿子过去。走近一看，原来是超群夫妇和四个儿女，他们见了未阳默不作声，一脸冰霜的样子。当未阳父子刚好坐上凳子，未遥带头将他们几个又带到另一张空桌上去坐，弄得未阳父子两个人坐着。而未遥却在那边拍掌大笑起来，惹得全场的人都站起来哄堂大笑，弄得东山羞得无地自容。虽然礼房里有人出来做了安置，但东山忍不住流着眼泪发誓："我不但今日不同你吃这餐饭了，我永远也不会跟你去人家吃饭了。"

临走时，东山还犟着气走到未遥的那边去，指着未遥说："狗东西，总有一日会让你认得爷老子的。"

未遥起来要打他，却被周围的人拦住了。东山不但没有吃那餐饭，还在学校里扎扎实实哭了一场，弄得他情绪低落了好长一段时间。总觉得自己一家人在世上实在是太可怜了，却又无可奈何。

又过了一段时间，梦虎的妻子带着儿子未辉去半山看望，并跟元秀说起了前回在先忠家送礼的事，她夸赞东山好犟，是个有志气的人，将来是会有出息的。说这话时，未辉和东山爬树去了，两个人都没有听到。她要求以后两家依然要一样好，他们夫妻俩对东山并没有生气，于是两家又常来常往了。

未辉小学毕业后没考上中学，父母打算让他去学一门手艺，到底学什么好，未辉一时还没有打定主意，就只好在家里待着。虽然他没考上中学但傲气十足，在村子里文化最高的也就是他了，正是山中无老虎，猴子称霸王。这些没有读过书或只读一点书的年轻人，在他面前都俯首帖耳的。他家的连环画也真够多的，厨里、箱子里、桌上、桌抽屉里、床头里、床抽屉里到处都有，至少有五六百本，但没有别的什么书。

未辉炫耀他家的书多，叫东山尽管去看，他还说书多就是知识多。东山不懂，认为他说得有道理，但他不知未辉是在炫耀自己，并非真心叫自己去看书的。开始东山提出要借两本书回家看看，未辉总是摇着头，说要看只能到我家里去看。后来连到他家去看也不愿意了，东山一来他就关门。有一次未辉的父母都在外面做事，东山一进堂屋就往他房里奔，一只右脚跨进了门。未辉突然把两扇门关拢，双手紧紧地把门撑住，弄得东山既进不去又出不来。两扇门把右脚的小腿夹在门槛上，痛得全身直冒汗，东山只好求饶："我不进去了，以后再也不来了，你让我出来吧。"说了无数遍未辉还是不松手，也不回答。东山在门外用力撑开，未辉在门内用力顶紧。可怜东山比他小六岁，力气自然比他小多了，况且东山只有一只脚用力，一只脚痛得那么厉害，后来到了迷迷糊糊的程度。这时未辉的母亲回来了，看到东山无力要倒的样子，吓了一跳，连声吆喝："快开门，人都被你夹成这样了。"未辉还是不松手，等自己口里咳了一口痰，才突然放开随即将那口痰对着东山的眼睛上吐去。东山不知未辉会突然开门的，他用力使劲一推，自己一下倒栽在地上，抱着脚不能动弹了，也顾不上去抹眼睛上的那口痰，朦朦胧胧地坐在地上哭不出声了。

未辉还跷起二郎腿，神气十足地说："嘿嘿，好过吗？你看我家啦，有五六百本书。看你呢，除了老师发给你的课本外，还能找得到五六十个字的纸角吗？你名字还叫东山的，像你这种人还能东山再起吗？我可以断死你，你长大后连工分都记不了。将来该进的也是出，该出的就会出得更多了，要是你长大了会记自己的工分了，我熊未辉耳朵上挂爆竹，屁股眼里插油烛，爬到半山去，信吗？哈哈！"

未辉的母亲说："你不要胡说八道的，我不信，我不信，"

东山拖着痛腿爬着回家去了，几天不吃不喝，整天发高烧，弄得母亲要叫医师了，才愿吃了一点饭。想到在凤梧家要他坐踏凳，超群父子们不愿和他同坐一桌吃饭，感到活在世上不如死了还好些。这时未辉的话又在耳边回响，他拳头一攥说："狗东西，我就不去死，我还要好好地活给你看看。我只要争气，就一定会活得比你像样些！"

# 五十八

东山记得放学后每次路过街上，中街里有个老人家戴着眼镜整日端着厚厚的一本书看着，他总是羡慕不已。他侧头看有没有一面有图片的，不像未辉那些面面有图片的。他也大胆地去向那老人家借过书，老人家连连摇头说："不行不行，好贵的啊！"可能是不认识他而不愿意。唉！自己又买不起，他只好唉声地叹气。

那是一个星期天的下午，东山背着米和菜去学校，在坑内的路上看到街上那位看书的老人挑着一担木头柴，气喘吁吁，佝偻着腰艰难地走着。当老人家放下担子一个跌坐仰躺在地上，他连忙去试着想帮挑一段路，担子很重挑不起。他没办法了，只好对老人家说："老人家，起来吧，我帮你抱一些，您会轻快一点的。"

老人感叹地说："人老啰，力也没有啰，该死了，谢谢你啊！"

他抱了一捆柴走得很艰难，这下老人家走得快多了，东山咬着牙累出了一身汗，好不容易把柴送到了老人的家。老人并没有说愿意借书给他，只是连声说谢谢的话，东山也不提起借书的事，转身就走了。

星期六下午放学回来路过老人家门口时，东山看到老人家在那里看书，东山看着老人家只是笑笑而已。当东山快要走过老人家的门口时，老人家突然叫了起来："喂，小朋友，你不要书看了。"

东山回过头一看，老人家站了起来，把一本《欧阳海之歌》交给东山，说："看来你是个很诚实的孩子，我借本书给你，你千万不能遗失，也不能搞破啊。"

东山如获至宝，感激地说："谢谢老爷爷！谢谢老爷爷！"

一路上，东山时而摸摸书封面翻开看看，时而又紧紧抱在胸前走，他边走边想，我要借到书很难，老人家砍柴也很难，不如我回家砍一点柴，星期天下午上学时给他送去，下次他就会借更多的书给我。他是这么想的，也是这么做的。老人家也真的是按他想的那么做了。往后他就每个星期天上午砍柴，下午送柴，老人家也就让他一本本地借去。

东山还听老师说人人不仅要有字典，还要有词典。同学送给他的那本无头无尾的字典很不好用，又拿不出钱来买。东山就借了人家的字典和词典，用那些很厚的毛边纸裁开，装了一个厚厚的本子，连续抄了一年多，有了自己手抄的字典和词典，脑子里也有了深刻的印象，词汇也丰富多了。他用木柴借了二十多部长篇小说看了，简直成了个书迷。他的语文成绩就这样悄悄地成了全校六年级学生里最好的。


# 五十九


未阳夫妇在半山住了几年，元秀母女的身体确实是好了许多。主要是这里的房屋干爽、明亮、空气新鲜的原因，与坑口相比简直有天壤之别。

坑口堂屋的两边各用九根大木柱架起来的，柱与柱之间是用厚木板隔成墙壁的。堂屋上方正中是用两根大木柱竖着架起来的神龛，神龛上面摆着各家的祖宗牌位。由于多年没有人居住，房屋漏雨无人修盖，雨水从柱子顶上湮下来，柱子和木板间不断霉烂，成了一把把糠渣样的木屑，柱子顶不住了架料。未阳住进来后，屋上的漏洞到处都是，无人敢爬到屋顶上捡盖。每逢大雨天，外面下大雨房里下小雨，连被服铺盖都是湿的，哪能不得病呢？再加上柱子和板壁里藏了很多老鼠，整夜到处是老鼠吱吱的叫声和蛇像母鸡一样咯咯的叫声。当大蛇去抓老鼠时发出剧烈的颤动，嵌在柱子上的木板被震得整块地掉下来，发出的响声使人听了心惊肉跳的。还有老鼠在神龛上吃供品，蛇又去抓老鼠撞到磬上去了，磬就响起悠扬的声音，随即便听到老鼠发出凄惨的叫声，使人毛骨悚然，头都斗桶那么大了，提心吊胆，夜不安寝，叫人怎能不生病呢！

未阳的房东叫熊未福，老婆叫罗会菊，会菊的年龄比元秀大几岁。元秀的辈分比她大一辈，因为她们都姓罗，元秀称会菊为姐，会菊又将元秀称为姑姐，两个人的关系亲如姐妹。因而未阳一家住得很舒心，只是东山读书太远不方便，经常吵着要回家。会菊就眼泪汪汪地说："乖，对你读书来说确实是不方便，今后就这样吧。到了时候我去送你，回来时我去接你，可以吗？"

东山只是阴着脸，摇着头。

会菊生了两个男孩子，一个比东山大一岁，一个比东山小一岁。丈夫是远近有名的砖匠，带了一班的徒弟，每个徒弟一年不仅要送很多贡品，还要帮做很多工。他有空还上山打猎，下河钓鱼。会菊也是一个很勤快的女人，每年有五六头猪杀，还养了一大群鸡鸭。屋周围的梨树、橘子树、枣子树、桐子树每年都能挣到上千元。家里的生活相当富裕，每餐都有鸡鱼肉，可以说是方圆五里最富有的人家。可是就在东山发麻疹的那段时间里，三天之内她的两个儿子都夭折了，自己又不能再生育了，这是她人生中最伤心的事。她见东山很有志气，从不去寻她要吃的，还每个星期砍柴换书看，羡慕死了。吃饭时总叫东山过来，把鸡鱼肉大块地往东山碗里夹，东山得了就跑回来分给父母和妹妹，弄得会菊躲在门边直叹气。以后会菊只叫他过来吃，却不往他碗里夹菜了，东山不吃就走。会菊就只好直说："东山只要你愿做我的儿子，你就夹吧，乖！"

东山把菜夹回菜碗说："父母只有我一个儿子，我能做你的儿子吗？我不吃了。"

东山回到自己的房里去了，会菊呆呆地坐了一阵子，然后就到自己儿子的坟前磕着头哭得拜天拜地的，最后口吐白沫昏迷过去了，被人背回来后大病了一场。吓得东山躲在房里，大气都不敢出。

会菊娘家的老弟嫂子听说了来看她，她们以为东山不在家。娘家嫂子说："姐，古话说，好牛不出栏，好崽不过门。东山肯定是个好孩子，他不愿你就算了吧，要不到别处找个孩子来试试看。"

这话被躲在房里的东山听到了，开头他以为是自己做错了，总觉得不好意思见人的。现在觉得自己做对了，是呀，人活在世上，就是要靠自己，靠自己才光荣啊！

会菊真的过继了儿子，可是那孩子比东山大，不但不做事还经常偷东西、做坏事，会菊忍了一段时间，忍不住就退回去了。退回去后又哭一场，接着又过继，结果还是差不多，弄得她赌气做了几次，因生气瘦得像把干柴样，东山就更害怕了，母亲就说："只要你去吃她的东西，她的身体就会好起来的。"东山又去吃她的东西了。

果然会菊的精神好多了，好长一段时间会菊不说了，东山也只顾吃，会菊看着就满脸漾着笑，身体又恢复了原状，还时常轻轻地哼着歌。后来会菊以为时机成熟了，就牵着东山的手说："东山，只要你愿做我的儿子，你一家人都过来一起吃。可以吗？"

东山把筷子一丢说："他们愿我不愿，我要靠自己的，靠人家的就丢脸。这回我真的永远不来吃你的东西了。"

会菊愣愣地呆了一会儿，就跑到她儿子的坟头哭得更凶了，不仅额上磕起了个大包，还流了很多血，几日也不清醒了。吓得东山麻着胆子，暑假里一个人回到坑口去住了。

东山回到老家坑口后，夜夜握着柴刀坐在床上不敢睡，他随时随地准备跟神鬼和蛇呀老鼠呀斗一场的，他也总盼父母和妹妹早点下来，日日盼夜夜盼就是盼不下来，弄得他好恨自己的父母了。过了一个多月后，未阳只好搬下来了，但没有回到坑口，而是搬到超群斜对面三爷殿边上的披檐下来住了。而会菊不过半个月，将西岸下街口上的破房屋买下来了，随即又翻拆做了新房屋。东山听人家说他父母背着儿子答应了，以后慢慢做工作说服儿子的。那房屋暂时是各得一半，叫未阳赶快也搬进去住。东山听了去问父母，父母口里没说却点头默认了。东山坚决不搬，就变成了斜对面的邻居了。

超群一家人知道了此事后，都感到很奇怪，哪有见钱不要的人。未遥想起东山那次骂他是狗东西，心里就还有气，说："那是只不知天高地厚的东西，晓得些甚，靠自己他奋斗五十年也翻不了身。"

玉芳连连摇头说："这孩子真不简单啊！将来必定会有大气候的。"

袁声亮竖起大拇指说："这真是不得了，一个那样富一个那样穷，人家追着来他都不愿意，这就是有骨气的孩子，真是万里挑一啊！难怪奶奶临终时说觉夫有望了，奶奶一个没有读书的人真有眼光啊！"

大家都不敢作声了，这些年来声亮夫妇在家里大有威望了。未遥连续几年教学成绩居全乡倒数第一，还背着纸扎的乌龟游过街，本来是被开除了的，幸好声亮的朋友帮着稳住了；未通因几次贪污老婆又有了外遇，自己趁邻居男人不在家去强奸一个病妇，本来是要撤职的又是玉芳出面保住了。于是玉芳夫妇不管说什么话，大家尽管心里有多不服，也不敢说什么了。

# 六十

东山也确实是个不幸运的人，正当他的学习成绩要起步的时候，一九六六年下半年进入中学，"文革"开始了。正式上了一个月的课，就全面停课闹革命了。东山不感兴趣但不敢不去，有空时偷着看看书。

东山来了西岸后，没有柴送给那位老人家了，于是也不太好意思再去借书。玉芳有时回来了总叫他去家里拿些书来看，但东山见超群一家瞧不起自己，也从不上她家的门。班里的同学经常有人发病，有的病情严重还要捐款，别人都能从家里要到钱做这个人情。他却不能，分文都拿不出，他急得没办法，蹲在路上对着天空流泪。有个姓袁的挑夫看见了，左盘右问他才说出实情。袁叔叔借了五块钱给他，并说往后的星期天带他去东湾担货赚钱。

于是，星期天他就跟着袁叔叔去挑货，如果预测星期天是晴的话，星期六下午到寨上的国营分店领二十根六尺长的锄头柄粗的棍棒担回来。第二天凌晨三点钟带上午饭摸黑跟着袁叔叔出发了。东山不懂挑担的诀窍，开始走得很快。袁叔叔就说："别走快了，要留点后劲，不然的话你就走不动了。"果然上午九点多还只走到长岭坳的山脚下，东山就走不动了。

后来只好走一阵歇一阵，走的时间短，歇的时间长。袁叔叔怕耽误了回家的时间，经常返回来接他。十点半了还只到长岭坳山界上，肚子里咕咕叫了。袁叔叔见他实在不行了，就强令他把饭吃了，果然好些，下坡路他常打跟跄，两条腿直打抖，一直挨到下午一点多才到东湾，交了货赚了一块零八分钱。

东山攥着这一块零八分钱，觉得比生命还珍贵。心想再挑一担回去，就有二块一角六分钱啊！他没有买东西吃还挑了同样重的锁回家，上长岭坳的坡岭，肚子饿得比来时更厉害了，只好拼命喝山沟里的水，水喝多了肚子是舒服些，汗却流得更多些，身上的衣服湿透了，裤管夹着腿更难走。熬过了十里长岭坳的山坡路，又上五里长的上坡路。袁叔叔知道他回来的路会走了，没等他先走了。走到半坡的时候，未阳来接他了。东山像是生死关头盼来了救星，感动得泪水长流。东山从此对父亲的艰难有了几分理解，父子之间开始有了感情。

三年来，他不知在这条路上走了多少个来回，从此有了钱应付这些人情来往了，也有了钱买书，自己有了书，也就有了资本跟人家换书看了。

东山在读书的时候，就利用星期天吃这么大的苦挑货赚钱，引起了村里人的议论和同情。

"唉，这么嫩的骨头就去压担子，将来人都长成矮丁丁的。"

"这孩子真可怜，十岁都没满就挑柴换书看，从没见他停过一天的。"

"这是爷娘不给他一分钱造成的。"

"要是别的孩子，早就做去小偷了。"

"还须去偷，只要答应做会菊的婿，他就会有用不完的钱。"

"这孩子的志气还真是从未见过的呢！"

这话传到超群他们耳朵里，未遥就像下蛋的母鸡一样咯咯咯地笑了起来，莲子就像鸭子一样嘎嘎嘎地笑起来。他们想到东山会被折磨得长不成人而格外开心。

玉芳回来听到了，就偷偷带着袁瑜送些钱给东山。东山笑着说："我有脚有手的，而且一天天长大有力气了，还要人家的钱这不成了叫花子吗？"

弄得玉芳紧紧地抱着东山，脸贴在东山的背上偷着流泪。

# 六十一

人世间的事也是古怪的，有时候好事变成了坏事，有时候坏事又变成了好事。一九六六年下半年只要是学生就必须加入红卫兵组织，不加入就会说成是不革命的或反革命的；加入了红卫兵组织不参加造反活动，也算是不革命或反革命的了，但东山在抄家时总是走在后面，打人的事他从来不干。集体评议谁最积极时，他一次也没评上，评不上积极分子他无所谓。可是大家想来想去，就发现他没搬过一次东西，也没打过一次人。这就不对头了，大家开头只是说他不革命，后来还说他是反革命分子了。于是就在学校里挨过几次批判，不过还没有要他做检讨，只是把他放到山上砍柴烧炭去了。

烧炭的人大多是会烧炭的和一些力气大的人，东山不属于这两种人，而是属于劳教对象。烧炭带队的余老师，是全校教数学能力最强的。东山小学三年级时经常躲学，很多数学课没听到，到了五六年级时就学得更艰辛了。烧炭时他把小学三年级到六年级的数学课本都带去了，休息的时候就叫余老师给补课，利用这个机会补上了，而且很快学到初中一年级的有理数了。余老师当着大家的面夸赞他好学，于是大家都要余老师利用休息的时间教。可是别人就没有东山的钻劲大，自然余老师教的劲头也就不那么大了。惹得大家对东山不满对余老师也不满，说余老师偏心了，以智育第一分数挂帅为罪名，告到红卫兵大队部去了。于是就将东山和余老师进行批斗，每次都要他们做检讨。

东山看了那么多小说，又抄了字典词典，他的检讨书写得引经据典，该简略就简略，该详细的就详细，围绕主题，深刻生动极了。弄得大家居然鼓起掌来了，也弄得那些想批斗他的人哭笑不得。于是不批斗他了，凡班里参加学校大会的发言稿都归他发言；学校大字报的稿子也要他写；再后来凡参加全乡性大会的发言也要他去。他声情并茂，有气势有魄力，全乡万人大会上所有发言的人，没一个能比得上他。

这下在全乡的震动可就大了，连玉芳那在小学读三年级的女儿袁瑜也说给家里人听了。其实家里除玉芳夫妇不知外，其他人是没一个不知晓的，只是他们不愿意说罢了。

玉芳最近一段时间心情很不好，丈夫袁声亮在碧溪区也成了保皇派、反动学术权威，经常挨批斗，弄得玉芳又不敢近前去照顾，整日忧心忡忡，常常暗暗地流着眼泪。这会儿也笑着说："我早就看出来了，这孩子是不简单，一定有出息的。"

未遥就说："姐夫生死未卜，你还笑得起来，真是没良心的。"

莲子咬牙切齿地说："声亮就是吃这样人的亏，我恨不得咬死他。"

超群严肃地说："这些人将来都没有好下场的。"

玉芳说："他又不是做批斗发言，而是做动员表态发言。"

超群说："不是一样吗？有了表态发言，将来肯定就会有批斗发言的。你得到爷爷坟头祭一祭，看他是否能保佑一下啵。"

玉芳冷笑一声说："这个他也保得了？"

莲子："那次日本人来了他也保得，毕竟这是红卫兵，总不会比日本人厉害吧。"

玉芳说："那是凑巧碰到的，其实他也是保不了的。"

未遥说："唉，姐是真没良心的了，既不要了丈夫，也不要爷爷了。"

玉芳无心跟他们斗嘴了，还是去觉夫的坟头祭拜一下。

# 六十二

玉芳去觉夫坟头祭拜只带着女儿，提着一些供品来到坟头坐着歇一会儿。她觉得自己与父母、弟妹们祭拜觉夫的心情和目的是完全不同的。他们祭拜觉夫是为了祈祷觉夫保佑他们兴旺发达，假如有朝一日他们觉得觉夫并不保佑他们，或者是他们不需要觉夫保佑了，他们再也不会来的。自己的想法则不同，奶奶那么有志气、有智慧，道德那么高尚，深爱着觉夫，由此可见，觉夫的为人一定可圈可点。觉夫跟奶奶那么深的感情，肯定对奶奶一生有着深远的影响。自己怎能不崇拜呢？她想从奶奶和觉夫身上吸取一种精神力量，去鼓舞、影响后一代，这才是她的本意。所以她今天没有请人去打箸，其实也没有这个必要了。

这是一个夏天的上午，太阳火辣辣地挂在天空，玉芳母女两个大汗淋漓的。玉芳想起声亮对自己的深情厚谊，想起声亮目前的遭遇，想起目前自己和父母兄弟之间的隔膜，泪水涌了出来。她在坟前诉说了父母和兄弟们未能继承觉夫的美德，家境有衰微的趋势；也诉说了自己一个女人想挽回局面心有余而力不足的艰辛；表示将永远继承觉夫的美德，尽自己的努力为两边的后代做出贡献。

祭完觉夫后又去发凤的坟前祭拜，她感到特别亲切，想到自己失去了知心人有苦无处倾诉，想到婆婆一生的心血将会付之东流，泪水比汗水还要更加汹涌地涌出来。她把在觉夫坟前诉说的内容同样诉说了一遍，最后挂着泪水笑着对奶奶说："奶奶，你的心血没有白费，觉夫后代有望了，我会尽自己最大的努力去帮助他们的。"

袁瑜在旁边说："妈，你是说东山哥吧。"

玉芳笑着点点头。

袁瑜攥着拳头说："东山哥确实是个有志气有本事的人，我也想尽力帮助他的。"

声亮被打后受了重伤，在长河县人民医院治疗了几个月，虽然能挂着棍子行走，但佝偻着腰像个七八十岁的人了。全身浮肿，只好请病假回到岳父家，整日寡言少语的。

一九六八年冬，上海一批知识青年下放到岭南来接受贫下中农再教育。岭南通往县城公路只到跨乡界，知识青年只能在跨乡界下车，公社要求学校组织学生去跨乡界接知青的行李。

东山接的是一位身材高大、戴着近视眼镜的知青，名叫叶觉林。一路上两个人像故友相见一样并排走着。将知青送到公社后，公社领导在礼堂里举行欢迎仪式，会上学校又派东山作代表发言。

东山的稿子写得好，发言也很精彩，全场响起经久不息的热烈掌声，连上海知青一百多人，一个个上前来同他握手。叶觉林把手掌都拍痛了，把东山抱了起来。散会之后，东山把叶觉林接到自己的家里，打开箱子一看，原来是一把手提琴、一把二胡和两支长笛。叶觉林装上琴弦调试好了，又将笛膜贴好了之后，试弹了几首名曲，一下子就让东山入迷。东山要求觉林长住他家别走了，觉林本来是分到田塅片的，他也想在东山家里住下，公社领导尊重知青的意愿，让觉林把名字挂在田塅，人可以在东山家住段时间再看。

觉林在东山家里住的日子里，只要东山有空就教他拉琴吹笛子。东山很有音乐细胞又好学，接受能力也很强，只要放学回家就练。连上山砍柴也带着笛子去吹，休息时拿着根粗点的长棍子当二胡杆，右手捏着根细柴棍当马尾弓，左手指一上一下地练指法，右手一推一拖、时快时慢地练弓法，不到半年，三种乐器都学会了。每当东山吹拉弹唱时，西岸街里的人都听入迷了，有的连做事都忘记了，有的跟人说话都前言不对后语；连路过街上的人也忘了行走；超群一家人听得发呆了。

玉芳陪着坐在声亮的旁边，一手搭在声亮的肩上，一手按在自己的膝盖上，用手指随着东山吹奏或弹奏的曲子打着拍子。当东山弹奏或吹奏到袁瑜会唱的歌曲时，她也跟着旋律跳起舞来；当东山吹奏她陌生的曲子时，就双手撑在膝盖上，托着下巴发呆。她对父母说："东山哥真是不得了的聪明，跟着东山哥这样的人过一世真好。"

玉芳就笑着说："东山哥确实是个难得的好孩子，我在学校里教了这么多年的书，还从未见过这样的孩子呢！瑜儿，你也应该向他学习啊！"

袁瑜拉着玉芳的手跳着说："我长大了，就跟东山哥在一起，可以吗？"

玉芳笑着说："傻孩子，胡说啥呀？你现在还这么小。"

袁瑜撒着娇说："我不是快长大了吗？"

"这真是造孽，嫁个这样的人，出我家八辈子的丑啊，不许胡说八道的。"未遥怒喝着。

声亮鄙视地看了未遥一眼，又转过头来笑着说："不要把人家看扁了，看样子人家将来是圆的，我们才是扁的啰！风水回家了，唉，我们最好还是回家去吧！"

气得超群一家人各自进了房，悻悻地把门重重关上，好像要把房子震倒似的。

袁瑜被这一切吓蒙了，没听懂父亲的话，傻愣愣地看着父母。

# 六十三

叶觉林来岭南后只去田塅打了两个转身，并没有在田塅住过一夜，在东山的家里也只待了十个多月，因去县里参加汇演和比赛，又到市里、省里参加演出得了几次奖，很快就被市歌舞团调走了。临走时他把手提琴带走，把二胡和笛子送给了东山。东山痛哭了一场，觉林也挥泪告别了这个乡村。

袁声亮借着去长河人民医院治疗离开了西岸，实际上只在医院待了半个月，就回到沙港玉芳的学校里住着，等着阎王给他勾簿了。他不想把尸骨留在岳父的家乡，不以治病和不让妻子女儿耽误功课为名，又不好离开超群家。袁瑜也买了一把笛子练着吹，脸涨得通红脖子起青筋了，就是吹不响。她气得几次想把笛子往门框上敲，心里对东山就更加羡慕，觉得东山确实太聪明太可爱了。嘴里嘟嚷着说："你们为什么不让我在东山哥那里学会了再过来啊？"

玉芳夫妇知道女儿现在还只有十多岁的人，对东山并不会产生什么爱情，只是对东山聪明好学感到羡慕而已。声亮一声叹息，对玉芳说："东山确实是个好孩子，可惜瑜儿太小了，跟着他肯定是有兴旺的希望。"

玉芳把头顶在声亮的背上轻轻地叹息着说："就家庭而言，我们确实是待不下去了，我比你还难过；就东山而言，我心里真的好像有一根肠挂在那里似的，东山确实是太可爱了。"

声亮仰头叹息着说："不管怎么样，孩子读书的事是第一重要的。至于以后的缘分怎样，你就看着办吧，反正我是没有福分看到了。"

东山对玉芳一家的搬走深感痛惜而又无可奈何，但对袁瑜只是觉得可爱，并没有别的任何意思。毕竟袁瑜比自己小了九岁，何况她又是尊贵的千金小姐，这是他做梦都不会想也不敢想的事情。

东山见喜欢他的一家人都走了，而超群一家对他总是带着仇视和蔑视的眼光，实在是太无味了。会菊见东山还是没有被感动的意思，只好在村子里找了个年轻人办了过继约，而那被过继的人家总是背后对村里人说，会菊心目中只有东山，会菊家里即使有什么好东西也会暗中给东山的，过继也只是个名誉没意思的。这话传到东山的耳里，他非常气愤，吵着回了坑口。临走的那天，会菊又哭了一场。

东山回到坑口后，母亲和妹妹又病起来了，有时还是死去活来的，一只药罐炖两个人的药，炉子里几乎整日不停火。东山也没有什么办法，常常手撑着门框，或背靠着墙壁发呆。

# 六十四

一九七一年元月份，东山高中毕业后回到生产队种田了。岭南粮站要招收营业员，六月二十九日，国营里的李主任和刘副主任找上门来叫东山去考试，考生有三十多人但名额只有一个。考试的内容是打算盘和测量圆柱体、圆锥体、长方形、正方形和梯形的谷立方和斤数。打算盘东山在国营商店玩时学过，测量各种形状的算法是小学学过的，加之在山上烧炭时余老师教了点几何知识。东山考了九十八分，比第二名的张牡丹还高二十一分。考完后李主任很满意地说："你就等着通知吧。今年秋冬在粮站上班，明年就到国营里上班。"

没过一个月，公社要从各小队抽调基干民兵到鲁溪修国防公路，大队里将东山调去了当民兵连长。全公社一共两个连，另一个是国家老师刘典石。两个人各管一个连。东山以为去修路最多不会超过二十天就会回家，于是日日盼望着国营里的通知，谁知盼到过年回家时也不见一点音信，东山又不好去问。

东山感到很疑惑也很苦闷，就去拿笛子来吹，好解解闷。突然发现笛子发出异样的声音，他左看右看也没看出什么来，感到很蹊跷，笛管又没破没裂的，一点破损的痕迹也没有。难道是虫子钻到里面做了窝？于是瞄着眼睛看管子的里面。啊，原来管子里有一筒纸屑塞在里面。他倒出来一看，原来是袁瑜塞的一张留言条。上面写着：东山哥，我好想你啊！袁瑜，八月五日。东山轻轻一笑说："这孩子真是可爱。"东山问母亲才知道玉芳带着袁瑜来过，也知道了声亮四月份去世了。东山心里一惊，叹息着说："可惜啊！怎么好人就不在世呢？玉芳姑带着三个女儿怎么过啊！"

这年的腊月二十四日，天下着大雪，东山没有吃早饭就来到了沙港中心完小，可是玉芳却带着三个女儿回到声亮的老家沙溪过年去了。其实她完全可以回到西岸的娘家去，与自己的家人在一起快快乐乐地过年！可是她却回到了那偏僻的大山沟里去了，从中可以看出她内心的想法和苦楚啊！

玉芳去沙港过年是对公公婆婆的尊重，也是对自己丈夫的尊重，但更多的原因是因为同情东山暗中受娘家人的气。想到这里，东山不禁鼻子酸酸的，他顾不得饥饿，踏着厚厚的积雪又跑到了沙溪，一来一回跑了六十多里路，肚子饿得叽里咕噜地叫，一跑到玉芳的婆家就背靠墙壁无力地坐在板凳上。玉芳知道他吃了这么大的苦，感动得紧紧地抱着东山久久不放，泪水涟涟。东山高兴地告诉她自己在粮站考试的情况，玉芳的眼泪又流出来了，既沉痛又高兴地说："好孩子，你会有出头之日的，你会有出头之日的啊！"

袁瑜拿出一管笛子给东山，说："东山哥，你看到我那张纸条吗？我好想你啊！多想你吹笛子给我听啊！"

"多蠢的孩子啊！"玉芳喝斥袁瑜，"明知东山哥找我们跑了六十多里路，又累又饿的，还叫他吹笛子，亏你说得出口啊！"

"啊！"袁瑜大吃一惊，然后双手捧着东山的头，心疼而又急切地说，"哎呀，我不知道啊，东山哥！我去拿点米糖给你吃啊，那是我从外公那里拿来的。"

袁瑜飞快地跑去拿米糖，只听见房里"啪啦"一声脆响。袁瑜的奶奶连忙从厨房里跑了出来，又连忙跑进房里一看，双手拍着膝盖心痛地说："哎呀呀！你什么事要这样急呀？把我装嫁的东西都摔破了！"

袁瑜连忙把米糖送到东山的怀里，又跑到厨房拿来一根竹条送到奶奶手里，接着跪在地上哭着说："是我错了。你打吧。"

"乖啊！"婆婆连忙去抱袁瑜，说："我不是怪你拿坏了，你仔细一点啰！"

任凭奶奶怎么牵啊、抱啊、扶啊，袁瑜就是不起来，拿起竹条将自己的左手狠狠地打了起来。弄得婆婆抱着袁瑜哭了起来，说："这个姑娘真是犟，就算我说错了，你打我吧，我个乖啊！"

袁瑜跪在地上哭着说："奶奶，其实我心里很难过的。我要不是因爸死了看到你难过，我真的想在外公家里过年的，我好叫东山哥教我吹笛子。东山哥为了来看我们，冒着这么大的雪清早跑到沙港，没见到我们饿了一餐又跑到这里来，午饭又没有吃，叫我怎能不急啊！东山哥来了这里，你不出来跟他打个招呼，还跑来骂我。我多没有面子啊！叫我怎能不伤心呢？爸啊，要是你在世的话，我就不会这样可怜的哟！爸啊！"

袁瑜哭得非常伤心，玉芳也跌坐在椅子上呜呜地哭了起来，弄得奶奶哭也不是，安慰也不是，连忙跑到玉芳的面前哭了起来。玉芳连忙去扶婆婆，说："妈，我们都没怪你啊！只是想到声亮就伤心，你就不要生瑜儿的气啊！她因没有了父亲不知哭了多少回，我相信你也是一样的啊！我们来这里过年也是想让你开心些，我的娘啊！我们都是苦命的人啰！"

这下弄得东山不知如何是好，只好同玉芳一起去劝伤心的奶奶。说："奶奶啊！我姑姑哭，她也不是责怪您啊！都是一样的心情，这是因袁瑜点到这件事上来了才哭的，快起来啊，奶奶！"

"多好的悃俚呀！"袁瑜奶奶连连点着头又摇着头哭着说，"我出来跟你打个招呼是应该的，是我没做到，多失礼啊。瑜儿没有错，还望瑜儿的哥哥多多原谅啊！"

奶奶起来了，袁瑜也起来了，脸上挂着泪水笑着跑到东山的面前："东山哥，你饿坏了，吃糖吧。"

东山拿着一块糖在口里咬着，咬了两下没咬动，袁瑜就接过来举得高高的往椅子上用力摔了下去，"啪"的一声，那块糖顿时成了几块。袁瑜就捏起一块往东山口里塞了进去，还用嘴在东山的脸颊上亲了一下说："把这几块糖吃了，就教我吹笛子啊！不过你先吹几支曲子给我听了再教我，行吗？我做梦都看到你吹笛子呢！"

东山吃了那么一小块，就去摸笛子了。袁瑜夺过笛子又将一小块糖塞进东山的嘴里，笑眯眯地看着东山吃起来。玉芳看着袁瑜的一举一动，心里甜蜜蜜地笑着说："你莫把东山哥咽着了，让他慢慢地吃吧！"

东山把那几块糖吃完后，接过笛子就吹了起来，一支又一支曲子接着吹。笛声把沙溪塅里的人都引了出来，一个个呆呆地听着，连声赞美着。袁瑜听得傻愣愣的，脸上似笑又似哭的，眼泪一个劲地流。弄得声亮的母亲手里拿着抹布也看呆了，想起刚才东山那通情达理的话，不知是悲还是激动，眼泪就沙沙沙地流了出来，竟然用抹巾擦眼泪了。

第二天临别时，袁瑜奶奶牵着东山的手久久不放，说："让我叫你句小侄孙吧，我看到了你就好像看到了小时候的声亮一样，多有本事啊！怪不得我瑜儿那么喜欢你，侄孙啦，我也好喜欢你呢！经常来玩啊！"

玉芳母女几个人送出来好远好远，袁瑜牵着东山的手说："东山哥，妈跟我说了，等我大学毕业了，就跟你结婚，等我啊！"

东山笑着说："你还是小姑娘，莫说这样的事，好好读书啊！"

玉芳笑着对袁瑜说："不怕丢人的，东山会等你的，好好读书吧！"

# 六十五

第二年公历二月二十七日，公社要招收五十名民办教师，有五百多人参考。东山还是想在家等国营里的通知没打算去考。刘老师又回学校教书了，这次又是监考员。他从报考名单上没看到东山的名字，立即上门来劝东山去考，东山还不愿意去。刘老师说："即使你不愿意当老师，也去考一下，展示你的才华。国营里来了通知，你就去国营上班吧！如果这回你又考得好，国营里会更加重用你的。"

被刘老师这么一说，东山只好跟着他去了。考试结果出来后，东山的平均分是九十六分。公社就将他分到乡镇中心完小去了，其他的只能下到村级小学去，东山还是不愿意去。国营里的售货员听到了赶快上门告诉东山实情：那次粮站考试后，超群就叫大队干部抽你去修路，他转身又去跟李主任说，东山是公社蛮调去的，没办法了，只好叫第二名的张牡丹上班去了。事后他又怕事情败露，只好将张牡丹暂调到清江粮站去上班。当东山当教师的消息出来后，才将张牡丹调回了岭南粮站，原来张牡丹是超群舅子的女儿。东山想起去年底去看望玉芳说起此事时，玉芳不断安慰自己，看来她是知道这里面的情况。东山气得咬牙切齿，只好点头答应了。

东山上班去了，家里的情况越来越严重，母亲和妹妹的病情只增不减，母亲只要连续咳一阵的话，就大口地吐血。妹妹和死去的痨病鬼叔父一样，一只葫芦七个洞（指人的头）只差两个洞（指两只耳朵）不出水。父亲是顾得了屋里顾不了屋外，其实是无论哪头也顾不了。东山在学校里不能安心工作了，村子里的人和东山的舅舅姨娘叫东山认命，放弃工作算了。但刘校长是个好人，他十分看重东山，东山几次向他提出辞职，他就是不同意。

刘校长几次看到东山，张了张嘴却又不说什么，显得很为难的样子："东山，有句话不知我该不该说，如果我说错了你就当我没说，不要为难啰。"

东山看得出刘校长是为自己出主意了，就说："你说吧，我能接受的就会接受，不能接受的您也不要生气。"

刘校长笑着忍了忍，还是说了："按年纪来说，你还只有二十一岁，过五六年结婚也不迟，到那时你找的对象可能要好得多。但是就你的家庭情况来说，不找老婆你的工作可能真的做不成了。如果找了，她会帮你照顾家里，你也就能把握这次机会，有了工作今后会生活得更好些。如果你同意我说的话，那你的要求就不要过高了，只要能做家务就可以了。"

东山感到很为难，沉默了许久之后，又想到超群头上去了，就点头表示同意了。

晚上开会时，刘校长把东山的情况跟大家说了，要求大家利用亲戚朋友的关系帮东山找一找，而且要尽力尽快地找。最后刘校长说："我们学校除了东山还有二十七位老师，谁若找到了的话，可以放谁的假把事情办好了才上班，不记误工旷工。至于找到了要钱的话，大家也要帮忙，我打头炮可以不可以？"

"可以。"满房的人齐声回答。

散会了，大家都走了，东山一个人坐在办公室里趴在桌子上抱着头轻轻地哭着。回想起自己二十一年来遇到的艰难，简直像头发一样数不清啊！虽然罗会菊曾那么喜欢自己，给过自己那么多吃的东西，但是从来没有谁在艰难时刻像刘校长这样关心体贴过自己，在这里得到的温暖远远超过在家里得到的温暖。他觉得今后在这里要好好地工作，好好地学习，好好地做人，这里是一所好学校，一座锻炼自己的好熔炉。

# 六十六

谁知刘校长的好意，不仅没有解决东山的困难，反而弄得东山出尽了洋相。

刘校长的那个动员令，老师们开始争着抢头功，因为大家觉得既讨好了刘校长，又做了人情给东山。他们认定东山一定是刘校长的得意门生，也许是将来的大红人，这个时候出了力，以后两头可以得好处。结果把东山带到女方家里一看都满心欢喜，等于目测和口试已经过关了，接下来由女方家里约定日子，带着七八个至亲的人到东山家看房屋。当他们看到屋顶到处是漏洞，房里的家具破烂不堪，最后看到东山那病怏怏的母亲和妹妹，当然也看到未阳那茫然失措的样子。他们就十分尴尬地说："还是让我们考虑一下吧，以后听我们的信啰！"转身连茶水也不喝就走了。

来时是从前边靠坑边的小路来的，回的时候却往右边去西岸的路走了。说是听回信实际是推托之词，往后就杳无音信了。下一个老师接着上来了，情况也是一样的。女方家的人走的路线也是一样，从前边而来从右边而归，就像去灵堂瞻仰死者的遗体一样，从右边进从左边出。

刘校长不服气，就像指挥战士炸碉堡一样，前面倒下了后面接着上，前仆后继非要拿下这个碉堡不可似的，反正他部下有的是兵。打了五六场败仗之后，东山觉得很丢脸，恳求刘校长再不要派兵上阵了。刘校长也觉得自己丢了脸，但他很犟，非干好不可，接着又派兵上阵了，相亲十场结果还是一样。东山因这件事臭名远扬了。刘校长赌气还要干，东山就下跪求饶，刘校长见主将都不上阵了只好叹气罢休，最后做出决定，把东山下午的课程调出来让大家分担，叫东山上午上班下午回家做家务。

后来村子里与东山要好的人告诉东山，说每次只要有人来察家舍，东山最左边的那个女邻居就去了超群家。因为超群知道那女邻居跟元秀关系不好，就派她做内线。超群夫妇就轮着出来将这些客人接到家里坐，每次都介绍东山上面两代人的情况，描述得臭不可闻。最后说："你们要是将女儿嫁给他，不就像秀娥和彩秀一样去送死吗？"弄得来人吓得汗毛都竖起来了，觉得自己上了当。有的叫西岸的人帮带个回信，说是那三十六根柱子（指大柱子上加的撑子）二十四个天井（指屋上的漏洞）的大户人家，我家的小女儿配不上啊。弄得四周的人背后说，东山找的老婆坐着有一圆桌，鱼是没有吃到的，腥气却是臭不可闻了。

东山因找老婆出尽了洋相，超群全家人就感到非常痛快。未遥对超群说："您真是老谋深算，第一次用调虎离山计，使他即将到手的金饭碗被人拿走了，第二次相亲又让他丢了祖宗八代的丑。这样一来他这个民办教师又当不成了，刘校长让他教半天书做半天家务，这是天大的人情，这个能做多久啊？他家那个烂摊子十年也改变不了，刘校长总不可能做十年的人情，最多做上半年了不起，不就回家种田了吗？如果一回家种田了，老婆就更难找了，痛快！痛快！哈哈哈！"

超群故作严肃地说："这跟锄草是一回事，不能让茅草长高了才去除，那是相当难除的。锄草就要在萌芽期间锄掉。你们要知道东山确实是个争气的人，前回弄掉了这回又出来了。如果让他出来了，将来村子里的人都往那边一倒，我们还能在这里让人羡慕吗？这件事我早年就跟你们说过，叫你们好好读书，使西岸的人世世代代永远佩服我们，你们听过我一句话吗？谁也不听我一句话，成天只知道玩乐。你们应该看到他的能力是我们全家人之上呢，不过这个时候是他致命的关头，这个时候压下去了，他想再抬头就难了。"

未遥拍着手说："这叫作置人于死地了吧。"

超群晃着身子说："你今天终于开窍了啊。"全家人像听山海经似的，傻愣愣地听着。

未辽听了问道："刘校长这样照顾他，让他只上半天班这是违反纪律的事情。恐怕他渡过了这个难关又稳定下来了，那不是打蛇不死反被蛇咬一口吗？可惜姐夫死了，如果姐夫不死的话叫姐夫到县里一告，刘校长就无法帮上他的忙了，要么就叫大姐去县里打一个转身试试看。"

"傻瓜！"超群吆喝道，"你不说我还忘记了叮嘱你们呢，姐夫不死你也别想他去做这种事。你大姐的心早就偏到东山那边去了，跟你奶奶的心是一样的，这点你们还没有看出来吗？你越去告诉她，她就越会帮东山的忙。她带着女儿回家这是件好事，什么消息也听不到了。要不是瑜姑娘年纪小了的话，她还想把女儿嫁给东山呢！东山吃了我们这么大的亏，往后要高兴只能是我们一家人关起门来高兴，对她是只字都不能提。"

大家觉得姜还是老的辣，一个个点头称是。

# 六十七

东山在这羞愧愤恨而又感激难言的日子里，变得沉默寡言了。他想到自己连续出了这么多的洋相，想在一两年之内改变这种生活环境是不可能的，只有破釜沉舟，像越王勾践一样过几年卧薪尝胆的生活。

想到超群一家人不仅忘恩负义，而且是卑鄙恶劣的小人。以前把自己搞得过着艰苦卑微的日子，现在又想把自己搞得断子绝孙，真是可恶到了极点。超群与发凤相比真是天差地别，发凤对自己家里的帮助简直是到了舍生忘死的地步，这是何等的高尚伟大。东山觉得觉夫是个了不起的人，理英家里的人把觉夫家搞得那样苦，他不去计较反而去看望安慰他们；胡医师家里遭了那么大的难，他竭尽全力去帮助；邹家人把贤旺暴打致残，凭觉夫的声望与财力，把邹家人搞个家破人亡也不是一件难事，但觉夫只字不提，多大的肚量和胸怀啊！超群一家人已经不像是觉夫的后代了，自己一定要做觉夫真正的后代，要对得起发凤，要以德报怨。

东山又想到刘校长对自己的关心，他发誓要在工作上发愤图强，给刘校长争口气，别让人家说他瞎了眼，把狗当人看了，自己要做真正的人。

东山下决心要继续学文化，怎样去学呢？他想应该利用空余时间把它补上来。毕竟学校里有好几个老师以前是读过高中的，向他们借书并向他们请教。究竟要先学什么呢？他觉得对语文感兴趣些，就先学语文吧。同时他也想到要把学校所开设的课程知识全学到手；他要学业务精通业务，这是很不容易的事呢。他每天都是紧绷绷的，没有一点点空。下午他在家里做家务事的时候，星期六下午还要在劳动的空隙里看教材，做到胸有成竹；星期天和寒暑假要参加队里的劳动多赚一点工分，无论走到哪里教材就带到哪里，平时要虚心地向老教师学习，要多跟学生打交道，做到因人施教，因材施教。

近几年，袁瑜到县城读中学去了，每年只是正月里跟着母亲来外婆家拜年。玉芳早看出了娘家人对待东山一家人的态度，也不好明着跟娘家过不去，不好去看望东山了。不过她听到东山教书去了，内心里感到特别高兴，她觉得东山就是薛仁贵，自己父亲就是张仕贵，无论张仕贵用多毒辣的手段，也是压不垮薛仁贵的。袁瑜总想去看望东山，玉芳就说："你不能去看，你去看了对东山哥只有坏处，不会有半点好处的，我知道他会争气的。"弄得袁瑜的心就像猫抓一样，常常独自走到街口装作到田边路上玩，眼望东山住的方向发呆。

东山经过四年的努力，母亲和妹妹的病情慢慢好转，四年没领过大队一分钱工资，年关一到，就到大队签个名字抵父亲以前欠下的债务，一家人就靠国家下发给民办教师六块五角钱的补贴和卖菜赚点钱过日子的。可以说东山这四年里，是经受苦难折磨的四年。好在他的教学能力不断增强，教学水平不断提高。一九七五年全县统考，他教的毕业班分数位居全县第一名；一九七六年也是一样，被评全县教育先进工作者；一九七七年他班上的四名学生去九江参加作文竞赛，一个全市一等奖，两个二等奖，一个三等奖，这些获奖的作文还先后连续四期上了市级日报文学版；一九七七年暑假，全公社教师办二十天学习班里，岭南中学老教师叶存金在会上就东山班上获奖的学生作文专题讲了半天课，还让东山作了两天的业务讲座。

未遥在会上灰溜溜的，休息时大家纷纷议论说东山是个了不起的人。未遥听了很不舒服地说："神个屁！还不是个民办教师，离公办教师的位置还差得远呢！"

但是他万万没有想到东山入党了，下半年升为两坑完小的校长了。全校加两个教学点共有九位教师，未遥成东山的部下了。未遥教学能力差，自然教学成绩也很差，每个村完小待一年，就被群众赶走了。十九个村完小每年调一个地方，十九个村完小轮着转，这回轮到和东山在一起了。他以为东山处处会为难他的，时时事事小心提防。但东山却时时事事处处关心他。东山的课比任何老师都多，尤其使未遥感到惭愧的是他只任一门课，东山任三门课，全公社统考时，东山的三门课分数位居全公社第一和第二，而未遥那一门课的分数却是全公社倒数第一。群众又强烈要求赶未遥走，东山把他留下来了，弄得未遥泪流满面。

# 六十八

第二年东山的学校里分来了四名未婚女教师，不过和东山一样都是民办教师，公办老师只有未遥和邹老师。这是刘校长和中学里的张校长有意安排的，这个消息是邹老师说出来的。说当时他有事去找刘校长，在隔壁听到刘校长和张校长正在聊天，张校长说："东山确实是个有志气有能力的人才啊，可惜落了一个那样的家庭。"

刘校长说："他要是能娶个老婆帮他的忙，那就会发展得更快些！可惜啊，一个这么好的青年娶个老婆竟然这样难。"

张校长说："这是因为东山成天关在学校里不接触外界的人，外界的人不了解他，老拿他父母的情况来推测他的前程，这是环境造成的。《红楼梦》里的贾宝玉，因为所处的环境好，那么多的美女去追求他。如果贾宝玉换一个环境，说不定他比东山都还不如呢！"

刘校长笑着说："呵呵呵，你今天的聊天对我启发很大呢！要想东山找到好老婆，给他多分几个女老师去，就比找人做媒强得多，不可能没一个不爱他的，说不一定都会抢着要他呢。"

张校长笑着说："那他就会成为当代的贾宝玉了！"

两位校长还真没猜错，没过两个月，四个女老师都向东山献殷勤了，争着给东山打米、蒸饭、洗碗、炒菜、洗衣，常常因这些小事闹得面红耳赤的。后来发展到周末去东山的家里做家务了。

这是一九七八年四月底放农忙假的一天，也是莲子患胃病的期间，玉芳借着看望母亲的机会就空来看望东山。前两年听说东山因找老婆出尽了洋相，而且还听说每次都是家里人害的，心里比刀绞还难过。她真想不通家里人得了觉夫的好处为什么还要害觉夫的后人，况且人家是在极端可怜的困境，真是于心何忍啊！简直是没有一点人性，她觉得这是一种羞耻，每次回来总要避开家里人去东山家看望一次。

听说东山有了这么大的发展，玉芳对袁瑜说："要想自己成为一个有用的人才，就得向东山哥学习，往后找对象就找东山这样的人。"袁瑜就说："我就找东山哥。"玉芳笑着说："我又不是叫你去找东山，我是叫你向东山学习，以后以东山这样的人为标准找对象。你怎么能说就去找东山呢？

他比你大八九岁，他到了结婚年龄，你高中都还差一年，大学还有四年怎么就能找他结婚呢？"袁瑜说："如果在他没找对象的时候不跟他说，等他结了婚又去哪里找这样中意的人呢？"玉芳严肃地说："你是老大，你要对得起爸爸啊！不许胡来啊！"袁瑜说："你不说我说总行了吧！"玉芳生气地说："等下你要是说了，我不仅会马上就走，还会当场打你的。"母女俩一路吵吵闹闹地走来。

玉芳这次来发现东山虽然穿着非常朴素，但人显得更加英俊，连未阳的精神也好多了，元秀的身体也好多了，面上泛着红光的，未阳的女儿也不那么咳了，家里还有几个有气质的年轻姑娘说说笑笑的，在那里洗衣、抹桌、拣菜、烧火的，家里生机盎然的。一问才知道是东山学校里的老师，玉芳一下子全明白了，心里感到非常欣慰。她知道这四个女的都在追求东山，但都还在初级阶段，东山的目标并没有确定。其实玉芳并不是反对女儿跟东山结婚，而是觉得袁瑜年纪小了点，况且女儿的学业还没有完成。如果不是这两个原因，她是会同意的。

袁瑜原以为一进房东山就会拉着她的手亲亲热热的，要么东山吹笛子自己唱歌，要么他拉琴自己就吹笛子，然后就会有说不完的话。万万没有想到会遇上这样一种局面，自己进来后只是和东山拉了一下手，满肚子的话无法跟东山倾诉了。袁瑜感到非常尴尬，非常失落和委屈，她想把自己心里怎样爱他的话说出来，但又怕东山已经找好了对象，万一东山不答应的话，那她就真的没面子了。她怕自己受不住，总拿眼睛看着母亲，希望母亲想个什么办法帮她说出来。可是母亲坐了一下子之后，对东山说了一些祝贺和勉励的话，起身拖着自己走。袁瑜无奈地只好跟着出来，母女俩又在路上争吵起来了。

袁瑜哭着说："你为什么不帮我提这件事呢？"

玉芳说："以前的话我已经跟你说过了，用不着再重复了。就他家里的情况来看，东山已经找好了对象，你又不是没有眼睛的，还说这话有什么用呢？"

袁瑜跺着脚握着拳哭着说："就是你成天说前途、前途的，前途再好哪有婚姻美满好。要是早说了不至于是这个样子了，现在好了，看我有多大的前途了，你好好看啰！"

袁瑜跺着脚说完后，并没有回到外婆家去，而是一个人跑回沙港自己的家里去了。

东山学校里的四个女老师各有特色，比以前老师做媒说的姑娘不知强到哪里去了。可是四个女的家长都嫌东山家里太穷了，父母的素质太差劲，坚决反对。其中有一个叫韩梅的却不顾那么多，星期六下午明明跟着另外三个女的一路回家了，傍晚时一个人又回来了。

她告诉东山那三个女的说了一些嫌弃东山父母和妹妹的坏话。这话东山可相信了，可是面对韩梅也使他感到为难，韩梅刚分到他学校时，有个叫郑家政的同学就跟东山打了招呼，说韩梅是他的对象，以后有什么事还请他多多关照。并说韩梅的哥哥韩松到电站工作是自己父亲一手帮忙安排进去的。因为家政的父亲是公社的秘书，是很有背景的人物。家政这话的意思是向东山暗示，你今后要找对象的话可不能打她的主意了。可是韩梅却说对家政没有一点印象，根本没有答应过家政一点什么的，婚姻的事情全由她自己做主。但是东山觉得家政已经把自己当朋友看了，就不能跟朋友抢对象了，有句古话说朋友妻不可欺。东山从一开始就没有在韩梅头上想过什么的，可是韩梅却是追得最紧的一个。

韩梅说她不怕东山家里穷，保证结婚后孝敬父母爱护妹妹；也不怕自己家里人反对，哪怕是今后永远进不了家门也无所畏惧。东山笑着点点头就起身送她回家，她却怕东山改变主意就要在他家里住下来。韩梅在东山家住未阳夫妇当然是乐意的，但东山的心情是矛盾复杂的，他不是不想而且是想得很，但是他怕得很，怕的原因也多得很。首先一点是怕韩梅家里的人，如果一旦被她家里的人知道了，闹起来了这是不好交差的。他觉得在这个世界上自己家是最可怜的人，只有规规矩矩安分守己做人，自己才会有安宁日子过，否则就像是一个米粉坨，人家搓你是个圆你就是个圆，捺你个扁你就是个扁的。其次是不好向家政交代，人家是跟你打了招呼的，给你做人你不做偏偏要做狗，也不好向同班同学韩松交代，同学之间就是这么一回事，好的时候同学胜过亲兄弟，坏的时候比冤家对头还毒，到时候要遭到大伙儿的围攻，那是最难堪的事情。最要命的是家政的父亲又是公社里的大秘书，那遭报复的事就不光是自己了，连自己的老婆也跑不掉。正当他呆呆地坐着不知如何是好的时候，未阳夫妇带着女儿走了。

以往东山是和父亲睡一床，元秀和女儿睡一床的，现在未阳一走，东山无疑是要和韩梅睡一床的了。东山觉得这么快就在一起了，他想都没有想过，太突然了，他感到好怕，他真不知韩梅怎么会这么胆大。

其实韩梅的胆量也是被逼出来的，她素来也是怕羞的，听人家说下流话她就会脸红的。最近一段时间她见那三个女的追得那么紧，她怕东山被人家抢走了。她觉得东山是自己认识的男人当中最可爱的一个，绝没有第二个能比得了，她不想东山被别的女人抢走；还有一个重要的原因是家政追自己追得很紧，几乎每夜都要到她房里坐，父母不管，哥哥嫂嫂不但不管反而怂恿家政去缠着自己。母亲又是后娘，还千方百计奉承儿媳的，自己已经到了无处可藏的地步，她时时刻刻都感到太可怕了。如果某一夜不小心提防，就成了家政的人，因而她的胆量也就这么大起来了。

韩梅见东山的父母和妹妹走了，也就大大方方地拖着东山上床了。开始时韩梅只是面对面紧紧地抱着东山不说一句话，东山也不知说句什么话好，就让她那么紧紧地抱着。后来韩梅爬到东山的身上用嘴对着东山的嘴使劲地吻着，韩梅问："你认为我是这四个女人当中最差的一个吗？"说着眼泪就滴到东山的眼窝里。

东山感动得流出了眼泪说："我想的道理都跟你说了，你是最有良心道德的女人，只是暂时还不行啊！"韩梅就用手伸到东山下体轻轻地抚摸着，东山全身发抖，起身就要走。韩梅就像死了人一样大声哭起来了，说："你走吧，我今夜就死给你看，到时你怕的事就真的多起来了。"东山被韩梅的一句话吓得不敢动了。韩梅一边哭着一边说："如果你是真的不想我，你就走吧，如果是觉得我可以的话，这些事就我来挡了，没你的事，可以了吗？"东山赶紧上床抱着韩梅主动起来，狂欢了一阵子后，韩梅说："我贸然地这样做了，你要有良心啊，不能让她们勾引了。我明天就去把户口簿偷出来去公社里去登记，后天去了学校你就要当众公布了。好不好？"

东山点头表示同意。

# 六十九

第二天上午，韩梅真的把户口簿偷出来了，她对东山说："先把证拿出来了再说，证不拿出来就更难了。你要给我添了麻烦搞不成了，我就死在你面前。我保证我家里的人连重话都不敢跟你说，信吗？"

东山知道她是个办事果断说话算数的人，便放心地点了点头。

当天是星期天，公社里本来是没有人上班的，韩梅就叫东山去大队里开好介绍信，她在公社门口等他。不知她怎么搞的，公社里那个办结婚证的人真的来了，很顺利地办了。她对办证的人说暂时要保密，又对东山说暂时还是不要公开。大概过了半个月吧，她父母真的同意了，不过她哥和她嫂还是坚决反对的，但无济于事了。韩梅把两年的工资交给了东山，说："你去请个媒人去我家定个日子，这钱是用来办饭的。我知道你是分文拿不出的，我家也不会要你一分钱。明天你就可以公开了，最近这么长时间她们还在惹你，其实你也是一只大骚牯，我又不好说你什么了，你也不自觉。"

东山在学校里把这事公开了，幸好是放学后说的，弄得另外三个人哭着骂韩梅卑鄙，骂东山也很卑鄙，把朋友的老婆弄来做自己的老婆，弄得东山羞愧难言。

韩梅在办完婚宴后说："把收礼的钱拿去把房屋做过，少了钱我去向亲戚朋友借，以后慢慢还。让你妈你妹再也不生病了，如果我也生病了，以后日子怎么过？"

房屋做起来后，真的欠了不少债，为了还债确实苦了好几年。因为在这几年里韩梅又生了两个男孩，两个人的工资都拿去还债，平日里靠种菜卖菜赚点钱过日子。韩梅也背着孩子去帮着种菜，家里稍微有点钱就给父母和妹妹剪布做衣，买了点好吃的总是先给父母。这些事被未遥知道了，他经常回家说给家里人听，把韩梅受苦的事说得非常痛快。

莲子就像鸭子一样嘎嘎嘎地笑着说："世上也有这样该死的人，栽到他面前去的。"

玉芳回来听说了，心里感到非常高兴。现在她不管家里人的看法了，只要听到东山好起来了，心里就非常痛快，每次回来就去东山家里看望，不过袁瑜是再也不跟着去了。

一九八二年正月韩梅又怀孕了，但这时政府已提倡要计划生育了，韩梅想生个女儿，就说："只要不催到我们头上来，我们就不要去引产。"九个月过去了还是没人来催，到了十个月快满了，上面催韩梅去引产。韩梅到了这个时候舍不得了，躲到连东山也找不到的地方去了，结果在她姨娘家又生下个男孩。这下乡里的干部震怒了，就将东山的校长职务撤了，把他夫妻两个的民办教师资格也注销了。全乡通报之后，还罚了五百块钱。

超群一家听到这个消息之后，简直是欢欣鼓舞了。超群居然还站到门口的亭子里开心地说："这下东山永世不得翻身了，真的难爬起来了，哈哈哈！"

村里人背后痛骂："超群一家简直不是人，得了人家这么多好处还盼人家败落，对我们这些没有得过好处的人，到时候就更坏了。"有的人说："像我们这些世世代代爬不起来的人，他就不是这种想法了，只是永远看不起我们而已。他是怕东山爬起来了，村里人不以他们为尊贵了。"

第二年春季开学前，乡里又来叫东山去教书，但只能是任教导主任了，韩梅算是彻底地没戏了。不过凡是有请产假和病假的老师又都叫韩梅去代课，虽然代课的工资很低，她还是很乐意去的。一九八三年下半年，东山被调到民办中学去教语文，无职一身轻了，东山就经常写了一些教学论文，也经常在县市两级的教育学刊上发表。县里凡开教研工作会，就指定要东山来。别的乡镇是教导主任去的，因而东山就成了乡镇中小学的教学理论权威，他说的话校长和教导主任都得听了。

但因东山的数学底子差了，几次去考师范老是差那么几分，未遥知道了就说给家里人听，超群一家又高兴起来了，超群笑着说："跳跳跳，跳梁小丑样的，跳不起来啊！哈哈哈、哈哈哈……"

村里人听了就经常说给东山听，以为东山会想办法报复一下的。谁知东山根本不当一回事。村里人见说给东山听没有作用，认为说给韩梅听是有作用的，因为韩梅是被彻底开除了，她听到了一定会很伤心的，她会激发丈夫想办法去报复超群的。谁知韩梅也说："我东山决不会去跟这些小人计较什么的，其实计较也没有什么意思，留得精神在好些。"

村里人虽然觉得东山夫妇说得有道理，但看到超群一家人那么神气而又无法反驳，就只好常常叹气了。

# 七十

一九八四年五月二十三日下午的最后一节课，也就是距离六月一日全乡在中心完小举办的"庆六一文娱联欢会"还有八天的时候，韩梅在河湾村小学带着二十多个学生排练文艺节目。因为她读书的时候就喜欢文娱活动，从小学到中学一直是学校文艺宣传队里的队员，不仅会表演，还会吹笛子、吹箫、吹唢呐，是个多面手。她担任民办教师后，学校里的文艺宣传都是靠她来负责指导排练的，凡是全乡性的文艺演出，她所在的学校总是获奖最多，因而在她被开除之前的那几年里，各村完小的校长总是向乡领导要求把韩梅调到自己的学校里去。

其实中心完小的领导只是号召各村完小拿出几个精选出来的节目参加演出，而河湾小学的朱校长想借着六一文娱联欢大打学校的声誉，充分显示自己的才能，于是借着去中心完小办事的机会，常常去偷看中心完小各班和集体文艺宣传队演出的节目。按常理来说各村完小的文艺节目是比不过中心完小的，然而河湾完小排练的十个节目都比中心完小的要好看得多，就想把这十个节目都推了出去，于是就叫韩梅好好抓紧时间进行排练。而韩梅呢，朱校长的虚荣心正好符合了她的争强好胜心，她想即使自己因超生被开除了，只要自己有才能，工作负责而且有成绩，出头之日迟早是有的，于是她也乐意牺牲休息时间去指导学生排练。

最近连续下了几天的暴雨，他们就在学校的小礼堂里排练《河边的杨柳》。四个学生表演，两个吹笛子的和两个吹箫的配乐。那四个表演的已经是熟练了，而四个配乐的却总跟不上。为了让四个配乐的能跟得上四个表演的，韩梅教了吹笛子的，又来教两个吹箫的，反反复复教了十几遍才算配合成功了。看看天色不早了，老师和学生们兴奋得手舞足蹈，高兴地唱着刚才排练的歌儿回家去。走到河湾的桥头只见洪水汹涌而来，河水很深又很急。急湍的洪流像雷声一样轰鸣，而且听见河里噼里啪啦的响声，被洪水冲倒的大树在河道里被河岸挤得发出折断的声音，河水慢慢上涨了，桥桩已经卡住了大树，这个时候是不能过河的。可是朱校长和韩梅都很年轻不懂这个道理，就想趁早把学生送过去就安心了。于是每人背一个过了三趟都没有事，当背到第四趟时朱校长是过去了，韩梅正好走到桥中间，突然一个桥桩倒了。韩梅和那个学生随着桥板掉到河里，桥板被冲着漂在水面上走了，但韩梅和那个学生就不见了。急得朱校长沿着河岸跑了很远很远，倒在地上昏迷过去了。

东山放学后右手握着自行车的龙头，左手打着雨伞推着自行车在大雨中慢慢地行驶着，和往常一样到了这个时候就去河湾接韩梅。东山骑车的技术是很高明的，平时的夜里遇到大雨天东山能右手掌握龙头，左手可以打着电筒，后架上还能带韩梅去上夜班的。从乡镇中心完小到河湾小学虽然只有十里路，但这条路上的人他认识得不多。虽然他一路上听到今天有人被洪水冲走了，但他没有听清楚是谁被洪水冲走了。心里虽然感到震惊，但他并不焦急，因为韩梅走这条路回来虽然是靠着河边走的，但河边又都有田隔开着，不须走过一座桥，哪有可能会冲到韩梅身上去呢？即使大雨天韩梅有护送的任务，但学校为了照顾她就让她护送走韩梅回家的这条路，哪来会有那么可怕和凶险的事呢？而他心里担心的却是几个孩子还在保姆的家里，到了这个时候还不去接，心里还真有点不好意思了，他想尽快去把韩梅接回来。

真是坐在鼓里听不到鼓响，而鼓外的人听到鼓声响如雷。东山还在路上骑车行驶着，可中心完小和整条街上连同西岸村子里的人都听到了韩梅被洪水冲走的消息了。学校里的老师不分男女，街上很多东山的学生和朋友听到这一消息，有的开车，有的骑车，有的跑步，如一窝蜂样纷纷出动拥向了河湾。西岸村子里的人们听到了这一消息，一个个戴着斗笠披着蓑衣，有的是打着雨伞也在人流的后面小步跑着。只有超群一家人没一个动身的，他们看到全村人都动身了而又觉得不好意思，就把门关起来，你看着我笑我看着你笑，好高兴好痛快的样子。

那些开着汽车的人虽然是后动身的，一下子就追上了东山，他们焦急地对东山说："东山老师，快上车吧！听说韩梅老师送学生回家，因桥倒了连同那个学生也一齐掉到河里去了，据说是被人家救起来了，但不知情况怎样了，我们是来帮你把她接回家的，如果伤势严重的话那我们还得赶快送进医院呢！"

"啊、啊、啊。"东山听到这话，看到大家脸上的神色，联想到刚才在路上听到的消息，眼珠子睁得大大的，脸色也顿时变得乌黑，全身像发冷似的颤抖起来了，说："原、原，原来是、是、是她啊！"

几个人把他按着坐在车上，东山仰着头看着车顶好像很累很累似的急喘着气，后面的几辆车子又追上来了，几乎是齐声高呼着："看到东山老师吗？"

"看到了，就在这车上。"车里的几个人齐声应答着。

后面的又齐声呼喊起来了："让到边上点。看到了就好，千万别让他乱走啊！"

东山坐的这辆车子靠右停下来了，只听见有个人在发号施令地说："大家不要乱来，要冷静点。是汽车的尽量往前跑，跑到水库大坝为止，然后慢慢地耐心地寻找，骑自行车的过了鹅公桥就分两队往下寻，但各位千万要注意安全啊！"

东山坐在车里全都听清楚了，心里也全都明白了，眼泪不断地流着。

东山的朋友们安排得够周到，除了安排这么多人去寻韩梅，还派了两伙人做后事安排：一伙以张校长为首去韩梅娘家做安置工作，让韩梅的父母和哥哥姐姐妹妹们不要过于伤心，要配合他们尽量为东山因灾难遭受的损失降到最低限度。

张校长说："韩梅是一个热爱党的教育事业的好老师，工作认真负责，多才多艺，有理想有抱负，对爱情的忠贞，对长辈孝敬，对同志关心爱护，在持家上克勤克俭是无人可比的。她到河湾代课并非是因工作被开除了才去那里的，因为韩梅太优秀了。在婚姻上她选择东山是有眼光的，东山是青年男子当中难找的人才啊！她与东山的结合虽然在生活上和劳动上是吃了不少的苦，但是她觉得是值得的，她是感到幸福美满，也是许多青年女子感到羡慕的，这也是你们做丈人丈婆的光荣和自豪啊。现在韩梅不幸这样走了，大家都理解你们内心的痛苦，东山就更加痛苦了，上有老下有少的，还望你们这些有福德的大人多多关照啊！"其他人也跟着附和，把韩梅和东山说成是人世间绝无仅有的人物。弄得韩梅的娘家被感动得齐声悲号，对东山增添了深深的敬佩之情。

韩梅的父母向领导对韩梅的关心表示感谢，也表示今后一定要好好地关心东山和他的几个孩子，表示立即去保姆家把孩子们接过来。张校长说："谢谢你们的理解和支持，至于孩子们这几天的抚养就让保姆吃点苦多带几日吧，因为你们也处在悲痛之中，孩子们在保姆家里也习惯了，这段时间的抚养费就由学校里出了，我们已经派人去保姆家里安置好了，你们就放心吧！"

另一伙以刘校长为首的朋友们去东山家里做后事安排了，因为大家知道东山的家门和亲戚都是一些可怜的人，难以处理可能会发生的矛盾纠纷，这几日里东山家里日夜不离人，都是轮着回家吃饭再过来办事。

# 七十一

第二天天蒙蒙亮的时候，东山就动身出发了，大家也只好跟着去了，后面的人从早餐店里给他们买来了包子馒头。人们为了能到笔陡的山脚下去寻，用南竹扎成竹排，岸上有人用绳子牵着竹排。让这些竹排既能往下游，又能往上游反复地寻找。

一直找到下午太阳偏西的时候，在一个靠山脚的小沙滩的柳树苑下发现了韩梅的一双脚，她是因左脚插进一棵开了叉的柳树卡住了，头朝下上身还被泥沙掩埋住了，扒开泥沙将身子一洗，看到她的脸面肿得像个冬瓜一样，又白又乌的令人不忍再看第二眼。为了不让东山看了过于伤心，就直接把尸体抬上车子送回家去了。可是那个女孩子却是无影无踪了，东山又要求到女孩子家里哭着安慰了一阵子才回家去。

韩梅的尸体还在路上往回运，坑口屋场上几家人老老少少有的手里拿着扁担，有的操着棍棒，有的拿着柴刀菜刀，女的连灶房里的叉火棍、火铲都拿来了，站在坪外沿等着准备拦截韩梅的尸体进入房屋。当地有一种迷信的规矩，凡是在屋外死的人尸体是不能抬回家的。说是冷尸回了家，整个屋场上的人家都会衰败。只要是在同一个屋场上发生了这种事情，同一个屋场住的人无论有多亲，关系尽管有多好都是绝对不能允许的，就算是本家人都不允许这么做的。然而今天听说东山一定要把韩梅接进家里来，因为东山听说找到韩梅的尸体后，就派人回来跟母亲商量先用母亲的棺材，并叫父母向两家邻居求情要让韩梅接进堂屋的。那两家邻居不仅没有同意，反将未阳和元秀臭骂了一顿。两家以前并不和睦，到了这时竟然团结一致了。

有人说东山要这样做是被丈婆家里逼成的，其实东山的丈人虽然是个横蛮的人，但也不是一个无故乱得罪人的人。再则他也不想自己女儿的后代遭受厄运，更不想看到女儿家里绝种的，留着外孙在女儿将来也有个上灯和扫墓的人，况且以张校长为代表的这一群朋友，已经做通了韩梅娘家的工作了。但是东山不信这一套，尤其是想到韩梅为了嫁给自己，冒着那么大的风险，婚后那么艰难，她都能无怨无悔克勤克俭，被开除工作后还顽强拼搏，现在死了还不能进自己做的房屋，于心何忍啊！于是他决定从角门进去放在自己的房里，但是这两户邻居照样不同意。东山火了，就跟来接他和韩梅的知心好友说："今天可能会有打架事情发生，希望大家尽量想个办法帮助排解一下啊！"

东山是一个善交朋友又深得学生和家长敬佩的人，从昨天下午起至今天止到河湾来帮寻找韩梅的人将近有三百人，当听到东山说了这么一句话，就有六七十个骑自行车的人带头先到了坑沿，打算用阵势来说服或吓服那两户邻居的。

这天超群夫妻俩成天站在街口里听村里人时刻传来的新消息，这时他看到坑口那边有个人过来了，用手放在额头上遮着太阳仔细一看，原来是"过水斗"（家乡人给喜欢传话的人的绰号）来了，就开心地笑着说："你也真快，就打了一个转身，听到什么啦？"

"过水斗"就摇着头说："有戏唱啦，有戏唱啰！"

超群就很惊奇的样子说："有什么戏唱啊？"

"什么啊？"莲子没听清楚把手掌放到右耳后边作挡风状，点着头很认真地插嘴问，"还漂到瑞昌去了，这么快啊？"

"哎呀呀！"超群由于急着想听真实的消息，就很不耐烦地高声对莲子说，"聋婆子吔，你聋起一对耳朵来，就少管一点闲事啰，等下回家我慢慢跟你说啰，你就别插嘴啰，好吧？"

"过水斗"双手拢着嘴巴对着莲子的耳朵耐心地大声说着："我不是说漂到瑞昌去了，我是说有戏唱了。"

"啊！"莲子听清楚了，但还是感到很急切的样子问，"有什么戏唱啊？"

"过水斗"还是拢着手对着她的耳朵笑着说："听说东山要把老婆接进房里，那两家邻居就像要打仗一样，拿刀的，拿棍的，拿扁担的，拿叉火棍的，拿火铲的，还有拿尿桶尿勺的，什么样的都有啊！你说这不是有戏唱了吗？"

"哦！"莲子一脸惊喜的样子笑着说，"那是真有戏唱呢！嘎嘎嘎……"笑着笑着，由于缺了门牙，口水就流出来了。

"哈哈哈……"超群就用手搭在莲子的肩上大笑着，说，"冷尸是进不得家的，冷尸进了家是败家的，有的还绝户呢。觉夫是在我们家死的，然后回到自己的家里去了，结果一败就是六十年的呢！这真是前脚刚走后脚又跟着来了，那就败定了，败定了啊！哈哈哈……"

"坑口的人真蠢，他自己愿意把冷尸搬进来有什么不可以呢？"超群很生气的样子说，"过去在一个大屋里共一个堂屋的，那是不行的。现在各家都做开了，自己有自己的堂屋，又不妨碍人家的，要是有妨碍的话也只是妨碍他本人的啰，与他们有什么关系呢？蠢不蠢啦！好！我去跟他们说说，一伙蠢猪。"

莲子连忙拉住超群的手臂说："你去做什么呀？就让他们打吧！"

"你懂个屁！"超群甩开莲子的手说，"你们女客人就是头发长，见识短，"

"啊啊啊！"莲子恍然大悟了，笑着说，"你又不跟我解释，我又不是你肚子里的蛔虫。好好好，你就去吧。"

超群真的去了，莲子也跟着去了。超群把这话跟坑口的那两户人家说了，那两户人家觉得超群的话是个道理，也就放弃了拦截的主意。不过他们也看穿了超群夫妇的心意，笑着对超群夫妇说："还是你们高明！你们是从来不关心我们的，今天却这样关心了。"

超群见他们像要戳破自己的灯笼了，就说："我是这么想的，一个屋场的人抬头不见低头见，何必呢？其实你们也斗不过东山的，你们不是看到了吗？东山有这么多朋友帮他的忙，你们哪个挡得住啊！"

超群一说完拖着莲子转身就走，那两户人家就开心地冷笑着说："真是两个坏酒饼呢！"

幸好是超群夫妇来做了那两户邻居的思想工作，幸好张校长去了韩梅娘家做了工作，也幸好东山的朋友来帮忙，韩梅的丧事很顺利地办了。而且办得很隆重，不仅来了四十桌成年人的客人，还来了两个学校的五百多学生帮拿花圈。在开追悼会的时候，尤其是在做家祭的时候，整个大屋场上千人除了超群一家人外，全都同声悲号起来了。平时若是一个老者死了家祭篇数最多的四十来篇，最少的也有七八篇，而祭奠韩梅的祭文却只有两篇。头篇是三个儿子祭母亲的文章，可想而知三个儿子最大的还只有五岁多，最小的还不满两岁，让这么大还不会哭什么的孩子去祭奠母亲，不要他们去哭什么只要他们往祭案前一站，旁观者一看心都寒了，哪能不会黯然流泪呢？何况写祭文的人站在孩子们的角度上，把最痛苦的实际用语言表达出来，那就使人更感到伤心的了。第二篇是东山祭妻的，想起韩梅这么有素质的女人冒着那么大的风险，心甘情愿地与自己结合，又与自己同甘苦共患难，怎能叫东山不会伤心呢？今天的这两篇祭文东山没有请礼生去写，而是按照自己的切身体验写的。他也没有完全按照常规祭文的那种诗词歌赋的韵律去写去读的，而是加进了一部分散文的写法，他没有按照一般人的那种把死者一生的经历系统地描写，而是抓住自己和韩梅结合后几个极具典型的事例，进行精雕细刻也就是说像写小说一样去写的。在读祭文的时候他既用了传统的方法去读的，也用了当今的朗诵方法，有时又好像是他在和韩梅轻轻地说话那样朗读的。时快，时慢，时轻，时重，时长，时短，时悲，时欢。他的这种写法和读法，是人们未曾见过的高超绝伦的写法和读法。怎能叫人忍得住不与他同样流着眼泪同悲同哀起来呢？开始是东山一个人在那里哭，后来很多人跟着哭了起来，悲哀的号哭，声传数里。有这么多人同悲同哀，受尽了艰苦折磨的韩梅，在阴间应该会安息了！

归山的那一阵子，一条狭窄的路上，送葬的队伍竟然有两里多长，几套锣鼓分成几段，加之接连不断的鞭炮声震得地动山摇，数里之外也能听到这悲壮的浩大声势。这对死者是一个充分的认可和赞美。

只是东山内心的痛苦却是无法排除了，朋友们再怎么真诚相劝也爱莫能助了。幸好东山的父母和妹妹这段时间没发什么病，也幸好东山的朋友多，又能经常来看望，还帮做些事的，日子还能艰难地过去。

# 七十二

韩梅的丧事办完后，东山当年的学生成群结队地前来看望和帮忙，借来的桌凳盆碗和用具该洗干净送还的，都洗干净送还了，损坏了的东西该买新的赔偿都由学生们帮着置办了。学生们不仅把这些事做好了，连每餐的饭菜也弄好了，还带着三个孩子上街去玩了。

六年前和东山在一起教书的那三位女老师，不仅在韩梅归山的那天来了，这几天也隔三岔五地来看望一下他。她们当年也像要和韩梅竞赛似的先后结婚了，也生孩子了。她们的婚姻都很美好，她们的老公一个是乡财经所的，一个是地税所的，一个是国营里的统计员。她们来了也不说一句什么话，只是在东山面前默默地坐那么一阵子，问东山吃饭吗？要茶喝啵？也说那么一两句，相信你会坚强地生活下去的，像你这种人还是会有人来忠心耿耿爱你的，放心吧，只是一个迟早的事。东山也只好苦笑着点点头。

这段时间过来，幸好东山的父母没发什么病了。东山的内心是很苦的，他想要再找到像韩梅这样志同道合又这样般配的女人是不可能的了。想到韩梅跟自己过了这么多年的苦日子，他觉得欠父母的恩情还不如欠韩梅的恩情多，这真是想报答也无法报答了。每当看到韩梅生前用过的东西，摸在手里就是发呆，尤其是看到韩梅的相片常常是傻傻地笑，笑也无声地流泪，哭也无声地流泪。不过他想到韩梅在世时只要一有空就喜欢吹笛子和吹箫，他也就经常对着韩梅的照片吹起笛子来或吹起箫来。他还经常摸起锄头夜里去地里除草挖地，有时看着天上弯弯的月儿，有时看着那圆圆的月亮，有时却是看着那遥远闪烁的星星发呆。因为不知有多少个夜晚，韩梅曾经背着孩子陪自己在地里默默地劳作，有时边劳动还边轻轻地哼着歌儿，有时两个人背靠背坐下休息，对着月亮吹起笛子，有时他懂得韩梅的心境，有时他又不懂，究竟是喜爱，还是憧憬向往，或许是抒发一种什么心情呢？他捉摸不透。现在他也拿着笛子，不过只剩下他一个人了，对着天空对着月亮和星星，吹起那幽怨的歌曲来，那种时吹时劳作的体验就越来越深刻了。

不过有时为了排遣内心的痛苦也常常专注地看着书，有时又不知疲倦地拉着二胡。只是吹也好拉也罢都是一些忧愁和痛苦的歌曲。吹哪些拉哪些曲子最能表达自己内心痛苦的心情呢？想来想去也觉得没有哪首曲子能完全表达自己内心的痛苦心情，经过反复比较觉得最接近他心情的还是《二泉映月》和《江河水》了。于是他就经常用笛子、箫和二胡轮换着来吹呀拉的，在家里是这样，因为学校里也有这么一套工具，所以连在学校里也是这样。由于练的时间多了，加之带着心情的因素多了，因而吹拉出来的感情色彩也就显得更加浓重了，东山自己不觉得怎么样，而别人就觉得特别悲惨和伤心了。东山还暗自怨恨自己不会作词作曲，于是经常用阿炳的《二泉映月》和贝多芬的《月光曲》里的歌词来揣摩怎样去创作歌词，摸来摸去他终于创作了《在月光地里》的歌词，后来又根据歌词来自配歌曲，一唱一吹又一拉，自我感觉不仅是成功了，而且还蛮满意的。在唱、吹以及拉的过程中又多次反复修改，使之更加完善了。

超群一家人看到东山遭了这么大的难，竟然狂欢起来还举行了家宴。一个七十多岁的老人还居然大口地喝起酒来了，酒兴来了居然还走到门口的凉亭里什么话都说："东山这回真的掉下了深渊呢！古话说：人怕三灾，少年得志，中年丧妻，老年丧子。东山不仅得了少年得志这一灾，他又得了中年丧妻这一灾了。现在上有老下有少的，还有谁愿来做前娘后母的，如果还有谁愿再来那就真是该死的人了。不会有人来了，绝对不会有人来了。哈哈哈……"

未遥也迈着八字步走了出来笑着说："这说明觉夫还是在我们这边并没有回家啊，姐夫那死鬼先前还说觉夫回家了，简直是放狗屁。"

超群收敛了笑容，严肃地说："也不能说他一定没有回家，也可能是回那么一两次的，毕竟是他的亲骨脉吧。不回家凭东山的那点本事能跳那么两下吗？你可以根据爷爷坟头的香茬子、油烛茬子就看得出来的，除了我们插的他去插过一次吗？从这点来说你爷爷还是蛮灵的呢，要你好你就好，要你衰你就衰，看你有多大的本事啊！古话是这么说的，千人奔万人奔，不如一人土里眠。你懂不懂？老古话是说死了的，后生家是要听的啊！"

未遥就嘿嘿嘿地笑着，蛮认真地点头说："这确实是真的。"

超群一家没高兴上两天，倒霉的事就轮到自己头上来了。他的长孙因贩毒被捕了，这可是重罪，不死也会判无期徒刑，这下全家人比死了人还伤心还焦急。未遥的老婆胡友爱一边哭一边斥骂着："总耽人家坏，坏心坏德的。这是报应到了，天啦！你没眼睛啰，要报应你也不应该报到孩子身上去啰，这是大人的罪过啊，天哪！"

友爱并不是就着良心说这些话的，她的怨恨是在超群退休时把个职务让给了二女儿顶了，没给她顶；莲子退休时她的职务又给未辽顶了，因而长期怀恨在心。

超群夫妇被骂得头都抬不起来了，只好侧着头无言地互相对着看。他们都不敢接嘴，因为他们背地里对村里人所做的坏事，大儿媳是全知道的，一旦接了嘴他们怕儿媳说出去，伪君子还是想在村里人面前做的。

# 七十三

东山没有办法在中学里待了，只好下到小学里去。因为那边有个幼儿园，自己在小学里边教书边招呼几个小孩。东山确实是太苦了，平日里他也不想听人家安慰些什么，在办公室里只是埋头做做计划、改改作业，然后就到自己的房里看韩梅的照片，看着看着就想起与韩梅在一起同甘共苦的岁月来。

那时劳作确实疲劳了，就互相背靠着背坐着休息；有时太苦闷了，韩梅叫东山吹吹笛子，自己也吹那么一阵子。现在他不仅觉得自己很苦，也觉得韩梅很苦。于是要么就对着遗像吹笛子，要么就拉拉琴，好像这样一做韩梅舒服了，自己也跟着舒服了。尤其是在这个时候，他吹的笛子和拉的二胡都特别动情。他想到韩梅不畏东山当时的家境，还拿自己的钱来办结婚饭，婚后又忍着艰难做房屋。月光地里背着孩子帮种菜，好东西让给父母；多生了个孩子被撤职，撤职之后又去当代课老师，总是想经过自己的拼搏重新出来的。想到韩梅从娘家那天堂一般的家庭，来到自己不见天光的家庭里走完了她短短的人生，泪水就汹涌地流了出来。于是他拉的《孟姜女哭夫》和《江河水》就更加动情了，使人听了悄悄地跟着流泪叹息。他还把自己作词作曲写的《在月光地里》用二胡边拉边唱，感动得许多人跟着乐曲声哭了起来。有的人还把他拉的这首曲子用磁带录了下来，放到乡村里办丧事时当作哀乐来放，抒发了家属对死者的怀念和悲哀之情。

东山的名声传得越来越远了，一九八四年冬，省举办"赣水之杯"艺术节活动时，县文化馆推荐了东山去参加演出。他万万没有想到袁瑜也去参加了，她是和长河县群艺馆一班人同去参加演出的。她拉的是二胡独奏，开头拉的是《赛马》，她本来只打算拉一支曲子的，拉完后台下响起了经久不息的掌声，并要求她再拉一支曲子。她总是频频作揖打躬说没有了，对不起，请原谅。台下总是以掌声相求，并不完全是因她的琴技高超，还有一点是她文雅、楚楚动人、年轻貌美。她只好又坐下来了，拉了一首《孟姜女哭夫》。曲子相当悲惨凄寒，她边拉边流着泪水拉得比《赛马》更动情。台下又响起了雷鸣般的掌声，她再也不顾观众掌声相留了，提起二胡就跑下台溜到休息室里流泪去了。

过了几个节目之后，东山上台演奏了，他拉的是《二泉映月》和《江河水》，由于他想到了自己的命运和对妻子的怀念，心情更加悲痛了，他把那种极其悲伤凄苦的心情恰好用到琴上去，全场鸦雀无声，感觉到整个世界都是苦的。袁瑜在休息室里没有听清演奏者的名字，她只是从琴声中觉得这个演奏者的琴技远远高过自己。于是她在休息室里坐不住了，走了出来一看，她呆住了，她万万没有想到竟然是东山，这就使她感到太亲切了。东山流着泪水越拉越悲，整个会场好像只剩下东山在那里拉琴，已经没有了一个人似的，这个世界好苦啊！太凄凉了。

袁瑜想到了母亲的苦和自己的苦，不禁又抽噎起来了。她将近一年没有去外婆家了，她也不向母亲打听东山的任何事情，她不是不想打听而是太想打听了，但是一想起他心里就那么难过。她太爱东山了，她自己也感到莫名其妙，东山并没有向她表白过什么，和东山在一起的时间也并没有那么多，就是爱得这么深，后来还发展到爱得这么死，再后来她冷静下来深深地究其原因，归纳起来有这么几点：其一是觉得东山的外形就是可爱，而且显得成熟稳重；其二是他为人真诚、坦率、质朴，有男人的气概；其三是他太爱学习了，而且又那么聪明；其四是他身上有着一种常人不可具有的顽强性格，家里那么多艰难，他扛得过来而且是越来越坚强了。好像没有东山克服不了的困难，永远保持着奋发向上的劲头。袁瑜现在是二十好几的人了，接触过这么多男人，从未见过东山这么多优点的男人，她觉得东山是最优秀的男人。在她离开东山这么长的时间里，她总想找个好男人给东山看看的，可是任自己怎么留心去找，总难以实现自己的愿望，反而越找越痛苦了，后来干脆不找了。至于东山后来发生了事情，她是全然不知，现在她只是为自己和母亲的苦而大放悲声。

东山演奏完了，台下响起的掌声更响更久了，东山并没有像要下台的意思。主持人出来了，说："不用鼓掌了，下一个节目欣赏的是他自己作词作曲的笛子独奏《在月光地里》。"他从盒子里拿出一管笛子，缓缓地站了起来向大家行了个鞠躬礼，当然这是只能吹不能唱的。开始像贝多芬的《月光曲》开头一样，把人们带入到一个月光地里，山间田野在月光的映照下，显得那么静谧明亮。只是听到蟋蟀的叫声，转而好像听到有两个人在地里用锄头一搭一磕的响声，接下来像是有个小孩子在嘤嘤嗡嗡地哭着，然后便听到有个母亲在哄着小孩的声音。绝大多数人是悟不出这月光地里是谁和谁这么晚还在挖地或者是在除草，但能使人想象得到这是一对年轻夫妻这么晚了还在地里辛勤地劳作，男的在那里挖地，女的背着孩子在帮丈夫整地，可能他们长年就是这么紧张的吧。但是有几个在祭奠会上听过磁带里既唱又拉的人是听得懂的，等东山吹奏完后，就有人提出要他用二胡边拉边唱一遍。东山只好简单介绍一下自己的生活遭遇，然后用二胡边拉边唱这首歌曲，惹得很多观众竟然捂着脸流起泪来了。袁瑜得知东山的种种遭遇后，哭得更加伤心了。

当东山走下台时，袁瑜忍不住走上前去迎接东山。东山此时的心情还沉浸在自己的琴境中，根本没有想到此时会有人来迎接他的，一直往自己的座位走去。

"东山哥！"袁瑜脸上带着惊喜而又沉痛的神情柔柔地说："不认识我了吗？"

东山跟着袁瑜默默地向休息室里走去。在休息室里，两个人都泪眼相望，谁也说不出话来。一会儿之后，东山用手将泪水一抹，又若无其事地笑着说："还是去欣赏别人的节目吧，难得的机会啊！"于是两个人又各自回到了座位上。

演出结束后，袁瑜二胡独奏《孟姜女哭夫》获了二等奖，而东山笛子独奏《在月光地里》和《江河水》都是一等奖，《二泉映月》获了二等奖。

东山在旅馆的房间里，很多人来祝贺他，并和他攀谈了许久许久，都说逆境之中出杰作。袁瑜在门口站了一下子又走了，走了又来站着。大家觉得很奇怪就叫她进来，她却又摇着头不进来，大家觉得不对味了只好都走了。袁瑜一进门就将门反锁了，抱着东山笑着祝贺他。当了解了东山目前的情况之后，就抱着东山哭了起来。

东山笑着说："想不到你的琴拉得那么好，你拉那个《孟姜女哭夫》真是太动情了。你为何拉这首曲子，你哭谁呀？"

袁瑜破涕一笑，说："哭你这个薄情郎呀！"

袁瑜介绍自己学琴的经过：自父亲去世后玉芳就学拉琴了，七年来就经常在声亮的遗像前拉这支曲子，越拉越熟练、越拉越动情了。她对母亲的命运产生了深深的共鸣，弄得自己也特别痛苦，就把东山当作死去了的丈夫一样痛心，也学着母亲拉这支曲子。为了和母亲同时拉就去买了这把二胡，于是母女俩就经常在一起同时拉了，她们边拉边互相看着对方又同时流泪。后来她考进了东南艺术学院，毕业后被长河县群艺馆招了进去。两个妹妹都考上了大学，老二做医师去了，老三虽然还未毕业，因为读的是师范，将来做教书匠是稳的。母亲五十岁时因病提前退休了，她已经二十六岁了，还不知道对象在哪里。

她双手撑在自己的膝盖上高兴地笑着说："我并没有不结婚的打算，只是觉得还没有到山穷水尽的时候，还想多挨一些日子的，或许有奇遇出现，万一没有那就只好认命了。现在有奇遇了，这回总不至于又有四个美女同时缠绕了你吧。"

东山想起了人家说听到超群说的话，于是尴尬一笑地说："你是拿我开玩笑啊，这样来耻笑我。我是一个上有父母下有三个孩子，正如你外公所说的那样，如果还有女的跟他结婚，那就是该死的女人才去。你一个黄花闺女栽进去就更不值了，再则你栽进去了会加深你母亲的痛苦，因为你外公一家人就会跟你母亲断绝来往，她会更苦的。你别跟我开这种玩笑吧，即使你有这番好心，我还没有这胆量呢。"

袁瑜坚定地说："我说行就行，我娘肯定会更高兴。因为我有了着落，她心里才会踏实。其实她早就想你做女婿了，只是因我年纪太小了点，你家又正需要人得急呀！"

袁瑜说完就用手在东山大腿上狠狠地拍了一掌，抱着东山吻了起来，然后说："你得答应我啊，再不要答应别人了啊！"

东山苦笑着说："我是一千年也不会有人要了。"

"我要。"袁瑜坚定地说，"我要定了，今夜我就要。"

"你别跟我开玩笑了，好吗？"东山认真地说，"你认为我是个图一时痛快的人吗？你不要给我带来更深的痛苦？"

袁瑜戛然停止了，说："你认为我是个轻浮的女人吗？用这样的话来伤害我，好，那你就等着瞧吧。"

东山起身了，说："我们还是到外面走走吧！"

# 七十四

最近一段时间，超群家的大门总是像开又不像开的样子，三个儿子除了老二在县电影院上班，还有两个轮流着往县公安局、法院和检察院里跑。但是半年来在路上来来去去的车费，已经是好几百块钱了，幸好老二在县里工作有个吃饭和睡觉的地方，不然的话三兄弟的伙食费和住宿费加起来，那就不得了。还有每跑一次都要带上礼物，不然的话找起人来连狗都不会理了，这笔开支真是没法计算了。每次跑每次都得送东西，每次得到答复总是摇着头说："你兄弟的性质太严重了，我们是尽了力的，实在是无可奈何啊！不过我们还是会尽力帮忙的。"于是超群觉得好没面子了，如果把门打得太开了，一家人这种沮丧的样子容易被过路的人看笑话，尤其是不能让村里人看到，他总是对家里人说："记得把门关拢些啊，人家是巴不得外婆屋里倒牛的呢！"

这两天家里的两兄弟是没有跑了，等着在县里工作的未通带信回来。这是一个星期天的上午，一家人在房里闷坐着等未通的信，那条大黑狗也跟人一样闷得在堂屋里中间的地上眯缝着眼睛坐着。也许是门口街路上过的人确实是太多了，它也懒得出去一下。这时不知怎么的突然起来了，走到门口大叫起来了。随即便听到未通的喝斥："你真是一只忘眼狗，自己人都不认识了。"

原来是未通的鞋子上黏了很多泥，在门口跺着鞋上的泥。超群听到未通的声音就立即起来去开门，未通一边摇着头一边从口袋里掏出一张硬硬的纸出来，叹了一口气还是摇着头说："那么多东西是白送了，还是判了二十年。"

未通把纸送给父亲看，超群闭着眼微微地摇着头无奈地说："看也是那个样子，不看也是那个样子的了，看它做甚啰。"说完就把门掩上，径直往自己的卧房里走去，走到靠床边的矮椅子上一个跌坐下去了。这是超群做梦也没有想到的结果。他总以为自己一家人的财富地位，不要说是在西岸村里是至高无上的，就是在岭南这个偌大的乡里，也是大拇指当蒲扇打的门户，哪个不会敬畏三分。他万万没有想到如今竟是这个样子了，走出乡里这扇门就不行了，这是判断自己能力和威望高低的一面镜子。想到当年女婿袁声亮三十来岁的人，一下子能帮家里牵出三个人去工作，而如今自己是七十多岁的人了，除了政策上照顾了女儿和儿子在夫妻俩退休时可以顶替工作外，一个也没能牵出去，这是有能耐吗？再想到三个儿子虽然是有工作了，他们分别都有三个儿子一个女儿，谁也牵不了一个儿子出去。弄得十几个孙子都成了流浪汉，这是儿孙们无能的第二面镜子啊！无能就无能，干脆老实一点像村里的种田汉一样种田吧，却做出这样见不得人的事，多丢脸啊！与觉夫相比怎么就相差这么远呢，天啦！气得超群眼泪在他那重重叠叠的皱纹沟壑上爬行，双手攥紧拳头在床凳板上像打鼓一样捶了起来。

友爱坐在堂屋里的椅子上。一双颤抖的手捏着儿子的判决书，一张胖嘟嘟的脸因那张嘴歪着，就像一只歪瓜一样十分难看了，眼泪就滴滴答答地滴落在判决书上。由于左手大拇指那里的一角纸被泪水湮久了，又被她那双颤抖的手捏紧了，已经撕断了一只角，在右手上一上一下地上下煽动着。这时她听到超群的房里响起了咚咚咚的捶打声，料知是公公因伤心而生气了，就提起椅子用椅脚向超群的房门上撞了过去，"砰"的一声门开了，椅背也断了，随即椅子落在友爱的右脚背上，痛得友爱双脚乱跳起来。一边跳着一边大骂起来，"这只老猪明知自己家里干风罢水了，还躲到房里发起我的火来了，真是好笑！"

"天哪，谁怪了你啊！"吓得莲子连忙跑出来安慰友爱，由于跑快了被门槛绊了一脚，跌在门外鼻子又正好栽在破椅子上，顿时鲜血直流，弄得全家人不知安慰谁好。

这真是合了那句古话，祸不单行，仅仅过了两日，也就是公历八月二十七日的下午，超群的二孙子熊杰又因拐卖儿童罪被捕了。真是前个进了监狱门，第二个又前赴后继跟上来了。未遥因工作上的事早就声名狼藉，领导跟他打了招呼，说他一十九个村完小都走了一遍，现在是没有哪个村让他再走第二次了，已经想不出什么好办法了，只好让他到学校里煮几年饭再退休回家算了。这真是破船连遭风和雨，超群夫妇轮番病起来了。玉芳只好经常来看望，但这个时候她没有向父母及家里人提起袁瑜的婚事，只好偷偷地来看望东山。

超群经常催未辽去觉夫坟头祭拜，未辽因单位盘点有三万多块钱不对账，不过领导认为他不是贪污挪用只是错了账，或许是钱被人偷走了，就叫他暂时停职，等把钱拿来了再上班。但是他又拿不出这笔钱来，于是就怀疑老婆偷到娘家去了，因为丈母家本来很穷，可偏偏就在这个时候做新房，还有钱开店了。他老婆感到很委屈，就出外打工去了，村里人说是跟外地那个砖匠跑了。未辽很痛苦，经常去觉夫的坟前祭拜，时间长了也不见好转，就对父亲说："我觉得觉夫现在没这个能力，反正东山那边也不好。要么他有能力两头都不管了，你又能将他如何呢？他又不是个活人，要是他是个活人的话，我就请人把他抬了来。他是鬼看不见摸不着的，要不我去把他的骨头挖了出来送给你，你要么？再则家里还有老大老二，你为什么老差遣我？"

超群被他气得咳都咳不出来了，玉芳看着就想笑。袁瑜这段时间一次都不来外婆家，她成天往市里和唐定两个地方跑，不知道她去跑什么。超群以为她是去帮舅舅家里做事了，就问："瑜姑娘是去帮哪个舅舅了，有点眉目了吗？"

玉芳心里是明白的，口里却说："家里烂到这种地步了，一下子能帮得到谁啊？没把握的事她敢说，不怕我们说她吹牛吗？"

超群只好叹着气点头，说："也是的，瑜姑娘是个稳重的人，素来是以事实说话的。"

玉芳心里就是笑。

# 七十五

一九八五年仲春的时候，东山的中篇小说《我的曾祖觉夫》由四川成都《青年作家》杂志社发来了备用通知书。这个消息传到唐定县的文联后，引起了唐定县文学艺术界的重视。这时候正值长河县举办"三省九县"笔会召开的筹备期间。会还未开之前，各县的专业作家和业余作者的名单已经送到了长河县文联，在这个风口上东山的名字也就被县文联推荐到笔会上去了，他是以"熊章起"的学名上报的。

声亮的侄女是长河县文联筹备委员会的秘书，各县的与会名单是上交给她的，唐定县岭南乡姓熊的人是容易引起她的注意，毕竟那里既是她的邻县又是她伯母的娘家，不过当时因为太忙了没有仔细看清名单，只记得一个人名和地名，回到家里将此事告诉了她的伯母。玉芳这天正巧在长河县城为父母买药，听了这个消息感到既惊喜又疑惑，就跟着侄女去看名单。当看到笔名是东山，职业是民师，小说标题上有"觉夫"的名字，眼泪就滴答滴答地落下来。激动地用指头戳着名字说："这就是我娘家的侄子啊！"

她万万没有想到东山在这种逆境厄运中还能写出作品来，回到家里兴奋得这把椅子上坐坐，那把椅子上坐坐，好像是自己的儿子取得了成就一样高兴，她想把这一喜讯尽快地告诉三个女儿。她慌忙从写字台上的笔筒里找笔，又打开抽屉去找信纸，正要分别给三个不在身边的女儿写信，正巧袁瑜回来了。玉芳像连忙起身走了过来，满脸漾着笑容却又流着泪水，不知是自己说好还是让女儿看信为好，双手牵着女儿的双手来到写字台前。

"妈，"袁瑜自父亲去世后从来没看到过母亲这样高兴过，就说，"妈，这是做什么啊，什么事使你这样高兴呢？"

"呵——"当玉芳看桌上还是一张白纸时，连忙用手将脑子一拍，"哎呀，我什么都没有写，还想叫你看信呢！"然后高兴得像小孩子似的把这件事告诉袁瑜，并且激动地说："瑜儿呀，我没有看错人吧？不过你也没看错人，既然你决意要这样做的话，那你就得有吃大苦的思想准备啊！"

袁瑜双手搭在母亲的膝盖上，激动得流着眼泪连连点着头，然后抱着母亲的肩膀抽噎了许久之后，又歪着头欣喜地看着母亲笑着说："只要能和他在一起生活，我觉得是最美满最幸福的。"袁瑜像小孩子撒娇似的两手撑在玉芳的膝盖上，一张一合使劲地摇着甜甜地说："妈，东山那边太需要人了，我想尽早过去啊。你得赶快帮我做叔叔伯伯们和外公家的工作啊！"

玉芳看着袁瑜那个样子心里就想笑，袁瑜的心她全明白了，她是真心爱着东山的，东山家的情况也确实是那个样子，比当年更需要人了。当年只是他母亲和妹妹长期发病，现在又有三个幼小的孩子；加之东山这次在精神上受了这么大的打击，也确实是需要人去帮忙了，起码给东山一种精神力量；但是从另一个角度来说，袁瑜是二十六七岁的大姑娘了，她怎会不理解女儿的心呢？于是就微微一笑说："可以啊！"

袁瑜看到母亲这么一笑，很不好意思了，把头抵在母亲的膝盖上，说："笑我什么呢？难道我光是为了那事吗？"

玉芳抚摸着袁瑜的头，把自己想到的话跟袁瑜说了，然后夸赞着说："其实你的境界是蛮高的，品德也是很高尚的，这是一种真诚的爱，伟大的爱啊！世上有几个人能这样去做呢？我还很佩服你呢！至于你伯和叔这头的人都是一些有眼光而且是通情达理的人，他们的工作我已经做通了；外公那头我猜如果不做件好事给他们，我是一千年也做不通啊，这就要看你的能耐了。不过我已经做好了挨骂的准备。"

袁瑜站起来将母亲紧紧地抱着，头搁在母亲的肩上哦哦哦地哭了起来。

东山本来就是一个大忙人，韩梅大伯曾说过这么一句话：东山是脚鱼下锅抓到死的人。东山一直以来都是这样忙，现在韩梅不在就更忙了。每天天刚放出一点白，就得去田地里忙，临走时叫母亲招呼三个孩子起床穿衣、洗脸，叫父亲做厨房里的事。吃过早饭后就用个破自行车将两个孩子送去幼儿园，自己上班去了；中午接儿子到学校里吃饭，然后就又送回幼儿园，接着又跑到田地里干一阵子，然后去上班；下午放学将孩子带回来后，同样又跑到田地里忙到天黑才回家。除了下大雨的天，他天天就是这个样子，不忙不行啊，田地分到户了。吃过晚饭后又要洗衣，这一切都做完了接着又得帮人家写报告、写信、写申请、写祭文。

方圆十几里的人都来找他写，觉得他写的东西就是好。虽然他花的时间少，一篇开堂祭文也只要一节课的时间，至于报告、申请、书信之类的东西，十多分钟就完成了。但人家不知道他有多少事情要做，多少人来找他写，他有着多少别人想象不到的苦衷。其实他很焦急，师范选招民师考试他数学分数总卡壳，想学却没时间学。

东山好长时间没看到袁瑜了，那夜在九江旅馆袁瑜虽然生气了，但他看清了袁瑜对自己的真情。至今他还是觉得那夜没有生米煮成熟饭是对的，毕竟袁瑜还是大姑娘，她母亲又不知晓，如果自己那样做就成了卑鄙可耻的小人了。现在他多么希望袁瑜真的能早点来，可是这么久了没有一点音信，也不知道因什么事不来见他了，不过他相信袁瑜迟早会来的。

农历四月二十四日那天正是星期天，东山在门前田里栽禾，田塍上放着一把椅子，椅背后打了一个木桩，用绳子将椅背绑在木桩上。东山把最小的孩子用布带套在椅背上，生怕孩子摔下来；两个大点的孩子分别站在椅子的两边，各人手里拿着一块竹片拍打着要爬上椅子的蚂蚁。

这时袁瑜背着一个背包，手里提着一只水果袋从前边的路走来，老远就看见了，直接从田塍上走过来，看到这种情景鼻子就酸酸的。东山弓着背一个劲儿在栽禾。袁瑜忍不住了，问："东山哥，你爸和你娘呢？"

东山抬头一看，惊喜地说："啊！袁瑜，是你来了！我娘病了，我爸送我娘去看病了。"袁瑜站在田塍上解开水果袋，给两个大点的孩子一人一根香蕉后，然后又将套孩子的布带解开抱起孩子，这孩子不哭不叫也不动的，只是傻愣愣地看着袁瑜。袁瑜在孩子的脸上亲了一下，看着东山那瘦弱而又劳累的模样，实在是不忍心看下去，用额头顶着孩子的额头悄悄地流起泪来。

"你今天怎么来了啊！"东山连手里的秧苗都忘记了丢下，高兴得跑了过来。

"我还不能来啊！"袁瑜深情地看着东山那高兴的样子，吸溜了一下鼻子，用手抹了一下眼泪，微笑着问："你记得今天是什么日子啊！"

"今天是星期日。"东山终于记得了手里还拿着秧苗，笑着反手从系在背部腰间的禾秆抽出一根来扎紧手里的秧苗，说，"你是来慰劳我一下的吧！"

"今天是你三十四岁的生日。"袁瑜也给东山剥了一根香蕉，轻松地笑着说，"我不是慰劳一下的，我不走了，这回你还会赶我走吗？"

东山觉得这话还是有点唐突了，笑着将香蕉咬了一口嚼了几下吞下去，然后点着头说："这香蕉送来被我吞下去了，它的营养是能进入到我的血管，它是再也不会走了的，我信。"

袁瑜拉开大背包的拉链，取出几张盖了印的纸来说："你看这是真的吗？"

啊！原来袁瑜这么长时间没来，是去寻找同学父母帮忙，将自己的工作转到了唐定。本来是调到县文化局的，为了照顾到东山的家庭，又将工作关系调到本乡的文化站任站长来了。她自己家的工作做通了，同意她和东山结婚，但是外公这边不但没同意，反而将她母亲赶出门，并说永远不要这个女儿回家了。

袁瑜知道自己直接来是不行的，外公家肯定要来大吵大闹的，但是她已经做好了充分准备。她委托刘校长去外公家做工作的同时，还与派出所通了气，派出所也派了两个人在后面跟着观察。袁瑜很自信地握着拳头在胸前舞动着，说："对我外公那边的人是要先礼后兵的，县电影院的那个舅舅去年说是挂职下海经商，其实是去搞传销，欠了三十多万又要回来，单位上暂时不愿接收了，现在还求着我呢，看谁敢作怪了。"

东山感激极了，情不自禁地喃喃自语地说："又是一个韩梅啊！"

"她也是这样的啊？"袁瑜奇怪地问。

"嗯，"东山点了点头说，"大同小异吧。"

袁瑜嗔怪地说："说你命苦你又命好，我和韩梅姐前世跟你有怨，死冤鬼啊！"

# 七十六

袁瑜委托去做外公外婆工作的刘校长和派出所的人刚刚出来，未通就回来了。从未通的神态上看，好像又有了什么转机似的。莲子就问："有希望了吗？"

未通缓过气来似的叹了一口气，说："哎！还是好得瑜姑娘帮忙啊，失业的事总算解决了，现在我回到乡文化站来了。"

袁瑜的事他们都知道了，超群用手在椅背上一拍，说："这个瑜姑娘这么大的本事，怎么栽到东山头上去了。真不知道东山这小子有什么能耐，一个民办教师还能娶到一个国家干部，而且还是一个黄花闺女。"

在一旁洗衣的大儿媳友爱将刷子往椅子上重重一放，发出"啪"的一声响，说："瑜姑娘是有眼光的人，看你们还好意思七阻八阻啵，还把她的娘赶出门，看你们还好意思见她们啵。如果不是她，看谁还能帮上你们的忙了。可惜她不是教书这个行业，不然的话未遥也不会做伙头军。啊！如果东山上来了，说不定未遥又有出头之日了。你们千万不能阻拦了，一旦阻出了什么事，老二老三的老婆都走得了，我就走不了吗？看你们两只老脚活在世上还有什么脸面？"

这段时间，超群夫妇真被儿孙们倒霉丢脸的事吓怕了，也被几个儿媳的泼辣治服了。刚才听了大儿媳的话吓得大气都不敢吭，两老伴互相对视了一下之后才说："唉，只要你们都愿意，我们两个七十多岁的人了，还活得了几年啰！"

刚才来说情的刘校长虽然已退居二线，在社会上还是蛮有威望的人。

当他在说情的时候莲子还想犟两句的，超群想要刘校长出面说情，让做伙头军的未遥出来教书，就用手将莲子的手按住了。随之派出所的两个民警装作找刘校长什么事似的，你一言我一语地夸赞东山有能力。弄得超群只好顺水推舟地对刘校长说："本来用刀架在我们的颈上也不会同意的。一个大姑娘嫁给一个有三个孩子又大八九岁的男人，而且是一个民办教师，多不值啊！既然是你们来了，我们还有什么话可说呢？不过往后看能不能让未遥继续出来教书，做个伙头军多没面子，还望您能帮这个忙啊！"

刘校长起身打了个揖，说："多蒙二老给我面子，至于未遥的事，有机会的话我会尽力而为啦！"

超群送走刘校长和两个民警后，看着未通两眼发光的样子，就问："你复职的事，真的是瑜姑娘帮出的力吗？"

未通拉着父亲的手，说："哎呀呀，你们还是不相信，我何时骗过你们啊？"

超群叹了口气说："唉，这不跟我娘嫁给先恭一样吗？"

"真是牛头不对马嘴，"未通说，"就是一万个先恭也比不上一个东山啊！"

超群无奈地摇了摇头，叹了口气说："都怪你们不争气，尽长别人的志气，单灭自己的威风，现在变成又去求那边的人了。"

友爱又把搓衣的板往墙边一摔，"砰"的一声响，吓得超群夫妇又是一惊。友爱冷冷地说："哼！还好意思说威风呢！"

"哈哈哈，你们呀，就是要得嫂子治你们的，看得你们起的你就啰里啰嗦。看得你们轻的吭都不敢吭一声。"未通在一旁讥笑着。

东山的几个孩子看到爷爷奶奶在前边路上往回走着，老大老二手里拿着一根香蕉，站在坪沿上蹦蹦跳跳地等着。

厨房里，袁瑜在灶背切着肉，东山在灶门前烧着火。袁瑜笑着问："你的命也真够苦的，怎么选个栽禾的季节生呢！不但没有好吃的，还磨个半死。你看我多好呀，九月生的，秋收完了，要什么吃就有什么吃。你往年是怎样过生日的？"

东山笑着说："我娘请算命的人跟我算过一次，说我这只兔子是四月生的，正是草木旺盛的时候，一辈子吃饱喝足的，要是到九月生那就更糟糕了，尽是干茅枯草的，怎能吃得下去啊！"

袁瑜只顾笑着听东山说话，不小心把指甲切了一下，"哎哟"一声血就流出来了。

东山慌忙跑了过来捏着袁瑜的指头往自己的嘴上亲了一下，心疼地说："哎呀！你也太看得我起了，买了肉给我吃还切自己的肉。"

袁瑜就把头伸了过来，然后用嘴对着东山的脸轻轻地吐了一点痰。

正当东山给袁瑜包指头的时候，未阳夫妇进来了，看到这种情景就傻头傻脑地看着袁瑜，又傻头傻脑地看着东山，惊奇地问："哎，瑜子你怎么来了？"

袁瑜就亲切地叫："舅舅、舅母你们回来了，病好些了吗？"

东山笑着问："还叫舅舅、舅母的啊！"

袁瑜笑着反问："那你说我该叫什么呢？"

这时未通也钻进来了。在一旁笑着说："哎呀，这真是伢崽人，这还不懂吗？应该跟东山一样叫爸妈的啰，是吧？"

东山就笑着点点头说："对呀！"

袁瑜鼓着眼嘟着嘴说："那我舅舅来了，你又为什么不叫呢？"

东山调皮地笑着说："现在你都不敢认账，我敢认吗？"

未阳夫妇觉得这玩笑开得太过了，元秀就说："我家还没有葬得这么好的坟呢！"

袁瑜由于个子高了些，就弯着腰轻轻地而又亲切地叫："爸、妈！这是真的呢！"

由于东山一直没有跟父母说起过这件事，未阳夫妇在一旁惊呆了，愣在那里老半天说不出一句话来。东山用眼睛看着父母点着头催着父母说："爸、妈！这是真的啊！你们还不赶快应啊！"

元秀终于信了，眼泪就滚出来了，连忙"哎"的一声，赶快催未阳说："你怎么还不应呢？还这样木呆呆的。"

未阳先是点了几下头，老半天才"哎"出一声来。

东山回过头来对未通亲切地叫了一声："舅舅好！"

"哎！"未通应得亲亲切切、痛痛快快而又响响亮亮的。

"这还差不多。"弄得袁瑜甜蜜地笑着，在东山的嘴上亲了一下说。

# 七十七

吃完午饭后，袁瑜和未通跟着东山下田栽禾去了。袁瑜和未通不会栽，很慢很慢，被东山甩出去很远。未通比袁瑜栽得快些，走在袁瑜的前面去了，其实按位置来说却是在袁瑜的后面。袁瑜就笑着说："尽管你们有多快，我总是在你们的前头呢？"

东山笑着说："你听过那首插秧歌吗？蛮有意思的。"

袁瑜老半天才捏了一株秧苗，又不知往哪里栽，好不容易把秧苗栽下去了，栽了一两个小时腰就酸得直不起来了。这时听到东山说栽禾也有歌唱的，就慢慢地直起腰来，像做扩胸操似的张开双臂向后仰着，叫了起来："哎哟！好不容易让我直起腰来听听歌哟！"

东山屁股还是一个劲儿地往后退，那手像鸡啄米一样，时而飞快地从左到右，时而又从右到左飞快地插着秧苗。口里轻快地唱着："手把青秧插满田，低头看见水中天。六根清净方为步，退步原来是向前。"

"哎哟哟，真好听啊！"袁瑜拍着手高兴地说。

未通一直那么弯着腰慢慢地栽着，看到水里也有蓝蓝的天，白白的云，空中还有鸟儿飞过。想起自己从县里退到乡下来，实在是很不脸面，但不退下来反而会丢掉工作。暂时退下来目的是为了保住这只饭碗，将来还是想再爬上去的。就深有感慨地说："这首歌不仅好听呢，还有深刻的人生哲理呢！"

他们就这样快的快，慢的慢，一直栽到太阳快落山时，这块田的禾才算栽完了。

回家的时候，袁瑜对未通说："舅舅，不好意思啊！你还是就先回去一下吧，我们还有点事要出去走走呢。等我们回来了再去叫你来吃饭，行吗？"

"行行行，怎么不行呢！"未通连声说，"天知道你们什么时候回来，不如我在家里吃点算了啊！你们不用叫了。"

未通走后，袁瑜双手握拳又在背部的腰间，无奈地摇着头笑着对东山说："我虽然是很累了，但因我好长时间没去太婆的坟前了，我还是好想去啊，家里有筶吗？"

东山想起父母和村里人讲觉夫、发凤、秀娥、彩秀的事，深有感慨地说："去吧，怎么要带筶去呢？你也这么相信迷信？"

"嗯，好玩呗！"袁瑜笑着说，"不过，我确实是好迷信太婆的！"

在发凤的坟前，两个人频频地作揖打躬，齐声叫了声太婆，然后分别报上了自己的名字，又齐声说："我们来了！"

袁瑜坐在坟前对着墓碑指着东山说："太婆啊，就是因这只冤鬼弄得我好久好久不好意思来外婆家了，我伤心了好几年，因而也就好几年没有来祭拜您了。要说这不孝的责任，他要承担一半以上啊！太婆啊！"

东山也因腰疼双手握拳顶在背部的腰间，左摇右摆笑盈盈地看着袁瑜说话的样子，然后说："你这分明是到太婆的坟前来告我的状嘛！"

袁瑜伤心地叙述了自己家近几年来的一些情况，然后就欢喜地说了自己即将要和东山结合的事，就问东山："筶呢？"

东山笑着说："在这。"

袁瑜说："我做道士打筶，你捡筶啊！"

两个人同时起来，袁瑜对着坟墓说："我和东山结婚您同意吗？同意就显信筶啊！"

一连打了三次都是信筶，两个人欢喜得紧紧地拥抱起来。袁瑜松开双手拖着东山的手说："我们得要好好地谢谢太婆呢！然后两个人对着发凤的坟墓作揖打躬起来，又跪着拜了三下。

袁瑜又起来对着坟墓说："太婆，我和东山结婚后家庭会从此兴旺起来吗，会的话你也又再给我连显三次信筶啊！"

又一连打了三次，又都是信筶。这回两个人高兴得跳了起来，再一次紧紧地拥抱了好久。然后再一次作揖打躬跪拜。袁瑜还对着坟墓说："谢谢太婆的美好祝愿啊！还望太婆在阴间多多保佑啊！"

袁瑜甜甜地看着东山，笑着说："东山哥，我们也当着太婆的面，夫妻对拜一场吧。"

东山高兴得站了起来，笑着说："好的，要打筶吗？"

"哧，真没教头。"袁瑜嗔怨着对东山说，"你活蹦蹦的一个人，有嘴不说话，还要我来猜。"

东山呼了一句："夫妻对拜！"

于是两个人对拜起来了。对拜之后两人相对跪着，愣愣地互相对视着。开始时都兴奋地笑着，而后又沉默着，脸上也没有了笑容，但互相都能看得出对方在回忆痛苦的过去,转而又想到往后的日子该是多么幸福多么美满啊！东山的心情在脸上显露出来了，眼眶里溢满了晶莹的泪水。他张开双臂跪着向袁瑜移了过来，袁瑜也同样张开双臂跪着移动着双腿迎合东山。他们紧紧地拥抱着，东山的泪水终于噙不住了，无声地久久地流淌着。袁瑜说："我听村里人说，那么多苦难从来没有谁见你流过泪，你是一个很少流泪的男子汉，你有苦就哭出声来吧。"

东山激动得既像是哭又像是笑地说："我这不是因痛苦而流的泪啊，是因你真诚地爱着我感动得流泪！"

袁瑜一边轻轻地抹着东山的泪水，一边流着自己的泪水。双方互相抹着对方的泪水，又互相亲吻着，然后又幸福地依偎着坐了许久。

回来时很晚了，袁瑜说："我跟刘校长约好了的，如果我外公外婆不同意的话，下午就回信告诉我的。不回信就说明他们同意了。况且我二舅舅还叫我当着你父母的面叫爸叫妈的，他肯定是同意了才那么说的。我看还是去我家打个转身，毕竟他们辈分大，尊重他们一下吧。"

"有道理！"东山微笑着连连点点头说，"可以。"

# 七十八

东山和袁瑜手挽着手，恩恩爱爱地往超群的家里走去。在西岸这条小街上惹得两边的人都惊呆了，因为他们并没有听到过东山和袁瑜俩的任何消息，大家好像看到东山从周一到周六的上午都在学校里上班，周六的下午和周末不是在田里就是在地里忙着，从未见过他出去过哪里一次；袁瑜自从去外面读书后好几年都没有来过一次，怎么会一下子就这样亲密呢？真是怪事啊！再则超群一家人那么藐视东山的，怎么会让他的外孙女跟东山结婚呢？真是百思不得其解啊！于是都从房里拥了出来想看个究竟。东山和袁瑜在前面走着，有人就悄悄地在后面跟着走了过来。

友爱在门口凉亭边的水渠里洗着衣服，远远就看到了东山和袁瑜那么亲热地走来，街两边的人们都站在自家门口侧着身子歪着头看，还有东山和袁瑜的后面也跟着那么多人，一种自豪感就来了，连忙站了起来对着房里喊："大弟，大弟，东山来了，东山和瑜姑娘来了！快拿爆竹来啊！"

东山和袁瑜一到门口，东山还没有来得及开口，未通就把爆竹放响了。大家就一下子全围拢过来了，心里也就都明白了。东山是本村人，几乎天天见面有什么好迎接的，袁瑜仅仅几年没来又有什么好迎接的，然而他们走在一起就放起鞭炮来了，这分明是把东山当作外孙郎来认了。人们只是用羡慕的眼光看着东山，亲亲热热地和东山打着招呼。

等爆竹响完后，东山就很有礼貌又很亲切地叫："遥婶，通叔，你们好啊！"

袁瑜就看着东山笑："就要我改口，你就不能改呀！中午都叫得好好的，现在又变卦了。"

未通就打圆场，说："还冇呢，要那么急做甚。不也快了吗？"

东山只是抿着嘴笑。

满街的人全明白了，拥了过来纷纷议论着。

"东山真有命啰！三十多岁的人了，还有三个孩子，还娶了个这样漂亮的大姑娘。"

"人啦，还是要有志气，要有能力啊！"

"东山家里又添了一个这样的人才，这下又有更大的希望了！"

"古话说女大十八变，这是真的，瑜姑娘现在是越长越漂亮了。"

"这何止是漂亮啊，简直是像仙女一样美啊！东山是真过瘾啰。"

超群夫妇微笑着迎了出来。东山就微微地鞠了一躬，然后也是轻轻地叫了句："叔公，叔婆，你们好啊！"

袁瑜看着东山就嘟着嘴笑。

超群就说："东山，你太公太婆若是在阴间知道了，一定会开怀大笑的。"

"是的，多谢两位老人家的关照啊！"东山又微微地向他们鞠了一躬。

超群深有感慨地说："要是你爸你爷爷有你这样争气就好，往后啊，还是要多争口气，要对得起我瑜姑娘呢！"

东山还没来得及回答，友爱就插嘴了："不要你这样教人家，人家还是会争气的，你还是多教教自己的人啰！"

弄得超群夫妇又不敢吭气了。

东山看到超群夫妇在大儿媳面前这样狼狈，差一点要笑出声来，幸好只是喉咙里轻轻地"哦"了一声。为了避开这种尴尬的场面，东山用左手偷偷地握了袁瑜的右手一下，示意我们该走了吧，然后对超群夫妇说："叔公，叔婆，我该回家去带孩子睡觉了，改日再来拜访你们啊！"

不知超群想到哪里去了，只是"哦，哦"地应了两声，可能莲子是因耳朵聋了没听到，没有任何反应。东山就拉了袁瑜一下，袁瑜也随着跟超群夫妇大声说了一句,："外公、外婆，舅舅、舅母，我们就过去啊！"

未遥几兄弟和友爱也随着把东山和袁瑜送到了门口，而且也回到了超群的房里。超群歪着头将这个看看，又将那个看看，然后高声地呼叫起来："瑜姑娘啊！瑜姑娘，瑜姑娘，你跟我进来，我有话跟你说。"

"你叫什么啊？"未遥也大声地喊起来："有什么话在你面前又不说，到现在还叫什么啊？她都走得好远了。"

超群又是傻头傻脑地看看这个又看看那个，睁着眼睛张开着嘴巴问："去哪啦？"

未辽就像鸭子一样"嘎嘎嘎"地笑了起来说："瑜姑娘不是跟你说了吗？我们就过去啊。你不是也应了一句吗？她跟东山回家啦！嘎嘎嘎……"

"什么啊，去了东山家啊？"莲子这回也听清楚了，"那、那、那今夜他们不就烹到一起去了吗？"

未遥显出一副无奈的笑容，说："那还用说，肯定是烹到一起去了的。"

超群就气得叫起来："那、那、那，那怎么能行呢？那怎么能行呢？"

未通就走了过来问："大姐跟你说了，刘校长和派出所的两个人今日来跟你说了，你也答应了；今夜东山和袁瑜也过来跟你说了，你又答应了。这还有什么好反悔的了，这是新社会婚姻自由，你管得了吗？就是旧社会也不是你管的，而是她袁家人管的事。袁家人说行就行，袁家人说不行就不行。我们熊家人有什么资格啊！那天姐来跟你说，今日大姐又委托刘校长来跟你说，是大姐十分尊重娘家啊！我们大家都要识相，不要胡来，搞不好人家开始还看得我们千斤重，到后来连四两都不当了的。"

"是啊！"未辽也这么认为，"你今天当人家的面答应了两次，又有什么反悔的。"

"是啊！现在是没有什么可以反悔的了。"大家都这么说了。

超群用手在胸脯上反复从上到下拂着，好像不把道理跟大家说清楚，是不会有谁会帮自己的，只好长长地叹了口气，说："我跟你们说，我估计在今夜之前东山和瑜姑娘是不会发生那种事的，因为东山没有走出去过一步，瑜姑娘这几年也没有回来过一次，他们在一起做那种事是不可能的，顶多是他们早就有那个意思。玉芳经常在瑜姑娘面前夸赞东山什么的，使幼小的女儿对东山产生了好印象这是肯定的。东山呢可能是经常写了一些求爱的信给瑜姑娘，东山的笔杆子又那么强，花言巧语的，使袁姑娘深深地爱上了东山，这种可能性占到了百分之九十多了。而今夜要发生那种事就绝对有可能的了。如果他们今夜发生了那种事，那就真的是生米煮成熟饭了。"

"说实话，我对瑜姑娘和东山的婚事表面上是答应了，内心是绝对不服的。我是这样想的：在我的一大群孙儿孙女和外孙外孙女当中，用我的眼光来看瑜姑娘无论从哪一个方面来看，是最有发展前途的。撇开瑜姑娘的能力来说，光就她的相貌就能嫁个县级以上的干部，如果加进她的能力嫁个市级以上的干部也是很有可能的。就我们家里目前这倒霉的情况下来说，要想挽回这种局面希望是寄托在她身上的。如果让瑜姑娘和东山结合了，那就一切都完蛋了。我要你们三个今夜一定把瑜姑娘拖到家里来住，如果她不愿意回来，哪怕是用绳子也要把她绑回来。我万万没有想到刘校长今日一来，他们就会这么快走到一起去。我是想骗刘校长一下的，既让刘校长帮了老大的忙，又想把这个责任推到瑜姑娘身上去。你们居然没一个愿听我的话，去。一定要去，就算我带头总可以吧？"

　　三个儿子听了不但不愿动一下，居然各自躲到房里去了。未遥是迟迟疑疑的，想去又不敢去，友爱在一旁吆喝着说："你去啰，要是刘校长知道了看他还会来帮你的忙啵？如果东山一旦有出头之日，他不压死你一辈子吗？如果你不去的话，有朝一日东山出来了，他还会念你是舅舅帮你一把呢！我说你们一家人眼睛还不如我这个没读多少书的女人。明知瑜姑娘连工作都转到我们县里来了，还转到我们乡下来了，不就是为了东山才到乡下来的吗？再则你姐姐也是下了决心的。如果你姐姐不同意的话，你姐姐自己会来跟你们说吗？你们用扫帚把你姐姐赶出了门，她还不是叫瑜姑娘去叫刘校长来帮忙吗？其实刘校长跟瑜姑娘又不那么熟悉，你姐姐不去跟刘校长说，刘校长会听瑜姑娘的吗？明知自己两个儿子还在牢房里，自己又去了当伙头军还去阻人家的婚姻，看你们这不是去栽崖吗？"

　　未通是明智的，嫂子说的话他早已就想到了。他还想到了袁瑜一个姑娘家跨县调动工作，父亲家里和外公舅舅家里没有一个人能帮上忙，靠着自己办成了而且捞到了一个站长做，这是多么不容易的事。看袁瑜这个样子和架势，将来的发展前途就不可估量了，自己能复职还全靠她呢！再则，如果东山的能力和本领不强的话，袁瑜会这样死心塌地爱东山吗？未通在房里已经把话说得清清楚楚的了，父母还要那么固执，所以他躲到房里不出来了。

　　未辽因自己的老婆跟人家走了，在国营里又欠下了几万块钱，连工作都挂起来了，心情十分沮丧；二哥和大嫂说的话也是实实在在的，再则，他觉得父亲是个没名堂的老家伙，如果大哥和二哥不是姐夫帮忙，无论如何也是出不去的；自己和二姐如果不是政策允许子女可以顶职的话，也是无论如何出不来的。他觉得父亲一辈子没有做过一件有用的事，于是他也关起门来不理了他们。弄得超群夫妇两个人拿着箩绳在堂屋里喊叫着说："你们都是怕死鬼，你们不去我们就两个老人家去。"

超群连绳子都没有捆扎好，就这样长长地一头捏在手里，一头拖在地上，拿绳子的左手还要拿着一个电筒，右手挂着一根棍子在前面走着。莲子左手拿着一个电筒，右手挂着一根棍子在后面跟着走。

超群过于激动和焦急了，走到小街上见莲子走得那么慢，就大声地对莲子说："快点啰，不快点这两只畜生就会那个啦。"

"啊？"莲子一只右脚踏在超群拖在地下的绳圈里站着不动，用更大的声音叫着问："什么那个啦？谁那个啦？"

"哎呀！"超群也站着不动像申冤似的说，"你只是耳朵聋了，脑子也这么笨了，就要我把大粪说出屎来吗？"

"啊？"莲子还是站着一动不动地大声问，"你说是谁死啦？"

"哎呀！我是要被你们气死的。走啊，快点走啊！"超群说完就转身朝前拖着绳子开步了，绳子套在莲子的右脚跟上。超群以为是绳子套在哪个石头上，就用力一拖，结果把手里的电筒摔在地上熄了光。可能电筒头是直栽地上把灯泡也震破了，超群就再用力将绳子一拖，莲子的右脚被超群拉起来了，就仰面朝天地摔在地上，她手里的电筒也掉到渠道里去了，被水冲着往下漂走了。

莲子仰在地上只能"哎哟、哎哟"地呻吟着，不能动了。超群连忙摸着过去牵莲子，右脚却被莲子的脚绊了一下，像狗吃屎一样栽倒渠道里"咕噜咕噜"喝起水来了。幸好渠道里的水很浅，超群虽然呛了几口水，他立即用手撑着爬了起来，双手趴在渠坎的石头上"嗨、嗨"地直喘气说不出话来，也顾不了莲子，只好由她"哎哟，哎哟"地直叫唤。

街两边的人听见了莲子的呻吟，都先后拿着电筒开门一照，看到他们一个仰着直叫唤，一个趴在石头上叫，忍不住笑着大声问："两个老人家黑咕隆咚的，电筒也不拿一个是去哪啊？"

于是满街的人都出来了，叫的叫，喊的喊，抬的抬。超群成了落汤鸡，莲子"哎哟哎哟"地叫。两个人什么也不说，就让大家把他们抬回了家，弄得超群的儿孙们也只好陪着大家发笑，还要连连说道谢的话。

# 七十九

袁瑜跟着东山回到家里已经是好晚了，孩子们都睡了。元秀就去端饭菜来给他们吃。

吃完饭，洗完澡，进房后袁瑜就说："明天就去登记吧！"

东山笑着说："可以。今夜还是无证驾驶一次吧，反正是当着太婆的面拜了堂的。"

袁瑜就眯着眼嘟着嘴笑着说："我还以为你今夜又要把我赶走呢！啊，我想问你一句，在九江那夜你正儿八经地装伪君子，是不是怕我没下定决心吧？"

东山将袁瑜紧紧地抱住，使劲地亲吻了一下说："你这样聪明的人怎么这么久了还只猜对了一半呢，我的美人儿呀？"

袁瑜幸福地将东山紧紧地抱着，在东山脸颊上亲了一下，然后用手摸了摸东山的胡子，还是对着那满是胡子的嘴使劲地亲吻一阵子，说："说实话，那还有一半是什么呢？我至今都还没有想到呢！你是不是还要跟某个女人做个交待，是吧？"

"不是。"东山像拨浪鼓似的连连摇着头，说："你怎么这样不相信我，我有那么大的能耐吗？我们要做这个事了，你可以不向你妈做个交待是可以的，你们是母女关系。可毕竟这是人生中最大的事，这样的大事怎好瞒过她呢？你娘是我的大恩人，我怎能不让她知道就那么做的呢？我是人吗？"

"啊！"袁瑜睁大着眼睛看着东山笑着说，"对不起，那真的是我看错了人，你不是伪君子，而是真君子啊，你真是我可敬可爱的夫啊！"

东山脱下自己的衣服，然后又去脱袁瑜的衣服。袁瑜任由东山摆布似的，满脸像绽开的花朵一样幸福地看着东山。现在袁瑜已是一丝不挂地躺在床上，东山看着袁瑜苗条的身子，洁白丰韵饱满的肌肤，呆着不动了。弄得袁瑜莫名其妙，爬了起来问："你把我脱得光光的，难道还没看过女人的身子吗，你这是看什么呀？有什么好看的？"

东山激动地说："瑜妹子，你真是太美了。"

袁瑜亲了东山一下，说："只要你爱我就好了。"

东山正是三十如狼的时期，加之失去韩梅快一年了，精力旺盛得很；袁瑜也是成熟到了极致，性欲到了极其旺盛的时期，两个人狂欢了一阵子之后，东山终于喘起粗气来了。袁瑜用双手将东山的腰部紧紧地抱着，分别在东山两边脸颊上亲吻一下，又在东山的嘴上亲了一下之后，说："歇下吧，歇下啊！"然后用双手在东山的背上和臀部轻柔地反复抚摸着。东山从袁瑜那轻柔的手掌上，深深体验到袁瑜内心的爱！东山感受到了一种只能意会却难以用语言表达的幸福和快乐；更主要的是觉得整个人好像是全部沉浸和融化在袁瑜的甜爱之中了。经过了一阵子的停歇，东山打算又开始了新的奋战。袁瑜又将东山的腰部紧紧地抱着，然后深情地说："要是你累了，你就慢点吧。要么就这样睡一觉吧！"

"那哪能呢？"东山笑着说，"那就只好等下再来吧！你不怕累吗？"

好一阵子之后，东山还是败下阵来了，袁瑜还是兴趣盎然地将东山的腰部紧紧地抱着。经过几次之后，东山确实是不行了，瘫在床上不动了，不一会儿呼呼地睡着了。袁瑜还是没有一点睡意，就只好趴在东山的身上，用嘴在东山的胸部颈部面部无限深情地柔和亲吻着，美美地回味着刚才的那种幸福和痛快。

袁瑜也搞不清自己到底是怎么回事，她的性兴奋已经过去了，无论是趴在东山的身上，还是侧着或仰着就是睡不着，她觉得今夜确实是太幸福了。刚才东山在和她做爱之前的那句话使她想起了许许多多的事来，东山说在九江的那夜他拒绝自己的要求，是为了尊重自己的母亲。这话她相信是实话，如果那夜东山真那样做了，对自己母亲来说是有点欺骗的，不要说母亲有想法，就是自己过后也会有想法的，这是多么高尚的品德啊！从另一个角度来看，东山确实是有过人的理智和毅力啊！两个青年男女独处的时候，那简直是干柴移近烈火哪能不燃烧啊！世上又有几个男人能忍得住呢？他能，就只有他能。她过后就是这么想的，这样的男人如果他想办到的事就一定能办得成，没有他克服不了的困难，没有他不能取得成功的事。从那夜起她发誓哪怕今后是上刀山下火海也要跟着东山。

袁瑜从十七岁那年起就开始发育了，至今已经整整十年了，没有和男人有过任何交往。在这个思想逐渐开放的十年里，也看过不少带有情欲的文学作品和影视作品，加上不少男孩子的迫切追求，她何曾不想这个方面的事啊！有时甚至到了相当迫切的程度。但是母亲曾经劝告过她：男怕入错行，女怕嫁错郎。选婚姻对象不像做房子，不中意的话要么卖掉要么拆掉。选错了对象你能把他怎样呢？母亲对自己的婚姻是相当满意的，虽然丈夫这么年轻就丢下自己走了，弄得她这么多年来孤孤单单的，母亲觉得能和这样的男人结合，哪怕时间再短甚至只有一天时间也是值得的。她能和这样的男人结合，也是她一生的自豪。所以她不会去找第二个男人了，这就是人的婚姻啊。

袁瑜在选择婚姻对象上受母亲的影响确实是太深了，她也曾想过父亲三十岁还不到，就能当上市级师范的教导主任，县级重点中学的校长，还能帮助家里几个弟弟出去找工作，又能帮妻子两个弟弟出去找工作，这是何等不容易做到的事啊！如果不是那么年轻就去世了，父亲的前途是不可限量的。她觉得母亲的眼光是超人的，她佩服得五体投地。她曾暗暗发誓一定要像母亲那样认真选好一个婚姻对象，以免一生的痛苦。到底谁是最好的人选呢？自从开始懂点事起，她觉得东山是自己最看得惯的人，后来慢慢地觉得东山实在是太可爱了，好像这世上就只有他才那么优秀。母亲总是那么高度地评价他，连父亲也是这样评价他。可是后来东山却和韩梅结合了，这对她在精神上可是致命的打击，这几年来她不知因东山流过多少泪啊！尤其是夜里枕巾常常是湿的，弄得她经常失眠！

袁瑜越想越没有睡意，只好爬起来开着电灯坐着，低头深情地看着这赤条条睡得这么熟的丈夫，心想：我终于和这样的男人结合了，这是多么幸福啊！袁瑜时而深情地看着，时而用双手在东山的身上轻轻地抚摸。她认为只有和心爱的男人在一起做爱，这才是人生中最大的痛快和幸福！她默默地自言自语地说："与韩梅姐姐相比，我的幸福是最长的！我一定要尽最大的努力帮你成就你的事业，我的夫啊！"她又趴下去在东山的身上，尽情地甜美地亲吻着……

# 八十

次日早晨，正当东山一家人要吃饭的时候，"过水斗"装作到门前田里来看水的样子，扛把锄头进来了。东山知道他又要传话了，而且知道这传来的消息一定是与自己家有关。"过水斗"从不传假话，要传的话必须准确及时，先传给当事人，像邮递员一样认真负责。主要是为了讨好人家，其次是为了显示自己消息灵通。村里人有时也利用他这个特点，把不好主动说出去却又想公开的话装作很神秘又很信任他的样子说给他听，并拿点好吃的东西给他。他总是乐滋滋地收下，很快就把话准确无误地传出去了。

东山要去上班，就叫父亲陪他喝点。"过水斗"本来就是要把话传给东山和袁瑜听的，就连忙用左手抓住东山的手说："昨夜她外公外婆怕你跟袁瑜睏觉，叫几个崽来拖袁瑜去他家睡觉，几个崽都不愿意来，两个老人家拿根绳子要来捆袁瑜回去。她外婆的一只右脚踩在他外公拖在地上的绳圈里，她外公以为是绳子绊到了石头用力一拉，把她外婆拖着摔倒在地上，自己又摸着去牵她外婆，结果又被她外婆的脚一绊，栽到渠道里去了喝个水饱。"接着右手指着袁瑜说："你外婆摔伤了屁股，昨夜哎哟哎哟叫了一夜，你外公是像做酒一样用几床被子埋着，至今都还没起床呢！弄得西岸街里的人从昨夜笑起，笑到今日早晨都还在笑呢！"

"那你怎么能知道得这样详细的？"东山笑着问。

"过水斗"把送到嘴边的酒碗拉开来，用酒碗分别将袁瑜和东山一指，严肃认真地说："这是你们的大舅母今早亲口跟我说的，这还有假吗？你看我何时说过假话呢？"

"过水斗"接着又绘声绘色地描述着，把东山一家人笑得眼泪都出来了。袁瑜开始还跟大家一起笑的，后来只好放下碗筷，双手捂着脸来笑。然后收敛笑容倒了一点汤到饭碗里，菜也不吃，把饭一下子扒光了。抬起头来跟"过水斗"说："叔老，我们要去上班了，今天就叫我爸陪你喝点酒啊！以后我们再去叫你来好好陪您一下，今日就对不起了啊！"

袁瑜和东山各用一辆自行车把几个孩子带着上路了，在一个没有房屋也没有遇上人的路上，袁瑜跳下车来推着车子走路，东山也跟着跳了下来并肩走着，袁瑜用深情的眼睛看了看东山，说："东山哥，每当想到这一点，我总觉得对不住你。不过现在好了，我们走到一起来了。"

"你什么事呢，这样认认真真的？"东山停下车子站着不动了。

袁瑜苦笑着点着头，说："这几年来我外公一家人是怎样对你的，我全都知道了，他们的德行也真是太差了，简直就不像人了。还听说你全都知道了，从不去计较他们，佩服你的胸怀啊！今上午你去学校请个假吧，我们去把婚结了。下午呢，我装作去叫我外公选个办饭的日子，看样子不镇他们一下是不行了，不然的话他们到办饭的那天，还会闹点事出来啊！"

东山看到袁瑜对自己的爱深到完全抛去了自己的前途，舍弃县城甚至是市里的那种优越环境，跑到这种艰苦恶劣的环境中来，还要忍受亲人怨恨和打击的痛苦，而且思想境界竟然这样高。他羞愧地低下头说："要说对不起的话应该是我，而不是你啊！依我看啊，婚是今天上午可以去结一下，至于办饭的事还可以稍微迟一点。你初来乍到，人家对你的文化水平和工作能力根本摸不到底，为了你今后的工作能顺利地展开，我看我们得像在九江参加艺术节之前一样好好准备，当然这次也只能是靠你我两个人和我们各自的朋友帮忙了。你说呢？"

东山兴奋地看着袁瑜，而袁瑜却没有理解东山的心意，满脸疑惑而且毫无表情愣愣地看着东山。看着看着，袁瑜的眼里放射出欣喜的光芒，随着满脸像绽开的鲜花一样，使劲点了一下头，说："啊，对啊！真是别出心裁的构想啊！想不到你能这样为我着想啊！我还以为只有我为你着想呢，看来我们以后会非常默契的。痛快啊，痛快！"

# 八十一

举行婚礼的日子没能按东山要推迟点的意思去办，也没有按超群要提前的意思去办，而是定在长河县文化局九月九日在沙港举行全县老年艺术经验交流会之后的第二天，即九月十日。

袁瑜把东山要为她造声势的意思跟余局长说了，余局长说："东山是个很有谋略的人，说明你很有眼力啊！你是这方面的人才，他也是这方面的人才，只有在同一条道上的人才能互相帮忙啊！好吧，我们去跟你造声势！县里老年协会要求我们组织人马去跟他们助助兴，你愿在第二天举行吗？"袁瑜感动地欣然答应了。

为了准备长河县文化局和群艺馆的朋友们演出，头天就搭起了一个台；为了预防那天中午太阳过热或者是下雨，买来了很多雨篷布把三家门前的地坪都盖起来了。

那天来的客人比他们事先估计的人数多得多，幸好事先搭了一个那么大的篷。原计划五十桌的客结果来了六十多桌，只好临时跟饭店联系，将桌凳和饭菜搬过来，比东山头次娶亲风光多了。超群夫妇居然领头带着一大群儿孙神气十足地来了，弄得礼房里的人全部出动排成两列夹道欢迎。这是礼房提出要这样做的，袁瑜娘家的人来了，礼房用同样的方式迎接。由于礼房里的人这样做，东山就想起了韩梅、秀娥、彩秀那段痛苦而又辛酸的历史，他觉得也应该用这种方式去迎接他们的家人，这下礼房里的人忙得不亦乐乎。这几头亲戚一个个感动得眼泪汪汪的，在客人中尽说些感人的好话。婚礼仪式举行之前，整个屋场的人纷纷夸奖着东山一家。

由于头天把坑口门前几家人连在一起的地坪搭起了一个大棚，当天显得特别宽阔，六十多张桌子整齐划一地排在一起，场面就比觉夫当年娶秀娥还要气派得多。这次虽然没有县长来捧场，东山也没有请锣鼓队，也没有请茶戏和各种灯队，但是长河县群艺馆袁瑜众多朋友前来捧场，显出了另一番景象，大家觉得这场婚礼是村子里史无前例的大场面。超群想到自己一家那么多子孙，又有那么多钱，还不如东山单枪匹马一个人的场面大，深感自愧不如。梦虎和未辉更是自惭形秽，尤其是未辉想起以前无知地讥笑东山，真的是有眼无珠，见了东山只好躲着走。

刘校长做证婚人讲话，他那热情洋溢的讲话将婚礼铺垫了一个隆重而又欢腾的开端。拜堂的时候玉芳和未阳夫妇坐在一起。本来玉芳是不愿来的，她知道超群一家素来瞧不起东山一家，而自己却背道而驰，纯属背叛了父母和弟妹们，自己参加婚礼觉得不合适；另一个原因是自己丈夫去世了，看到未阳夫妇双双参加儿子、儿媳成婚，心里就有无尽的伤感。本来东山应在袁瑜出嫁时去行跪拜高堂之礼的，可是东山不在家，就怕有意想不到的事情发生又要东山做主的，未阳的脑子大家自然是不敢相信的，只好把东山强留下来了。

东山知道玉芳没有儿子，对自己又恩重如山，跪在玉芳面前恳求："娘啊！我活到三十多岁了，遇到的艰难多得数不清。但我从来没有跪过一次，就这次跪下了。"玉芳深受感动，东山要求岳母把岳父的遗像也带去，放在怀里作两头的父母同在一起接受跪拜。玉芳也就流着眼泪答应了。婚礼上东山真的这样做了，感动得全场的人和玉芳一同流起泪来。

婚礼完毕后，长河县群艺馆和文化局的朋友们把头天在沙港演出的精彩节目，再添加一些适合婚庆的元素，目的就是要让袁瑜在当地有个展现才华的机会。第一个节目是袁瑜古筝弹奏千古名曲《高山流水》，这首曲子是袁瑜在艺术学院学习期间在唐老师的指导下，经过三年苦练而成的。加之她那楚楚动人的美丽身姿、娴熟的琴技以及优雅动听的琴声，在这个偌大的地坪里荡漾起来，全场爆发出春雷般的掌声和喝彩声。大家都交口称赞新娘子真是一位才貌双全的大美人！

第二个节目是由东山用二胡演奏自己作词作曲的《在月光地里》。演奏之前由东山的朋友简介了东山创作这首曲子的历史背景，也介绍了这首曲子被传出去后在社会上产生的影响。接下来东山开始演奏了，曲子把人们带进了那清幽的月光地里，大家似乎看到了东山和韩梅患难相交的艰苦情境，随着东山那悲哀动情的演奏，韩梅父母及兄弟姐妹们竟然忘记了今天是办喜事的日子，放声痛哭起来，许多人也跟着哭了起来。东山演奏完后全场的人脸上挂着泪水欢呼起来了，场地上议论纷纷："东山是多么重感情的男人啊！到了这个欢乐的时候，还记得自己的前妻，真是世上少有！袁瑜跟他一辈子是无比幸福的。"韩梅父母和兄弟姐妹们都跟着点头称赞。

第三个节目是东山和袁瑜演唱《天仙配》里的《夫妻双双把家还》一段黄梅戏，长河县群艺馆的几位朋友用各种乐器进行伴奏，把文艺演出推向了高潮。袁瑜那优雅美丽的身姿，娴熟精练的演技，加上她那甜美动听的嗓音，配上东山优雅而又大度的体态和洪亮的嗓音，引得场上的许多人也跟着齐唱起来了。第四个节目是由长河群艺馆全体朋友们集体演唱的《新婚快乐》，弄得全场成了欢乐的海洋。

由于长河县群艺馆的朋友们牵了头，唐定县文化馆和文联的朋友们还有部分老师也先后登台助兴，整整三个小时没有一下停歇，真是欢乐极了，这比觉夫当年办婚礼的场面大得不知到哪里去了。

席间东山和袁瑜到各桌去敬酒，来到刘校长这桌时，刘校长端起酒杯要单独和新郎新娘喝酒。他说："东山啊，同样是一个人，当年找了几乎一圆桌的女孩都嫌你，现在找了个这样才貌双全的淑女为妻，人生幸福莫过于此啊！祝贺你，并祝愿你们永远恩恩爱爱，来日战果辉煌！"

东山想起刘校长的恩典，激动得泪水就流了出来。袁瑜大度地倒满一杯酒，笑着对刘校长说："刘校长您不仅是东山哥的大恩人，也是我的大恩人啊！如果不是您帮忙，我也没有那么容易跟东山哥在一起呢。真是要好好谢谢您啊！"然后将酒杯一举，三只杯子"当"的一声响，都一饮而尽了。

当东山和袁瑜来到会菊身边时，会菊颤抖地拉着东山的衣角，哽咽着说："东山啊，这么多年了，即使我再苦，只要能看到你有今日，我就高兴。

你是知道我不喝酒的，我高兴啊！来，我们也喝点酒！"说着说着，会菊就哭起来了。

东山知道会菊先后过继了几个儿子，不但都走了，还把她所有的积蓄全部偷光了，只剩下那偷不走的房屋和破旧家具。东山一想到会菊的遭遇心里就特别难过，带有愧疚的心情说："姨，当你们实在过不去了，我就会去接你们来过老的，到了那个时候我会叫你娘的。"

袁瑜早听超群他们说过这件事，现在证实了东山说的话千真万确，也将会菊搂了过来，在她脸上深情地亲了一下说："姨，我们会把你当亲娘看待的。"跟着东山和她一起喝了杯中的酒。

东山吩咐礼房里的人将秀娥、彩秀和韩梅那三头老亲送的礼，分别加五十元打成红包发了下去。三头老亲在回家时拉着东山和袁瑜的手，流着眼泪尽说些祝赞的好话。

# 八十二

婚礼的当天下午，袁瑜娘家的亲戚都搭长河县文化局的几辆车子走了，其他亲戚觉得东山和袁瑜实在是太忙了，都先后回家了，只剩下元秀娘家的几位老人家。

虽然举行婚礼当天都很疲倦，但由于袁瑜去长河待了一个星期，两个人一上床激情又来了，于是痛痛快快地乐了一阵子，然后甜甜地进入了梦乡。第二天天刚蒙蒙亮，袁瑜被元秀娘家几位老人的聊天吵醒了，怎么也睡不着了。她想到昨天东山拉《在月光地里》那首曲子，总觉得韩梅对东山的爱确实是太多太深了，也觉得韩梅实在是太苦太可怜了。又想到东山心里对自己会不会像亲娘一样来关心孩子是有疑虑的，搞得不好因几个孩子的事会产生误会和隔阂。她越想越可怕，天刚亮就起床，一个人跑出去后就没有进房了。东山感到很奇怪，起床后走到厨房门口一看，袁瑜正在一个人烧火炒菜了。

东山开始并没有在意，只是走到灶门前帮着烧火。烧着烧着，东山觉得有点异常，袁瑜默默不语的，好像是在想着什么似的；明明昨天留下那么多现成的菜，她又在那里切新鲜肉。东山说："瑜妹子，那盆盆桶桶里还有很多菜呢，搞不好浪费了的。"袁瑜这才笑着说："我今天带着三个儿子去韩梅姐的坟头看看呢，想炒几个新鲜菜给韩梅姐尝尝呢！"东山眯着眼，微微地点着头，伤心和感动交集到一起来了，站起来走到袁瑜面前，将袁瑜紧紧地抱住，流着泪水在袁瑜的脸颊上轻轻地吻着。

到了坟前，袁瑜环视了一下四周的松杉竹木，默默地把篮子里的几样小菜摆在坟前，然后坐下来倒上两杯烧酒，一杯送近自己的嘴边，一杯平伸到墓碑前，说："韩梅姐，我不知你喝不喝酒的，我是从来没喝过烧酒的。我们是先后同一个丈夫的姐妹，常言道酒后吐真情，我就跟你说一次醉话吧！"

袁瑜说完，就将伸到坟前的酒倒了一点，自己这边的也喝一点，左手的倒完了，右手自己的酒也喝完了。然后放下两只杯子，用手掌抹了一下嘴巴眨了几下眼，喉咙里打了几个嗝，嘴里喘了几口气，脸上就露出红晕来了，眼神就有点迷乱起来了，双手叉在地上显得很累似的说："叫你姐姐也可以，叫你嫂子也可以。姐姐嫂子，你的志气和品德使我太感动了，我向你发誓：我不再生儿女了，若不带好这三个儿子长大成人，就让我到老来成孤人寡妇，流落街头而死吧！"

"怎能说那样的话呢？"东山连忙制止，"韩梅相信你会疼她的孩子的，一个孩子你是要生的，又不是养不活。"

袁瑜呆呆地将东山看了一阵之后，流着眼泪叹了一口气说："好，好，好，就按你说的吧。嫂子你相信吗？不过，以后让儿子们来你坟前做证吧。"

袁瑜跟东山结婚后，未遥从厨房里调到学校图书室兼管学校的大门，面子比过去好看多了；未通跟着袁瑜下到文化站，工作算是保住了。但对那两个坐牢的表弟没能帮上什么忙，对未辽的工作保留没有起到什么作用。超群对东山的态度又淡薄了些，有一次超群叫未通把袁瑜邀到家里来吃饭，席间当着袁瑜的面说："你嫁给东山是大错特错的事，他一个民办教师有什么能耐啊？东山沾了你的光，说穿点还是沾了我超群的光，东山如果没有我的人到他家里去，他有那么大的面子吗？你要是跟个县干部结了婚，那就不是这番光景了。你现在趁没有生孩子赶紧离婚，离了婚还可以找到比他强几倍的丈夫。我们是为你好啊，请听我们的话吧。"

袁瑜听到外公外婆说出这样卑鄙恶劣的话，感到非常气愤，她也就不顾家里任何人的面子了，放下筷子然后把碗一推冷笑着说："原来你们叫我来吃饭就是这个意思啊！但我不想嫁当官的人，也不想嫁发财的人，就是想嫁有志气有骨气有道德有能耐的人。我认定了东山是个能人，而且是个骨头相当硬的人。从他的少年时期说起吧，他父母搬到大山里去住，一个人走那么远的路读书，那山上跟他年龄相上下的人，不都是因路途遥远不愿读书而成了大文盲吗？他年纪那么小家里从来没有一分钱给他，还能砍柴换书看，这是谁能做得到的事啊！他利用星期天去东湾挑货，赚钱应付人情送礼的事；我认为他相当有志气，会菊富裕方圆五里没有谁比得过她家，多少人追着去做她的干儿子，她却追着东山做她的干儿子，还追到西岸来了，谁人不知啊！我和东山结婚的那天去各桌敬酒的时候，会菊拖着东山说话，我是亲耳听到的，这事是绝对假不了，你们到哪里去选这样的人啦！你们说个给我听听啊！让我去访访看看啦！"

"可以这么说，东山只要不是他双手劳动所得的，他在人家的钱堆里打滚，也不会黏人家一张票子走。他比那些得了人家的好处，趁人家快死把账簿都偷走的人，不知强到哪里去了啊！这相差的距离应该是一个天上，一个地下啰！还一点我必须提醒你们的，他苦到那种程度相当一部分是受了人家的害。比如他本来早就到国营里上班去了，有人把他调到鲁溪修国防公路去了，而把自己的外甥女弄出来顶替；第二次他找了几乎一圆桌的女对象，每次就把那些来察家舍的人拖到自己家里说坏话。这些他都清清楚楚，一次也不去报复人家，而且他的儿子还和东山在一个学校教书，他还以德报怨只分一门课给那个人，自己帮人家分担一半，这不是天下大德、大贤、大能的人吗？你去哪里能找个这样的人给我看看啊，我的外公外婆和舅舅舅母们！"

袁瑜滔滔不绝地控诉着超群一家人的罪恶，弄得他们拿着筷子扶着碗，低着头黑着脸，动都不动一下了。

袁瑜起身要走时，将放在椅子上的提包拿起来，用手拍了拍又用嘴吹了吹灰尘，然后用骄傲自豪的语气说："我和我妈曾经在一起谈论过这么一件事，我们这家人里我和我妈还有太婆的人生观是一样的，和你们就不一样了。我能和东山结婚，根本不在乎他的年龄、地位、再婚、家庭底子上的差别，我是和真正的男人结婚，不是和畜生结婚，我好幸福啊！请你们不要再做破坏我幸福的事了，这个家我会常来的，但不要只叫我一个人来吃饭了。因为我要伴啊，我一个人来跟谁说话呢？我跟你们又聊不上一句话，好孤独啊！"

袁瑜自从和东山结婚后，对东山的认识更加深刻了，尤其是在举行婚礼前想到的是为了自己今后工作的开展，他在婚宴文艺演出时拉那支《在月光地里》的曲子，既表达了对韩梅的深深思念，也是为了韩梅父母和兄弟姐妹们对自己的理解做了铺垫，使那边的人认为只有袁瑜同意他拉那支曲子，他才能放心地去拉。从而说明东山相信自己会看得起韩梅的孩子。她对东山的爱可以说是根深蒂固，而且是刻骨铭心的。

超群一家人对袁瑜的挑拨根本不可能动摇她的内心想法，反而加深对超群一家人的仇恨和鄙视。她还深刻地认识到超群这家人是江山易改本性难移的恶人，而且是卑鄙可耻不屑一顾的小人，以后尽量少跟他们来往。

# 八十三

九月下旬的一个下午，正是赣西北山区里的农民逐渐进入紧张的收割水稻季节，到处能听到农民手工打谷"咚咚咚"的声音。袁瑜独个儿坐在文化站的办公室里，手肘时而撑在桌子上，手掌托着下巴，时而又无奈地把手收回来放在两个膝盖上，想背靠一下椅子。椅子就"吱扭"的一声往后歪去，几乎像要往后倒一样，把袁瑜吓了一跳赶快站了起来，又去换把椅子，一连换了几把都是大同小异。她想找把铁锤和钉子来修一下，自言自语地说："没办法啊，连请个木匠都拿不出钱来，只好明天从家里带把锯子和一把刀自己来修理一下啊！"

这天文化站的七个人就有五个人请假回家收割稻子，只剩下袁瑜和未通在站里了。未通在机房里修理机子，其实她自己家里也要收割稻子了，只是东山不到星期六和星期天是没有空的。她自己也感觉到从长河县城的单位下到这岭南乡下，简直是从天堂下到地狱里了。开始的两三个月她感到很不习惯，无论是自己的单位还是自己的家庭都一样，她实在是有苦难言！

文化站设在乡镇那破烂不堪的影剧院里，人员虽然有七个，但国家编制的只有一个，这回她从局里再要来了一个，给了她的舅舅未通。其他五个人像东山一样是集体编制的，工资是由乡镇从各村和乡办企业以及个体工商户那里集资而来的钱，而且工资极其有限。他们为了生活不得不靠自己的辛勤劳动，从责任田地里捞到一家人的粮食和蔬菜，至于乡里发的这点工资，只能解决从街上买来的必用商品，应付偶发的寒暑病痛，打发一些人情礼物。因而这些人的工作积极性很难调动起来，文化和业务水平更是难提高，可以这么说，他们和东山在劳动上是一样紧张忙碌的，生活上的贫困也是大同小异，但是在学习文化知识和业务知识上以及工作态度上是远不能和东山相比的。

因为身临其境，袁瑜觉得东山确实是太可敬可爱了，她对东山除了敬和爱，还有深切的同情和怜悯。因而她对自己的员工们也不好提什么要求了，在这种环境中，只有自己多忍一点多做一点了。她也想大家多一点收入，也让大家过得轻松一点，但是她无法从政府那里要到钱，也无法给大家找到生财之路。从家庭到单位的境况，从东山的前途和自己的前途，她有说不清诉不尽的苦，又能对谁说呢？能对母亲说吗？不行，万万不行啊！母亲失去了丈夫后，生活上的苦精神上的苦比自己还多呢！能说给东山听吗？不行，也万万不行，只有减轻了他的各种负担，他才能振作起来，发展得更快些。其实她也感觉到东山在为自己着急呢！不然的话举行婚礼之前，他为什么提出要搞文艺演出呢？现在回想起来东山的想法是完全对的，在婚礼之前很多人见她长得这样漂亮，总跟她开那些下流猥亵的玩笑，举行婚礼之后人们对她刮目相看了，投来的目光是尊重的甚至是敬佩的，这对于今后的工作迟早是会起到一定的作用。

她来岭南将近半年了，工作上还是一筹莫展啊！她想在这安静的时候看能不能从书报上找到一点启发，于是她拿着一张《中国文化报》，只好走到靠墙壁的长椅子上去坐。她刚好坐了下去，就听到外面有脚步声越来越近了。

来人还只到大门前的地坪里，就大声叫了起来："站里有人吗？"

袁瑜立即起身应道："有啊！"

"是袁站长吗？"那人顺着声音走到了房门口。

" 是啊。"袁瑜微笑着迎了上去一看，才知是寨上村的支书秦永刚，连声道："哟！是什么风把秦大支书吹到我的寒站来了。"

"我是无事不登三宝殿，求你来了啊！"秦永刚是个直性子的人，一边说着一边走到办公桌前想拖把椅子坐。

袁瑜连忙走上前去拉着秦永刚的手臂不好意思地说："哎，哎，请到这边长椅子上来坐，那些椅子眼看要散架了，等我明天从家里带工具来修理一下才能坐的。"

秦永刚还是不信，笑着说："袁站长是不是怕我坐坏了你的宝座，难道这几把椅子都一样吗？让我来试试看。"说着，看也不看就把那把最烂的拖过来了，把提包往腋下一夹就坐了上去。由于他身子比较重加之过于用力，椅子"啪"的一声，连椅带人仰着倒在地上了。秦永刚极不好意思地爬了起来，用手拍着身上的灰尘。袁瑜连忙从报架上取下毛巾，帮着秦永刚掸掉身上的灰尘，笑着说："这叫作不听忠臣言，吃亏在眼前哪。"

秦永刚还是将另外几把椅子提了提摇了摇，都是差不多的样子，摇了摇头笑着说："那你们平时是怎么坐的呢？"

袁瑜就端了一把椅子来，像是吊起屁股笔挺地坐的样子给他看："就是这样坐的啊！"

秦永刚摇着头竖起大拇指苦笑着说："你真了不起啊，听说你为了爱情放弃长河县那优越的条件跑到这么艰苦的乡下来。"说着就和袁瑜一同坐到靠墙的长椅子上去了。

"今天来啊，确实是有件事要求你这位大才女帮忙了。我们寨上村有一个姓熊的名叫远鹏，早年就到河南郑州去了，这几年发大财了。前些年只要他听到谁家遭了灾难，都寄钱回来帮助的。有谁患了大病没钱治疗，他就寄钱来直到治好为止，哪家人放孩子读书不起了，他就包了下来直到那孩子读完书，或是自己不想读了为止。这回他舅舅病了，他回来看望路过他小时候读书的学校，看着那破烂不堪的学校连连摇头，竟然答应一次拿出二十五万块钱，叫村上重建一幢钢筋水泥结构的教学楼。他要我们马上就动工，他说元旦他舅舅的儿子结婚时还会回来一次，他热爱家乡的感人事迹确实是太多了。我听说你们夫妻两个是大文豪呢！我有这么两个要求想你帮忙啊。首先是请你到我村里调查访问一下，帮写一些文章寄到省市县的电台、电视台或报纸上去发表，大力宣扬一下；其次是把那些调查访问来的材料编成各种各样的剧本，让文化站的人排练一下，到元旦竣工剪彩的时候演出来。行吗？"

袁瑜想起举行婚礼时东山要搞一次文艺演出，这招真的见效了，两眼放射出光芒来，欣喜而又爽快地说："好！我答应了。就怕演不好，出了你秦大支书的丑呢！"

"哪会呢！"秦永刚双手在大腿上一拍，连忙站了起来握着袁瑜的手说："袁站长真是爽快人，我也表个小小的态啊，半个月以后，办公室里的这七套桌椅全部给你送上新的来，就算我们的一点意思吧！"

"想不到秦支书是及时雨啊！"袁瑜也站了起来，拍着秦永刚的手臂说，"那就谢谢你啊！"

秦永刚也在袁瑜的手臂上一拍说："只要你们先把文章发表，再把文艺节目一排，那后面的好处就用不着我们村里来出了。他出手也不会像我们这样小气啰！"

# 八十四

这天下班后，袁瑜装着很严肃认真的样子，用指头戳着东山的脑门说："我老实地跟你说，正如我们余局长说的，你的老公是个很有心计的人，你得防防他呢！今天果然见效了吧。"

东山被袁瑜搞得糊里糊涂的，说："我的瑜妹子，我有什么把柄被你抓住了！你用这样吓死人的态度来对待我啊！"

"把柄是没有，麻烦的事是不少啊！"袁瑜还是很严肃认真的样子。东山被袁瑜的样子和神态吓住了，睁大眼睛呆呆地看着袁瑜。袁瑜看着东山被吓呆的样子忍不住了"噗"的一笑，说："你别吓成这个样子了，只要你认真想点办法，马上就有好事来了呢！"

袁瑜把当天下午的事说给东山听了，东山听了没有笑也不说一句什么，只是默默地点着头，许久许久之后才微微地笑了。袁瑜收起了笑容，认真地说："你笑什么啊？"

东山把袁瑜拖了过来坐在自己的怀里说："我是笑你这位强将手下尽是一些弱兵呢！"

袁瑜想到文化站的几个员工，都是一些只能做挖挖坑、树树电杆柱、架架线的人，苦笑了一下又很自信地说："我的两步也都走对了吧，一是找你这样的男人做老公；二是按毛主席的策略放弃城市下到乡村。如果不这样，那我这一辈子就不能和丈夫过着平起平坐的日子了，就只能依靠着丈夫的地位，过着忍气吞声低三下四的日子了。这就是我选择婚礼时演《夫妻双双把家还》这个节目的心意了。你懂吗？"东山摇了摇头。"你懂个屁。"袁瑜一边说着一边用指头戳着东山的鼻子，然后哈哈大笑起来。

"不要笑了，"东山在袁瑜的嘴上亲了一下，"现在让我来说说下面应该走好这盘棋的几个步骤吧。"袁瑜立即起来找来笔记本、笔准备记录了。东山就笑着说："真是好笑呢，我又不是领导干部，你何必要这样认真，记什么啊？"袁瑜笑着说："你就是站长，我就是职员。你说，我听你的啊！"

东山左手掰着指头，右手指着左手掰着的指头数着说："第一，我们利用几个夜晚到寨上村里采访一下，写一些通讯报道寄到电台和电视台播一下，也寄到报社去发表；第二，把这些通讯报道改成故事，你去刻印一下做第二手资料；第三，你将我写的故事试着改为快板书、小品、相声和小剧本，也都刻印出来，这是第三手资料；第四，我去把全乡几个喜欢唱茶戏的朋友叫来，看他们能用什么方法来演了；第五，我去中学和小学看看，把这些节目拿给他们看，看他们会选择哪些；第六，你去长河县文化局和群艺馆找几个会作曲的人，给我们的歌词配曲，但目前不能告诉我们县里的人；第七，我们要多到小学、中学和茶戏班里做辅导。你们站里的几个人暂时不去靠他们，也实在是靠不了的。你说呢？"

"好，好，好！妙！妙！妙！"袁瑜一一记录下来又看了一遍后，拍着手高兴地叫了起来。

当用几个夜晚去寨上村采访以后，写稿的事由东山包下来了。袁瑜忙着做家务事，当稿子写完后，袁瑜白天上班就带着东山写的稿子刻啊、印啊，又试着怎样改成各种小剧本，忙个不亦乐乎。尽管这样忙，袁瑜成天比手画脚轻轻地哼着歌儿，许多人背地里议论着说："袁站长最近那么忙还总是手舞足蹈地哼着歌儿，不知她有什么高兴的事啊！"

中秋的夜晚，一轮明月在云层间穿行，时而出来，时而又进去。一家人在地坪里吃饼赏月。大儿子基石指着月亮说："妈妈，你来看啦！那月亮往外婆那边走去了，走得好快啊！"

因为袁瑜曾经对孩子们说过长河在西边，孩子们知道外婆是在长河那边的。袁瑜笑着说："不是月亮走得快，而是云走得快。"

"那外婆那边也有月亮的吗？"大儿子又好奇地问。

"有的，它也可以照到外婆家的。"袁瑜为孩子把她母亲当外婆了，心里感到非常欣慰。

二儿子拿着一个饼送到袁瑜的嘴边，说："妈，你也吃饼吧！"

袁瑜更感温暖，在孩子们的脸上各亲了一下，将送到嘴边的饼咬了一点点，说："好了，妈已经吃了啊！"

二儿子将饼一看，觉得一点也没吃，又送到她嘴边来说："没吃，没吃。"

袁瑜就真的咬了一口含在嘴里，用额头顶着基磊的额头久久不动了。心想：跟孩子们的感情终于建立起来了。这段时间以来，她常带着三个孩子往两个外婆家里走。她在韩梅父母面前依然亲亲切切地叫爸啊娘的，弄得韩梅父母感到特别亲切，不仅对三个外孙的生活非常放心，也把袁瑜当亲女儿看了，逢人就夸袁瑜不仅是有素质的女人，而且是有良心道德的女人。而玉芳呢，她本身就是跟孩子打交道的人，对三个外孙的亲近就更有方法了，弄得孩子们对玉芳还更有感情些。

"妈呀，外婆一个人在家里，有谁给她送饼吃吗？"大儿子基石依偎在袁瑜身边，把一个饼送到袁瑜嘴边。

"她自己会吃的。"袁瑜把含着的饼吐了出来说，然后仰望着天空那从西边不断飘来的云，就呆呆地不动了。东山就知道她在想母亲了，心里就有一种疼的感觉。他总觉得玉芳对自己的关心爱护胜过自己的亲娘，就端着椅子走了过来坐着，深有感慨地说："有句古话说：燕子衔泥空费力，带大儿女各自飞。丈婆娘这个时候一个人在家里多孤单，你还是做做她的工作，叫她和我们在一起吧。"

夜深了，孩子们都睡觉去了。袁瑜深情地看着东山，她也理解东山爱丈母娘超过自己这个妻子的心情，薄薄嘴唇张了几下话没说出来，却呕起来了。东山连忙一手在背后扶着袁瑜，一手在她的胸前往下拂着，心疼地说："唉！做个女人真难啊！尤其是做我的女人。这回你就留着他，把他生下来吧。"

袁瑜用餐巾纸抹了一下嘴唇之后，双手吊在东山的脖子上，仰着躺在东山的怀里摇着头说："不行啊，这三个孩子还这么小，你又没有考上国家编制的时候又去生孩子，那不真是给我外公外婆看死了。"

说实话，在考数学的这方面东山确实是不行，今年去考了一场又差一点。县文联的朋友对东山说："你既然屡次因数学卡壳，干脆去参加大学函授专科，等拿到文凭后再去参加别的部门考试吧，现在有专门录取文科毕业生的工作岗位。"东山认为有道理，回来跟袁瑜说了。袁瑜也说只有这样做了。于是东山就参加了电大中文系的函授，三年学完。袁瑜为了让东山学课程，家务事都包下来了，自己怀孕了两次都引产了。东山觉得袁瑜为自己牺牲太大了，感动得把脸贴在袁瑜的脸上直流泪。

"不要难过。"袁瑜用嘴紧贴在东山的嘴上，使劲地亲吻了一阵之后，说："你帮我不是一样拼命吗？"

# 八十五

秦永刚说半个月后七套桌椅就会送上门来的话，二十五天都过了还没有兑现。题为"熊远鹏为家乡建校捐款二十五万"的报道文章十日前已在县级的电台和电视台播放了，八日前在市级电台和电视台也播放了，题为"家乡的大树"的散文五天前也在市级日报的文学副刊上发表了。未通说："你们吃了这么大的苦，上了这些人的当，下次不先给钱就不要给人家干了。"

"怎能这样说呢？"袁瑜一边拿刀在削木锥子钉椅子，一边说："搞宣传本身就是我们的职责，我们这方面的工作做得很不够呢！这还好得东山在帮我的忙呢！其实他自己都忙得不行呢！舅舅啊，你是站里唯一的笔杆子，今后你也要在这方面多动动笔啊！哦，我还得去中学和小学那两边走走呢！中学已经答应了排练八个节目，小学答应了七个，茶戏班里答应了两个，寨上完小也答应了三个，我和东山准备了四个。够我们忙的了，往后站里的事还得要你多吃点苦呢！"

下午四点半，袁瑜骑着自行车来到了中学的礼堂里，文艺队里的师生正在那里分成几个小组排练节目，靠墙角的地方摆了一台古筝。郑老师正在调试着琴弦，但那弦音总也调不准确。他们看到袁瑜进来了就一下子围拢过来，一个个高兴地叫了起来："袁站长来啰！"

郑老师说："这台古筝是董老师的，他教了我们一点点，谁也没有学会，他就调走。学校里就把它买下来了，后来几个会弹了一点点的又调走了，就搁在房里荒了几年。听说你用古筝弹奏的《高山流水》跟电视里那些高手相差无几，大家都说只要你愿教大家，那今后搞文艺的人就多了。"

袁瑜想到自己站里几个人没一个有文艺细胞的，都是大老粗，靠他们是干不出任何成绩的。没想到现在竟然找到了另一条路子，就高兴地伸出勾着的小指头说："真的吗？那我就来干了。"

"怎么不是真的呢？"大家一个个都伸出小指头来勾，袁瑜也一个个和大家勾了。然后就兴奋地走到古筝面前坐着，调准琴弦后就弹起《高山流水》的曲子。袁瑜那大方得体的气质形象、娴熟老练的琴技以及优雅动听的琴声，把正在自由活动的师生们都引进了礼堂。大家都在静静地一饱耳福时，门口传来几个人的喊叫声："袁站长，我们来了——"袁瑜全神贯注地弹奏着，几个找她的人挤到她面前来了，站着不动静静地欣赏这美妙的琴声。

当袁瑜把曲子弹完后，礼堂里爆发了雷鸣般的掌声和喝彩声。

"太好了！太好了！我们有高师教了！"

"我也要参加文艺队！"

"我也要参加文艺队！"嘈嘈杂杂的叫喊声，此起彼伏。

秦永刚用手指着正在低着头调试琴弦的袁瑜，很自豪地说："这个就是袁站长！袁大高师！"

"哟！"袁瑜被这突然的高声叫喊吓了一跳。抬头一看，惊喜地站了起来微笑着说："秦支书，你怎么能叫我大高师呢？你是到这里来看孩子的吧，孩子读初几了？"

秦永刚上前亲切地握着袁瑜的手说："不是，我们是特意来找你的呢！想不到你的才艺这么多，又这么高啊！"

袁瑜微笑着摇摇头说："我这也能算才艺啊，你还很会哄我呢！秦大支书有什么事，尽管吩咐，只要我能做的事一定照办。"

秦永刚看了看周围，这么多老师和学生一个个嘟着嘴板着脸很不高兴的样子，就猜可能是要袁瑜教弹琴了，都嫌自己来多事了，就不好意思地说："真不好意思，这不仅仅是我有事找她，还有北垴村的刘支书也有事找她，请各位老师和同学们原谅啊！"

袁瑜也觉得不好意思离开，带着歉意看了看老师和同学们，眨了眨眼睛然后笑着对秦永刚说："能在这里说吗？我还刚来呢！其实他们也是够忙的，他们也是利用课间来帮我们排练节目的。"

"啊！"秦永刚微笑着向老师和同学们招着手，说："那就谢谢大家啦！实在抱歉，我们还真是有事要袁站长回去一下呢！请大家原谅啊！"

在路上，几个人只是称赞袁瑜夫妻俩怎么有文采的话，东拉西扯的并没有说有什么事要求她。袁瑜心里就猜可能是送桌椅来的，脸上却笑着说："秦支书总会哄人的，这点小事怎么能说有才呢？又不是什么大文章，在收音机里听过了的就是耳边风，在报纸上看过了就只能拿来揩屁股的东西，那也算有才吗？如果印成了书又能流传千古的文章，才算是有才啊！"

到了文化站的厅堂里一看，七套崭新的桌椅几乎摆满了。秦永刚面带歉意，笑着说："本来是过半个月送来的，但一时找不到好木板，湿板怕以后再裂缝，所以多拖了十日。"然后走到最里面一张又宽又长的老板桌面前，将桌子一拍说："袁站长，这是给你的桌子。你过来看看，保证你当镜子可以梳头呢！过来看看啰，中意吧。"袁瑜走过来一看，随着自己的头一低，本来披在肩背后面的头发一下子溜到胸前来了，而且自己的脸被照得清清楚楚的。袁瑜就说："这做油漆的师傅真高明呢！"刘支书到这时插嘴了，说："袁站长，你可知道啊！这是文才的'才'换来的宝贝的'财'啊！还是文才的'才'好啊！永远不过时，宝贝的'财'是不过久的。"

秦永刚笑着说："你这位'才神'又招来了一位'财神'呢！而且是一尊有权的'财神'呢！今天的刘大支书就是来求你的这个'才'的呢！"

"不好意思。"袁瑜招呼着几个来人说，"请各位先到办公室里坐下吧，只要做得到的，我一定遵照执行就是了。"

几个人就跟着袁瑜进了办公室，秦永刚连忙掏出烟来给几个抬桌子的人每人发了一支，说："你们如果有事的话，可以先到街上走走啊！我们的车子就停在文化站的门口，你们办完了事或买好了东西的话，就到这里来找我啊！"

那几个抬桌椅的人估计秦永刚有什么事不想让大家知道，你看看我，我看看你，眨着眼扭着嘴转身都出去了。袁瑜看着搓着手欲言又止的秦永刚，说："秦支书，桌椅是我们到了急需要买的时候了，但是目前我们能买得起吗？这不是逼着我们厚着脸皮去超前享受吗？好，既然给我送来了，那我们也就只好勒紧裤带买了吧，一共多少钱啊？"

"哦嗬！"秦永刚装着闭着眼睛把头往后一仰，像是吃了一惊而又无奈的样子，说："我秦永刚的胆子也真够大的了，敢逼袁站长购买办公桌椅啊！你袁站长想买的话，还不能让你自己去选吗？袁站长我们不开这个玩笑了，等下刘支书还有事要求你呢！我们不如长话短说吧，你为了我们寨上村大力宣扬熊远鹏的事迹，既要调查又要写稿，特别是为教学楼竣工庆典筹备文艺节目，每天是东奔西走、劳碌奔波啊，我们送这点东西简直是微不足道的事。我也理解你们的难处，我问你筹备这些文艺节目到底要多少经费开支，你给我交个底吧，这钱是不要你们来负担的，我想熊远鹏这么一个大方人是不会计较这点的。"

袁瑜愣了一下，脸上露出了为难的神态，说："说实话啊，为了把这件事情办好，我确实有难处啊！文化站虽然有七个人，会搞文学艺术的只有我一个人，幸好我有丈夫东山的帮忙，不然的话我什么事也做不了。小学和中学这两个单位是不会要我们多少钱的，只有给点鼓励就够了。我和东山也不会要什么的。关键是茶戏班里的这些人，他们都是一些养家糊口的主要劳力，一日不谋一日不食。我也拿不出钱付他们的工资，只能是鼓励他们利用雨天和夜晚，他们这些人都是比较分散的，聚拢一次也确实是不容易啊！每聚拢一次连伙食费都没办法解决，大多是他们轮流做东请客，我也觉得很不好意思了，总不能老让他们得不到工资还要自掏腰包付伙食费了，于是就只好尽量减少站里的开支，到饭店里给他们买单啰。现在就因这个制约了文化事业的发展了，唉！难啰！"

秦永刚和刘支书听了后，伸长脖子轻轻地长长地叹了口气，说："理解，理解啊！难怪你们这么穷的，真是难为你啊！"说着就从提包里拿出一叠钱来，接着说："这五千元算是给你们的酬劳费，请收下吧！"

袁瑜把钱一推，摇着头说："这钱我是不能收的，如果你们能理解我的话，到演出结束时，我把他们一共耽误了多少工夫分别写个单子给你们，由你们用什么法子酬谢他们都可以，免得我难为情，就算是对我工作的大力支持了，这桌椅我就先受禄后立功了。好吗？"

秦永刚觉得很不好意思，迟疑了一下还是把钱推了过去，说："袁站长，我跟你说实话，这钱不是我们村里送的，是熊远鹏叫我送给你的。你就收下自由支配不好吗？"

袁瑜笑着说："如果说他熊远鹏真的想资助家乡文化事业的话，他可以跟我们打个电话或写封信来，把钱直接汇到我们文化站，那我们才有脸面啊！这样做我就成了收黑钱，你说我有脸面吗？"

刘支书在一旁听了，连连点头说，"对，对，袁站长说得很有道理。可以看得出袁站长是个很有骨气的人，这真是合了那句古话，贫贱不能移。佩服，佩服啊！"

袁瑜用敬佩的眼光看着刘支书，心里想：秦永刚送这么多钱来，不瞒这位刘支书，看来他们是知心通气的好朋友，就笑着说："刘支书，听秦支书说你也有什么事要我去做，我做得了的话，你就尽管说吧。"

刘支书用手将秦永刚一指，笑着说："我的事和他的事大同小异，他的事你做得了，我的事你也做得了。你刚来这里不熟悉，我们岭南这个乡有十九个村，最远的就是我们北塅村，离镇上有三十华里，至今还只有一条机耕道，连电都没有通啊，相当的贫穷落后。然而那里却出了两个大能人，男的在省委组织部任部长，女的叫郑德香，她在市里办了一个大公司，两个人先后丧偶，现在结婚了。两个人都想帮助家乡，前年为家乡建中学就捐了二十万元，到现在还没有给他们宣传一下呢。这次又捐了五十万买电杆、电线、变压器，凡是安装电的一切设备全部包了，还把到各家各户房里的电线、灯头、灯泡、开关都买齐了。你说惊人吧！我就是来求你帮忙写文章到电台、电视台和各种报纸上大力宣传一下的，行吗？"

刘支书的话把袁瑜惊得眼睛睁得老大，全身激动得颤抖起来，然后用手在膝盖上一拍，说："太惊人了，这个事当然要做啰！惭愧，只是这个事要我东山来做的，寨上村的文章包括这些文艺节目的材料都是他写的啊！"

刘支书也感到非常吃惊，连连摇着头说："今日不听你说，我还不知道呢，你们真是郎才对女貌啊！佩服啊，佩服！袁站长，不好意思啊，我今天什么愿也不敢许啊！"

# 八十六

要吃晚饭了，乡党委书记林岚风的女儿林晓霞坐在脚踏风琴前，把一张《高山流水》的曲谱放在琴盖板上，一边用脚踏着拍子，一边摇头晃脑地唱着；时而闭着眼睛左手在琴盖板上不停地弹着，右手在盖板的右边反复地打着圆圈，好像陶醉在某种境界里。林岚风叫了几次吃饭，她还是闭着眼睛摇头晃脑地比画着。林岚风就跑过来捏着她的耳朵，说："我叫你吃饭，叫了几次，你理都不理睬一下，是聋了吗？"

她嘟着嘴说："你要我吃饭是可以的，你得答应我一个要求啊！爸爸。"

林岚风一把将女儿拖了过来，按在饭桌的椅子上，说："你提出的要求我何时没答应过你啊！只差天上的星星和月亮我拿不下来，你可以边吃边说嘛！"

"真的啊！"林晓霞捏着筷子撒娇地说，"这是地上有的，不会有摘星星和月亮那么难的。只要你去帮我买架古筝来就可以了。"

"我的晓霞想象就是这么丰富而又幼稚。"林岚风夹了一片辣椒放进口里，点着头很有劲地嚼着吞下去，然后拍着林晓霞的手说，"在这乡下买架古筝有什么用啊？没有人教拿来摆样啊？等我调进城里了，一定给我宝贝女儿买啊！"

"呜呜！"林晓霞放下筷子把碗一推，说："马上就得给我买，我有老师教了，而且是很高明的老师呢！她弹的琴比城市里的琴师还差吗？就即使在县城里你也找不到这样的高师呢，除非你能调进上海、北京那还差不多。"

"哟！"林岚风把捏着筷子的手停在菜碗上面，眼睛睁得大大地看着晓霞，感到很吃惊的样子，问："我来岭南这大山沟里已经七年了，十九个村子都走遍了，还从未听说过有什么金凤凰的，你是哪里发现的啊？"

"那倒是真的啊。"晓霞用手往肩背后一指（因为文化站就在晓霞身背后的那个方向）说："就是文化站的那个袁站长啊！因为她每隔一天就要到我们学校指导学生排练文艺节目，她指导我们排练的节目多好看啊。有些老师说她用古筝弹奏的《高山流水》更好听呢，就要她来教大家弹古筝，只要她愿教，大家就愿参加学校的文艺队。于是她就每次来导演，大家就要她先教弹古筝，她弹得多好啊！每次那个礼堂都挤满了人，于是我也参加学校的文艺队了。"

"嗬！"林岚风并没有夹菜，却把筷子收回来了，放在膝盖上惊讶地看着女儿，摇着头认真地说："我是没有亲眼看过，倒是去你们中学里听过一两次的，我还以为是你们放的带子呢！啊！原来是外面飞进来的一只金凤凰，那你们这段时间排练节目，是要去哪里参加文艺汇演吗？"

"不是。"晓霞连连摇头说："听说是寨上村有个在外面发了大财的熊远鹏，为家乡做了许多好事，这次居然出了二十五万帮村里新建一栋教学楼，元旦就要竣工剪彩的。那个熊远鹏会回来参加竣工剪彩，因此寨上村要求袁站长帮指导排练几个节目出来庆典呢！你还不知道吗？"

"嗬！"林岚风大梦初醒的样子，连连点着头说："难怪那个熊远鹏经常给家乡送钱，原来是秦永刚的主意，这确实是个好法子，调动了家乡在外面的商界精英为家乡搞发展，文化确实对经济发展有着不可估量的推介作用。"林岚风皱着眉头好像在回忆一些事情似的，然后又说："不过我觉得袁瑜这个人很奇怪，来了这么久，除了去乡里参加各种会议，从不主动去找主管领导汇报自己的工作成绩，也不去向分管领导申请经费，看起来什么成绩也没有，什么工作也不干似的。想不到她偷偷地干工作，将来成绩一定会惊人的呢！厉害，厉害啊！"

林岚风的老婆叶蔚捏着筷子点了一下老公的脑袋，然后对女儿说："你爸爸这只大骚牯就想袁站长经常去找他呢，你是癞蛤蟆想吃天鹅肉了，人家若是那种人的话，还会找你这只山里的兔子王？听说她老公相当有才气呢，她不需要向你汇报，也不需要去向你提什么要求，你就别做这个美梦了。"

"好了，好了。"林岚风皱着眉头看了一下叶蔚，然后用讨好的口气对女儿说："你娘这张嘴像把切菜的刀，嗒嗒嗒的一下都不停。既然你有这么好的老师教，那我星期天就给你买一架来就是啰！"

"这才是好爸爸呢！"林晓霞端起碗来，高兴地吃饭。

林岚风收敛了笑容，严肃地说："正因为她有姿不献姿，有色不卖色，我就更要重视她。反正她是为家乡的文化事业和经济发展而拼命工作，真是令人敬佩。"

# 八十七

在东山和袁瑜卧室的窗子边，并排摆着两张写字台，说是卧室又像是办公室。

东山没和袁瑜结婚之前，这间房是书房，他们结婚以后的，袁瑜是在卧室里看书和写字的。自从写寨上村的文章后，东山看书和写文章的时间就更长了。东山的桌子上摆着函授大学中文系的课本和笔记本、文学艺术写作方面的丛书和手稿、教材参考资料以及课时计划，这三方面的书籍他是非看不可的，文稿他也是每天非写不可的。

以前和韩梅在一起的时候，重点放在解决生活上的危机，所以要充分利用一切机会搞好生产劳动。现在不同了，有袁瑜一个人的工资完全可以解决一家人的生活问题，现在的重点由生活转移到解决两个人的前途命运了，也就是说由体力上的劳动改为脑力上的劳动了。其实脑力劳动比体力劳动要辛苦得多，东山晚上经常一个人趴在桌子上不盖被不加衣服就睡着了。袁瑜看到这个样子就感到心疼，几次她都像抱睡熟的孩子一样把东山放到床上的。

当然袁瑜每次去抱东山，只要袁瑜一动东山就醒了立即挣扎着要下来。袁瑜总是轻柔地说：别动，你给我听话啊！

后来袁瑜也把桌子搬过来了，还在房里加了一张床。这样，只要孩子睡着了，她就可以陪着东山一起学习和写作了。近段时间，她把东山剧本的唱词谱上曲子。尽管东山作过《在月光地里》的曲子，但是在给歌词配曲方面，袁瑜是经过专业训练的，比东山强多了。

桌子搬过来后既有好处也有坏处，好处是能及时照顾东山，有些时候要和东山一起探讨的东西也及时些，还一个好处是两个人在一起互相看着心里就有一种甜滋滋的感觉；但是也有一个坏处，袁瑜做的事就是打不离手唱不离口的，只要一看到那些剧本口里要唱手脚就要比比划划的，不这样做的话就记不牢词曲，而东山的事要静下心来闷着头才能做得顺畅，因而他们两个人所做的事一个要动一个要静，恰恰相反。有些时候袁瑜兴致来了，不仅仅是口里要唱，而且要手舞足蹈起来。东山能够理解袁瑜的心情，白天上班的时候课间只要把作业批改完了，一些该做的案头事做完了，他就会把自己要学的课本拿出来尽量多学一点，腾出晚上学习的时间来帮袁瑜做好文艺节目的编写。

最近几天，东山把散文《家乡的大树》改编成了茶戏剧本《大树底下的欢乐》。袁瑜看后觉得立意好结构也巧，但是又觉得不完全像茶戏，更像一个话剧剧本。为了变成真正的茶戏剧本，就必须添加一些唱词。为了使唱词和曲调相适应，东山按照固定的茶戏腔调写了唱词，但总是出现不合韵律、不合平仄节奏的语句，这就会给袁瑜配曲带来麻烦。为了去迁就曲子，往往会出现新换来的词语又没有旧文句的准确，也真够头痛的，弄得东山头晕晕地趴在桌子边睡着了。袁瑜一直埋着头在那里做事没有发觉，没想到东山趴在桌子边上的左手一滑，身子往左边一歪差点摔到地上去了，把东山吓得叫起来。袁瑜开心地哈哈大笑起来，说："像掉到深渊里去了一样吧。瞌睡的话，你就去睡啰！"

东山站起来，来回走了几步，双手握着拳头伸了个懒腰说："我被刚才一吓，像武松在景阳冈被老虎一惊，酒已经全醒了，没事了。"这也真怪的，东山坐下来后竟然一下子就修改出来了，精神抖擞地将唱词交给袁瑜，说："袁老师，这回总算合格了吧。"

袁瑜兴奋地接过去笑着说："现在该是我做的事了啊！"口里却轻轻地哼着黄梅戏《天仙配》里《夫妻双双把家还》那后半段里的唱词："你耕田来我

织布，我挑水来你浇园。寒窑虽破能避风雨，夫妻恩爱苦也甜，你我好比鸳鸯鸟，比翼双飞在人间。"

东山被袁瑜那甜美动听的嗓音和那红润动情的神态吸引住了，瞪着眼张着嘴木呆呆地盯着袁瑜入神地看着。袁瑜把唱词看完后往桌上一放，突然看到东山这样一副神态，莫名其妙地问："东山哥，你这是做甚啦？这么呆呆地看着我，不认识了吗？看得我怪不好意思的，神经病。"

东山回过神来不好意思地摇着头："我没有神经病，你确实是太美了，太美了啊！"

袁瑜走了过来面对面坐在东山的膝盖上，双手捧着东山的脸歪着头笑着说："你还要说不是神经病，那又是什么病呢？"说着就在东山的嘴上亲吻了一下。

东山像醉了似的眯着眼。喃喃地说："我的瑜妹子，大概我是得了爱迷病吧。"

袁瑜将东山紧紧地抱着，用嘴对着东山的嘴使劲地吻着，然后说："这么久了，你还没有爱够吗？你办事是常胜将军，你写什么就成什么，你写北塆村的文章不但在市级报纸上发了，还在省级的报纸上发了，我的大文豪老公哟，我爱死你啦！"然后将手插入东山的胯下用几个指头轻轻地按摩着，说："其实你在这方面是个好相，老是我手下的败将呢！"说完又吻了一下，轻柔柔地说："今夜就不写了，你说你得了爱迷病，那我就要看看你能迷多久啊！"

他们又要开始搏击性爱了，东山又从床头柜子里拿避孕套。袁瑜就说："不用了，我宁可过后吃打胎药，隔靴搔痒的事情我不喜欢做，来吧！"

袁瑜摸清了东山的性子，没有向东山提出什么要求，任由东山自由缓缓地进行着，好长一段时间来他们没有像今夜这样痛快过了。幸福甜美了一大阵子，袁瑜依偎在东山的身上说："东山哥，我看得出你心里的想法，总认为你年龄比我大，结过婚又有三个孩子，家庭条件差，自己又没有转正等等，而我呢，年轻美貌又是国家正式工作人员，在乡村里有一技之长，相比之下，我们的差距很大很大，对吗？其实这是俗人的眼光。说实话，如果我在城里嫁一个有权或有钱的人，生活过得比人家好，人家会说我凭色相吃饭，根本无法施展自己的才华，那样的生活不值得炫耀。我和你在一起虽然也依靠你，但我是依靠你的才学而不是你的权力，依靠丈夫的能力是我的面子，这不是我的光荣吗？你还猥琐什么呢？"

东山把袁瑜翻下去，俯在袁瑜的胸脯上使劲地亲了一阵子之后，说："我佩服你高远的志向，你的境界很高啊！你不需要很长时间就会高升的，我正想帮你做体现你人生价值的事呢！我们家乡有许多地方特色的文化，现在被电视和电影取代了，没有人去演练多可惜啊！如果把这些传统文化收集整理出来，请那些老艺人出来教一教，这成绩就是了不起的。到那时你出去了，我也就高兴了，就无愧于你的爱。"

袁瑜撑着爬了起来按亮了电灯，赤身裸体地扎着拳头说："我袁瑜拼搏并不是为了自己出人头地，而是为了体现我们俩共同的人生价值。如果命运安排你永远出不去，就算有人要调我出去，哪怕是一万匹马力的机器也拉我不动，我会永远与我的董郎相伴在一起的啊！"

东山也赤身裸体地坐了起来，紧紧地抱着袁瑜，无限深情地亲吻着袁瑜……

# 八十八

元旦那天的天公很作美，本来到了三九天的时候天气是非常寒冷的，可是天空像刚洗过的玻璃一样蔚蓝蔚蓝的，太阳好像要来看寨上新建的教学楼竣工庆典似的，地面上也不起一丝儿风，暖烘烘的，真跟春天来了一样。

三层高的教学楼在矮小的民舍村居中鹤立鸡群，高高大大，魁魁梧梧。各村和镇上各机关单位送来的贺联几乎把学校墙幕全盖住了，远远望去一片通红。屋顶上插着七面彩旗，如果起风了那就壮观极了。

庆典台就设在领操台上，此时台上摆了一长排的桌子，台上从最中间起分别向左右按官职级别的顺序依次排列。不过熊远鹏还是被推坐在第一个位置上，乡党委书记林岚风坐在第二个位置上，县宣传部里来了一位葛科长，文化局来了一位副局长和电视台台长，还有几位摄影记者。

领操台下面的操场是一个大会场，这天来的人还真不少呢！当然寨上村小学的人数是不多的，连老师都不到二百人，可是寨上村的群众却来了八九百人，他们不完全是为了赶来看热闹的，有相当一部分人是出于对熊远鹏的尊敬而来的。尤其是那些得过他好处的人，连走路不方便的人都来了。还有邻近几个村子里的人，那里面也有熊远鹏的亲戚和朋友，他们今天感到很是自豪。除了这几种人外，还有中学、小学和茶戏班的人，哦，还有那些会唱山歌的人以及那些民间搞艺术的人，当然还来了各村和各机关单位的一些负责人也有上百人，各种各样的人加起来足有一千五百人左右。在这样一个山寨里能聚集这么多人，确实是史无前例的。

当天早上，工作人员已用石灰将操场划分成了若干个长方形，并用石灰写了各单位所坐的位置。庆典会未开之前，为了避免群众乱坐，先让学生进入自己所坐的范围，整齐划一地坐好。参会的群众也找到自己该坐的位置坐好。会场上虽然不是很乱，但嘤嘤嗡嗡小声说话的声音到处都有。

东山和袁瑜分别站在学生队伍里维持秩序，等待着上台表演。当宣布会议开始时，先举行升旗仪式，接着鼓号队上台再绕场庆祝。东山站在小学生队伍后面指挥。袁瑜站在中学生的队伍里，老师把她当作是同事，学生把她当作是自己最亲近和敬爱的老师。她好像就是中学里的人，而不是另一个单位的什么人，更不是一个什么文化站长。

庆典第一部分是剪彩。几个工作人员牵着一条打好彩结的红布，站在主席台前等待各位领导前来剪彩，站在最中间的当然是大老板熊远鹏。多年来他为家乡人做了许多贡献，从来没有像今天这样风光地站在大庭广众面前亮过相，自然感到非常光彩和兴奋。

剪彩结束后接下来是领导致辞。乡党委书记林岚风热情洋溢地赞扬了熊远鹏为家乡人做出的贡献，他毕恭毕敬站着，代表家乡人向熊远鹏鞠躬表示深深的敬意。他在讲话中特别提到了寨上村党支部和村委会为教学楼竣工剪彩的现实意义和深远意义，号召各村干部要充分调动和发挥在外地工作经商的家乡能人的积极性，为家乡建设做出自己的贡献。

林书记也提到了郑德香为北塅村建学校、修路、架线解决用电难的问题，讲到这里他喝了一口茶，又从提包里取出两张报纸，然后回过头来笑着对熊远鹏说："我们家乡像你这样热心为人甘做无名英雄的感人事迹，确实是到处都有而且经常出现，可惜的就是家乡太偏僻了，外面的记者因路途遥远不愿进来，而我们又请不起这些大记者，多少年来像你这样感人的事迹不能及时宣传出去，太可惜了！这次啊，啊！我首先申明，我并不是批评东山老师，而是出于内心对东山老师的敬意说这番话的。如果不是袁站长从城里跑到我们岭南乡下和东山这位大才子结婚，东山老师不是出于对妻子工作上的支持，他还不会提起笔来写熊远鹏先生和郑德香女士为家乡默默做出贡献的感人文章。这说明我们家乡各方面的人才大有人在！只是我们这些当干部的没有充分发掘和调动他们的积极性，这就是我们对人才的忽视，对宣传工作的忽视，造成我乡经济发展受到制约。我心里感到非常愧疚，希望各村和各机关单位以后要高度重视人才的培养与建设。"说到这里，他站了起来，伸出右手很有礼貌地说："现在，我想请熊老师和袁站长到台上来呢！可以吗？"

东山和袁瑜互相对视了一下又点了一下头，分别从左右两个队列里走了出来，然后慢慢地走上了主席台，并排站着微笑着向林书记敬了一个礼。林岚风微笑着摆摆手说："请二位面向全体群众啊！"当东山夫妇面向前面时，林书记从座位上来到东山夫妇的前面，面对着全体群众大声说："在县市省三级电台、电视台和报纸上大力宣传先进典型人物事迹的是这位熊老师，今天大家能看到这么精彩的文艺节目，是这位袁站长负责辅导排练文艺节目的，我们该不该感谢他们啊？"

"该！该！"全场响起热烈的欢呼声和掌声。林书记举起双手示意大家停下来，接着说："那我就代表大家向他们二位敬个礼表示感谢啰！"林书记转过身来对着东山夫妇深深地鞠了一躬，台下顿时响起了热烈的掌声。熊远鹏也离开座位走了过来，像林书记一样向他们夫妇深深地鞠了一躬，台下再次响起了热烈的掌声，就像一锅沸腾了的水一样纷纷夸赞东山夫妇。

文艺演出开始了，开头部分由三所学校的学生文艺队交叉演出，由于袁瑜的积极鼓励和辅导、各校老师的认真辅导、学生积极性高，又有两个多月的时间排练，每个节目都非常精彩，全场不时爆发出热烈的掌声。袁瑜用古筝演奏了《渔舟唱晚》《茉莉芬芳》的曲子，东山在旁边用二胡配合，他们时而用甜美的笑容对视，袁瑜的潇洒自如，东山的娴熟老练，他们的才华以及恩爱，真是令人羡慕不已！

接下来，东山和袁瑜合作表演相声，他们不仅仅是两个演员互相默契地配合，更像是两只鸳鸯比翼双飞啊！东山朗诵了一首散文诗《家乡的大树》，袁瑜用笛子配乐，笛声时轻时重，轻的时候好像吹笛的人是在大山窝里若隐若现的，重的时候又好像突然来到了众人面前，真的是飘忽不定、时近时远，巧妙极了；茶戏班演出两个小剧本时，东山和袁瑜也用胡琴伴奏。当演员开口唱时，东山和袁瑜就拉起琴来，当演员唱完后，台下爆发出春雷般的掌声。观众们觉得太过瘾了，这不仅仅是在欣赏精彩的文艺表演，更是在欣赏夫妻恩爱比翼双飞的艺术表演啊！

足足三个小时的文艺表演,从上午九点半钟开始一直到中午十二点半钟,把熊远鹏夸赞得像在云里飘雾里浮的。宣传部葛科长、文化局杨副局长和电视台温台长个个伸出大拇指说:"了不起,了不起啊!"演出结束了,观众们将东山夫妇团团围住,久久地不愿离去。

中午吃饭时,林书记坐在袁瑜的左边,他微笑着说:"你来岭南这么长时间既不向我汇报工作,也不向我提什么要求,工作上却又这么出色,看来你们都是乡里留不住的鲲鹏大雁呢!说到这里啊,我觉得秦支书比我有眼光呢,居然给你贡献了七套桌椅,我却什么也没有给你办,抱歉啊!"

袁瑜双手相互搓着,然后放到嘴上呵了一口气,接着用右手在东山的肩上一拍,腼腆地说:"为了报答秦支书的俸禄,弄得我把老公都搭上了呢!如果我没有老公这块材料作资本,我根本不敢领受秦支书一分钱俸禄的;我也不敢当这个站长的,即使当了我敢不向林书记请求帮忙吗?说起来我是相当惭愧呢!"

大家都知道袁瑜是在向大家暗示,自己的工作有老公这块材料就够了,用不着任何人来帮忙了,大家心里对东山的艳福都十分羡慕。当大家第一杯酒喝过后,熊远鹏单独敬东山的酒,他兴奋地说:"熊老师,我敬你头杯酒,是因为你有才学,你也在为家乡做贡献!我非常敬佩你!"

东山连忙站了起来笑着说:"按年龄和辈分您是我的长辈,您应该鼓励我才是啊!怎能说我有才呢?像李白、杜甫那样能流传千古的诗篇才算有才!我的这些报道发过后就无影无踪的算什么呢?您能发财又能为大家做贡献才值得敬佩啊!来,我来敬您。"

熊远鹏倒满第二杯酒,将酒杯一下子拱到袁瑜面前了,很慷慨地说:"袁站长,我首先是羡慕你有眼光,找了这样一位有志气又有才学的老公;当然我也敬佩你的骨气,文化站是一个穷单位,不依靠上级领导资助搞得这样轰轰烈烈的,我佩服你,我真的佩服你!来吧,干一杯吧!干了我还有话要说呢。"

"嗬!那您就说吧!"袁瑜把酒杯端过来用左手捂着酒杯说,"您把话说完了我再喝!"

"你不喝我喝。"熊远鹏很洒脱地举杯一饮而尽,然后坐了下去说:"我还是先说算了,你这个人很稳重、很踏实,是个能办大事的人。家乡办文化站这么多年了,从未见过几个想办和能办大事的人,都是在混日子过的人,我也就不在乎了。我总觉得家乡太落后了,希望在外地的家乡人都来帮家乡人一把，比如郑德香就是这样难得的人。这样的人还有吗？还有，还很多呢！其实在家乡的能人也是很多的，他们有各种各样的原因制约他们的发展，如果有人去扶他或牵他一下，或有人鼓励他一下，他们还是能发展得起来的。可惜是牵的人太少了，鼓励他的人没有到位，甚至还没有呢，这叫他怎么发展得起来呢？我得郑重声明一句啊，我这不是说林书记没有抓这方面的工作，他也是受到资金的限制啊！巧媳妇怎能做无米之炊呢？"他指了指林书记说："这么个穷地方你去哪里捞钱，你手里没有钱叫你拿什么来帮助她呢？"又指了指袁瑜说："你得不到他的钱，你又能做什么事呢？可是你却做出事来，这就不简单啊！听说你还勒紧裤带请茶戏班里的人吃饭，他们帮忙是只付出而没有收入的事啊！他们居然还愿听你的话，真亏了你啊！"

林岚风听得一愣，他真没有想到袁瑜会有这么多的困难，更没有想到她还做了一般人难做的事。他端起酒杯站了起来，激动地说："本来这杯酒是应该先敬袁站长的，她的事迹相当感人，这跟剃头的人不能剃自己的头一样，那就得拜托葛科长、杨局长、温台长和各位记者帮忙执笔宣扬出去，敬请大家喝下这杯酒啊！"

大家跟着一齐喝下去了。林书记拿起酒瓶又给自己倒了一杯酒，正打算继续敬酒的。熊远鹏连忙用手一抬说："林书记，我跟袁站长的话还没说完呢！你就让我说完一下吧！"熊远鹏用手将酒杯的口子捏着扭了一个圈儿，接着说："袁站长这样勒紧裤带过日子，不光是勒了自己的裤带，也勒了站里全体职工的裤带啊！这样下去职工们对你会有情绪的呢，你打算怎么办啊？"

袁瑜摇了摇头，苦笑着说："不会的，毕竟大家得了秦支书的桌椅，自己去买也是要钱的啰，他们还能说什么呢？"

熊远鹏紧接着说："那以后没有人给你们送什么了，你们就再也不做了啰。"

"不。"袁瑜轻微地摇了摇身子，看了看东山笑着说，"北墩村的刘支书不仅没给我们什么，也没有许下什么愿，我们不也照样做了吗？不过这是不要我们花钱的，就让我老公帮我解决了。只要有人找到门上来了，我们还是会想出办法来的。"

"啊！难得，难得啊！"熊远鹏说着便从身后椅子上取出一个皮包来，拉开拉链掏出一个笔记本，再翻开笔记本取出一张支票递给袁瑜，说："只要你在岭南干，我每年给你们站里五万。如果你到别处去了，还一样为岭南办事的话，我照样会给的，支持你为家乡做鼓励工作啊！"

袁瑜内心虽然很激动，但面上显得非常冷静，歪着头微笑地看着熊远鹏，说："熊老板，我会为您争这口气的。"

熊远鹏欣喜地点了点头，微笑着说："我相信，喝酒吧？"

袁瑜微笑着点了点头说："喝！"就仰起脖子一饮而尽了，放下酒杯摸了一下嘴巴笑着说，"我酒量不行，我们就喝这一杯啊！"

熊远鹏愉快地点了一下头。

# 八十九

东山第一次参加函授考试的分数出来了，三科都是九十多分。

暑假里凡是参加函授的学员都到进修学校里听半个月的课，那些参加函授的学员绝大多数是三十岁以下的人，东山三十五岁了，人显得比实际年龄要老些，又黄又瘦的像是四十多岁的人。

前来参加函授的人都是有正式工作的人，他们是来捞文凭镀金的，听说东山是民办教师，有些人就有点瞧不起他。课间别人都三五成群地到外面谈天说地，有些人甚至上课的时间都到街上去玩，唯独东山一个人坐在教室里用心听讲，时而在书上用笔画，时而又在笔记本上写。晚上也坐在教室里静心地学，有人用揶揄的口气对东山说："老革命啊，你是准备考研还是想考博士学位啊？读书还靠蛮的吗？"意思是考这点东西还不容易吗？你下这么大的功夫还不一定考得及格呢！当分数公布出来后，大家看到两百多学员三科都是九十多分的就只有东山一个人，其他人考得最好的也只有一门九十多分的，总有一门不及格，相当一部分的人三科都不及格，弄得那些三十多岁的人都感到惊讶。

元月份进修的期间，班主任刘老师在上课时笑着对大家说："各位！我跟大家说，前一场考试，我们唐定县是十个县里面考得最差的，平均分和及格分都最低。可是个人分数最高的却在我们县，那就是熊东山同志啰！毛主席说过世界上最怕的是'认真'二字，共产党就最讲认真。在我们学员当中最认真的还是东山同志呢，他的认真大家都是看到了的！不然的话大家怎么会叫他'老革命'呢？过几天又要考试了，希望大家都像他那样拿出'老革命'的精神出来！"

正当刘老师和大家说话的时候，席校长夹着一个讲义夹进来了，开头他只是像旁人一样听着，当听到说东山的时候，他插话了："我也就这个话题来说两句啊！"他打开讲义夹取出几张报纸来，按时间顺序把东山在市级报纸、省级报纸上发表的文章摊开展示给大家看，说："这就是'老革命'最近写的文章，请大家看看啊。"然后又取出市级日报第二版写东山和袁瑜的文章和东山、袁瑜元旦庆典上表演时的照片，摊开给大家看。当大家看到袁瑜那楚楚动人的照片，就有人惊叫起来："哟——不得了，东山还跟明星一起演出呢！"

席校长用指头指着袁瑜的照片说："那是明星吗？那是他老婆。只有'老革命'才能三科都考九十多分，只有'老革命'才能娶明星样的老婆。他和大家一样日间要上班，晚上跟你们一样要学习，还要写这么多文章，还能科科考九十多分，大家说该不该向他学习啊！"

原来对东山本来就有好感的人，微笑地看着东山，原来那些鄙视东山的人这时低下了高傲的头颅。东山既激动又惭愧，眼前浮现出四年级留级时几次遭受侮辱的情形、暑假期间叫他"老革命"的情形，想起自己还是一个民办教师，想起袁瑜夜夜陪着自己学习的情形，眼里不禁泪光闪闪，呆呆地看着刘老师和席校长，一句话也说不出来。

到了春节放假那天，也就是小年的头天，袁瑜很早就到办公室里等着大家来做年终总结了。乡下文化站的工作人员确实可怜，工资那么微薄，虽说年终有那么一点点福利，人均也就只有两百来块钱。今年也毫不例外，熊远鹏捐了五万元后，这短短的二十多天里就花了一万五千元，从外面购买了一台光波接收器。准备给镇街上一百多户人家安装闭路电视，预收了六千多元的闭路电视费，每天天一亮就开工，一直忙到夜里十一二点钟，现在已试播成功了。袁瑜决定从预收的六千多元拿出一半，用来给小学、中学文艺队和茶戏班排练节目的补贴和奖励，另一半给站里几位职工做鼓励奖。虽然每人只能发五百元，但大家的情绪空前高涨、干劲冲天，各自分散在安装闭路电视的用户里巡查，为确保春节期间各家各户能顺利收看节目做好安全保障。

今年的总结，明年工作的思路已经明确了，袁瑜觉得也没有什么可想的，员工们还是不见一个影子，她只好走到那堆刚到的报纸里取出一张来看，刚翻开第二版时，一篇长篇通讯《喜看那对比翼鸟》映入眼帘。她还没来得及看正文就被旁边的那几幅摄影插图吸引住了，一幅是东山在用二胡给自己伴奏古筝，一幅是自己用笛子帮东山朗诵诗配乐，一幅是自己和东山合作表演相声。想到自己和东山取得这样可喜的成绩，心里就感到无比激动。她小心翼翼地将报纸捧了起来，用嘴对着东山的照片使劲地亲吻起来，一股激动的泪水夺眶而出，把蒙在脸上的报纸也给洇湿了。

"袁站长，袁——"第一个走进办公室的黎少明看到这个样子顿时惊呆了，用轻轻的脚步慢慢地走过去，轻声地问："袁站长，你，这是——"

"哎！"袁瑜连忙把报纸放下来，亲切地说，"黎大哥，你们回来了！"又连忙用手去抹自己的泪水，谁知报纸被泪水洇湿的那一片被她的指甲划破了，竟黏在指甲上随着她用袖子来回抹眼泪的动作，那纸也跟着摆动。

"袁站长，你想到什么伤心事了，泪水竟把报纸都洇湿了剐破了。"黎少明勾着头侧着脸，用手去捏黏在袁瑜指甲上的那片湿纸。

"啊！"袁瑜大吃一惊，连忙睁大眼睛去看放在桌子上的报纸，真的有一个洞。袁瑜连忙拿起桌上的报纸到处去寻破了的那片，桌上没有找到又连忙从怀里和地上去找，还是没有找到。像失了魂似的又立即站了起来，转动着身子到处去找。惹得黎少明捏着那片湿纸哈哈大笑起来，说："在这里啊。你原来黏在指甲上，我就趁你擦眼泪的那刻从你指甲上捏过来了。"

"嗬！原来是在你手上啊！"袁瑜连忙接了过来，放在手掌上又用一只手掌紧紧地按住，侧着脸甜蜜地微笑着，看着黎少明和一个个随后进来的人。

黎少明奇怪地问："袁站长今天怎么反常啊，又哭又笑的。"

袁瑜摆动着身子，嘟着嘴鼓着眼对黎少明说："谁看见我哭了，明明我是在笑呢！"

黎少明一边退到门口一边说："我刚进来的时候，你还在呜呜呜地哭得连气都喘不出来呢！"

袁瑜双手按着那片破纸摇着头嘟着嘴说："黎大哥，你就别逼了吧，我招了总可以了吧。我从报纸上看到了我和东山哥的照片了呢！你看啦。"接着就将那张破了洞的报纸翻给大家看，然后又将手里那片破纸对着报纸的缝隙嵌了进去，她一边嵌着按着，一边说："就是黎大哥坏了我的好事，要不是你偷偷摸摸进来，我也不会那么慌慌张张把它刮破的，现在罚你去找透明胶布来给我补好呢！要不，我就不发你的奖金，让嫂子来打你的屁股！"

几个人一齐围了上来，不仅看到了照片也看到了文章。于是大家又一齐欢叫起来了，"嗬！袁站长和老公的恩爱都上了报纸呢，真过瘾啊！"

袁瑜扭着腰摇着头嘟着嘴对黎少明说："黎大哥，若不是东山哥帮我的忙，熊远鹏大老板会给我们五万块钱吗？我能上报吗？我们买得起这些将来挣钱的设备吗？今年我们能发五百块钱奖金，明年就可以翻一番甚至是两番呢！叫我怎能不激动啊！你说是不是啊，我的黎大哥啊！"

袁瑜一边自豪地说着，一边斜着眼看着未通。站里的会计叶英花说："袁站长是个重情的人，我们今年得的这五百块钱奖金其实就是东山老师给我们挣来的，按理来说他也应该有一份的。"

大家都跟着说，"是应该有一份的。"

袁瑜说："这个我是不会要的，即使我要了他也不会要的，你们不信，那就问我舅舅啰。"

未通点着头说："是的，东山是个很硬尬的人。"

叶英花看着黎少明说："黎哥哥，你可做主啊！东山老师是袁站长的老公，做老婆的怎好为自己的老公说话呢！熊会计也不好为自己的外甥郎说这话的啰！"

袁瑜从桌上拿起一把裁纸刀，走到叶英花的面前左手捏起叶英花的耳朵，说："英花姐，你的耳朵这样不中用还要它做什么？让我给你割掉算了。我的意思是说黎大哥说我又笑又哭是做什么，我说我爱死东山哥了，我要跟他争这钱的话，还不会跟你们说吗？说了你们还不会同意吗？我还会一个人会躲着来哭嘴吗？我有那么窝囊吗？他帮了我的忙我会想办法弥补他的啰！"

叶英花捂着耳朵问："那你拿什么弥补他呢？"

黎少明用指头敲着叶英花的头，说："蠢宝啊！你老公帮了你的忙，你拿什么去弥补你老公的啊？还不是你的身子！"

袁瑜瞪了黎少明一眼说："黎大哥才是蠢宝呢，夫妻之间做那个事是正常的也是双方自愿的，哪有做了点好事就拿那个去弥补的呢？我说的弥补是在他的事业上、工作上和生活上啰！比如家务事尽量少要他做点啰，是吧。"

大家看到袁瑜这样深爱着东山，一个个肃然起敬，叶英花深有感慨地说："袁站长是我们女人的好榜样啊！"

袁瑜回到位置上慢悠悠地坐了下去，"咳"了一声说："我也不听你们哄哈，说实话，黎大哥也是男人的好榜样啰！我也得向黎大哥学习呢！好好地关心我的东山哥呢！我跟大家说几句话啊，好让大家早点买点东西回去给孩子们啊！北塅村的刘支书跟我说了，明年等他们的路修通了，照明电也接过去了，他们也想搞个庆典，又要我们组织几个文艺队去庆贺一下。我们也不能老是依靠小学、中学和茶戏班里的人，自己也要有所行动。我打算买一套锣鼓、洋鼓、洋号来。黎大哥过了年去当地学打锣鼓，我们大家把这套功夫学好；我舅舅去县里把洋鼓、洋号的功夫学好来教大家，今后无论哪个地方搞庆典，大家都能上阵；第二件事呢，我想借北塅村架线接电的机会，再买一些电缆来，把我们的闭路电视用户再扩大一些，好吗？"

袁瑜的几句话把大家的眼睛说得雪亮起来，黎少明就举起拳头高呼："袁站长万岁！"

大家也跟着欢呼起来。

# 九十

第二年开春不久，袁瑜接到乡里的开会通知，乡里即将要召开全乡党员干部表彰大会，文化站被评为先进单位，袁瑜也被评为先进个人，并要她在会上做经验介绍。袁瑜还听到消息，说去年底县文化局对全县文化站的年终考评中，岭南乡文化站荣获优胜单位，自己被评为县级先进个人。

袁瑜捏着这份通知，既高兴又惭愧，高兴的是自己在岭南工作还不到一年就取得如此喜人的成绩，这是她任站长以来的一个良好开端。从现在开始，群众信任她，同事们支持她，领导们也信任她，她岂能不高兴呢？惭愧的是想到这成绩里面还是东山帮做的多，这跟煮饭是一样的道理，假如说她是一个煮饭的人，人家都说她的饭煮得好吃又香又软又可口。但是这煮饭的米全是东山提供的。如果东山停止供应米的话，那我袁瑜就只能烧开水给人家喝了。

她想乡里和县里评她的先进，有他们的道理，以前家乡的文化事业确实是太落后了，是该要发展了，文化事业的兴衰与经济事业的兴衰有着密切的关系。但是乡里和县里对东山不要说是成绩，连苦劳都没有半点认可，好像东山不是为家乡人民做事，而是为老婆做事，成绩记到老婆头上就可以了。上级党委和政府这样做公平合理吗？别人能这样做，我自己能这样做吗？我能在表彰会上夸夸其谈说这一切都是我做的吗？啊！她仔细一想似乎完全明白了。

她想假如我到表彰会上发了言，东山是不会有什么想法的，难道别人也会一样吗？不会说我拿老公的屁股当自己的脸皮吗？不会说我也跟着人家一样来欺负老公吗？像这样的发言我不但不能发，像这样的会我也不能参加，这样的奖我也不能拿。她很气愤地将通知往桌上一丢，又愤然地站了起来，走到临街的窗边，望着人来人往的大街长叹了一口气：那我怎样才能推掉这件事呢？我能不能说你们不给我东山评先进和优秀的话，那我也不要了，因为这些成绩都是我东山做的，你们也太不公平了，我表示抗议。她摇了摇头自言自语地说："不行，人家会说我太幼稚太张狂了。我人在家里不去参加会议是不行的，我能装病吗？"

袁瑜靠着窗边，望着西边那重重叠叠的山峰，想起了初二去给母亲拜年时，看到母亲用手按在腰部伛偻着腰，才知母亲阑尾炎发作了。这么多天了不知情况怎么样了，两个妹妹都已经出去了，一个人在家里多可怜，我不如说母亲要去医院做手术了，自己要请假去服侍一段时间，这不就可以躲避了吗？哎呀呀！这真是一个好主意啊！

袁瑜回到椅子上坐下打算出去请假的，捏着通知转而一想，她像木偶人一样呆住了，自言自语地问："你躲起走了，只能是躲着不参加会了，躲着不去发言了，但不等于取消了对你的奖励啊！如果让人家给你带来了，不也等于自己接受了奖励吗？天啦！叫我怎么办啊！"她又站了起来走到窗子边上，朝着乡政府的那栋大楼望去，想起自己来岭南快一年了，还没单独去找过任何领导，这回不找真的是不行了，不但要找而且还要摊牌把道理说清楚。怎么个说法呢？她倚在窗边看着人和车子来来往往，她听到了中学的铃声就想起了林晓霞，啊，有了。

林晓霞在中学文艺队时就要袁瑜教她弹古筝，开始袁瑜并不知道林晓霞是林书记的女儿，总觉得林晓霞对学弹古筝很感兴趣，胆子也很大，无论是同学还是老师都很迁就她。明明有同学或老师在那里弹得好好的，只要林晓霞来了大家就赶快让位，后来才知道她是林书记的女儿。林晓霞说她爸爸给她买了古筝，要袁瑜到她家里去教，叫了几次袁瑜总因事情忙着没有去，只是在学校里每次多教她一阵子。林晓霞本身也很爱好弹古筝，加之家里又买了古筝，因而在学生当中算林晓霞的进步最快。不过林晓霞以后邀请的次数就少了，现在袁瑜想借这个理由去林岚风家里看看，顺便把这件事说一下，以免矛盾搞得过大双方都有个可下的台阶。

靠近中午的时候，袁瑜借着去中学送报纸的机会故意去碰林晓霞，因为袁瑜知道林晓霞每日中午都回家吃饭的。袁瑜在中学门口稍微停留了一下，正巧遇上了林晓霞。林晓霞很兴奋地走上前来说："袁站长，听我爸爸说他想调你到乡里来当妇女主任呢，你们局里的洪局长不答应，我爸爸正想去找你谈谈想让你自己拿主意呢！"

袁瑜心里一惊，故作惊喜的样子说："那我今晚就得去你家谢谢你爸爸了。"

林晓霞蹦蹦跳跳，高兴地说："那你今后就有更多的机会教我弹古筝了！"

袁瑜没想到自己对林晓霞说晚上去林书记家道谢的一句话，引起了林岚风的兴致，下午林岚风的老婆丁铃音就上门邀袁瑜晚上到她家吃饭。袁瑜更没想到的是乡党委几位副书记和乡长、副乡长都到齐了，林晓霞紧挨着袁瑜坐在一起，显得特别亲切。袁瑜感到非常为难了，她原本打算选个安静的时间和地点单独和林岚风谈一下的，现在看来是没有这个机会了。根据林晓霞中午说的消息，看来乡里要她当妇女主任的事已达成共识了，而今天这顿饭也就是迟早要当面交谈的事了。袁瑜心里感到更为难了，但是转念一想当着大家的面摊牌比只跟林书记一个人谈要好得多，于是就自然地跟大家说："想不到我袁瑜一个小小的文化站长，能和党委政府一班领导坐在一起吃饭，真是三生有幸啊！谢谢林书记的抬爱。"

乡长晨晓光把放进嘴上正要点火的烟放下来，捏在手里当作指头一样指着袁瑜笑着说："不是这样说的啊，我们能和袁站长这样一位大美女才子坐到一起共同进餐，才是真正的荣幸啊！不过只要你袁站长愿意到我们这边来，那我们大家感到荣幸的日子就长着呢！"

"那怎么可能呢？"袁瑜装着受宠若惊的样子，说："我袁瑜哪有那么大的福气和能耐，晨乡长就不要取笑我了。"

正好这时林岚风胸前系着围巾端着一钵饺子过来，笑盈盈地对大家说："今天请大家尝尝我亲自下厨做的饺子，看看味道如何啊！"

晨晓光把烟点着吸了一口，说："我来岭南也三年了，还从未看过林书记下厨的，今天林书记亲自下厨，你说对你热情不热情啊？"

袁瑜用既领情又不领情的口气说："林书记往年下不下厨我可不知道啊，但我今日看到林书记是很热情的，我只不过是伴喜沾光啊！不过我还是感到很荣幸的。"

林岚风将手在围巾上擦了几下，然后一边把手伸到袁瑜的面前示意要握手，一边说："你今天抹掉我的情意无所谓，但正如晨乡长所说的那样，我们大家一致认为你确实是一个有能力有毅力的女性，我们的于主任正在要求调到市里她老公那里去，唉！外地人是留不住的，其实你在各方面都比她强。我们跟县委组织部和县妇联已经提出了这样的要求，他们也已经点头了，可是不知是谁把我们的要求传到你们洪局长那里去了。洪局长坚决不同意，弄得张部长也只好改口说，现在只能由你自己来决定了。我们也是要征求你自己的意见，现在就由你自己来决定吧，我相信你到这边来发展会更快些。"

袁瑜把手懒懒地伸了过去，任由林岚风独自抓得紧紧地抖了几下。握完手后袁瑜双手抱拳向林岚风和桌周围的各位领导作揖打躬，然后站着左手按在桌沿上，右手搭在椅背上，微微地摇着头说："我袁瑜真的是十分感谢书记和乡长的抬爱，可是我难以接受各位领导对我的抬举。凭我学的这点知识根本不适应做行政工作，那叫学非所用了。其实我到岭南来任这个小站长，都是不能适应的，我只能当个打杂的人啊！幸好我老公东山这方面能帮我，我才答应了洪局长的要求。恕我直言，去年虽然取得了一点点成绩，但大量的工作都是东山帮我做的。比如写文章到电台、电视台和各种报纸上去发表，还有写剧本编歌词、台词和解说词，都是东山哥帮我写的，没有他帮忙写文章，我是巧媳妇难做无米之炊啊。如果我到这边来了，他就帮不上我什么忙了，我也就寸步难行了。我今天到林书记家里来吃饭，本意就是来解释我不能接受各位领导给我评的先进单位，尤其是我个人的先进。至于以前做的这点工作是我应该做的，我将会把本职工作做得更好，决不辜负各级领导对我的鼓励，请取消我先进个人的荣誉。我在这里向各位领导请个假，因我母亲得了重病需要到医院做手术，我爸爸早年去世，两个妹妹都远在外省工作，不能回来照顾，我得去照顾她半个月的样子，请原谅啊！"

袁瑜说完后，眼泪汪汪的沉默不语了，弄得一桌人的兴致一下子消失了，大家也看出了袁瑜的决心，也就不好用什么话去安慰她了，只好默默地各自倒酒，提起筷子吃起来了。

林岚风故作理解关心和同情的样子，用手轻轻地按在袁瑜的手臂上，说："吃吧，吃吧，至于你娘病得那么严重，你是应该去照顾的，我们完全理解；至于你不愿意到这边来，也就尊重你自己的意愿吧！"

"不。"袁瑜摇了摇头果断地说，"你们还得答应取消我个人的先进荣誉。"

"这个——"林岚风迟疑了一下，用为难的口气说，"我们已经发了文件的，怎能收回呢？只能说你的经验介绍就免了吧。"

袁瑜手臂上挪动了一下，许久之后才提起筷子，大家在不欢的气氛中度过了这个晚餐。

# 九十一

玉芳的阑尾炎一发作，痛得全身冒汗两头勾到一起去了，好了就跟正常人一样，最近她的病又好起来了。

自从看到东山发表了第一篇文章起，就特别喜欢看报纸了，只要看到送报的人一来，她就跟着过去查看有没有东山的文章，如果看到了就高兴地把它抽出来，满脸就像绽开的花朵一样。她听袁瑜说过因东山写文章，弄得寨上村委还送了七套桌椅，熊远鹏还捐了五万元使文化站开通了闭路电视。她知道袁瑜从十几岁的时候起就爱东山，看来袁瑜真有眼光。如果世上每一对夫妻都能这样真心相爱，又能在事业上密切配合、互相促进、共同提高，那该多好啊！因而她常常为袁瑜和东山的恩爱感到高兴，也为觉夫后代的兴起而感到自豪。只要没有病痛时，她就常常哼着歌曲或用二胡拉着欢快的曲子。这不，玉芳正在家里将东山发表的文章分别用报夹夹起来，一边夹着报纸一边愉快地哼着《茉莉花》的曲子。

"外婆，外婆——"门口传来清脆童稚般的叫喊声。

玉芳侧头往窗外一看，只见袁瑜正打起自行车的脚撑，抱下坐在三角架椅子上的孩子，后面衣架上一个大包包。玉芳推开房门出来了，孩子随着连声叫着"外婆、外婆"，就蹦跳着跑了过去抱住玉芳的双腿，头在两条腿上使劲地蹭着。袁瑜看着玉芳的身体恢复了心里异常高兴，一手解着衣架上的包包一手指着自己的嘴巴笑着说："妈，我只带了一些换洗的衣服来了，还带了两副磨来了，磨你半个月的东西啊！"

"磨半个月啊？"玉芳傻愣愣地站着问，"你哪有那么多时间来磨啊？"

袁瑜一手提着包一手挽着玉芳愉快地说："有啊！有那么多东西磨吗？"

文化局的洪局长正在办公室里看袁瑜寄来的信，信中说：

洪局长：您好！

新年过去这么久了，我还没有向您这位大恩人拜年呢，实在是失礼啊，抱歉！听说县里要开三级干部表彰大会了，您还评了我的单位为先进单位，我个人也被评为先进个人。这恩德如同山高水深，我袁瑜真是感恩不尽啊！其实更应该感谢您的是我从长河县调来，您不仅接收了我，还能让我到岭南来照顾自己的家庭，并栽培我任这个站长，让我的丈夫来帮助我展开工作，这大恩大德使我时刻感激于心呢！

这么长时间以来我一直是这么想的，您的恩德不仅要铭记于心，还将激励我努力拼搏，好好工作。去年我虽然取得了一点点成绩，纯属我丈夫帮我写的文章，如果没有他帮写文章，我是巧媳妇难做无米之炊啊。现在乡里评我的单位为先进单位，评我为先进个人，你们也是一样，我不仅没有感到光荣反而感到耻辱，乡里还要调我去当妇女主任，我辞掉了。跟您说句实话吧，我借着母亲去医院做手术服侍为名请假半个月，我的目的是逃避两个会议。

洪局长，就婚姻而言，我生是熊家的人死是熊家的鬼；就事业而言，我生是文化部门的人死是文化部门的鬼了。我不会改变的，请洪局长相信我吧。并请您原谅我不去参加会议啊！最后让我弯下九十度的腰向您致谢了！

袁　瑜

洪局长看到这里眼里泪花花的，立即起身来到几位副局长办公室里兴奋地说："请你们到我办公室里来一下，我有高兴的事告诉你们呢！"

几位副局长都过来了，洪局长很动情地将袁瑜写给自己的信读给大家听了，最后他大声地将袁瑜说的那句"我生是文化部门的人，死是文化部门的鬼。"重读了一遍，然后深有感慨地说："我祝贺东山有这样的命，能娶到她为妻，我庆幸我们有这样的命，能得到这样的强兵健将。可惜啊！东山老师不是我们部门里的人啊！"

冷副局长也深有感慨地说："人才难得啊，我们不如用什么办法去帮助他们呢！"

副局长杨鹏展闭着眼睛一言不发地坐在那里。洪局长不高兴了："杨局长怎么瞌睡了呢？"

杨局长还是闭着眼睛说："我没瞌睡呢！我在回忆元旦庆典的宴会上，听寨上村的秦支书说，袁瑜下乡半年多了，没有向乡里汇报过什么工作，也不向乡里提半点要求，宁可自己花钱请戏班里的人吃饭，也要勒紧裤带把工作做好；当那个熊远鹏掏出五万元捐给她时，她只是喝了一杯酒。她的骨子多硬啊！对老公是多么忠诚啊！这是我们的幸运啊！我们应该想办法帮助他们才对啊！"

中午的饭吃过好久了，玉芳母女二人还是没有捞起碗筷，坐在桌边看着基础玩小汽车。玉芳说："古话说一个成功的男人背后必然有一个贤惠的女人，你全心全意帮助东山是对的，他越老成就会越大，应该知道夫荣才会妻贵啊！"

小汽车钻到厨底下去了，袁瑜用棍子帮着拨了出来，然后坐到凳子上说："我是这么认为的，我改行了，东山也就帮不上我的忙了，我的发展也就很有限了。这跟神话小说里的那个安泰一样，如果我被人家抬得离开了地面，我就什么人也打不赢了。我现在只有全力帮助他，让他一心一意把书读好，然后把国家编制搞到手，他才能安心从事他的事业。我计划北墩村的庆典让他再帮一下，以后能做的就做，不能做的就尽量避免，我不能因自己的事去耽误东山的前途。"

"是的，应该是这样的。"玉芳十分伤感地说："假如你爸还在世的话，我也是会这样做的。可惜啊！我什么事也做不了。东山跟你爸爸是一样的人啊，你得好好珍惜，好好地帮助他呢！"

玉芳说完，眼泪潸然而下。

袁瑜抱着玉芳，说："妈，你也是了不起的人啊！爸去世这么多年了，他丢下没有教育培养我们的事业，让你一个弱女子完成了，我由衷地敬佩你啊！我之所以要全力帮助东山哥，也就是想做个更强的女子啊！到我和东山有了更大的发展了，我会骄傲自豪地说，我就是袁声亮和熊玉芳的女儿，东山哥也会骄傲自豪地说：我的岳父就是当年的大名鼎鼎的袁声亮校长，岳母就是才貌双全的熊玉芳老师！"

弄得玉芳破涕而笑，双手捶打着袁瑜的肩膀，说："我的乖女儿不仅会哄娘呢，还表达了远大的志向啊！"

# 九十二

夜很深了，未阳和元秀带着孩子们都已经睡着了。

在东山和袁瑜那办公室兼卧室里，紧挨在一起桌子中间摆着一盏台灯，他们两对面看的都是大学中文系的函授课本。东山看的是《文学概论》，袁瑜看的是《文学概论自学指导》。最近一段时间都是一样，东山看什么书，袁瑜就跟着看同一个科目的书。白天东山把《文学概论》带到学校里抽空看看，袁瑜就把《文学概论自学指导》带到文化站里抽空看看，他们几乎是同步的。

东山每次考哪几科袁瑜是知道的，袁瑜还知道参加函授的人都是教中学的多，他们能在一起学习，可以互相交流，而小学教师参加大专函授的就只有东山一个人，如果在学习时遇到了疑难就无法和人家交流了。于是她也跟着东山学起来，其目的就是为了便于交流共同探讨。

"嘿嘿，嘿嘿，嘿嘿嘿。"袁瑜不时笑着，把书拿起了又放下去，放下去了又拿起来。

东山双手捧着书，抬起头笑着说："瑜妹子，你笑得真好听啊！很有节奏的，一定想到了很开心的事了。"

袁瑜抿着嘴，微微地点着头笑着说："你猜我为谁开心啊！"

东山知道袁瑜素来不喜欢在人家面前表功的，不过他觉得袁瑜最近夜夜陪着他坐到深夜，东山一直没有在袁瑜面前说过一句表示感谢的话，难道是该说一句了吗？但是从袁瑜那始终抿着嘴歪着头眨着眼睛微微笑的神态来看，好像是尝到了什么甜头有了什么新的打算似的，看来是为自己而开心的样子，于是就说："肯定是为自己开心啰！"

"嗯。"袁瑜笑着点点头说："我估计你是猜出来的，如果我再提问的话你可能就猜不出来了。"

东山根据她的这个"嗯"字，又根据她前段时间读了《乐府诗》就总喜欢摇头晃脑地背诵曹操的诗,读了苏东坡的诗词后就经常背诵苏东坡的诗词。记得有一次自己穿着蓑衣戴着斗笠扛着锄头从田里看水回来，袁瑜站在门口看着他那副样子，摇头晃脑朗诵着苏东坡《定风波》："莫听穿林打叶声，何妨吟啸且徐行。竹杖芒鞋轻胜马，谁怕！一蓑烟雨任平生……"弄得东山忍不住笑了。他觉得袁瑜和他一样爱上文学了，于是就说："大概你也要走上我的道路了吧？"

"哎！？"袁瑜站了起来把台灯移到一边，胳膊戳在桌子上双掌托着下巴，笑吟吟地盯着东山问："东山哥，你怎么能一下子就能看出我此时的心意来呢？真怪啊！"

"不，我哪能那么厉害呢？"东山说着就往桌边那一堆书一指，说："那一叠书里面不是有一本叫《逻辑》的吗？那里面有很多推理的知识，其中有一条是叫归纳推理，我就是用归纳推理的方法看出来的啊！不过我也只学到了一点点皮毛，其实我也不能完全猜中你的心事啊！"

东山也确实是猜到这么一点点，却使袁瑜佩服得五体投地，心想：想不到东山在文科这方面接受能力还真强呢，难怪他科科考九十多分。如果东山把这套课程全部学完，那他的文学功底不就更扎实了吗？而我是个从事文化工作的人就更应该去参加学习，不但要学而且还要勤奋练笔。袁瑜确实不知东山是否完全猜中了，但大致方向还是被他猜中了。于是她不得不服了，只好说："东山哥，我服了你。"

东山故意盯着袁瑜问："你服了我什么啊？我哪有那么多东西让你服啊！"

袁瑜点了一下头，微笑着说："我觉得你自从参加函授以来，你的文学水平提高得更快了，看样子你以后会有更大的飞跃。我以前在学校里学习的专业与我今天的工作只能说是基本对路，如果提到要搞好文化宣传这个高度来看，我的文化水平与我现在的工作就很不适应了。比如说写新闻稿就要学习新闻写作知识，搞文艺演出就要学会写文学艺术剧本，而我这两方面都不行，那我哪能做好这项工作呢？原来我以为这方面的书我是看不懂的，现在陪你学习的这段时间，我不仅看得懂而且还很感兴趣了。往后就这样吧，我们就算是上下届的同学，你考什么我也考什么了。"

东山听了心里不禁一惊，觉得袁瑜对自己的情感确实是太感动了，袁瑜的境界也确实太高了，顿时肃然起敬，立即站了起来双手捧着袁瑜的头，嘴巴对着袁瑜的嘴巴使劲地亲吻起来，说："瑜妹子，你比男子汉都更坚强，我佩服你，佩服你啊！"

# 九十三

一九八八年的秋末，北塅片三个村终于修通公路了，家家户户的用电已经开通了。庆典是选在国庆节那天，那天的天气也真够怪的，早晨银白色的大雾把北塅三村的山川大地全都笼罩住了，连离对面五十米远的地方都看不清人了，很多人都担心庆典活动搞不成了。就有人去请教那位人称"万事通"的老农郑通汉，郑通汉走到坪沿歪着头摸着胡子看了一下天空，然后很自信地说："不要紧，古话说春雾晴，夏雾雨，秋雾晒煞鬼，冬雾雪花飘千里。按农历今天还是秋天呢，等下不但会晴，而且会晴得万里无云，暖暖和和的。"

由于郑通汉所在的那个村组响起了锣鼓，像烽火台点起了烽火，各个村组都响起锣鼓来了。各家各户的人听到锣鼓一响，就兴高采烈地集中整队像川流归海一样向北塅村出发了。整个北塅片此时还是浓雾重重，但却锣鼓喧天，成了欢乐的海洋。老天爷好像要看看这热闹场面似的，先是用太阳一照，那雾就乖乖地爬山去了，到了山顶就登上天去做云雾了。俄而一阵风，顿时万里无云了。

这次的庆典比前回在寨上村搞得更隆重更热烈，庆典的地方选在北塅中学的大操场上，乡党委和政府所有的成员全部参加了。虽然主持庆典的是晨乡长，但这次庆典的全套程序都是由东山设计的，好像东山是在礼宾司里经过专门训练的人一样。

在此之前，为了把庆典搞隆重些，袁瑜跟东山做了充分的准备：根据上次筹备庆典的经验，加上文化站有了锣鼓和鼓号的设备，在中学选了四十名同学成立了一支威风锣鼓队，由熊未通去做教练；由黎少明组织站里几名职工和茶戏班的几名演员成立鼓号队，专门训练当地锣鼓的打法和鼓号的吹奏方法。然后根据北墋三村过去没有通车通电之前的贫困落后状况，郑德香女士为家乡人捐款的真诚盛意，最后展望北墋三村通路、通电后将来的发展前景，编写了三个剧本。

袁瑜听刘支书说过北墋三村地方上有几种传统的娱乐活动，即龙灯、花灯、船灯、蚌壳灯、狮灯还有傩舞，这次他们都会先后登台表演的。根据这些节目，东山系统地进行了编排，写了一全套的台词。袁瑜把东山设计的庆典流程安排送给书记和乡长看了，书记和乡长看后拍手叫好，决定让东山和袁瑜担任庆典娱乐活动的主持人。

当晨乡长宣布：北墋片公路全线开通，通车典礼仪式现在开始。随着震天响的鞭炮声、锣鼓声和欢呼声的响起，一百多辆不同种类的车子，从南而进绕过主席台前，郑德香女士和县乡村三级干部像登台检阅仪仗队一样，风风光光地站起来和大家一齐欢呼起来。车子然后又从校门口徐徐开了出去，通车典礼的仪式足足搞了一个小时。

接着是通电典礼仪式，当晨乡长捏着闸刀用洪亮的声音通过扩音器庄严宣布：北墋片从今天起结束夜晚黑暗的历史，感谢郑德香女士对家乡人们的关爱，给我们送来了光明！接着闸刀一按，北墋三村的家家户户顿时明亮起来了，尤其是北墋中学顿时亮起了五光十色的灯光。随即又是鞭炮齐鸣，锣鼓喧天和人们的欢呼声一齐响了起来。当两项庆典的庄严仪式搞完后，林书记作了重要讲话，他热情洋溢高度赞扬了郑德香女士多年来如一日地关心着家乡人，热情而又真诚地帮助家乡建设的崇高品质。

林书记讲话结束后，庆典文娱演出正式开始了。东山和袁瑜牵着郑德香女士从内台走了出来，他们俩好像是郑德香的晚辈一样亲热。当他们走到台前时，东山和袁瑜侃侃主持："朋友们，乡亲们，站在中间的这位年近六旬的郑德香姑姑，是我们北墋三村郑姓人家的姑姑，很多年轻人亲热地叫姑婆，当然是这位姑姑、姑婆特别关心侄子侄孙的缘故啰。北墋三村住着五十多个姓氏，但是这位姑姑、姑婆关心的却不是郑家一个姓氏的人。这么多年来无论谁家发生了天灾人祸，无论谁家患病无钱医治，无论谁家因贫困无钱送孩子读书，她都慷慨解囊、真诚相帮，不知解决了多少人家的困难。近年来捐款做起了北墋中学，解决了孩子们读书的问题！又捐款修通了三十里的公路。她的心里装下的不仅仅是一个郑家姓氏而是整个家乡人啊！她真是北墋后辈人的亲姑姑、亲姑婆啊！让我们以最尊敬的心情和最亲切的语气叫她一声'姑姑，您是我们的亲姑姑；姑婆，您是我们的亲姑婆啊'！"

全场两千多人顿时齐声亲切地呼喊起来，声传数里，山谷萦回荡漾。接着东山和袁瑜又轮流着说："乡亲们，让我们以最真诚的心情向这位姑姑、姑婆深深地鞠上一躬吧，在鞠躬的时候让我们齐声说一句：'姑姑，姑婆，我们衷心祝愿您寿比南山、福如东海'！"

人们在鞠躬的时候齐声说这句祝语，两千多人的声音像春雷一样震天荡地，在数不清的山谷里回荡着。接着由袁瑜指导排练的北墩村小学少先队为郑德香女士跳了一支献花舞。郑德香女士感动得张开嘴巴说不出一句话来，嘴唇不停地颤抖地翕动着，那激动的眼泪在那布满沟壑的皱纹里流淌着。

接下来是由北墩三村当地的龙灯、花灯、船灯、蚌壳灯、狮灯和傩舞依次登台演出，再接下来的是文化站全体职工和茶戏班合演的锣鼓舞和鼓号队的表演，还有熊未通指导排练的威风锣鼓表演，真的是气势磅礴，使全场人耳目一新，大开眼界。

最后才是戏曲表演，戏曲演出的节目是按东山设计的以北墩三村的过去、现在、未来三个部分，始终贯穿着赞扬郑德香多年来关心家乡的崇高品质这个主题。文艺演出形式是多种多样的，把家乡的变化与郑德香对家乡人的深情紧密地联系起来，尤其是袁瑜用二胡配乐、东山朗诵的散文诗《家乡的姑婆》，抓住了几个典型的事例，通过几个细节的具体描写，把郑德香为了家乡的发展不顾劳累、生活简朴的高大形象突出出来，全场的人感动得泪流满面。此时的郑家人更是感到无比自豪。许多外姓人都感动得流泪了，他们知道自己是沾了郑家人的光，深有感慨地说："这真是北墩三村人的姑婆啊！"

"是啊，这真是我们大家的姑婆啊！"

一个这么说了，第二个也这么说了，全场的人都这么说起来了。说来说去就有人说到东山头上去了，就指着正在台上朗诵的东山说起来："这个朗诵的人，笔杆子真是厉害啊！"当东山朗诵完后，全场响起了长时间雷鸣般的掌声。

和上次在寨上庆典一样，文艺演出结束后中午举办宴席，这回是郑德香把东山夫妇当作儿子、儿媳一样挽着走近宴席的，并把他俩安在自己的左右坐着。书记和乡长还有县里各部门的官员，还只能按职位依次分别排在东山和袁瑜的后面。

今天郑德香把注意力集中到东山夫妇身上去了，她坐着用肩膀时而碰碰东山时而又碰碰袁瑜，好像他俩才是最亲的人。说起话来总是这边问问那边问问，菜也往他们俩的碗里夹，酒也只敬他们两个人，好像这里就只有他们三个人是认识的，其他人都是陌生的人似的。弄得其他人只能作旁观者，有时陪着笑笑，有时附和两句。她一个人敬两个人的酒，不知不觉就有点酒疯了，两只手分别在东山夫妇肩上拍来拍去的，深有感慨地说："你们俩真是才女对才郎，好幸福啊！你们父母有你们这样的后代真好啊！"她拍着东山的肩膀说："虽然刘部长退下来了，但他还是很有威望的。我回去一定跟他说说，要尽快把你提拔上去。"然后又拍着袁瑜的肩膀说："你也是一样，我要让你也尽快出去。"东山站起来说："郑姑姑，谢谢您！但我不想走这样的路，我虽然还是一个民办教师，但我相信自己一定能考得出去的。我不求有什么官职，只求自己的事业有成，就是我最大的快乐。"袁瑜也是这么说的，把郑德香说得很是尴尬，弄得在场的人也哭笑不得。

郑德香默默地喝酒吃菜，她把端起的酒杯又轻轻地放下了，然后又端起酒杯和东山碰了一下说："我明白了，我敬重你的志气。祝你早日成才！喝！"东山只好站了起来，端起酒杯一饮而尽。郑德香又提起酒瓶将自己的杯子倒满酒，然后将酒杯和袁瑜碰了一下，说："前回熊远鹏表态每年给你五万，我不敢表这个态，生意也不是想做就能做好的，要碰运气的，也许我以后会成乞丐，但我同样敬重你的志向，不勉强你了，我捐二十万给你，把你那破烂不堪的文化站重建一下吧。"袁瑜立即站了起来，端起酒杯一饮而尽。满桌人顿时爆发出热烈的掌声。

# 九十四

第二年农历四月十八日那天早上，袁瑜和往常一样吃过早饭陪东山送几个孩子去学校。袁瑜一到学校就调转自行车的头，说有几家闭路电视用户有的有声音没图像，有的有图像没声音，站里的几位员工又都忙着要犁田耙田插秧了，只好自己赶快去查看修复一下，转身就骑车走了。

这天正是东山的值日，中午就只好带着几个孩子在学校里吃饭，直到下午放学了才回家。走到家门前一看，嗬！只见稻田里有十几个人弓着背在那里紧张地插秧，眼看就要插完了。东山一看傻了眼，心想：这是哪里弄来的牛，都是些什么人在帮忙呢？东山放下车子就往房里跑去，想去问个究竟，只见元秀在厅堂桌上铺碗筷，就问："妈，今天要插秧了，这么大的事怎么不告诉我呢？这是从哪里请来的人啊？"

袁瑜为了不让东山年年过生日总是那么劳累，催东山把秧早早地种下去了，按时间计算今天该插秧的，可是五家人合养的那头牛是要用抓阄的办法才能使用，今年却抓了在二十、二十二和二十五这三天，说来说去还是绕不开东山二十四日的生日，有什么办法避开呢？她只好向刘支书求助了。

元秀正数着桌上已经铺好了的筷子，被东山突然进来吓得一跳，笑着说："其实我也不知道啊，直到上半昼了袁瑜送菜来了，说是今天有人来帮栽禾了，听说是寨上和北埚两个村的支书带来的人，我一个都不认识的。你去问你老婆吧。"

走到厨房里，袁瑜正在忙着炒菜，东山就说："瑜妹子，你这是做甚么？连家里栽禾的事都不告诉我。"

袁瑜微微一笑，然后柔和地说："免得你年年的生日累得像只勾虾一样啊！快去看看他们栽完了没有，他们是要早点回家的呢！"

当东山走到庭前的地坪时，栽禾的人已经回来了，秦支书和刘支书本来是走在后面的，当看到东山到坪沿外来迎接了，几步蹿到前面来了，分别握着东山的左手和右手。刘支书用手拍着东山的肩膀叹了一口气说："东山老师，今天到你家来帮忙，听到你组里的人介绍了你家几代的历史，也知道了你的成长史，你真是个了不起的人，幸好你遇到了袁站长这样贤惠的妻子，不然的话你还真是苦海无边呢！"

东山深有感触地说："是啊，如果没有瑜妹子对我真诚，我家恐怕还要受几代磨难啰！"

晚饭的时候，东山很热情敬大家的酒，弄得这二十几个人也尽兴喝起来了。秦永刚端起酒杯分别跟寨上村的三个村民说："今天谢谢你们三位兄弟分别送了一日牛工，为了不耽误明天的牛工，我和刘支书分别敬你们三杯酒，让你们早点牵牛回家吧，来日有机会我要与你们一醉方休的。"

寨上村那三个喝完了这六杯酒后就起身走了，北埚村的那八个人也站了起来说是有事要到亲戚家里去。秦支书和刘支书照样给他们喝了三杯酒送他们走了。黎少明的几个朋友也跟着走了，家里只剩下两位支书、黎少明和熊未通四个客人了。

刘支书的酒量差不多到头了，打着嗝儿喘着粗气脸红脖子粗的，虎着脸一字一顿地说："东山老师和袁站长，我是粗人就说粗话啊！我觉得你们办事有点只顾面子不顾里子。我承认东山老师是全乡的一支笔，这点我是佩服你的，但是你毕竟是一位民办教师，你已经是快四十岁的人了，如果总也转不到正的话，那你说今后该怎么办呢？郑德香那天被你的文才感动了，她说了那样的硬话，你们本来是机会已经到了。那个刘部长虽然是退休了，他要帮你这个忙……"他把手上夹着的那支烟的烟灰弹在桌子上，然后用嘴一吹，烟灰就干干净净地到地上去了。接着说："他就有这么容易啊！你呀就不领情，弄得郑姑姑生气了，只好把款捐到文化站去了。我承认你们有骨气，可是机不可失机，时不再来了，弄得她连你们文化站落成后搞庆典都不愿来了，你们知道她这是什么意思吗？"

东山也有点喝醉了，傻愣愣地想了一会儿，摇了一下头："不懂啊，请刘支书明示吧。"

刘支书还是打着嗝儿喘着粗气，说："就是要顾顾里子就够了，你就这么说，'前回是考虑到听到的人太多了，不好答应。其实我们内心是很感谢您的。'不就够了吗？"

袁瑜听了刘支书的话后，虽然刘支书很关心她夫妻俩，但是觉得刘支书自己就是一个很重里子的人，她怕东山喝醉了会用语言伤害刘支书，就笑盈盈地抢着说："恕我直言啊，如果东山是那样的人，那样的男人天底下多的是啊，那我就不会到乡下来跟他受苦呢！即使他愿去，我也不会去的。"

秦支书虽然也喝醉了，但仔细斟酌了袁瑜的话后，觉得话里含有对刘支书人品的蔑视，心想：如果我也说同样的话，也会遭到同样的蔑视。看来跟文化人交朋友真不容易，于是就说："庭杰，你就不必再劝了，如果东山老师当时真的是怕人多了不好说的话，那往后这么长时间他还想不出一个办法来跟郑姑姑说吗？人各有志，不可强为。"

东山这时也很醉了，却想到做孩子时遇到的会菊，粗着舌头一样说话："这跟当年会菊姨的心情一样啊，只可认而不可领。虽说是一个篱笆三个桩，一个好汉三个帮，这要看在什么时候。我是这么想的，如果一个有点理想的人，连维持自己生活的工作都要人家来帮忙，还有什么能力去实现自己的理想呢？还有什么脸面活在这人世间呢？你说是吗？不过我希望你转达我对她的一番谢意，我会努力争这口气的。"

刚才被袁瑜一番话气得脸如猪肝色的刘支书，现在听了东山的话后已经是反乌转红了，站了起来连连点着头说："我听清楚了，我听清楚了。不好意思，我总觉得你帮了我们那么多的忙，我也总想着如何去报答你们呢！想不到你们境界那么高！"

"不。"秦支书连忙按着刘支书的肩膀示意要他坐下，说："还有我们能帮得到的时候呢，如果东山老师来日考上了公办教师的话，那我们就有办法帮他们了。"

刘支书还是不愿意坐下，像头喜欢斗角的牛一样站着说："到了那个时候，他还要我们帮什么呢？"

秦支书一副不理睬的样子坐下了，歪着头看着呆着不动的刘支书，笑着说："喝了两口酒就犟得像头喜欢打斗的牛样，我是还想听听东山老师说的会菊，这个人与这件事有什么连带关系。"

袁瑜严肃地说："等刘支书坐下来了，我讲。"

刘支书乖乖地坐下了，袁瑜像讲故事一样讲述了罗会菊跟东山之间的渊源。未通一旁也跟着插嘴证明是真实的，把在场的几个人听得傻愣愣的，对东山更加佩服了。

秦支书接着说："其实袁站长说的那几句话并不是顶你刘庭杰的，她对东山老师了解得太清楚了，再则她自己也是这么想的，所以她也就很自然地这样回答你了，你也用不着生气。交朋友要尊重朋友的意愿，不要将自己的意愿强加于朋友。"

袁瑜看着秦支书心里直笑，这些人都很重江湖义气，尤其是这个秦支书是个相当机灵而又圆滑的人，虽然不能深交但不可不交。于是站起来笑盈盈地握着刘支书的手，说："谢谢你能为我们所想，如果你理解了我们的心意，还会生气要走吗？"

刘支书满脸露出了笑容，说："今夜走是要走的，不过刚才没有理解的情况下是生气而走，现在我理解了是高兴而走哈。"

这回秦支书好像是功德期满似的笑着说："只要大家能互相理解，增进友谊，只要刘支书是高兴而走的，我自然也就高兴而归了。"

于是几个人就跟着出去了，东山和袁瑜跟在后面送到庭前的坪沿，夜幕已经完全降临大地的每一个角落，几位客人消失在沉沉的夜幕之中。虽然完全看不见了，但东山望着远处那茫茫的夜色久久地发呆。袁瑜回头看着东山一笑，说："进房吧，不要担心，我请他们来的都不担心呢！"

回到房里后，东山还是静静地坐在凳子上深思。袁瑜搬了条凳子坐到东山的面前，双手搭在东山的膝盖上，一边来回抚摸着一边说："东山哥，我不是为你鼓劲，我看出了你不仅会有一份稳定的工作，而且将来一定会有自己的事业。我虽然和你一起去参加函授了，可是在考场上三科就只有一科及格，另两科加起来只有你一科的分数高啊；我也写了一些文章，寄出去后只能在县级的电视台播播而已，连市级的晚报都上不了一篇，糟糕吧！可见你的功底变得更加扎实呢！如此看来，你参加函授不仅仅为了有稳定的工作，更主要是为你的事业奠定坚实的基础！我虽然是走在你的后面，但我会慢慢跟着你走下去的，我这些话都是大实话。"

东山欣喜地望着善解人意的妻子，微微地笑着。

# 九十五

本来三年就可以拿到文凭的，谁知最后一场考试时，东山夫妇还在去的路上，未阳去牛栏放牛被顶死在墙壁上，弄得东山误了考试日期，到第四年才拿到文凭。

第四年的十二月二十三日，县劳动人事局在临街的墙壁上贴了一张招聘国家干部的通告，说是凡通过函授拿了大专文凭的中青年，不分任何行业都可以报考，而录取名额却只有四个。县里的朋友及时用电话告诉了东山。袁瑜兴奋地说："我跟你结婚七年了，还没生过个孩子。其实我心里早就想啊，我是有其心却没有其胆啊！现在孩子们都这么大了，也没有那么吓人了，应该说我生孩子的时候到了，去吧。"

东山次日就去报考了，领回来三本砖头厚的书，说是就考这三本书上的内容，只有两个半月的时间就得全部啃完。东山有点怕，但有袁瑜的支持，一个寒假加上请假一个多月时间的学习，刚好啃完就去考试了，考分名列第二，这可是稳了的。可是接下来又说要加分的，加分有三种条件：即工龄分、职务分和荣誉证分。可东山什么也没有，论工龄必须原来就是国家职工，东山是个民办教师自然不能算数；论职务东山是个平民百姓；论荣誉证分，必须是盖有国徽的公章，最低级别是县级政府发的，东山只有盖有五角星公章的。通过加分一比，东山落下来了。弄得超群在村子里对很多人说："想一步登天，飞起来了一下又跌下来了，好响啊！'蹦'的一声，把我从睡梦中都震醒了，我还以为是发了地震呢。"弄得东山连头都抬不起来了。

谁知过了四个月，县里来了通知，叫东山去办手续，说是可以去法院上班了。一打听才知原来加分加出了弊端，有个工商局以工待干的监察股长考分本是第三名也给挤掉了。他很不服气，坐进省城三十八天，终于告发了，又重新改为按卷面分录取了。东山也就伴喜沾光了，本应分配到法院的，可是那个股长找到东山说："朋友，我们这些农家子弟出来真不容易啊，你知道了吧，我可是顶破了头皮才出来的，你是梦中得来的。你就把你的位置让给我一下吧，反正你也转正了，求求你啊！"东山心软了，认为他说得有道理，就被分到一个乡政府任副乡长去了。

袁瑜听到这个消息后，打电话给玉芳报喜，两个人都激动得流泪。

东山上班只一个星期，就分他管社会治安这一块。这下可又是东山的弱门，他教书二十年了对学生对家长素来是以理服人以情感人的，现在叫他专门跟不法分子打交道，这下可把他吓倒了，连夜打电话和袁瑜商量。袁瑜说："只要你考上了，就证明了你的知识和能力得到了社会的公认，也就可以了。我从来就不在乎你当官，我也不在乎你发财，我只在乎你肚子里有才，而且是取之不尽用之不竭的才，那才是我最羡慕的。你可以回来继续教你的书，业余时多做些你爱好的事情，同样可以体现你的人生价值，那才是我最向往的事啊！"

第二天东山回县城从组织部将关系转到人事局，最后转到教育局又回到乡下来教书了。许多人替他惋惜，自然也有不少人说他傻。超群一家人不仅说他傻，还说他是无能。但这回不敢叫袁瑜过来当面说了，但又觉得不把这话传给袁瑜听，不让袁瑜心里难过就觉得很不过瘾。于是就想起了"过水斗"来，"扑哧"一声独自笑了起来，"'过水斗'平时是个讨厌的东西，但在这个时候却又是非常难得的人才呢！"于是就把"过水斗"叫来说给他听了，并叮嘱他看袁瑜说些什么再回来说给他听。袁瑜听了付之一笑，也来个将计就计，在"过水斗"面前说："我外公那家人全是庸俗而又势利的小人，我东山能做到的事，我外公那家人十代也做不到，他们只有嘲笑别人的本事。"

"过水斗"就原原本本地将袁瑜的话传给了超群听，超群气得在"过水斗"的脸上连扇了几巴掌，气汹汹地说："不能到外面去说了。如果让我听到你在外面也说了，我就撕掉你这张嘴。"

"过水斗"捂着脸恨恨地说："是你叫我说过去的，又叫我听清楚了她说的话再说过来。现在你又来打我，下次你放屁我都不说给他们听了。"

袁瑜安慰着东山说："你不要跟他们计较这回事了，你应该感到高兴才是。现在我也不能再忍了，该生个孩子了。往后你可以放开手脚做你喜欢做的事了。"

谁知后来乡里要他在业余时间写通讯报道，学校里要他写，各村各机关单位的人都来求他写，没完没了的事情，不要说帮不了袁瑜，就连自己喜爱的文学创作也没有时间了。袁瑜说："没办法的，我又要带小孩了，自己的事暂搁一边再看吧。"

# 九十六

东山的三个儿子读书都不行，他们对学习都不感兴趣，读个初中毕业就升不上去了。袁瑜要他们去补习没一个愿意的，没有办法了，她只好仰着头流着眼泪说："我是向你们生母发过誓的，你们真想我到老来变成孤寡老人流落街头而死吗？"

老大见母亲这么伤心，就哭着站起来对两个弟弟说："弟弟，我们到那个死去的娘坟头打个转身吧。我们对她说清楚，这个娘是看得我们起的，是我们自己不会读书也不想读书，完全不能怪这个娘的。"

袁瑜实在是无奈了，但心里还是觉得很不过瘾。过了一段时间东山成了专业记者一样，平均每月有五篇文章发表，而且是上报的多，成了地方上的大文人了，学校里、乡里、县宣传部年年发奖。这对几个儿子有了很大的触动，老大也模仿着父亲写起来了，而且发的文章也慢慢地多起来了；老二喜欢到河边捡怪模怪样的柴蔸回来，就刀子凿子削呀雕的，居然还雕刻出许多艺术品来；老三喜欢到山上采些奇形怪样的树木和花草来，栽在破盆破钵里不畏辛苦地搬进搬出的，而且很感兴趣。

袁瑜恍然大悟了，啊！原来觉夫这根藤上的人都是搞艺术的。哎！又不对呀，怎么又不见外公那边有一个这样做的人呢？这真是个说不清楚的事。不管怎么样今后不要再去逼他们了，还是顺其自然地发展吧。她借去县里开会和办事的机会，给老大买来了写新闻报道的书；给老二买来了雕刻方面的书；给老三买来了花木种植的书。这下他们看得可有劲了，连吃饭和睡觉都忘记了。接着又去找对口的学校送他们去学习，他们都很乐意上学去了。

跟东山结婚八年了，袁瑜生了一个女儿。袁瑜认为和东山终于有了爱情的结晶，她感到非常幸福和满足，高兴得流出了眼泪；东山却觉得袁瑜在他最痛苦的时候，像不要一分钱报酬的女佣，打了八年的苦工才给她一点点回报。看到袁瑜还这么乐滋滋的，他内心深感愧疚。

东山觉得总去帮人家写这写那的，自己纯粹成了给人家做嫁衣的裁缝，或者是做了吹鼓手。自己的事做不了，袁瑜的事也帮不了，感到很不过瘾。就开始推托了抽空去写些小剧本，让地方上爱好戏剧艺术的人去排练演出，让袁瑜的事业也有了些起色，能够年年获奖了。自己又继续写教学论文，不仅在《中国教师报》和《中国教育报》上发表了，还有一篇在《人民教育》杂志上发表了，并荣获全国教育教学研究成果一等奖，一九九七年十一月八日到天津参加颁奖大会。

同年的冬天，东山又有一个中篇小说《父亲》在省级刊物上发表了。东山的大儿子由于写了大量的通讯报道，连续三年被评为县优秀通讯报道员，被县公安局看中招去做临时工了。东山家眼看有又上升的迹象了，而超群那边因莲子得了老年痴呆症，跟彩秀当年一样到处乱跑。弄得超群也和贤盛当年一样跟着到处跑，心里感到无比沮丧。

这年年底，元秀因患胃癌去世，临终时虽然那么痛苦，还拉着袁瑜的手笑着说："你来了之后，我家就开始兴旺起来了。你是世上最有良心的女人，我去了后会对韩梅、秀娥和彩秀说的，让她们也跟我一样高兴。"袁瑜感动得直流泪。

会菊得了肝腹水，成天发烧。袁瑜猜会菊在世的时日不长了，就催东山去把她接过来，谁知会菊死活不依。东山问她有什么要求，她说就是心窝里发烧难过，想要一支雪糕吃。冬天了还有谁会去做雪糕呢？为了满足一个即将离世的人的愿望，东山就去跟做雪糕的人商量，做雪糕的人说重新启动一次机子，差不多要两百元费用啊！东山慷慨地拿出两百元钱，把雪糕买回来了。会菊放在口里舔着，满脸漾着欢欣的笑容，叨叨絮絮地说："好吃，好吃……"就那样走了。

归山的那天，东山以儿媳祭母的口气写了一篇祭文，夫妻二人穿着麻衣送她归山了。惹得村里人都说："东山的志气和道德，感动天地啊！"有的说："有这样好的男人，就难得有这样配成双的女人啊！"

因患老年痴呆症的莲子折磨了好长时间，也凑热闹似的去了。第二年清明的那天，超群要两个儿子搀扶着去给莲子扫墓，作了几个揖后坐在地上对莲子的坟墓痛哭："莲子，我不想再回去看了，没有什么希望了，你就留下我吧……"

怪事，他赖在地上磕了几下头，就那么走了。是真的，大孙子、二孙子还在牢房里，两个儿子都退休了，二儿子、三儿子的老婆至今还没有下落，老二和老三的儿子都三十好几了找不到对象，流里流气，成了人们讨厌的大流氓。他是过度伤心，一口气没转过来而去的。

# 九十七

东山最近有一些不痛快的事情接二连三出现了。学校新领导上任后，他们认为东山这批人虽然还没有到退休的年纪，但已经跟不上形势了，也就不再重用了。

他们对待东山多少还算给点面子，因为东山名气大、资历老，在社会上很有影响力，学生和家长都很尊敬他。这些领导采取敬而远之的态度，拉拢亲信到行政领导班子里来维护自己的权威。当校长提出搞虚荣假政绩的主张时，东山老站出来反对。校长在无法说服也无法辩驳东山观点的时候，就以举手表决的方法，同意校长的主张。一次次以少数服从多数的方法否决了东山的意见，弄得东山只好主动退出行政、支委和工会领导班子，过着受排挤的窝囊日子。

袁瑜总叫东山不要跟那些素质差品质恶劣的人斗，斗也没意思了，形势变了，不如多做些成就自己事业的事。

儿子们到了结婚的年龄，其实东山也无法安心去做自己的事业了。当年和韩梅一起用砖瓦做的那栋房子已经过时了。在世纪之交的那两年里，用钢筋水泥做过了一栋更高大的新房子。房屋做完后的四年里，又接着帮三个儿子筹集资金办了三场婚事，这些家庭琐事暂时缓解了东山内心的苦恼。

但是二〇〇四年夏天县里下来抽考的那件事，让东山伤透了心。检查组刚好抽到东山教的四年级，校长为了出成绩要将四年级两个班各抽走二十三个差生，从五年级里抽四十六个优等生到四年级代考。其他领导都同意了，东山却坚决反对。他说："平时我教学生们要光明正大、堂堂正正做人，现在我却徇私舞弊，岂不遭人耻笑，叫我今后如何去教学生呢？"校长见几十个老师都说服不了他，就叫六个身强力壮的年轻老师把他抬到面包车上送回家去休息。东山气极了就撒了个谎，说他知道监考人的手机号码，回家就打电话揭露。他们知道东山在县内是知名人士，信以为真，只好取消了这个计划。

从此，东山在学校就成了孤寡之人。连续三年，东山过着愤愤不平郁郁不安的日子，他想到自己退休又相差几年，在学校里待着又无味极了，陷入了深深的痛苦之中。二〇〇七年他终于忍不住了，几次想出家做和尚了。

袁瑜笑着说："你连我和儿女们都看不惯了吗？要走只能说是离开那个单位了，你可以退到村级教学点上去，不就可以了吗？"东山就按照袁瑜说的，怀着抑郁的心情主动要求到村级教学点上去，等待退休的时日。

# 九十八

未遥、未辽两兄弟可能是受超群的影响太深了，看到别人比自己好就难过，看到别人比自己差就痛快。尤其是想到他们的老父亲临终时说那些刺痛心脏的话，就感到无比伤心。但最近看到东山家庭已呈败状，心里就感到莫名痛快。未遥得意地说："莫非觉夫老爷爷是个没主意的人，东边走走西边走走的。"两兄弟一分析，觉得很有道理，都说不如趁这个时候去祭拜一下觉夫，看看会有什么反应。家里只剩下两只公鸡了，一只是留来做种的，一只是等过年时吃的，他们咬咬牙，拿一只去做供品了。

就在未遥他们祭拜觉夫之后，东山家里还真的出现了一点败状。老大在公安局待得好好的，人称"岭南一枝花"的老婆却被单位领导瞄上了，后来被公安局一追查，那个人逃走了，她偷偷地丢下不到一岁的女儿跟着走了。老大觉得太没面子，无法在公安局待下去了，也悄悄地走得无影无踪了。弄得东山和袁瑜抱着小孙女，眼泪垂垂而又无可奈何。

未遥两兄弟虽然自己家里没有好转，但见东山那边雪上加霜，就拍着手欢笑："哎，觉夫这老东西还真灵啊！看来还是要经常去祭拜，祭多了即使自己家里没有什么好转，只要两边拉平了也总不致遭人耻笑了吧。"

于是兄弟两个又去祭拜觉夫了，两边并没有什么变化。又过了一段时间，县文化局出面向学校提出要求，要将东山借过去帮忙一段时间。说是作为专家邀请的，到县文化局搞非物质文化普查。因为要下到各乡镇去采访调查的，局里还专门配了个工作人员跟着东山转，更让人羡慕的是给东山配了一辆小车子，让他到处转。因为局里抽不出司机，未通会开车又调回局里了，局里叫他做东山的专职司机。未通很高兴，他觉得跟着东山转只有好处没有坏处，打算以后不听哥哥和弟弟的话了。

两个人同在一起到这到那采访，总能得到单位热情的款待。未通贪酒，早晨和中午是不能喝的，晚上东山就让他尽兴地喝。未通每次都是有酒必醉，醉了就哭着说真话。东山感到好笑，但从不明骂一句，毕竟是袁瑜的舅舅，尽量让袁瑜心里舒服些。

东山不仅要下乡采访调查，还要写申报材料。这些材料都是要送到市里、省里和文化部的，经常和县内外知名人士和专家学者一起交流讨论，于是工作做得很认真细致。经过几个月的艰辛劳动，舟山的耘禾歌、唐定的采茶戏，被文化部认定为国家级非物质文化遗产，还拨专款下来扶持传承发展；梨树湾的蚌灯舞、岭南的傩舞也被省里认定为省级非物质文化遗产，也拨了专款扶持。

有了专款扶持，岭南镇文化站自然也可以分到下拨的专款，袁瑜就有胆有气力了。她组织人马经常培训，搞得热火朝天的，还将本地的茶戏班组织起来培训。东山利用空余时间下乡搜集、整理当地的民歌和打鼓歌，让爱唱山歌的人去练唱，四套带有地方特色的民间文化艺术，从乡到县到市到省里到外地巡回演出；加上县、市两级的电视台也跟着配合滚动演播，弄得袁瑜的文化站连年被评为县、市先进单位。加之袁瑜经过几年的函授学习，不仅拿到了大学本科文凭，也写出了很多有见地的专业学术论文，在市里也有了很大的影响，没过多久，袁瑜被任命为唐定县文化局的局长了。

未通对哥哥和弟弟说："不要听爸妈的那些鬼话，说东山老沾袁瑜的便宜。现在呢，如果不是东山的帮助袁瑜上得去吗？依我看往后还会是这样。我觉得东山这个人就像姜子牙一样，不到老来不得发展的人。"

东山帮文化局做的事完成了，为唐定的文化事业立下了汗马功劳，算是大功告成了。东山想到自己年纪这么大了，不能因为袁瑜是局级领导就赖着不走，主动要求回到教学点上教书去了。

在回家后的几年里，东山有空就写些散文类的作品，在市级的晚报和日报的文学副刊上，差不多半个月就有一篇发表，二〇〇九年加入县作协，连续两年被评为县级优秀创作员。二〇〇一年加入了市作协，二〇〇二年初还加入了省作协。开始中篇小说和长篇小说的创作。已经发到网上去的部分，每日访问阅读的网友不下千人，网友们纷纷发来信息表示祝贺。连北京的几家出版社也向他约稿了。很多人说东山是个大器晚成的人物，将来会有很多作品问世。

东山的二儿子基磊在艺术学院毕业后，被温州的家具厂要去搞设计。他一边设计又一边钻研雕刻艺术，他雕刻出来的艺术品既传承了中华民族的文化艺术，又创造了紧跟形势发展新颖的艺术品。几次在全国雕刻艺术展览会上得到展览，荣获了三次省级荣誉奖、一次国家级奖。不仅能拿到高薪工资，还成了很多大厂争夺的人才了。

老大离开县公安局后，被朋友邀到广东东莞报社里去了，现在已经成了报社的大红人。后因一位朋友的邀请，在南昌合资办起了一个大厂，变成了两头可拿工资的人。

老三办起了一个花木苗圃场，虽然投进去了很多资金但还未投产。为了谋得长久的发展，又办起了一个养猪场，以暂时的养殖业供养种植。人们都说，看样子老三不出五年就可以坐享高额的收成了。

东山和袁瑜种的那季晚稻熊文卿，从小学到初中一直是全校第一名，现在市重点高中全校第一名，她参加全省高中生作文竞赛还获得了一等奖。袁瑜抹着眼泪笑着对东山说："这回给你证明了熊家还是有读书的种吧。"

东山苦笑着说："这只能说是我伴喜沾光了，只能说她身上母亲的遗传基因占多数吧。"

袁瑜笑着说："你这张嘴还学会了油腔滑调的，她的文章写得那么好，分明是你的遗传基因多，我又不会写文章。只不过是形体外貌像我而已，也应该有一点像我吧。"

# 九十九

熊文卿那篇获奖作文写的是小学一年级的班主任，在市级日报的副刊上刊登了，还加了一条编者按，编者对她的评价很高，引起地方上很大的轰动。尤其是村子里的人看到东山家接二连三的喜讯，又掀起了对觉夫两边后代议论的高潮。在当着发凤那边后代人的面，自然是不说什么难听的话。但那边的人听到了这边的消息后就觉得很没有面子了。过了一段时间，未遥的两个儿子因改造得较好，减刑提前释放了。

未通的老婆这个时候也回来了，看到两个儿子至今还是单身汉就深感有愧，想借钱开个店，尽快赚点钱为儿子成个家；未辽的老婆听说是不回来了，她在那边好过多了。未辽又想去觉夫的坟头祭拜，向大嫂提出要公鸡了。大嫂就发火了："子孙不福，怪坟怪屋。这么多年来成天祭魂祭殇的，把我的鸡都拿去祭了，没派上个好用场。得到什么好处吗？要祭的话，你们两家也可以捉一两只去的，不能老吃我的鸡了。"

未通、未辽就无奈了，明知他们没老婆在家，没有人养鸡，就只好不用鸡去了。

在坟前摆祭品的时候，那个好吃的道士见祭品里没有鸡，心里就很不高兴了，口里虽然不说什么，但脸就拉得很长不好看了。明知供品摆好了，大家也都跪着等了好久，他却一副无所谓的样子，用火纸垫着坐在那里只顾抽烟。不过，也好像在那里思考着什么似的。

"师傅，可以开始了吧。"未辽忍耐不住了。

"哦！"道士转过头来并不看他们，却往那供品乜了一眼。然后懒洋洋地站了起来，拿起钹子拍了起来，打着腔调长声袅袅地唱了起来："启禀各位天尊，各位土地大神。"接着又换成跟人慢言慢语说话的腔调，"现有熊未遥、熊未通、熊未辽三兄弟呀，带着全家大小啊！"转而又换成长声袅袅的腔调"祭拜耶在哟嗬，三十九都哟朝天社嗬，熊公哎先经哪，字觉夫嗬，老大人呵嗬，之坟前啦祭拜哟嗬呵。禀告大人啦：近一二十年来呀，家境嘞总见不振啰嗬呵。前来拜问太公啊！今后是否还有再兴呐的希望么嗬？

然后就商量用筶作信号的标志："若是能再兴的话，你就显信筶啊。"道士说完，用右手拇指将上片筶一捺丢在地上，大家定神一看并非信筶。就用同样的方法再丢一次，也不见是信筶。道士就像是跟觉夫说话一样："啊！你老人家是不是年纪大了，耳朵不方便没听清楚，让我来再说一遍啊！"道士重复说了一遍之后又用同样的方法连丢了三次，也不见一次信筶。这回就只好改成帮后人忧虑的口气说："是不是再也兴不起来了，如果是的话，你就用信筶明示啊！"弄得大家心里都紧绷绷的了。道士又连丢了三次，也不见一次信筶。这时虽然大家心里这根紧绷绷的弦松了点，但是大家的心里就感到疑惑了。道士再次猜测："老人家，你是不是认为既没有了再兴的希望了，但是也没有再败的可能了。就是这样平稳下来了，是的话，就显信筶啊！"道士又连丢了三次，还是没有一次信筶。

"不兴不败又不稳定，那是什么呢？"道士自言自语地说，好像痰干气尽没有办法猜了。无可奈何地垂着头看盘碗里的供品，眼睒睒地看了一阵子，似乎恍然大悟了"啊"了一声，就问，"以往每次的供品都用鸡而这回却没有，是不是他老人家生气了呢？等我来拍拍钹子问一问，也只能说是试试看啊！"

道士拍了几下钹之后，又打起腔调唱起来了："是不是啊，供品没有鸡呀，叫我说些甚东西哟！"道士的手用过了一种丢的方法，他们自然不知其中的奥妙，连丢了三次，三次都是信筶。道士就叹了口气说："哎呀！你们素来都是大大方方的，这次竟然就计较这点小事了，弄得又要回家走一趟，耽误时间的。"

友爱就骂："你这只老骨头真好吃，吃甜了嘴，把我一窝的鸡都吃光了。三兄弟单吃我一家的鸡，你叫他们说说啰，看他们拿过一只鸡吗？"

这句话是说给道士听的，道士也表示理解："是啊，光靠一家也确实是难啰，又不是割韭菜，就算是韭菜一下子也是长不大的。"

未辽气愤不过，立即从荷包里掏出两百块钱，说："我用两百块钱就买不到一只鸡吗？"说完起身就走。

友爱就夺了过来，说："对人家就那么大方，就不舍得给我吗？"叫儿子赶快骑车去捉鸡来，弄得大伙儿齐声大笑了起来。

等了一会儿，未遥的大儿子把鸡捉来了，拿起刀就往鸡脖子上一割，鲜红的血淋了一地，然后把鸡摆在坟前。

道士来劲了，拍了几下钹子闭着眼睛只见嘴皮子动，但谁也听不清楚一句什么话。许久之后，道士突然高声叫了起来："听啰，老人家在我耳边说话了。现在是他说一句给我听，我就说一句给你们听。绝对不会加一个字，也不会减一个字，不会换一个字，原话原端的。"

大家就洗耳恭听了。

道士又打着腔调唱起来了："至于家的兴衰啊，无非是啊两种原因啦：一是要有志气哦，二是要有良心道德啰。若是怀着侥幸心哪，必然就不稳哪。贪心若是大哋，必然起恶心啰。心若太恶了啊，必然有报应啰。若是听我教啊，兴旺有盼头啊！"

大家认为道士是打着亡人的幌子在骂他们，未辽就气愤地说："他真是这样说的吗？那我们就看看他又怎么显筶的啰！"

道士慢悠悠地说："他既然这样说了，筶也就一定会这样显的啰，还用你来担心。"

其实，未辽用这个方法是难不倒道士的，这道士从二十岁起就跟师傅学，到如今已是七十多岁的人了，有了五十多年打筶的经验。可以说他要翻什么样的筶就翻什么样的筶，就像会玩木骆驼的孩子一样，只要两只手一搓，要它往左转它绝对不会往右转的，要它往右转绝对不会往左转。三次筶打下去全是信筶，他们不知这其中的奥妙，也就只好忍气吞声地让道士白骂了一顿。

其实道士说的话，也是对他家的情况太了解了。加进平时听多了人们的议论，又掺进了自己的看法。

大家回来后愤愤不平的，未辽气愤地说："以后再也不要听道士的鬼话，这真是花钱买辱骂，做了几十年的蠢事。还是要人争气，看东山那边一次也不去祭拜的，不照样兴吗？"

未通说："道士说的也不是鬼话，客观事实是这样。我觉得东山也是在跟我们竞争呢，不过，他是用正当的方法来竞争的，不走歪门邪道，不去暗害人家。他的心血是用对了路，我们就用错了，所以就走向了反面。"

大家一致认为这是个道理。

其实东山和袁瑜在第二年的正月半，借着给祖宗上灯的机会，全家人出发了。他们在发凤的坟头说了谢恩的话，到秀娥、彩秀、韩梅的坟前说了些要继承她们的志气和美德的话，并说以后年年要把有长进的事来告慰她们。最后来到觉夫的坟前，东山说："太公啊！我敬佩你为后人树立了一个榜样，几代人都想学你，人的一生要有自己的目标，又要为实现这一目标而努力奋斗。如果代代人都为后代树一个榜样，那往后的子孙就不会有衰败的现象了，而有的是兴旺。"

袁瑜的神态显得特别认真，听了之后微微地点了点头，说："是这个道理啊！"

于是全家人都攥紧了拳头，心里默默念叨这个道理。